박완서 소설 연구

분단의 시대경험과 소설의 형식

박완서 소설 연구

이 선 미

둘째를 가지고서 점점 불러오는 배를 보며 그냥 막막하다고 느끼던 시절, 그때부터 박완서 소설에 매달렸다. 매달렸던 이유는 간단하다. 박완서의 소설이 위안이 되었기 때문이다. 박완서 소설을 만나고 소설에서 위안을 찾고, 그리고 소설을 분석하려고 마음먹게 된 계기는 철저히 '나'의 여성성과 관련된다. 여성도 남성도 아닌 그저 성장하는 한 사람으로 살다가 아무 생각 없이 들어간 '결혼'의 세계는 예상보다 훨씬 성(젠더)적인 세계였다. 아무런 준비 없이 그냥 들어간 세계는 문화적 충격과 당혹감, 절망감 등 혼란스러운 감정들로 뒤범벅이 되게 했다. 상황을 이해해야 정서적으로 안정될 수 있었던 때에, 아무도 가르쳐주지 않은 것들을 박완서 소설에서 배울 수 있었다. 또 다 알지만 논리적으로 설명할 수 없는 상황을 객관적으로 바라볼 수 있는 여유도 주었다. 상황은 달라지지 않았지만, 정서적으로는 시원하다고 느꼈다.

　그러나 박완서 소설을 읽고 위안을 받는 정서적 상태를 벗어나 소설을 이리저리 굴려보면서 공부를 해야겠다고 생각했을 때, '여성'보다는 내가 태어나기 전부터 나의 삶을 사로잡고 있던 '분단'이라는 구조에 더 관심을 갖게 되었다. '여성성'은 그 속에 있는 한 부분이었다. 분단이라는 구조와 그 구조를 유지하는 '의식'을 문제시할 때 남녀는 따로 구분되지 않았다. 책의 부제인 "분단의 시대경험과 소설의 형식"은 이로 인해 붙여진 것이다. '분단'의 그물망 속에서 남녀도, 권력을 지닌 자나 소외된 자도 예외가 없다. 여성이 피해자이면 여성보다 권력의 편에 있는 남성 역시 거울의 저편, 반대편에 선 피해자인 것이다.

이런 생각을 가지면서 「엄마의 말뚝」에서 '엄마'를 보았고, 「너무도 쓸쓸한 당신」에서 '아버지'를 보았으며, 좀 심한 비유지만 『살아있는 날의 시작』에서 '남편'을 보았다. 그리고 수많은 작품들에서 부당한 줄 알면서도 불편해지는 게 싫어서 못 본 척 지나치는 '나'를 보았다. 박완서 소설과 씨름한 지난 수 년은 겁 없이 세상을 만만하게 보며 만용을 부리던 내 모난 젊음을 갈아댄 시간이었다. 고통스러웠지만 행복했다. 이 책은 그 시간의 결과물이다.

박완서 소설을 읽으면서 가장 관심을 가졌던 것은 심리묘사였다. 끝날 듯하면 이어지고 또 끝날 듯하면 이어지면서 인간심리의 "오지(奧地)"까지 파헤쳐대는 그 날카롭고 끈질긴 시선에 매번 움찔하면서, 또 공감하면서 그렇게 소설을 읽었다. 그리고 그것을 서사적인 특성으로 해명하는 것이 필요하다고 생각했다. 인물 성격화방식이나 서술성은 겹겹의 층을 이루는 듯한 내면심리를 묘사하다 보면 어느새 인물의 성격이 드러나는 서술특성을 고민하면서 관심을 가졌던 영역이다. 학위논문은 주로 서술특성을 중심으로 구성되어 있다.

아직 유치원생인 아이 둘을 데리고 일정하게 애들을 봐주는 사람 없이 논문을 쓰는 일은 쉽지 않았다. 아직 문을 못 여는지라 닫힌 방문 두드리며 칭얼대는 둘째와 아이들 고생시키며 저 좋은 공부만 한다고 불평이신 엄마에 밀려, 2000년 끝 무렵에 문장도 제대로 정리되지 않은 논문을 세상에 내놓았다.

이 책의 첫 부분인 1부는 박사학위논문을 수정한 것이다. 3년이란 세월이 지나는 동안 미진한 부분도 보충하고 전체적으로 다시 손 볼 생각이었지만, 누구나 그렇듯이 그럴 시간을 마련하기는 쉽지 않았다. 그냥 문장을 정리하고 중언부언하는 부분들은 좀 빼고 중간에 들어가 있던 부분을 뒤로 빼고, 이런 식으로 자리 정돈 만했다.

2부는 박완서 소설에 관한 두 개의 논문이다. 첫 번째 글은 1990년대 소설이면서 베스트셀러 목록에 올라있는 자전소설의 형식을 분석한 것이다. 소설의 형식에 관심을 기울였던 학위논문의 문제의식을 연장한 글인 셈이다. 학위논문을 쓰면서도 1990년대 자전소설들의 형식이 늘 마음에 남아있었다. 그렇지만 논문의 틀에서 따로이 자전소설을 논할 방법은 없었다. 1990년대 발표된 두 편의 자전소설은 특별히 소설로서의 형식적 배려가 없는 듯 보인다. 그저 수다떨 듯이, 에세이를 쓰듯이 실명을 거론하면서 자기 얘기를 쏟아붓고 있다. 그러나 이 형식 없는 듯한 형식이 박완서 소설의 서술특성과 연관된다는 게 이 글의 주장이다. 게다가 그 연관성이 당대에 대한 작가의 정치적 입장을 드러낸 것이라는 점에서 중요하다고 생각했다. 먼저 자전소설에 관한 정의부터 있어야 할텐데, 그것을 빼놓고 형식을 논한 것이 좀 마음에 걸리지만, 박완서 소설의 특성과 연관해서 중요한 작품임을 강조하고 싶었다.

또 하나는 학위논문을 쓰기 직전인 1999년에 쓴 중산층 여성의 자기인식과 관련된 서사적 특성을 다룬 글이다. 서술특성이나 형식에 관한 글은 아니면서도 크게 서사적 특성에 주목한 글이어서 같이 묶게 되었다. 중산층의 허위의식과 일상에서 소외되는 여성들의 내면심리를 중심으로 분석하다 보니 거리를 두지 못하고 빠져든 감도 없지 않다. '연구활동'이라는 것이 '나'를 '타자'와 만나게 하는 인간활동의 하나라고 생각한 탓인지, 작품을 공부하면서 '나'를 발견할 수 있어서 기억에 남았던 글이다. 부족한 글이지만 행간에 있는 이러저러한 의미를 생각하면서 같이 묶어보았다.

그리고 3부는 학위논문을 쓰면서 정리했던 박완서 자료들의 목록이다. 논문을 준비하면서 작품연보를 만들어 보았다. 참 많이도 썼다고 생각하면서 한결같은 생각을 다양하게도 쓰는구나, 그런 생각을 했다. 작품도 많고 작품에 관한 글도 많지만, 비중 있게 다룬 연구논문은 그다지 많지 않은 편이다. 박완서 소설에 관한 연구들과 학위논문에 첨부했던 참고문헌의 목록을 포함했다.

남들은 첫 책을 내면서 보통 시작이라고들 말하지만, 나는 이만큼이라도 다시 할 수 있을지 자신이 없다. 그래서 별 것 아닌 줄 뻔히 알면서도 스스로 대견한 마음을 숨기지 못하겠다. 어찌되었건 이를 계기로 '연구'가 더 깊어지고 넓어졌으면 좋겠다.

공부한 결과를 세상에 내놓으려 하니 공부 길에 들어서서 잘 걸어가도록 이끌어주신 선생님들이 먼저 떠오른다. 결혼 주례까지 맡아주신 이선영 선생님, 논문을 지도해주신 김철 선생님, 최유찬 선생님, 신형기 선생님, 유종호 선생님, 그리고 항상 자상하게 마음 써주시는 김영민 선생님께 감사 드린다.

애 둘을 키우느라 공백기간이 컸던 탓인지 논문을 쓰면서 내내 전전긍긍했던 기억이 확연하다. 여러 사람들한테 의지할 수밖에 없었다. 동네 살면서 애들 어릴 때부터 챙겨주고 공부도 가르쳐준 에이미, 항상 든든한 후원자였지만 지금은 이 세상에 없는 친구 문영, 박완서 소설에

같이 감동하면서 힘이 되어준 명아, 논문을 같이 쓰면서 날마다 전화해서 외로움을 덜어주던 은주, 이들은 이 논문을 같이 들어준 귀중한 친구들이다. 또 문장이 엉망인 후배 만나서 논문 읽어주느라 고생한 한수영 선배, 임진영 선배, 김경식 선배, 그리고 김재영 선배, 이들 역시 이 책에 기어한 바가 크나. 안타깝게도 고쳐준 대로 고치지 않고 내용을 다시 쓰는 바람에 선배들의 노고를 다 살리지 못해서 미안했다. 지금 고친 것으로 미안함을 대신할 수 있으면 좋겠다. 특히 아이들 때문에 생겼던 공백기간에도 항상 긴장하도록 울타리가 되주었던 상허학회 선후배들, 동학으로서 이들과 나누었던 지식과 마음은 공부하는 동안 항상 힘이 된다.

이런 일에는 가족들의 고통과 배려가 뒤따르기 마련인가보다. 물심양면으로 지원을 아끼지 않으신 시부모님, 동생 때문에 항상 걱정이던 언니, 꼼꼼하지 못한 아내 뒤치다꺼리에도 싫은 내색하지 않는 남편, 그리고 무심한 엄마 덕에 자유롭게 크고 있는 소담과 무연, 그냥 고마운 마음 전하고 싶다.

이 책을 보며 가장 기뻐할 사람은 부모님인 것 같다. 장조카와 나이가 같게 태어나서 장조카 공부하는 것만 보면서 일하는 게 싫어 도망나와 고학했다는 아버지. 그래서 공부에는 한이 맺힌 아버지. 지금은 병상에 계시지만 빨리 나으시기를 바라면서 보잘 것 없지만 이 책을 아버지에게 바치고 싶다. 딸 곁에서 가장 힘들어하셨던 엄마에게도 작으나마 위안이 되었으면 좋겠다.

깊은샘 사장님과의 친분 만으로 일면식도 없는 내게 표지그림을 그려주신 화가 김점선님께도 감사 드린다. 그림 속 박완서는 예쁘지 않다. 그러나 그림을 받아들고서 순간적으로 단편소설 「꽃잎 속의 가시」가 떠올랐다. 그림 속 '분홍 빛'을 죽음의 그늘까지도 자연스럽게 한 편에 지닐 수 있는 성숙한 노년의 환타지라 하면 비약일까? 작품에서처럼 젊은 날의 안간힘과 고통, 그리고 세월의 허망함을 모두 소화해 낸 노년이 꿈꾸는 '봄의 환타지' 말이다……

부족한 글이지만 책으로 묶여지기까지 재촉하고 격려해주신 깊은샘 사장님과의 십 년 우정에 감사 드린다.

2004년 2월, 화정에서

차 례

책머리에 ………………………………………………………… 5

1부 망각의 정치와 소설의 형식

서 론 ……………………………………………………… 17
　1. 문제제기 ……………………………………………… 17
　2. 소설방법론으로서 '기억'과 '복원' ………………… 21
　3. '이면(裏面)' 지향적 사유와 내면적 자아의 형상화 ……… 26
　4. 텍스트 확정과 개작 ………………………………… 34

인물 성격화방식의 서술 특성 ……………………………… 38
　1. 분열적 내면과 서술의 〈양가성〉 …………………… 38
　　1) 풍자와 연민의 이중서술 ………………………… 41
　　2) 감각적 체험의 자아와 지적 서술자아 ………… 52
　2. 내면갈등과 서술의 〈역설성〉 ……………………… 72
　　1) 극적 요소와 자기발견/은폐의 역설 …………… 75
　　2) '뭉뚱그리기' 구성의 역설 ……………………… 105
　3. 반성적 자의식과 서술의 〈매개성〉 ………………… 122
　　1) '보살핌'의 매개성과 관찰자의 자기반성 ……… 124
　　2) 삽화형식과 자기고백적 회상 ………………… 150
　　3) 혼잣말의 대화성과 '침묵'의 자기반성 ……… 170

분단의 시대경험과 타자들의 자의식 ……………………… 189
　1. 사회적 약자들의 고아의식 ………………………… 189
　2. '못본척'의 자기인식으로서 죄의식과 '차이(이면)'의 발견 … 195

결 론 ··· 209

2부 문밖 사람들의 또 다른 이야기

세계화와 탈냉전에 대응하는 소설의 형식: 기억으로 발언하기 ··· 217
  1. 서론: 자전소설의 등장과 그 배경으로서 1990년대 ············ 217
  2. '세계화'의 현실과 1991년 전후 박완서 소설 ················· 221
  3. 자전소설의 형식과 당대를 환기하는 미학적 효과 ············ 226
     1) 총괄하는 화자의 부재와 주관적 경험의 객관성···················· 226
     2) '직접 말하기'의 서술방식과 텍스트의 개방성 ····················· 232
  4. 단순한 구성과 심층적 의미공간 – '기억'의 정치성 ·········· 238

위기의 여자와 성찰의 시선 ································· 243
  1. 중년여성의 분열감과 박완서의 소설들························· 243
  2. 일상성과 허위의식 ··································· 246
  3. 여성의 위기 의식과 '혼란'의 정체감 ···················· 254
  4. '헤매임'의 서사와 '당당함'의 의식 ···················· 265

3부 부록

  1. 작품 창작 연보 ····································· 283
  2. 작품 목록 ··· 298
  3. 연구목록 및 참고문헌 ································· 303

1부

망각의 정치와 소설의 형식

서 론

1. 문제제기

박완서 소설의 인물들은 치밀한 내면묘사를 통해 성격화된다. 박완서는 체험적 사실을 근거로 하여 다양한 일상사와 풍속을 그려내면서도 내면묘사를 통해 개성이 강한 인물을 보여준다. 그래서 풍속작가, 세태작가라 불리기도 하며 치밀한 심리묘사의 작가라 평가되기도 한다.[1] 30여 년의 창작 기간 동안 발표된 방대한 양의 작품들은 동시대의 일상사를 속속들이 담아내고 있지만, 결국에는 다양한 생활 속에 자리잡고 있는 인물들의 진지한 내면탐색으로 귀결되어 당대인들의 내면풍경을 조망할 수 있게 한다.[2] 세태작가로 알려져 있는 박완서의 소설은 치열한 자기탐색을 보여주는 인물의 개성적 면모로 인하여 일관된 작

---

1) 박완서 소설에 대한 연구 동향은 1991년 봄 작가세계 특집에 실린 조혜정의 글과 2000년 박완서 문학 30주년 기념으로 발간된 『박완서 문학 길찾기』(이경호 · 권명아 엮음, 세계사)에 잘 조망되어 있다.

2) 서영채는 박완서 소설이 "단순한 일상의 풍속도 넓고 깊은 마음의 풍속도로, 혹은 역사적 의미를 압축하고 있는 내포가 풍부한 그림으로 변화한다"고 말한 바 있다. 이는 다양한 일상적 소재들과 삶의 풍속이 인물의 성격으로 집중되어 주제화되는 특성을 지적한 것이라 할 수 있다. 서영채, 「사람다운 삶에 대한 갈망」, 『아저씨의 훈장(박완서 단편소설 전집 3)』, 문학동네, 1999, 468쪽 참조.

품세계를 형성하는 것이다. 따라서 박완서 소설에 등장하는 인물의 성격은 작품의 주제가 최종적으로 집결되는 지점이라 할 수 있다. 특히 심리묘사로 드러나는 작중 인물의 '내면'이야말로 다양한 삶의 문제가 집중된 자의식이 숨겨져 요동치는 곳이다.

이처럼 다양한 일상사가 드러나는 가운데 내면의 동요가 심한 인물의 성격은 한국전쟁과 분단의 역사적 경험이 작용한 서사적 특성과 연관된다. 다양한 세태 속에 살아가는 인물들은 미세한 일상사에까지 스며들어 있는 규범화된 이데올로기와 허위의식에 의해 자기를 상실하는 경험을 하게 되고, 이를 내색할 수 없는 '현실'을 받아들임으로써 내면의 극심한 동요를 지닌 인물로 성격화된다. 인물의 내면적 자아의 실상이 드러남으로써 다양한 일상사에 드리워진 억압의 실상과 역사적 의미가 드러나게 되는 것이다. 전쟁과 분단의 역사를 '기억'의 방법으로 재구성하려는 박완서 소설의 의미는 '내면'을 통한 성격화를 통해 구체화된다 할 것이다.

박완서 소설에서 '내면'적 자아를 통한 성격화는 인물의 내면을 외면과는 다른 인물의 '이면'으로 여기는 서술자의 인식에 의한 것이다. 때문에 내면을 통한 성격화는 삶의 '이면(裏面)'을 의식하는 서술방식을 통해 이루어진다. 박완서 소설의 중요한 서술특성인 치사한 속내를 파고드는 심리묘사나 양면의 시각을 강조하는 세태묘사 등은 인물의 억압된 자아를 '내면'적 자아의 면모로 형상화하는 방식이라 할 것이다. 따라서 박완서 소설의 인물 성격화로서 '내면'의 의미에 주목하는 것은 자연스럽게 인물의 내면이 드러나는 서술방식의 연구가 된다.

평단에서 받은 관심과 작품의 양에 비해, 박완서 소설 전반에 대한 연구는 그다지 많은 편이 아니다. 여성작가이면서 대중작가로 불렸던 박완서의 개인적 이력은 단점으로 작용하여, 작품활동 초기라 할 수 있는 1970년대 평론들이 보여준 긍정적인 평가[3]들은 그다지 큰 비중을 차지하지 못한다. 특히 1980년대에는 소시민 작가에 대한 비판의식이 팽배하던 문단 분위기로 인하여 더욱 비판받는 작가가 되기도 한다.[4]

박완서 문학에 대한 평가는 1990년대에 들어서면서 본격화된다. 그러나 작품 연구는 주로 억척모성의 형상이나 전쟁체험의 의미 등 주제비평을 중심으로 이루어지며, 형식이나 서술방식, 구성원리에 대한 연구는 황도경의 논문 몇 편에서 언급된 정도이다. 제도적 금기나 규범의 허위성으로 인해 진정한 말들이 억압되어 말하고자 하는 욕망은 마음속에만 담아놓는 "속말"[5]을 형성한다는 말의 의미와 연관된 서사적 특성에 관한 연구는 서사분석으로서 주목할 만하다. 또 "구체적이고 일상적인 상황과 어휘들을 사용하던 서두의 문장들"과 마지막에 사용되는 "관념적이고 추상적인 어휘"들의 관계를 통해 "반전과 깨달음의 구조"[6]를 갖게 된다는 문체와 서사의 연관성에 대한 연구 역시, 박완서 문학의 묘미가 "사건이나 상황 자체가 아니라, 그 속에서 인물들의 미묘한 심리를 포착해내는 섬세한 시각과 이를 풀어 가는 힘"임을 인식한 것으로 서술성을 중요시 한 연구이다. 그러나 황도경의 연구는 박완서 소설을 "생명의식"으로 단일하게 해석함으로써 스스로의 성과를 단순화시킨다.

"속말"의 의미나 반전의 구조, 미묘한 심리를 포착하는 수다스런 서술방식 등의 특성은 내면적 자아의 자기탐색과 연관됨으로써 현실비판

---

3) 1970년대의 평론들은 박완서의 소설들을 긍정적으로 평가한다. 유종호, 「고단한 세월 속의 젊음과 중년」, 『창작과 비평』, 1977. 가을, 염무웅, 「사회적 허위에 대한 인생론적 고발」, 『세계의 문학』, 1977. 겨울 참조.

4) 1980년대 박완서 소설에 대한 1980년대의 평가는 조혜정의 「박완서 문학에서 비평이란 무엇인가」,(『작가세계』, 1991. 봄)를 참조.

5) 황도경, 「생존의 말, 생명의 몸」, 『우리시대의 여성작가』, 문학과지성사, 1999.

6) 황도경, 「이야기는 힘이 세다」, 『실천문학』, 2000. 가을, 79쪽.

의 긴장감을 지속시키는 역할을 한다. 이런 서술방식이나 문체의 특성은 박완서 소설의 창작동기인 은폐되어 있는 역사적 사실들을 복원해내려는 의지와 연관됨으로써 박완서 문학의 특성으로 해명될 수 있다. 박완서 소설의 서술특성이나 구성적 특성은 삶(역사)에서 은폐된 것을 들추어내고 그것을 '이면'으로 이해함으로써 은폐되거나 억압될 수밖에 없는 역사적 계기, 혹은 역사적 실상을 폭로하고 비판하려는 작가의식의 표현이다. 박완서 소설이 자기미화의 위선성을 경계하고 비판하는 것은 바로 인간 존엄의식이나 인도주의적 태도로 인해 생겨날 수 있는 자기미화의 가능성까지도 차단하려는 냉정한 작가의식에서 비롯된 것이다. "신랄한 사회비판"이나 "정직한 소시민의 자기성찰"[7]이라는 평가가 가능한 것도 자기자신을 미화하려는 욕망까지도 낱낱이 폭로하기 때문이다. 또한 박완서가 스스로 말하는 '문밖의식'[8]은 화해의 정서에 동화되기보다 그런 정서의 허위성을 성찰하는 경계선에 있고자 하는 작가의 태도라 할 수 있다. 이 '문밖의식'과 그로 인한 서술특성은 작품에 사회비판적인 발언이 직접 드러나지 않더라도 끊임없이 현실을 비판하고 성찰하는 미학적인 요소가 된다. 따라서 박완서 소설세계를 모성의 생명의식이나 인간 존엄의식이라는 주제로 본다면 진지한 자기탐색에 몰두하는 내면적 자아로 인해 가능한 현실비판의 긴장감을 포착할 수 없게 되는 것이다.

특히 박완서 소설의 서술적 특성을 해명하려면 서술방식의 분석 못지않게 서술방식을 추동하는 소설창작의 동기로서 작가의 현실인식을

---

7) 백낙청, 「사회비평 이상의 것」, 『창작과 비평』, 1979. 봄, 297쪽 참조.

8) 박완서는 '문밖의식'을 "좀 비켜난 자리에선 뭘 더 많이, 총체적으로 볼 수 있"다고 말함으로써 경계선에서 가지는 객관적 태도를 자신의 창작태도로 말한 바 있다.(박완서, 「서울내기 시골뜨기 2」, 『서있는 여자의 갈등』, 나남, 1986, 209쪽) 이선미, 「어머니의 역사와 '늙은 엄마'의 진실」, 『현역중진작가연구 I』(국학자료원, 1997), 93-95쪽 참조.

염두에 두어야 한다.[9] 은폐된 '이면'의 '사실'들을 기억해서 복원함으로써 이러한 '사실'을 발설하지 못하고 '억압'해야 하는 현실을 비판하려는 작가의 의식이 전제될 때 서술방식의 특성을 해명할 수 있을 것이다. 박완서 소설의 인물 성격화방식, 곧 서술방식의 연구는 작가가 소설을 쓰게 된 역사적 계기를 문제삼는 '기억'의 방법론을 전제함으로써 가능하다.

2. 소설방법론으로서 '기억'과 '복원'

박완서 소설의 인물 성격화방식으로서 서술특성을 해명하기 위해서는 작가의 현실인식과 소설창작의 동기가 함축되어 있는 '기억'과 '복원'의 의미를 주목할 필요가 있다. 1989년에 발표된 「복원되지 못한 것들을 위하여」에 나오는 '복원'은 박완서의 '기억'의 의미를 보다 분명하게 한다.

그러나 탁월하다고까지 생각한 건 소재보다는 그의 특출한 기술방법이었다. 그는 마치 깨진 그릇의 파편을 주워모아 원형을 재현하듯이 우직하고도 꼼꼼하게 한 지난 시대에 어떤 외진 고장에서 있었던 부정의 추악상을 본디

---

9) 김윤식은 박완서 소설의 창작방법을 '기억에 의한 글쓰기'라 하면서 "역사의식과 벌레의식의 한 가운데"에 박완서 소설이 존재한다고 말한 바 있다. 그는 박완서의 소설이 역사적 계기에 의해 은폐되거나 억압된 기억과 관련된 것임을 강조한다. 그러나 기억을 회상형식으로 일반화함으로써 '기억'의 정치적 의미를 간과한다. 반면, 권명아는 기억의 소설방법론이 바로 "현재의 우리 삶에 대한 끝없는 성찰의 동력"이 되고 있다고 함으로써 '기억'의 방법론이 갖는 이데올로기 비판의 정치적 의미를 주목한 바 있다. 김윤식, 「박완서론 – 기억과 묘사」, 『작가와의 대화』(문학동네, 1996), 권명아, 「박완서 – 자기상실의 '근대사'와 여성들의 자기찾기」, 『역사비평』(1998. 겨울), 390-391쪽 참조.

모양 그대로 드러내 보여주고 있었다. 그 드러냄이 어찌나 선명하고 여실한지 어떤 변두리에서 있었던 사건을 뛰어넘어 한 추악한 시대의 전형을 보는 느낌을 갖도록 했다. 그건 문장력 같은 것하곤 달랐다. 그런 걸 타고났거나 갈고 닦은 흔적이 조금도 없는 게 되레 그 수기의 미덕이었다. 그는 다만 하나의 부정을 완성하는 데 있어서 권력이 차지한 몫 뿐 아니라 그 자신과 주변의 평범한 사람이 분담한 몫까지를 동정도 과장도 없이 정직하게 드러냈을 뿐이었다. 따라서 흔한 고발이나 폭로의 의도도 엿보이지 않았거니와 속죄양이 되어 모든 잘못을 자신이 뒤집어쓰는 것처럼 꾸미고, 실은 고백은 손톱만큼 하고 태산같은 위선의 기쁨을 누리려는 참회록 따위하고도 달랐다.

그가 수기의 제목을 「복원」이라고 붙인 건 참으로 적절했다. 깨진 간장종지 하나를 복원시키려도 더도 말고 덜도 말고 그 파편들을 잃지도 보태지도 말고 고스란히 주워 모아야 하듯이 섬세한 부분도 잊어버리지 않고 있다가 제자리를 찾아 맞춘 그의 기억력은 감탄할 만했다. 십 수년의 세월과 그의 연령으로 미루어 기록해두지 않으면 그럴 수도 없는 일이었다. 권력과 힘없는 평범한 사람들의 이해관계가 찰떡같이 맞물리면서 부정을 모의하게 된 경위뿐 아니라, 부정 자체가 지닌 인력 때문에 한번 발을 들여놓자마자 정신없이 빨려들게 되는 모습이 여실하면서도 그 꼼꼼한 기록성 때문에 그 동안도 그가 깨어 있었다는 걸 짐작하게 하는 거야말로 그 수기의 마지막 진가였다. (「복원되지 못한 것들을 위하여」, 『창작과 비평』, 1989. 여름, 154 -155쪽)

인용문은 소설의 한 대목이지만 작가 자신이 염두에 두고 있는 소설의 의미를 대변하는 듯하다. 작품의 주인공인 소설가가 "복원"이라는 수기를 중요하게 여기는 것은 "소재보다도 그의 특출한 기술방법" 때문이다. 부정의 추악상을 드러내는 데 있어서 "권력과 힘없는 평범한 사람들의 이해관계가 찰떡같이 맞물리"는 경위에다가 "부정 자체가 지닌 인력 때문에 한번 발을 들여놓자마자 정신없이 빨려들게 되는 모습"까지도 여실히 드러낸 점에 주목하는 것이다. 이는 "흔한 고발이나 폭로의 의도도 엿보이지 않았거니와 속죄양이 되어 모든 잘못을 자신이 뒤집어 쓰는 것처럼 꾸미고, 실은 고백은 손톱만큼 하고 태산같은 위선의 기쁨을 누리려는 참회록 따위"와도 구별되는 점이라 여긴다. 이 소설에서 소설 속 주인공인 작가가 주목한 "복원"이라는 수기는 발표되지 못하고 만다. '현실'은 이런 자기고발조차 허용하지 않을 정도로 '여전하기' 때문이다. 수기를 쓴 자가 은폐할 수밖에 없었던 자기상실의 체험은 여전히 억압될 수밖에 없는 현실인 것이다. 즉 '사실'이 '사실'로서 드러나는 것을 가로막는 많은 사람들의 이해관계 때문에 은폐되고 미화되는 '현실'은 여전하기 때문이다.

뒤이어지는 주인공의 고등학교 때 선생님과 관련된 일화는 '사실'이 은폐되고 미화될 수밖에 없는 현실을 다시 강조한다. 따라서 「복원되지 못한 것들을 위하여」라는 이 소설의 제목은 작품의 주제라 할 수 있다. 그리고 '복원'은 바로 박완서 문학세계를 가능케한 '기억'의 의미와 상통한다.

이데올로기 대립과 그로 인한 전쟁과 분단은 작가 박완서에게 가장 중요한 경험이다. 또 가부장제 이데올로기가 '남아선호 사상', '정조관념' 등의 규범으로 내면화된 사회에서 여성으로 살아 온 체험이나 중산층 주부로서 내면화해야 했던 가족 이기주의, 물질만능주의 등의 규범은 박완서의 작품세계를 구성하게 되는 근본적인 것들이다. 자잘한 일상사에까지 내면화되도록 강요되었던 '근대화'의 규범이나 이데올로기들은 자기를 상실하게 하기 때문이다. 예컨대 적군으로 받아들여졌던 오빠의 죽음을 말할 수 없는 '현실' 때문에 전쟁은 원체험이 되며, 살아남은 딸로서 받아들여야 하는 가부장의식 때문에 전쟁은 더 강렬한 것으로 각인된다. 등단작인 『나목』은 분단 이데올로기와 가부장제 이데올로기의 복합적인 작용이 빚어내는 억압의 체험이 드러난 대표작이

다. 그리고 역사적 경험 속에서 내색할 수 없었던 억압된 자아의 실상
은 전쟁기의 체험을 소재로 한 많은 작품들에서 반복된다.

 이처럼 작가가 과거의 체험을 소설화하는 것은 전쟁이나 사회적인
규범, 허위의식으로 인한 자기상실의 체험을 기억하는 것에 그치지 않
는다. "기억의 글쓰기"라고 불리워지는 박완서 소설은 '사실'이 '사실'
로 드러나지 않는 현실을 문제시하려는 의도를 지닌 정치적 행위이기
도 하다. 즉 박완서에게 기억은 '사실'이 은폐되는 '현실'을 비판하고
'사실'을 복원하는 유일한 방법이다.[10] 따라서 기억은 그 자체로 '사실'
의 복원이면서, 억압된 자아를 복원하는 작가 나름의 정치적 행위가 되
는 것이다.[11] 이로 인해 박완서 소설에서 '기억'은 모든 것을 파편화시

---

10) 이는 소설 속 서술자의 말을 통해서, 또는 작가 스스로의 말을 통해서 여러 번 언급
 된 바 있다. 박완서, 「부처님 근처」『현대문학』(1973. 7), 「나에게 소설이란 무엇인
 가」, 『박완서 문학앨범』, 웅진출판, 1992 참조.
11) 박완서의 문학세계와 관련된 '기억'의 의미는 공적 역사에 의해 구성된 '사실'이나
 '역사적 진실'조차 하나의 관점일 수밖에 없다는 견해와도 통한다. 이 견해는 '역사적
 기록물' 역시 하나의 관점에 의해 '사실'을 '사실'과 다르게 재구성할 수 있음을 전제
 한다. 역사소설과 역사적 진실의 관계가 단순히 '허구'와 '사실'을 넘어 '사실'에 대한
 또 다른 '사실'의 제시로 볼 수 있듯이(공임순, 『우리 역사소설은 이론과 논쟁이 필요
 하다』, 책세상, 2000), 역사적 기록물로 공식화되어 있는 '공적 역사'가 '나름대로'
 '사실'을 구성한 하나의 관점일 수도 있는 것이다. 특히 정치권력의 이해관계를 중심
 으로 구성되는 전쟁기록이나 역사서술은 '사실'을 해석하는 많은 관점에 의해 다양하
 게 '사실'이 구성되는 것이다. 이는 곧 이 공적 역사 기록물들이 '사실'을 왜곡할 수
 있는 가능성을 시사한다. 지배권력의 권력화 과정에서 반공 이데올로기가 중요한 역
 할을 했던 한국사회에서 한국전쟁에 대한 공적 기록은 지배권력의 관점과 긴밀히 연
 관될 수밖에 없다. 박완서의 전쟁기 체험의 소설화는 이런 공적 역사의 비사실성을
 일깨우려는 또 다른 '사실'의 제시라 할 수 있다. 작가 스스로도 『그 많던 싱아는 누가
 다 먹었을까』나 『그 산이 정말 거기 있었을까』를 통해 '사실'을 사실 그대로 복원하는
 작업을 시도한 것이라 말한 바 있다. 이렇듯 전쟁을 기록하는 공적 역사가 사실을 왜
 곡하는 것을 일깨우고 또 다른 '사실'을 통해 진실에 이르려는 다양한 시도들은 2차
 세계대전을 기록하는 독일과 일본의 연구를 통해서도 확인할 수 있다.(우에노 치즈
 코, 이선이 옮김, 『내셔널리즘과 젠더』, 박종철출판사, 1999, 후지타 쇼오죠오, 이홍
 락 옮김, 『전체주의의 시대경험』, 창작과비평사, 1998, 타나카 히로시, 이규수 옮김,

키는 시간의 파괴력에 맞서는 '행복한 기억'이나 '회상'[12]과는 다른 의미가 된다.

「복원되지 못한 것들을 위하여」의 서술자인 작가가 주목한 '복원'의 의미는 바로 자기상실의 체험마저도 은폐되고 미화되어 여전히 억압되어야 하는 과거의 '사실'을 '기억'함으로써 현실을 비판하는 미적 전략과 통한다. 이때 작품에서 강조되는 것은 은폐와 미화의 작업에 정신없이 빨려 들어가는 자기자신의 모습까지도 고스란히 복원하는 치열한 자기비판과 반성적 자기인식이다. '내면'을 파고드는 인물 스스로의 시선이나 서술자의 시선은 바로 이 자기 반성적 인식에서 나온다. 인물은 은폐되고 미화된 것들을 걷어내고 속속들이 파헤쳐진 '내면'으로 성격화되며, 적나라하게 드러난 속내를 자신의 것으로 인정하게 하는 서술방식을 통해 반성적 인식이 유도된다. 인물의 내면을 겹겹이 헤집어 치사한 속내까지도 보고마는 인물묘사나 자기를 상실한 것으로서 과거를 기억하려다가 과거 자체를 '사실'로서 기억할 수 없도록 하는 현실의 실상을 파악해내고 그 현실을 문제시하는 결말에 이르는 구성 역시 '기억'의 방법론 때문인 것이다.

이는 박완서 소설의 문체도 규정한다. 이야기 속의 인물의 삶이나 감정에 동화될 만하면 다른 이야기로 넘어가거나 산만하게 관심을 흐트러뜨리는 수다스런 서술자나 끼여들기의 서술방식은[13] 자기 미화나 자

『기억과 망각』, 삼인, 2000, 한국정신대문제대책협의회, 『기억으로 다시 쓰는 역사』, 풀빛, 2001 참조)

12) 김윤식은 박완서 소설의 방법론으로서 '기억'을 루카치나 벤야민의 이론에 근거하여 설명한다. 김윤식, 위의 글, 루카치, 반성완 옮김, 『소설의 이론』, 심설당, 1985 참조.

13) 박완서 소설의 수다스런 문체나 서술방식은 여러 논자들에 의해 작품의 결함으로 지적된 바 있다. 사실, 박완서 소설은 여러 삽화들이 별 서사적 연관성 없이 나열되어 있거나 산만하게 처리되는 특성이 있다. 그러나 이는 결함이기보다 독자가 인물의 내면 정서에 동화되지 않고 인물이 처한 현실을 비판적으로 인식하도록 유도하는 박완서 소설의 서술특성이라 할 수 있다. 이런 서술방식에 대해서는 김윤식, 「박완서론 -

기 연민과 같은 감상적 태도를 가로막는 역할을 한다. 이것 역시 인물
의 자기연민에 동화되어 허위의식으로 현실을 미화하고 허위적 현실을
조장할 수 있는 가능성을 차단하려는 서술방식이다. 따라서 "기술방
법"이라고 한 "복원"이라는 수기의 서술방식은 박완서 소설의 방법론
적 토대로서의 '기억'이 회상형식으로 포괄될 수 없는 박완서 만의 특
성임을 알 수 있게 한다.

3. '이면(裏面)'지향적 사유와 내면적 자아의 형상화

작가가 과거의 경험이 '사실'로서 받아들여지지 않는 현실을 비판하
기 위해 기억으로 억압의 체험을 복원하려 하듯이, 작품 속 인물들 역
시 대사나 행동으로 외화되지 못하고 내면에만 담아두어야 하는 억압
된 자아의 면모를 통해 성격화됨으로써 자아의 진상(眞相)을 드러낸다.
즉 '이면'이라고 할 수 있는 '내면'을 통해 억압된 자아를 발견함으로
써 자아를 복원한다. 이 '내면'은 바로 역사적 계기에 의해 은폐되거나
억압된 자아의 면모를 간직한 유일한 흔적이다. 억압된 내면적 자아의
면모는 사회역사적 경험이 집약된 최종지점이 되는 것이다. 박완서 소
설의 인물 성격화에서 '내면'이 중요한 것은 이 때문이다.
'내면'은 인물의 성격화에 중심범주가 되고, '내면적 자아'를 통한
성격화방식을 통해 박완서 소설의 서술특성을 파악할 수 있는 것이다.
이는 박완서 소설의 인물들이 사회비판적인 발언을 할 수 있는 이성적
판단력이 있거나 지적인 면모를 갖고 있지 못한 데도 작품이 "신랄한

망설임 없는 의식」, 『우리문학의 넓이와 깊이』(서래헌, 1979), 김경수, 「여성경험의
소설화와 삽화형식」(『현대문학』, 1991. 겨울), 박혜경, 「저문 날의 삽화, 혹은 소시민
적 풍속도」(『저문 날의 삽화』, 문학과지성사, 1991) 참조.

사회비판"의 주제를 형성하게 하는 핵심적 요소가 된다.

그렇지만 내면묘사 만으로 박완서 소설을 특화시킬 수는 없다. 현대 소설에서 내면묘사는 가장 일반적인 특성이기 때문이다. '나'의 자기인 식으로 세계를 인식하려 하는 근대적 주체관의 형성 이래로 자아와 세계의 대립, 내면과 외면의 대립, 영혼과 행위의 대립은 개인과 환경세계의 이원성에 근거한 소설 장르의 가장 기본적인 정황으로 이해된다.[14] 이때 '내면'은 소설의 중심 범주가 되는 것이다. 특히 루카치는 이 이원성에 근거하여 소설의 유형학을 시도한 바 있다.[15] 또 현대소설에서 내면성은 "영혼성의 체험"이 가능한 유일한 "영적 실체"[16]로 중요시되며, 현실에 대한 내면성의 우세를 내세움으로써 소설에서 중요한 범주가 된다.

소설의 '내면성' 범주, 즉 '내면지향'과 '내면의 의식적 우월성'은 우리 소설사에서도 문제시된 바 있다. 1930년대 임화의 「세태소설론」에서 얘기된 '세태'와 '내성(內省)'의 대립은 본격소설이 가능하지 않은 사물화된 삶의 상황을 반영한 소설의 유형화라 할 수 있다.[17] 이때, 세태와 내성의 구분 역시 자아와 세계의 화해할 수 없는 대립적 상황을 반영한 것이다.

박완서 소설의 서사적 특성을 해명하기 위한 중심 범주로서 '내면'은 이처럼 환멸의 현실을 총체화하고 비판하는 '우월한 의식'인 '내면의식'과 겹치는 부분도 있지만, 이것만으로 포괄되지 않는 다른 의미를 갖는다. 일반적으로 '내면의식'은 인물이 스스로를 의식함으로써 이루

---

14) 자아와 세계의 이원성을 중심으로 서구 장르론을 소개하고 장르의 특성을 파악한 것으로는 김준오, 『한국 현대 장르 비평론』(문학과지성사, 1990)을 참조할 수 있다.

15) 루카치, 위의 책 참조.

16) 위르겐 슈람케, 원당희 · 박병화 옮김, 『현대소설의 이론』, 문예출판사, 1995, 102-111쪽 참조.

17) 임화, 「세태소설론」, 『문학의 논리』, 학예사, 1940, 349-354쪽 참조.

어지는 자기 반성적 인식에 해당한다. 반면에 박완서 소설의 '내면'은 인물의 자기인식을 포함하면서 동시에 인물이 자기의 것인지 아닌지 의심하는 내면의 생각이나 무의식적 감각 등, 내면적 심리상황을 모두 포괄한다. 내면의 자기인식을 포함하여, 내색하지 못하고 내면에만 담아두는 생각들이나 인물 스스로도 명확하게 해명하지 못하는 느낌이나 심리현상을 통틀어 성격화의 중심이 되는 '내면'이라 할 수 있다. 또 무의식에 해당하는 꿈이나 환영, 감각적 체험 등도 '내면'이 된다.

특히 박완서 소설을 구분짓기 위해 사용하는 '내면'은 '이면'이라는 점이 가장 중요하다. 이면은 양면을 전제하고 이면을 생각하는 것이다. 외면으로 드러나는 자아의 면모와는 다른 면모를 전제하기 때문에 인물의 '이면'으로서의 '내면'을 범주화 하는 것이며, 이 점에서 '내면의식'과 구별된다. 인물의 과거 경험이 억압되고 은폐된 채로 유지되는 현실을 문제시할 수 있는 유일한 흔적으로서 '내면'인 것이다. '내면'은 외화되지 못한 자아의 면모를 '이면'으로 전제하고 자아의 정체를 파악하려는 사유와 연관된 것이다.

억압되어 드러나지 못하는 인물의 '이면'으로서의 '내면'을 들추어 내는 서술방식은 내면을 통한 인물 형상화 외에 세태풍속 묘사나 인물의 외양을 묘사하는 데에도 일관성 있게 관철된다.

그 여자의 앞모습과 뒷모습은 판이했다. 군살이 붙지 않은 우아하고도 간결한 선과 자신있고 경쾌한 걸음걸이로 하여 뒤에서 본 그 여자는 스무 살을 갓 넘어선 것처럼 싱싱해 보였다.

그러나 그 여자의 앞모습엔 분명하고도 멀지 않은 노추(老醜)의 예감 같은 게 서려 있었다. 세필화(細筆畵)처럼 공들인 화장 밑엔 물빨래해서 다림질한 비단결처럼 섬세하고 확실한 주름살이 은폐되어 있었고, 목의 주름살은 숫제 적나라했다.

판이한 건 그 여자의 앞과 뒤뿐이 아니었다. 그 여자의 큰 눈은 뭔가를 주장하고 나설 것처럼 강경했지만 그 여자의 입술은 시들은 꽃잎처럼 아무것도 주장하고 있지 않았다. 타고난 눈썹을 싹 밀어버리고 새로 그린 눈썹은 간드러지게 요염했지만 턱은 완강했다. 발목은 날씬하고 발은 유리구두라도 신겨주고 싶게 앙증맞고 귀여웠지만 손은 거칠고 튼튼하고 엉뚱한 곳에 옹이처럼 질긴 못까지 박혀 있었다.

그래서 그 여자의 그 상스럽도록 투박한 손가락이 간간이 자신의 결 좋은 머리속 깊숙이 집어넣었다가 빗질해 내리는 게 마치 타인의 손처럼 무엄해 보였다. 그 여자는 버릇처럼 무심히 그러나 그지없이 세련된 동작으로 곧잘 그렇게 했다.

그 여자는 머리끝에서부터 발끝까지 세심하게 신경을 써서 멋 부리고 있었지만 동냥자루처럼 더럽고 허술한 백을 메고도 천연덕스러웠다. 백이 잘못돼 있지 않을 땐 구두라도 잘못돼 있었고 구두가 잘못돼 있지 않으면 벨트나 머플러라도 잘못돼 있었다. 잘못돼도 심하게 잘못돼 있었다. 그 여자의 멋 부리는 솜씨에 대해 샘내기 좋아하는 사람은 그 여자의 이런 실수까지를 멋을 위한 기교라고 짐작하고, 기교치곤 유치하고 실수한 기교라고 비웃었지만 그건 오해였다. 요컨대 그건 그냥 그 여자의 순전한 실수일 뿐이었다. 요컨대 그 여자는 완벽한 멋쟁이는 못됐다. 그러나 그런 불완전함이 오히려 남들에게 친밀감을 일으키기도 했다.

그 여자 속의 이런 판이함은 서로 타협하거나 조화될 낌새없이 각각 두드러져서 그 여자의 인상을 도무지 종잡을 수 없게 했다. 특히 남의 인상에서 즉각적이고도 단일한 해답—저 여자가 나보다 잘났나, 못났나? 젊었나 늙었나? 잘살까 못살까?—을 얻어내고자 하는 사람을 시침 딱 떼고 골탕먹이기에 알맞았다. (『살아있는 날의 시작』, 동아일보, 1979. 10. 2)

『살아있는 날의 시작』의 맨 처음 부분이다. 작품의 도입부를 장황하게 인용한 것은 인물의 외양을 묘사하는 서술자의 태도에도 '이면'을 전제할 수밖에 없다는 서술자의 판단이 드러나고 있기 때문이다. 인물의 외양을 묘사하는 것임에도 객관적인 묘사라고 하기 어려운 점이 있다. 우선, 눈에 띄지 않는 부분을 주목함으로써 인물의 실상에 다가갈 수 있다는 서술자의 판단이 강하게 드러난다. "앞모습과 뒷모습이 판이했다"로 시작되는 것에서 알 수 있듯이, 인물의 외양을 묘사하는 서술자의 주관적 태도가 확연하다.

반면 서술자의 시점은 독자의 내면을 향해 있다. 일반적으로 3인칭 서술시점이 그러하듯이, 이 서술자도 "그 여자"의 삶을 내려다볼 수 있는 위치에서 "그 여자"의 실상을 서술해 나가고 있다. 그런데 서술자는 "그 여자"의 실상을 서술하는 가운데 그 여자의 외양을 묘사하는 것이 아니라 이야기를 듣는 대상인 독자를 의식하면서 독자가 "그 여자"의 실상을 파악해 가는 방법을 따라 서술한다(독자의 시선을 유도하는 것이기도 하다). 시점은 독자와 같이 하고 있으면서 서술자만의 독자적인 목소리로 자신의 '판단'을 드러내는데, 이 '판단'은 인물에 대한 판단이 아니라 독자가 인물의 외양을 통해 인물을 파악해 가는 '의식'에 대한 판단이다. 그래서 인물의 외양을 묘사하는 서술에서 드러나는 서술자의 판단은 독자를 설득하려는 관점을 내비치게 된다.

이것은 "그 여자"를 바라보는 독자의 내면의 허위의식을 일깨우려는 의도 때문이다. 도무지 종잡을 수 없는 그 여자의 겉모양을 통해 이런 사람은 이런 식으로 저런 사람을 저런 식으로 생각할 수 있다는 점을 일일이 설명한다. 이때 인물의 외양묘사에는 단순히 "그 여자"의 객관적인 외양묘사에 국한되지 않고 사물이나 사람을 판단하는 독자의 '의식'을 문제시하려는 의도가 드러나는 것이다. 단순한 외양묘사에도 군더더기 같은 서술 속에 삶을 인식하는 독자의 '의식'을 문제시하려는 서술자의 태도가 개입되어 있는 것이다.

따라서 이 외양묘사에는 작품을 관통하는 서술자의 판단이 확연히

드러난다고 할 수 있다. 겉으로 드러나는 것조차 이미 '상식적 통념'[18]
에 의해 왜곡되어 인식될 수 있다는 판단이다. 이는 외부세계를 인식하
는 '의식'의 일반적인 특성이기도 하지만, 서술자가 강조하는 것은 이
'의식'에서 내면화된 허위의식을 파악해낼 수 있다는 것이다. 인용문에
서 드러나듯이, 서술자는 잘 드러나지 않는 "그 여자"의 뒷모습조차도
그 여자의 세련미에서 나온 의도적인 실수로 생각하게 하는 '고정관
념'이 있다고 함으로써 "그 여자"의 실상보다는 "그 여자"에 대해 생각
하는 사람들의 '의식'에 관심을 갖는다. 나아가 서술자는 "그 여자"의
외양을 묘사하는 가운데 독자의 시점을 서술자의 시점에 동참하게 함
으로써, 독자 스스로 서술자가 비판하는 '고정관념'이 자기자신의 것인
듯 생각하게 한다. 즉 서술자의 외양묘사는 독자들 스스로 자기자신을
탐색하고 공감하게 하는 설득의 서술태도를 지닌다. 이 서술자가 "그
여자"의 외양을 묘사하는 가운데 최종적으로 의도하는 것은 "그 여자"
의 실상을 파악해 가는 '의식'의 허위성인 것이다. 그리고 그런 '의식'
이 서술자의 이야기에 동참하고 있는 많은 사람들에게 허위의식으로
내면화되어 있음을 설득하고자 하는 것이다. 따라서 독자들은 "그 여
자"의 힘겨운 삶에 연민을 느낌으로써 정서적으로 공감되기보다는 "그
여자"의 삶을 힘겹게 몰아가는 무수한 선입견이나 편견, 고정관념들이
곧 자기자신 안에 존재한다는 것에 공감하게 된다.

　박완서 소설의 서술특성은 이 공감을 자아내기 위한 것이다. 자기자
신에게 연민을 느끼거나 이런 연민의 감정에 독자가 공감하게 하지 않
는다. 자기에게도 세상을 바라보는 선입견이나 편견이 있다는 데 공감

────────────

18) 박완서 소설에서 이미 사람들의 의식에 내면화되어 있는 인식의 틀이나 사고패턴으
　　로서 '상식적인 통념'에 대한 비유나 설명이 많이 나온다. "상식의 논리", "남의 이
　　목", "이웃집 여편네의 수다" 등은 사람들의 사고방식을 규정하거나 제한하는 것으로
　　서, 이미 내면화된 이데올로기나 허구적 관념, 도덕관, 편견, 고정관념 등을 지칭하는
　　것이다.

하게 한다.

이런 서술태도는 인물 성격화에서 알 수 있는 '내면'적 자아의 면모를 '이면'으로 전제해야 자아의 진상이 드러날 수 있다는 인식과 통한다. 인물을 성격화하기 위해 '내면'을 인물의 '이면'으로 인식하듯이, 외양묘사에서도 겉으로 드러나는 것을 인식하는 '의식'은 그 의식에 개입된 여러 규범의식에 의해 '사실'이나 사물의 '실체'가 조작될 수도 있다는 것을 강조한다. 삶을 인식하는 우리 '의식'에 개입되는 내면화된 '허위의식'[19]을 문제삼는 것이다. 이런 서술태도는 박완서 소설의 풍자적 서술방식이나 수다스런 서술자 등 의식 깊숙한 곳을 파헤쳐 들어가는 집요한 서술태도와 연관되며, '상식적 통념'을 지닌 모든 사람들의 내면화된 의식 속에 잠재되어 있다는 것을 설득하려는 서술태도와 연관된다.

이렇듯 '내면'을 통한 성격화나 내면화된 허위의식을 문제삼는 서술태도는 모두 은폐된 삶의 '이면'을 전제함으로써만 '진상(眞相)' 혹은 '사실'에 다가갈 수 있다는 '이면지향적' 사유에 의한 것이다.

그런데 이 '이면지향적' 사유는 삶의 다원화나 상대주의적 관점과 같은 것은 아니다. 앞서 강조했듯이, 박완서 소설에서 '이면'은 전쟁과

---

19) 이 허위의식은 지배집단의 이해관계와 일치하는 '지배 이데올로기'만이 아니라, '이데올로기적 효과'를 포괄한다. 지배 이데올로기가 지배적인 이데올로기가 되려면 그것에 종속하는 자들의 이데올로기와 끊임없이 타협해야 하며, 그것을 필요로하는 자들의 진정한 요구와 필요와 욕망에 대해 의미있게 작용해야 한다. "지배 이데올로기가 '독백적'이 되기 위해서는 동시에 '대화적'이 되어야 한다."(테리 이글튼, 여홍상 옮김, 『이데올로기 개론』, 한신문화사, 1993, pp. 59-63 참조) 즉 지배이데올로기가 지배집단의 이해관계에 따라 지배력을 공고히 하려면 '대화적'으로 이데올로기를 내면화할 사람들의 필요와 욕망을 반영해야 한다는 것이다. 지배 이데올로기의 내면화 과정은 이를 통해서 이루어질 수 있다. 허위의식은 지배 이데올로기뿐만 아니라 이 내면화과정에 개입되어 지배 이데올로기를 강화시키는 의식의 작동방식도 포괄한다. 유팔무, 「이데올로기 분석과 비판의 방법론」, 산업사회연구회 편, 『한국사회와 지배 이데올로기』, 녹두, 1991, 31-35쪽 참조.

분단의 역사 속에서 은폐되고 억압된 역사적 경험과 관련되어 있다. '이면'은 전쟁과 분단으로 인한 상실의 체험과 관련되어 있고, 이 상실의 체험이 여전히 억압되어 은폐될 수밖에 없는 현실을 담아내고 비판하는 '인식'과 관련된다.

따라서 박완서 소설에서 소설을 통해 인물의 '이면'이나 삶의 '이면'이 들추어진다는 것은 개별적 삶에 드리워진 사회·역사적 요인이나 억압의 실체를 드러내는 것이 된다. '이면'을 전제하고 그것을 '사실'로 복원하려는 박완서 소설의 서술특성은 억압의 역사적 경험을 드러냄과 동시에 그것을 은폐하려는 현실을 비판하게 되는 것이다. 그리고 현재 '사실'로 받아들여지는 '사실'을 부정하는 또 다른 '사실'을 기억함으로써 역사를 재구성하는 것이 된다.

이면지향적 사유를 기반으로 한 박완서 소설은 전후 한국사회의 위선적 삶의 방식과 내면화된 이데올로기의 허위성을 폭로하는 자기발견의 서사[20]라 할 수 있다. 박완서 소설의 인물들은 인물이 자아의 면모를 제대로 내색하지 못하고 숨기거나 오해되는 상황을 그대로 받아들임으로써 이중적 면모로 성격화된다. 이런 상황에 처한 인물의 내면에서는 인물의 전면모가 드러나게 되며, 이 '내면'을 통해 자기를 발견하는 과정이 드러나는 것이다. 사회적 규범이나 지배 이데올로기로 인하여 자아의 전면모가 외면화되지 못하고 억압되어 내면의 심리를 통해

---

20) 자기발견의 서사는 교양소설을 중심으로 한 서사적 특성이다. 그러나 교양소설이 인물의 성장에 따른 정체성 형성과정을 중심으로 한 것이라면, 박완서 소설의 자기발견의 서사는 자기를 상실하는 경험을 통해 자기를 인식하는 것이라는 점에서 차이가 난다. 교양소설에 대해서는 M. M. Bakhtin(translated by Vern W. McGee), 「The Buildungsroman and Its Significance in the His-tory of Realism」, *Speech Genres and Other Late Essays*(University of Texas Press, Austin, 1986) pp. 23-24 참조.

서만 억압된 자아의 면모가 드러날 때, 자기를 상실하는 과정을 통해 자기를 발견하는 서사적 특성을 띠게 된다. 이 자아는 '상실된 자기'의 발견을 통해 정체성을 확립하지 못하고 오히려 자아를 고립시키고 소외시키는 '자기부정'에 이른다. 박완서 소설이 '여성'을 중심주제로 삼고 있는 듯 보이는 것은 이와 연관된다. 여성은 젠더로서의 여성성, 즉 사회적 약자의 대표적 이름이기 때문이다.

그렇지만 사회적 규범이나 내면화된 허위의식으로 인해 자기를 상실해 나가는 과정은 규범적인 자아를 부정하고 자기를 발견하는 '내면'적 자아를 통해 상실된 자기를 복원하는 과정이기도 하다. 따라서 '이면 지향적' 사유에 의한 서술특성은 자기가 부정되는 고립의 과정을 통해 비로소 자기를 발견하는 역설적 서사가 된다.

일본의 침략과 함께 이루어진 근대적인 삶으로의 변화와 전쟁과 분단의 역사적 조건을 등에 업고 공고화된 이데올로기적 통제, 파시즘적 독재체제 등을 겪은 한국의 근현대사는 통제와 규율에 의한 획일적인 주체성을 규범적 자아로 강요했다고 할 수 있다.[21] 이렇듯 제도적 금기나 이데올로기적 통제가 극심한 사회에서 자기를 상실하는 가운데 자기를 발견하는 박완서 소설의 서사적 특성은 근대적 주체화의 한 양상을 시사한다고 할 것이다. 박완서 소설의 인물 성격화방식은 근대적 주체의 상실성과 복원을 아우르는 연구주제라 할 것이다.

4. 텍스트 확정과 개작

박완서의 소설들은 발표 이후 여러번 단행본으로 재출간되기도 하지

---

21) 한국산업사회연구회 편, 『한국사회와 지배이데올로기』(녹두, 1991), 김진균 외 지음, 『근대주체와 식민지 규율권력』(문화과학사, 1997) 참조.

만, 『나목』과 『목마른 계절』을 제외하고는 작가가 개작한 적이 거의 없다. 대부분의 장편소설들은 연재 이후 바로 단행본으로 출간되었으며, 단편소설들도 발표 직후 소설집으로 묶여 출간되었다.[22] 장편소설과 단편소설들은 이미 전집으로 간행되었다.[23] 단편소설들은 소설집으로 간행되는 과정에서 맞춤법이나 표기상 어색한 부분들이 출판사에 의해 고쳐진 부분이 있으며, 장편소설들도 전집 간행 시에 맞춤법 표기에 따라 고친 부분이 있으나, 개작이라고 할 만하지는 않다. 이 작품들 중에서 바뀐 것은 몇 작품의 제목에 불과하다.[24] 따라서 『나목』이나 『목마른 계절』을 제외하고는 판본에 관해서 논할 것은 없다. 저자는 발표시의 표현을 존중하여 처음 발표된 판본을 텍스트로 삼는다. 신문이나 잡지에 연재된 장편소설은 처음 것을 판본으로 하며, 단편소설도 처음 발표된 것을 판본으로 삼는다.[25]

개작과 관련하여 주목할 작품은 『나목』과 『목마른 계절』이다.

등단작 『나목』은 1970년 11월 『여성동아』 부록으로 처음 발표되었으며, 여러차례에 걸쳐 단행본으로 간행되었다.[26] 박완서는 등단작의

---

22) 대부분의 단편소설들이 발표 직후 소설집으로 묶여서 출판되지만, 『그 살벌했던 날의 할미꽃』(심지, 1987)에 실린 작품들은 바로 소설집으로 출판되지 않은 작품인 「쥬디 할머니」(1981), 「유실」(1982), 「움딸」(1984), 「사람의 일기」(1985)와 소설집에 이미 실려있는 6편의 소설들이다.

23) 장편소설 전집은 세계사에서 1993년부터 1996년까지 13권으로 출간되었으며, 단편소설 전집은 1994년 발표된 「가는비, 이슬비」까지를 포함하여 1999년에 문학동네에서 5권으로 출간한 바 있다. 단편소설 중에서도 「엄마의 말뚝 1」, 「엄마의 말뚝 2」, 「엄마의 말뚝 3」, 「유실」, 「꿈꾸는 인큐베이터」, 「그 가을의 사흘동안」, 「꿈을 찍는 사진사」, 「창밖은 봄」, 「우리들의 부자」는 1994년 세계사에서 출간되었다.

24) 「돌아오지 않는 땅」이 「더위먹은 버스」로, 『떠도는 결혼』이 『서 있는 여자』로 바뀌었다.

25) 장편소설은 ( ) 안에 (작품명, 발표지, 쪽수)를 표기한다. 단편소설은 ( ) 안에 (작품명, 쪽수)를 표기한다. 자세한 작품연보는 부록을 참조할 것.

26) 『나목』은 여러번 단행본으로 출판된다. 1976년에 열화당에서, 1981년 민음사에서는 6편의 단편소설들과 함께 묶여 출판되었으며, 1990년에 작가정신에서, 1995년 세계

느낌을 살리기 위해 개작하지 않다가, 1990년 작가정신 출판사에서 20주년 기념 출판을 하면서 개작을 한다.[27] 그러나 전체적인 줄거리는 바뀌지 않고, 작가가 표현이 거슬린다고 판단한 부분들이 수정된다. 비교적 감정 표현이 지나친 부분이나, 표현이 거친 부분들이 수정된다.

　나는 방금 주문 받은 것을 급한 일 쪽 설합에 들어뜨리고 환쟁이들 사이를 돌아다니며 다급하게 재촉도 하다 또 적당히 짜증을 부리기도 하다가 끝내는 은근한 공갈을 하는 것을 잊지 않았다.
　『암만 해도 안되겠어요. 맨날 시달려서 살 수가 있어야죠. 환쟁이를 몇 명 더 쓰자고 최사장이 나오면 부탁을 하든지 해야지.』(여성동아 부록, 1970, 6쪽)

　나는 방금 주문받은 것을 급한 일 쪽 서랍에 떨어뜨리고 환쟁이들 사이를 뒷짐지고 돌아다니며 뾰족한 목소리로 재촉도 하다가 또 적당히 짜증을 부리기도 하다가 마침내는 은근히 공갈을 치고 말았다.
　"암만 해도 안 되겠어요. 맨날 시달려서 살 수가 있어야죠. 환쟁이를 몇 명 더 쓰자고 최사장이 나오면 의논을 해봐야할까봐요"(작가정신, 1990, 13쪽)

인용문의 고친 부분들에서 알 수 있듯이, 이야기의 내용이 바뀌지는 않지만 표현을 바꿈으로써 인물이 쓰는 말이 달라지고 있다. 이런 표현의 수정은 작품 전체에 걸쳐 이루어지고 있으며, 이것은 인물의 성격과 관련하여 중요하게 검토될 만한 것일 수도 있다.[28] 개작된 작품에서 인물의 말투는 인물이 훨씬 상대를 배려한다는 것을 짐작하게 하기 때문

사에서 출판된다.
27) 박완서, 『나목』, 작가의 말, 작가정신, 1990, 참조.
28) 『나목』은 인물의 말이 달라짐으로써 성격적 변화를 생각해 볼 만하다. 판본 대조를 통한 작업은 본 논문에서 포괄하지 못했으며, 이후 연구를 통해 보완되어야 할 것이다.

이다. 따라서 작가의 개작 의도를 존중하여 『나목』은 작가정신 판을 텍스트로 삼는다.

『목마른 계절』은 박완서 소설 중에서 발표된 직후에 단행본으로 출간되지 않은 유일한 작품이다. 『鬪魁記』라는 제목으로 『여성동아』 1971년 7월부터 1972년 11월까지 연재되지만, 연재를 마치지 못하고 중단한다. 연재 시에는 "5월" 부분이 빠져있다. 또 "4월" 부분도 올케에 대한 서술이 빠져있다.[29] 6년 후인 1978년 수문서관에서 단행본을 내면서 제목도 『목마른 계절』로 바꾸고, 마지막 "5월" 부분도 첨가한다. 이에 준해서 『목마른 계절』은 1978년 수문서관 판본을 텍스트로 삼는다.

본 연구는 한 작가의 작품세계를 해명하는 것을 목적으로 하지만, 통시적인 방법에 의해 포괄해내려고 하기보다는 한 작가의 작품세계를 관통하는 주된 특성을 부각시키는 데 강조점을 둔다. 억압의 내면체험을 통해 인물의 성격이 구성되는 방식을 중심으로 분류한다.

---

29) 올케에 관한 부분은 주인공 진이의 성격과 연관된다. 특히 누락된 부분은 올케의 착하고 순수한 마음을 위선인지도 모른다고 의심하는 진이의 심리가 거침없이 드러나 있다. 이 부분도 주인공의 성격과 연관해서 살펴볼 만하다.

인물 성격화방식의 서술 특성

1. 분열적 내면과 서술의 〈양가성〉

박완서 소설에서 이중적이고 양면적인 서술태도는 특히 장편소설들의 구성적 특성과 연관된다. 세태 풍속에 대한 묘사를 보면, 세태 풍속은 양면적인 시점, 즉 앞면과 뒷면, 밝은 면과 어두운 면을 동시에 바라볼 수 있는 서술자에 의해 관찰되고 있다. 또 양가적 목소리, 즉 이편과 저편의 입장에 대한 차이를 다 파악하려는 양가적 태도 역시 발견할 수 있다. 예컨대,『오만과 몽상』은 절친한 사이였다가 서로 원수의 집안이라는 것을 알고 절교한 두 친구의 삶을, 장을 달리하면서 교대로 보여줌으로써 양가적 목소리의 효과를 낸다. 이는 쉽게 외화되지 않는 숨겨진 면에 대한 통찰없이 인간에 대한 총체적인 이해나 진실에 이를 수 없다는 '인간관'이 전제된 서술방식인 것이다.

객관적 사물이나 풍경에 대한 묘사에 있어서도 마찬가지다. 가령, 가난이나 부(富)에 대한 묘사는 그 자체에 동조하게 하는 묘사가 아니다. 가난의 실상을 적나라하게 드러냄으로써 가난을 동정하기보다 끔찍한 것으로 혐오하게 한다.[30] 부(富)도 마찬가지다. 부의 실상을 적나라하게 묘사함으로써 부(富)를 동경하고 그에 동화시키는 서술이기보다 치부와 속물성(탐욕)을 혐오하게 한다. 이것은 감정적 동화를 이끌어내는 묘사가 아니라, 지적으로 판단하고 진상을 파악하려는 분석적 태도인 것이다. 한 면을 과장함으로써 감정에 호소하는 것이 아니라, 양면을 강조함으로써 감정에 이끌리지 않고 지적인 판단을 할 수 있기를 기대하는 서술태도인 것이다. 즉 양면을 같이 볼 수 있는 시선과 양편을 같이 사유할 수 있는 판단력은, 은폐된 것을 들추어냄으로써 진실에 다가갈 수 있다는 박완서 소설의 주제의식과 통하는 서술자의 태도인 것이다.

이 장에서는 이런 서술특성을 〈양가성〉의 개념을 중심으로 인물 성격화방식과 연관시켜 살펴보려 한다. 서술의 양가성이란, 양편의 가치를 모두 따져볼 때 총체적인 이해가 가능하거나 전면이 드러날 수 있다는 서술태도를 전제한다. 이런 태도는 특히 인물의 내면을 드러내는 서술에서 많이 발견된다. 외면으로는 잘 알 수 없는 인물의 진의를 탐색하기 위한 서술방식이며, 외면과 내면을 분리시키는 '삶의 환경'과 직

---

30) "말세의 동산처럼 황량한 연탄재의 동산 둘레에도 아이들은 있었다. 아이다운 생기도 아이다운 귀여움도 없는 아이들이 서로 아무런 관계도 없는 것처럼 뿔뿔이 흩어져서 어떤 아이는 꼬챙이로 연탄재를 쑤시고, 어떤 아이는 손가락으로 연탄재 구멍에다 나사 돌리기를 하고, 어떤 아이는 발로 밟아 가루를 만드는 일을 했다. 아이들은 그 일이 조금이라도 재미있어서 하고 있는 것 같진 않았다. 이 일로 생겨나는 건 먼지뿐이었고, 아이들은 연탄재에서 먼지를 피어오르게 하는 게 그날의 숙제인 것처럼 마지못해 그 일을 하는 것처럼 보였다."(『도시의 흉년』, 문학사상, 1976. 7, 135쪽) 주인공이며 서술자인 수연이 가난한 산동네를 오르면서 바라본 풍경을 묘사한 부분이다. 아이들이 연탄재를 가지고 노는 흔한 광경을 이렇듯 자신의 시선으로 굴절시켜 묘사하고 있는 것이다. 수연은 가난이 이끌어내는 동정심이 값싼 감상일 뿐이라는 것을, 동정자를 끌어모으기 위해 계산된 비굴함의 속임수임을, 내면의 악의를 숨기고 있는 연출된 외면임을 알아내기 위해 가난을 탐색한다.(이 가난한 산동네를 묘사하는 가운데 실제로 "속임수"나 "악의"라는 말은 여러 번 나온다) 가난 자체를 객관적으로 묘사하려는 태도는 없고, 동정을 얻어내려는 가난한 사람들의 모습이나 풍경이 숨기고 있는 이면을 드러내려는 의도가 앞서는 풍경묘사라 할 것이다. 그저 외부세계에 해당하는 풍경조차 이렇게 서술자의 판단을 드러내려는 서술에는 양면적 시각이 전제되어 있다고 할 것이다.

접 연관된 서술방식이다.

지배 이데올로기나 허위적 규범의식의 내면화가 강력하면, 내면적 자아에 대한 억압의 정도도 심해서 인물 스스로 자기 삶의 허위성을 자각하는 내면탐색조차 불가능할 수 있다. 따라서 스스로 자기 내면을 탐색하지 못하는 인물들의 억압된 자아를 드러내기 위해서는 인물을 총체적으로 파악할 수 있는 서사 밖의 시선이 필요하다. 인물의 상황이나 억압된 내면까지도 분석해내고 해명해낼 수 있는 전지적 서술자의 시선이 필요한 것이다. 이 서술자는 인물의 내면에 밀착되어 인물의 목소리를 대변하기도 하고, 인물의 삶을 객관화시켜 인물의 상황을 설명해주기도 한다. 그렇다고 상대주의적 관점의 서술자를 말하는 것은 아니다. 서술자는 인물의 삶을 양면적인 관점에서 파악하려고 하지만, 인물을 분열적이게 하는 허위적 규범의식을 비판하려는 분명한 의도 속에 있다.

일단, 양가적 서술로 형상화되는 인물들은 허위적인 규범의식을 내면화한 정도가 심해서 자기를 객관적으로 떨어뜨려 바라볼 수 있는 반성적 인식이나 자의식을 갖기 어렵다. 그래서 서사 밖의 지적인 서술자의 중개가 필요하며, 서술자는 인물의 삶을 비판하기 위해 풍자의 공격적 태도를 지닌다. 박완서 소설의 주된 서술방식인 풍자는 인물의 허위의식을 비판하는 서술자의 의도와 연관된 것이다.

그런데 풍자의 대상인 인물은 풍자로만 성격화되지 않는다. 가차없이 공격받아야 하는 부정인물이 아니라, 허위적 규범의식을 내면화함으로써 자기를 상실한 피해자이기 때문이다. 서술자는 인물의 허위성을 알고 있는 만큼 이 인물이 희생양일 뿐이라는 것도 알고 있다. 그래서 서술자는 이 인물들을 비판할 수만은 없다고 여긴다. 이 인물 역시 허위적 규범의식에 의한 피해자임을 알고 연민을 느끼기도 한다. 그래서 인물의 내면에 밀착해서 인물 스스로 억압한 자아의 면모를 되살려내기 위해 애쓴다. 이때, 서술은 인물의 내면 목소리를 대변하는 듯이 억압된 내면을 탐색한다. 이로써 서술자가 양가적 태도로 바라보는 인물은 풍자와 연민의 이중서술로 성격화됨으로써 이중적 면모를 드러낼 수 있게된다.

양가적인 서술태도가 인물의 내면 목소리에 공존하는 경우도 있다. 인물 스스로 자기 목소리를 통하여 이런 이중적 태도를 보여주는 것이다. 감각적 체험의 자아와 지적 서술자아로 양분되어 내면을 감각적 체험으로 드러내기도 하고 이 감각적 체험이 내포하는 허위적 삶의 실상을 해명하기도 한다. 이 역시 서술의 〈양가성〉으로 볼 수 있다. 이 서술방식은 인물을 두 가지 서술태도로 형상화함으로써 이에 부합하는 이중적 면모로 성격화되게 한다. 인물은 서술자의 도움으로 내면탐색을 시도하지만, 허위의식의 내면화가 심해서 자기발견은 이루어지지 않는다. 다만 인물의 삶 밖에서 겉도는 자기의 허위성을 해명하는 서술을 통해 단편적으로 의식할 뿐이다. 따라서 인물은 스스로 삶의 허위성을 비판하지는 못한다. 그렇지만 이 분열적인 면모로 인해 삶의 문제나 허위적인 면들은 더 강하게 부각된다. 인물의 자기인식은 미미하지만, 현실비판의 주제의식은 강화되는 것이다.

1) 풍자와 연민의 이중서술

박완서 소설, 특히 초기소설들에는 풍자되거나 희화화되는 인물들이 많이 등장한다. 풍자는 대상을 공격하는 서술태도로서 풍자되는 대상인 인물은 내면적 동요나 갈등이 드러나지 않는 고정된 인물로 형상화된다. 풍자는 '악' 그 자체보다는 악을 숨기고 위선의 태도를 취하는 대상의 위선을 폭로하는 데 유용하기 때문에, 대상의 사악함이나 숨겨진 의도를 공격하는 것에 대한 공감을 얻어낼 수 있게 된다. 즉 풍자는 대상을 풍자하는 화자의 말에 전적으로 좌우되기 때문에, 화자의 판단에 동화되도록 설득하는 서술태도를 띠게 된다.[31] 대상의 위선성을 폭로함으로써 숨겨진 이면을 들추어내어 독자의 공감을 얻어내는 미적 효과를 발휘하는 것이다. 따라서 서술자는 풍자대상으로서의 인물을 동떨어뜨려 바라볼 수 있는 우월한 위치에 있어야 하며,[32] 지적 태도나 객관적 태도를 지녀야 한다.

박완서 소설에서 풍자는 흔하지만, 풍자로만 인물이 형상화되지는 않는다. 풍자를 가능케 한 비판의식과 반대되는 연민의 정서를 동시에 보여줌으로써 풍자의 지적 태도를 희석시킨다. 풍자의 객관적이며 지적인 서술태도와 연민의 정서를 일으키는 주관적 서술태도가 한 인물의 내면묘사에 공존함으로써 서술상의 분열이 야기되는 것이다. 이런 이중서술은 그대로 인물의 형상화방식으로 역할하여 인물을 분열적으로 성격화한다.

① 초희의 분열성과 이중서술

밑져야 본전 —. 초희는 이모의 말을 천천히 되씹는다. 참 좋은 말이다 싶다. 밑져야 본전이고, 잘하면 한밑천 잡는 장사라면 그까짓 거 누가 못하랴 싶다. 그녀는 어깨를 힘차게 추스른다.

그러나 곱게 단장을 하려고 화장대 앞에 앉은 그녀는 거울 속의 자신에게 울컥 구역질처럼 정이 떨어진다. 아주 예쁜, 나무랄 데 없이 예쁜 얼굴인데도 정이 떨어진다. 어제도, 그제도, 오늘 아침에도 이모가 오기 방금 전에도 바라보고 또 바라봐도 싫증이 안 나던 예쁜 얼굴이었는데 어디가 어떻게 달라졌는지 꼴도 보기 싫게 싫은 생각이 난다.(『휘청거리는 오후』, 동아일보,

---

31) Arthur Pollard(송낙헌 옮김), 『풍자』, 서울대학교 출판부, 4쪽 참조.
32) 앙리 베르그송(정연복 옮김), 『웃음』, 세계사, 1992, 14-15쪽 참조.

1976. 5. 4)

　이모나 민여사는 중매쟁이의 달변을 알아들은 것 같지는 않다. 못알아들은 채 넋이 반쯤 나가가지고 황홀해져 있다. 중매쟁이는 그만큼 자신에 넘쳐 있고 믿음직스럽다.

……(중략)……

　초희는 자기가 이 중매쟁이의 손바닥에서 공깃돌처럼 놀아나고 있다는 걸 느낀다. 그러나 이왕 얼떨결에 손바닥에 올라앉은 신세니 놀리는 데까지는 놀아나보리라. 밑져야 본전이지 하고 마음을 도사려 먹는다.(『휘청거리는 오후』, 동아일보, 1976. 5. 10~11)

　『휘청거리는 오후』의 첫째 딸 초희의 내면에서 일어나는 생각들이다. 초희는 결혼을 위해 맞선 시장에 나섰다. 인용문은 직업적인 중매쟁이를 만나면서 느끼는 초희의 내면이 드러나 있다. 그러나 초희의 것이라고만 볼 수 없는 여러 목소리들이 얽혀있다.[33]

　사실, 소설에서 인물의 내면이나 세태묘사가 한 목소리로 이루어지는 경우는 거의 없다. 동일 인물의 내면이 서술되는 때에도 다른 시점, 다른 목소리로 서술된다. 이런 다중적인 서술은 인물의 복합적인 성격이나 서술자의 다면적 태도를 드러냄으로써 삶의 다원성이나 복합성을 드러낼 수 있다.[34] 그러나 인용문에서 구별해 볼 수 있는 여러 목소리는 인물의 복합적 성격을 드러내는 특성과는 다소 거리가 있다. 시점과

---

33) 서술의 양가성을 설명하기 위해서는 쥬네뜨가 서술의 특성을 설명하기 위해 시점과 목소리를 구별하는 시각이 유용하다. 쥬네뜨는 시점은 서술의 '관점'이라는 점에서, 목소리(음성)는 서술상에 드러나는 '발화 주체'라는 점에서 구별하고 있다. 사실, 서술 상에서 이 두 개의 범주가 명확히 구분되기는 어렵다. 박완서 소설의 인물묘사는 동일 시점임에도 두 개의 목소리가 섞여있다. 그리고 이런 점은 인물의 성격을 구성하는 결정적 계기가 되고 있어 인물 형상화방식으로서 시점과 목소리의 구분은 유효하다. 제라르 즈네뜨(권택영 옮김), 『서사담론』, 교보문고, 1992, 참조.

목소리가 분리됨으로써 동일 시점에서 다른 목소리들이 변주되는데, 이를 통해 인물의 극단적인 이중성이 부각된다.

인용문의 초희나 초희의 이모, 민여사 등은 중매쟁이를 만나면서, 결혼을 "밑져야 본전"이라는 장삿속으로 생각한다. 이것은 이모의 말이지만, 이모를 둘러싼 이들의 결혼관을 풍자하려는 서술자의 비아냥거리는 태도가 엿보이는 비유이다. 중매쟁이의 희화화는 말할 것도 없고, 이모나 초희 어머니 민여사 역시 풍자된다. 중매쟁이의 말을 들으며 그를 의심하거나 내면에서 혼란스러워하지 않고, "못알아들은 채 넋이 반쯤 나가가지고 황홀해져"서, 중매쟁이를 "자신에 넘쳐있고 믿음직스럽다"고 바라보는 시선의 주체로서 이모와 민여사의 결혼관이 풍자된다. 이것은 자연스럽게 "믿음직스럽다"는 말의 반어적 효과와 어울려 누가봐도 믿음직스럽지 못한 사회풍속과 결혼관의 허위성을 비판하는 것이 된다. 이 반어적 효과는 상황의 믿음직스럽지 못함을 알아차릴 수 있는 지적인 독자에 의해 공감됨으로써 풍자성을 띠게 되는 것이다.

서술자의 비아냥거리는 태도와는 달리, 초희는 진지하게 이 말을 생각한다. 서술자는 비아냥거리려고 비유한 것에 불과한데, 인물이 이런 비유를 진지하게 받아들이는 것조차 희화화의 효과를 띨 수 있다. 초희는 결혼이 장사로 인식되는 삶에 자신을 동화시켜 중매쟁이의 생각대로 결혼하려고 마음먹는 것이다. 이때까지의 초희의 내면은 풍자의 대

---

34) 시점과 목소리를 구분하여 인물의 다면적인 성격화방식의 기법을 통해 삶에 대한 상대주의적 관점을 해석해내려는 것은 아니다. 사실, 이중서술은 삶의 다면적인 면모를 드러내려는 서술방식이라 할 수 있다. 예컨대, 박태원 소설의 이중서술을 통해 다원주의적 세계관이나 상대주의적 관점을 해석해낼 수 있다. 그러나 서론을 통해 말한 바 있듯이, 박완서 소설의 양면적인 시각은 이면으로 은폐되고 억압된 것이 있다는 사실을 전제하는 태도와 연관된다. 따라서 같은 이중서술이라 하더라도 작품의 세계관에 있어서는 상이한 결과가 나올 수 있다. 황도경, 「관조와 사유의 문체—「소설가 구보씨의 일일」의 문체분석」, 강진호 외, 『박태원 소설 연구』, 깊은샘, 1995 참조.

상이 되고 있다. 결혼을 "한밑천" 잡는 장사로 여기는 결혼관에 초희의 내면도 한데 어울려 풍자되고 있는 것이다. 중매쟁이나 이모의 이런 태도를 받아들이는 초희의 내면은 "그녀는 어깨를 추스른다"나 "마음을 도사린다" 등 비장한 분위기를 자아내는 결연한 태도로까지 표현된다. 정말 장사를 잘해서 돈을 벌어볼려고 각오하는 비장한 태도로 드러나는 것이다.

이때, 이들을 풍자하는 시점은 초희의 것으로 보이지만 목소리는 서술자의 목소리이다. 그러나 그 중간에 끼여있는 "밑져야 본전이고, 한밑천 잡는 장사라면 그까짓 거 누가 못하랴 싶다"와 "놀아나보리라"는 초희 내면의 목소리이기도 하다. 초희의 내면은 서술자의 목소리로 풍자되다가 초희 자신의 목소리인 "놀아나보리라"로 바뀌는 것이다. 이것은 서술자의 풍자적 태도의 연장선에 있는 서술로서, 초희 자신의 내면묘사에서는 서술자의 목소리와 초희의 목소리가 한 목소리처럼 겹쳐있다. 따라서 이 한 목소리를 통하여 초희는 초희의 이모나 어머니처럼 장삿속으로 치루어지는 결혼에 영합하여 한밑천 잡아보려는 속물적인 인물이 되는 것이다.

그러나 초희는 이런 풍자의 태도로만 성격화되지 않는다. 자기 스스로를 희화화시키는 초희의 내면 목소리는 자신의 또 다른 목소리가 섞여듦으로써, 한층 복잡한 성격이 된다.

초희는 "밑져야 본전이고, 한 밑천 잡는 장사라면 그까짓 거 누가 못하랴 싶다"고 생각하는 자기모습을 거울에 비춰보면서 자기의 내면을 진지하게 탐색한다.[35] 그리고 이 말을 내면화하려는 순간 구역질을 할

---

35) 초희에게 거울을 보는 행위는 분열적 성격이 드러나는 중요한 계기가 된다. 거울을 본다는 것은 자기반성을 유도한다고 할 수 있다. 반성은 내면의 자아를 들여다보는 것이다. 『휘청거리는 오후』에서 초희가 거울을 보는 장면은 여러 번 나오는데, 이때마다 이것은 희화화되는 자기모습을 진지하게 탐색하는 내면의 자기반성이 된다. 초희는 거울을 보면서 화장을 하거나, 화장을 지운다. 화장을 할 때는 풍자되는 서술태도

것처럼 느낀다. 이모가 오기 전에는 느끼지 못했던 구역질을, 이 "밑져야 본전"이라는 생각을 자기 것으로 내면화하려는 순간에 느끼는 것이다. "어깨를 힘차게 추스르며" 또는 "마음을 도사린다"라는 외양묘사로, "밑져야 본전"이라는 내면 목소리로 초희의 속물성을 가차없이 풍자하던 서술자는 돌연 태도를 바꾸어 이모나 민여사와 다른 회의하고 동요하는 내면을 초희의 목소리로 그대로 들려주고 있는 것이다.

이 내면 목소리는 인물의 진심을 추측하게 함으로써 인물에 대한 연민의 정서를 자아낸다. 초희가 자발적으로 결혼시장에 참여하고 있지만, 그 자발성이 허위의식에 의해 조장된 것일지 모른다는 의심을 유발함으로써 초희에 대한 연민을 느끼게 하는 것이다. 이때, 연민의 정서를 자아내는 서술은 초희를 희화화시켜 가차없이 비판하던 풍자의 비판의식을 희석시킨다. 초희는 비판적 대상이면서 연민의 대상이기도 한 이중성을 띠게 된다.

박완서 소설에서 풍자는 주된 기법이지만, 풍자의 서술태도로만 형상화되는 인물은 그리 많지 않다.[36] 인물들이 한 면모로 그려지지 않기 때문이다. 동일인물이더라도 풍자적으로 형상화되면서 동시에 풍자로 드러날 수 없는 내면이 '이면'의 면모로 드러나 양면적으로 성격화된다. 초희는 이런 서술방식에 의해 성격화된 인물인 것이다. 초희는 풍자적 서술태도로 인하여 자의식이 없는 속물로 성격화되다가 연민의 정서를 자아내는 서술태도로 인하여 내면 동요가 극심한 인물로 성격화되는 것이다.

그런데 이것은 초희가 처한 상황의 문제성과, 허위의식을 내면화한

속에서 그려지며, 화장을 지우고 맨 얼굴을 볼 때는 연민을 자아내는 서술태도를 통해 벌거벗은 것 같은 심정, 혹은 불안과 동요의 내면이 묘사된다. 이 내면의 탐색은 이중서술을 통해 초희의 분열을 드러내는 계기가 된다.

36) 『휘청거리는 오후』의 경우, 이모나 민여사, 중매쟁이 정도가 풍자되는 인물이다.

초희가 희생양이 될 수밖에 없다는 것을 잘 알고 있는 서술자가 이런 삶의 심각성을 폭로하고 비판하려는 의도가 반영된 서술방식이다. 초희를 둘러싼 삶의 문제가 단순히 비판될 것이 아님을 자각한 서술자의 인식, 즉 초희의 비극성을 간파한 서술자의 인식이 반영된 서술방식인 것이다.

② 분열적 내면의 비극성을 보는 연민의 시선

초희는 결혼을 장삿 속으로 여기는 결혼관을 내면화하고서 자신을 결혼상품으로 만들고자 하는 인물이다. 그래서 서술자는 이모나 민여사를 형상화할 때처럼 가차없는 공격적인 태도로 초희를 비아냥거린다. 그러나 초희는 이 결혼의 당사자이다. 즉 결혼을 장삿 속으로 여기는 결혼관의 피해자인 것이다. 서술자는 이렇게 결혼하려는 초희 내면의 허위의식을 거침없이 까발리고 풍자하려 하지만, 동시에 이 결혼이 잘못된 것일 때 가장 상처받을 수 있는 사람은 초희라는 것도 알고 있어서 초희를 풍자하지만은 못한다. 이미 이 결혼관을 내면화하고 있어서 그 결혼관에 맞춰살수록 희생양이 될 수밖에 없는 초희의 운명을 알고있기 때문에 초희를 가여워한다. 가차없는 비판의식으로 초희를 풍자하면서도 희생양이 되는 초희를 가여워하는 연민의 이중적 태도는 풍자와 연민의 이중서술로 인한 인식적 효과인 것이다.

1960년대 이후 한국사회는 여성을 가족담당자로 고정화시킨 가운데 산업화의 구조를 마련한다. 1960~70년대 한국의 산업화와 정권유지를 위한 제도들은 여성의 '가부장적 여성성'을 강조하는 여러 가지 이데올로기를 기반으로 한다고 해도 과언이 아닌 것이다. 여성을 가정 안에서만 역할하도록 하는 성차별 이데올로기나 가족을 사회적 재생산의 기지로 설정하여 여성을 정서관리자로 역할하도록 하는 가족 이데올로기 등은 여성의 사회성을 위축시켜 스스로 가족 속에 칩거하도록 한다.

또한 여성들이 결혼을 통해 신분을 상승시키고 안정된 삶을 꿈꾸게 만듦으로써 스스로 사회적인 노동력이 될 수 없도록 조장한다. 그래서 이 당시 결혼은 여성들에게 한 밑천 잡는 수단으로 인식되기도 했다. 많은 여성들은 불만스러운 삶에서 벗어나 행복해질 수 있는 기회로 결혼을 꿈꾸게 되며, 원하는 남성을 사로잡을 수 있게 미모를 가꾸는 여성의 모습은 상식적인 여성상이 되기도 한다.[37] 속물적으로 형상화된 초희는 이런 결혼관을 스스럼없이 내면화한 평범한 결혼 적령기의 여성인 셈이다.

그렇지만 그녀는 끝내 아무도 애인으로 골라잡지를 못하고 말았다. 누구든 애인을 삼으려면 일단 결혼까지를 생각하게 되고, 결혼을 생각하면 갑자기 거짓말처럼 지혜로워지면서 눈까지 밝아져가지곤 남자를 똑똑히 보게 되고, 똑똑히 본 남자에게서 그녀는 이상하게도 한결같이 아버지의 모습을 보는 것이었다. 그녀가 꽤 괜찮다고 생각한 남자는 어쩌면 영락없이 막바지에 가선 아버지를 닮은 점을 드러내고 마는지. 무슨 살이라도 낀 것처럼 일은 그렇게 되고 마는 것이었다.

그녀는 비록 의식적은 아니었더라도 아버지를 닮은 남자를 좋아한 셈이었지만 아버지와 어머니가 살아온 것 같은 고생스러운 생활은 질색이었다. 결국 그녀는 좋아한다는 것과 결혼한다는 것은 선명하게 구별할 수 있을 만큼 똑똑했다.

아버지를 닮아 엉성한 틈 사이로 아무에게나 내부의 멍텅구리스러움, 선량함을 비죽비죽 드러내보이는 남자가 보장하는 생활이 얼마나 구질구질할 것인지 빤했다.

초희는 알고 있었다. 이런 남자를 남편으로 가진 여자가 허구한 날 어떤 바가지를 긁으며 젊음을 말리고 얼굴에 검버섯을 피우는가를. (『휘청거리는

37) 박명선·신경아, 「이데올로기적 통제 가족과 성(性)」, 한국산업사회연구회 편, 『한국사회와 지배이데올로기』, 녹두, 1991, 147쪽 참조.

오후』, 동아일보, 1976. 1. 24~25)

가난을 벗어나기 위해 결혼을 기회로 여기는 초희의 심사가 잘 드러나 있다. 초희는 아버지나 어머니 같이 "고생스러운 생활은 질색"이다. 그래서 자신을 한껏 포장해서 부잣집 아들과 결혼하려고 하는 것이다. 평생을 가난에 찌들려 허덕이며 살아가는 삶이 비참하다고 생각하기[38] 때문에 부모의 삶을 거부함으로써 자기 삶의 이상을 갖는다. 그래서 아버지와 같은 사람을 좋아하기는 하지만, 그런 사람과 결혼하지 않겠다는 결혼관을 내면화한다. 초희는 이미 이율배반적인 이중적 자아를 갖고 있지만, 그것을 당연하게 여기는 것이다. 초희의 이중성은 자연스러운 것이다. 그래서 이 이중성 때문에 갈등하지는 않는다. 경제적인 부를 최상의 가치로 여기는 세태 속에서 초희는 별다른 갈등없이 아버지를 좋아하면서도 물질적으로 풍요로운 삶을 이상적인 것으로 받아들이는 것이다.

그러나 이 이율배반성은 공존할 수 있는 성질의 것이 아니다. 신분상승을 꾀하는 결혼시장은 그리 만만한 것이 아니다. 중매쟁이의 말처럼 서로 조건이 맞아야 거래가 이루어지는 '시장'이기 때문이다. 초희는 가난이 싫어서 결혼 시장에 나섰기 때문에 미모를 무기 삼아야 하는데, 그러기에는 이미 혼기를 놓친 노처녀다. 게다가 초희는 선량한 아버지의 미덕을 알고 있고 좋아하기 때문에 결혼을 통해서 한밑천 잡아보려는 생각대로 상품을 만들기에 전력하지도 못한다. 화장을 할 때마다 구역질을 하며 자기를 낯설어하는 모습은 초희가 그 세계에 섞여들지 못하는 징후인 것이다. 초희의 분열성과 몰락은 이미 예고된 것이었다. 초희는 결국 나이든 유부남과 결혼하여 신경안정제를 달고사는 페인으

---

38) 이렇게 생각하는 것 역시 물질만능의 속물적 가치관으로 인한 허위의식 때문이라고 할 수 있다. 이를 통해서도 초희에게 허위의식이 내면화된 정도를 알 수 있다.

로 몰락하게 된다.

초희가 과장하는 속물적인 면모 이면의 이 분열성을 알고있는 서술자는 희생양이 될 수밖에 없는 초희를 동정하게 되고, 초희가 내면화한 결혼관의 부정성을 신랄하게 풍자하다가도 연민의 태도로 분열적 내면을 들춰낸다. 초희도 의식하지 못하는 초희의 불안과 고통을 연민의 태도로 묘사하는 것이다. 풍자와 연민이 교차되는 서술로 인해 초희를 비판하는 것이 아니라, 초희를 둘러싼 결혼관과 풍속을 비판하고 초희를 동정하게 한다. 초희의 결혼과정을 처음부터 지켜보는 서술자는 이 결혼관의 허위성을 부정하려고 초희의 속물성을 공격하는 만큼이나 이 결혼으로 인해 가장 상처받을 수밖에 없는 초희에게 연민 또한 느끼기 때문이다. 물질만능의 속물적인 결혼관의 허위성을 풍자하는 비판의식과 이런 삶의 방식이 규범화된 사회의 희생양이 되는 초희를 가여워하는 연민의 정서는 초희를 서로 다른 두 자아를 지닌 분열적 인물로 성격화하는 것이다.

그렇지만 서술자와 독자가 비판의식을 갖게되지 초희는 끝까지 비판의식을 갖지 못한다. 초희의 이중성과 억압된 면모를 알고 있는 서술자는 미미하게나마 자신의 허위성을 자각하는 초희의 내면을 드러냄으로써 초희의 삶이 그저 비판할 수만은 없는 '비극성'을 내포한다는 것을 환기할 뿐이다. 초희가 한 번씩 경험하는 내면의 동요는 초희를 형상화하는 서술자의 이중적 서술태도에 포착된 초희의 억압된 내면일 뿐인 것이다. 초희는 이미 결혼시장에 자발적으로 참여한 속물적 인물이며, 이 성격이 변화할 여지는 전혀 없기 때문이다.

즉 초희는 내면에 억압된 면모를 감각하더라도 의식하지 못하기 때문에 갈등하지 않는다. 규범의식의 내면화가 전면적이어서 인물 스스로 억압된 '자아'를 의식하려 하지 않는다. 그나마 초희의 모든 것을 알고 있는 우월한 위치에 있는 서술자의 도움으로 겨우 억압된 내면을 감지할 수 있을 뿐이다. 따라서 이야기 밖의 서술자의 태도는 초희의 성격화에 결정적 요인이 되는 것이다. 풍자와 연민의 이중서술은 인물들에게 내면화되어 있는 허위의식을 비판하는 인식과, 속물적 결혼관에 편승하여 똑똑한 척 하지만 결국은 희생양이 되는 초희에 대한 연민이라는 이중인식 만을 독자에게 전달할 뿐이다. 즉 초희 자신은 자기 삶의 진상을 파악하지 못하더라도, 작품은 초희 같은 인물들의 허위적 삶을 비판하는 동시에 그들의 삶을 지배하는 거대한 의식의 지배형식[39]까지 비판하는 인식을 보여준다.

박완서 소설에서 풍자의 태도로 형상화된 인물들은 거의 대부분 이런 양가적 서술로 형상화된다. 특히 풍자성이 강한 장편소설들에 등장하는 인물들인 『도시의 흉년』의 수연이나 수연의 언니 수희, 쌍둥이 동생 수빈, 아버지 지대풍 등은 이런 양가적 서술방식으로 성격화된 인물들이다. 또 허위의식의 내면화가 심한 『오만과 몽상』의 남상이나 『서있는 여자』의 연지 어머니 경숙여사를 비롯하여 『살아있는 날의 시작』의 주인공 문청희의 남편 정인철도 풍자되는 가운데 이런 이중적 서술로 내면이 드러나기도 한다. 풍자되고 비판될 만한 속물적 형상이면서 동시에 희생양이기도 한 인물들은 이 양가적 서술로 성격화되는 것이다.

초희의 성격화를 통해 알 수 있듯이, 풍자와 연민의 이중서술은 내면화된 허위의식을 비판하면서 동시에 그에 의해 억압된 자아의 면모까지도 복원해내려는 서술방식이다. 그러나 허위의식의 내면화가 강력하고 억압의 정도가 심해서 인물은 억압된 자아를 스스로 의식하지 못한다. 자신의 허위성에 대한 자의식이 없는 것이다. 다만 미미하고 일시적인 내면 동요를 단절적으로 의식할 뿐이다. 따라서 서술의 양가성은

---

39) 허위의식을 설명하면서 말한 바 있듯이, 이는 지배 이데올로기의 이데올로기 효과를 의미한다. 각주 22) 참조.

서로 다른 모습의 두 자아가 공존할 수 있게 함으로써, 인물의 허위의
식이 내면에서조차 허위적인 것으로 의식되지 못하는 삶의 심각성을
부각시킨다. 또 허위적 규범을 따르는 인물이 이를 자각하지 못하고,
오히려 자기의 위선적 삶을 이상적인 삶으로 인식하는 것에 연민을 느
끼는 서술자를 통해 이 인물이 희생양이라는 사실을 알 수 있게 한다.
풍자와 연민의 이중서술은 서술자의 비아냥거리는 태도로 자신의 위선
을 이상화시키는 인물을 한껏 풍자하다가 도리어 연민을 느끼게함으로
써 풍자와는 다른 비극적 정서를 고양시키는 것이다. 이는 일관된 풍자
의 비판의식보다도 더 강한 비판의식을 동반한다고 할 것이다.

2) 감각적 체험의 자아와 지적 서술자아

사소한 일상사를 낯설게 느끼는 내면의 묘사는 박완서 소설의 인물
성격화에 있어 중요한 특성이다. 특히 전업주부로 살아가는 중년여성
들이 별 사건없는 일상생활에서 갑작스럽게 느끼는 느닷없는 딸꾹질
(「지렁이 울음소리」)이나 치통(「세상에서 제일 무거운 틀니」), 현기증
(「닮은 房들」), 구역질(「招待」), 메스꺼움(「꿈꾸는 인큐베이터」) 등은
그저 통증이나 감각이지만, 이를 계기로 자기 삶의 허위성이나 소외를
의식하게 된다는 점에서 중요한 서사적 계기에 해당한다.
감각은 사물이나 외부의 사건을 오관의 자극을 통해 전달받는 것을
뜻한다. 문학작품에서 감각은 작중 인물이 외부세계나 사물에 대해 갖
게 되는 구체적인 느낌에 해당한다. 이는 개별적인 내면반응이라 할 수
있기 때문에 주로 시적 표현과 연관된다. 그리고 구체적 감각보다는 감
각하는 인물의 예민한 내면반응을 주목하기 위한 계기이기 때문에 "오
관을 통한 사물의 체험을 생생하게 하는 데에서 형성되"[40]는 감각적 체
험의 능력, 즉 감수성의 테두리 안에서 이해될 수 있다. 감각 자체만을

의미하는 것이 아니라, "지성과 감성이 분리되지 않은" 상태 속에서 이해되는 것이다. 즉 감각은 느낌의 주체인 인간의 개별성을 바탕으로 형성되기 때문에 개인들의 내면적 자아의 체험이나 의식의 맥락을 고스란히 드러내게 된다. 따라서 "감각적 체험 속에서 각자가 느낀 것이 바로 각자의 세계이며 세계는 각자가 느낀대로 존재한다"[41]고 할 수 있다. 감각적 체험은 세계를 느끼는 방식이면서 세계를 인식하는 방식이 될 수 있는 것이다.

① 억압된 자아의 흔적인 낯선 감각

박완서 소설의 인물들이 보여주는 감각적 체험 역시 인물의 개별성을 드러내는 내면체험이며 세계를 받아들이는 지각방식이다. 그런데 박완서의 이 소설들에서 감각적 체험의 자아는 외부세계의 사물과 사건을 화해의 정서[42]로 지각하는 것이 아니라 '낯선 것', '갑작스러운

---

40) 이상섭, 『문학비평용어사전』, 민음사, 1976, 11쪽.

41) 김신정, 「정지용 시 연구 – '감각'의 의미를 중심으로」, 연세대 박사, 1998, 12쪽.

42) 감각적 체험은 세계를 감각하는 자아의 내면 정서를 매개로 미적 효과를 지니게 되는데, 이 내면의 정서가 자아와 세계의 정서적 공감을 유도할 때 미적인 감동을 자아낸다고 할 수 있다. 사물에 대한 감각적 인상을 매개로 정서적인 공감을 자아내는 서정시의 미적 효과는 이를 가장 잘 보여준다. 서정성이 짙은 이태준의 단편소설들을 통해서도 이런 서정성의 미적 효과를 발견할 수 있다. 이태준은 자연적 대상과의 동일시를 통해 화해의 정서를 자아냄으로써 독자의 공감을 유도하는 대표적인 소설가이다. 이때, 자아와 세계와의 관계는 화해의 정서를 통해 인식된다. 이는 사회적 개인이 아니라, 자연적 순수함을 통해 정체성을 형성함으로써 훼손된 세계의 실상을 미화시켜 받아들이는 인식적 효과를 낳을 수 있다. 이태준 소설의 미적 감동은 속물적 현실을 화해의 정서로 미화할 가능성이 있는 것이다. 사실, 이태준 소설에서 서정적 특성이 두드러지는 1930년대 중반의 단편소설들은 현실미화를 경계하는 긴장감으로 인해 더 강한 현실비판과 미적 감동을 동시에 보여준다.(이선미, 「1930년대 후반 이태준 소설의 변화와 그 의미」, 상허문학회, 『1930년대 후반 문학의 근대성과 자기성찰』, 깊은샘, 1998, 265-267쪽 참조) 따라서 이태준은 단편소설의 대가로 평가받는 것이다. 그러나 이 긴장의 상실은 현실미화의 가능성이 되는데, 후기 소설들은 이에 해당한다. 반면, 정지용의 서정시들이 보여주는 '낯선 감각'은 그의 시 세계를 일관되게 관

것'으로 지각한다. 이 감각적 체험을 통해 인물은 어떤 것에 동일화되거나 공감하지 않고 불가해함이나 불화감을 느낀다. 인물들이 느끼는 '이물감(異物感)'은[43] 사건이나 사물에 대한 내면의 구체적인 표현이라 할 수 있는데, 이로 인해 인물은 평온하고 별 다를 것 없는 일상사 한가운데에서 동요를 느끼고 그 특별함에 사로잡히게 되며, 이를 해명하기 위해 사소할 수도 있는 느낌에 집착한다. 감각에 집착하는 인물들이 편집증적 성격이나 예민한 감수성을 지니게 되는 것은 이 때문이다.[44] 따라서 감각 자체와 더불어 이 감각에 집착하고 해명하려고 애쓰는 과정 자체가 내면체험이 되며, 인물의 개별적 삶은 이 내면의 감각체험으로 집약된다. 감각적 체험의 불가해함 때문에 이 감각은 실제보다 도드라져 강렬하게 각인되게 되는 것이다.

인물은 무감각하게 지나치던 일상을 비일상적인 것으로 전환시켜 받아들인다. 일상적인 모든 것들이 예민하게 포착되어 일상이 감추고 있는 보다 본질적인 문제들을 인식하는 것이다. 그러나 이 감각은 인물의 삶을 사로잡고 있지만 불가해한 느낌으로만 인식되기 때문에 인물의

통하는 것으로서, 그의 시가 모더니즘으로 포괄될 수 있게 한다. 이태준과 정지용이 비슷한 문학관을 가지고 같이 활동했으면서도, 후기로 갈수록 전혀 다른 작품세계로 대별되는 것은 이 때문이다.(김신정, 위의 글 참조)

43) '이물감', '이물스러움' 등의 표현은 감각을 지각하는 인물의 내면반응으로서, 이 절에서 살펴볼 작품들에서 발견할 수 있는 말이다.

44) 항상 하는 반복적인 행위를 특별한 것으로 감각하면서 그 반복적 일상사 이면의 것을 사유하게 되고, 일상의 허위성을 알게 되는 것은 박완서 소설의 인물이 가지는 일반적인 특징이라 할 것이다. 일상이나 외면이 은폐하거나 억압한 것으로서의 '이면'을 보기 위해서 이면을 감각하는 예민한 감수성은 필수적인 것이라 할 수 있다. 대부분의 인물들이 섬세하고 영민한 판단력을 보여주는 것도 이런 감각능력과 무관하지 않다. 예컨대, 『휘청거리는 오후』의 막내 말희의 사랑에 대한 회의도 이런 감수성과 판단력에서 나온 것이라 할 수 있으며, 『엄마의 말뚝 2』의 '나'가 "섬뜩한 느낌"을 감각하고, 해명할 수 있는 것도 이런 감수성과 영민함에 근거한다. 이것은 느낌을 구체적 감각으로 비유하면서, 그 느낌의 실체를 합리적으로 분석하는 태도를 의미하며, 박완서 소설의 수다스런 문체는 이런 탐색과정과 연관되는 것이라 할 수 있다.

내면에 혼란을 야기할 뿐 이성적으로 해명되지 않는다. 감각적 체험은 일상에 섞여들지 못하는 인물의 소외감을 드러내지만 구체적인 서사적 의미는 불분명한 채 비유적으로 상상하도록 남겨진다. 명확한 것은 인물의 내면적 불안이나 동요일 뿐이며 이 내면의 정서적 고양은 형이상학적인 주제를 형성하기도 한다.[45] 또 감각적 체험의 비유성이 강할 때 작품은 서정성을 띠기도 한다.[46]

　나는 아파트 계단을 내려다보며 가벼운 현기증을 느꼈으나 그대로 아래를 행해 곤두박질을 쳤다. 발밑에서 무너져 내리는 느낌과 함께 손바닥에선 난간과의 마찰로 찌릿찌릿 열과 전기가 나면서 심장도 날카롭게 찌릿찌릿했다.

　발로 뛰어내렸다기보다는 계단이 와르르 무너져 내리면서 저절로 땅을 디딘 것처럼 나는 사층에서 삽시간에 보도를 밟고 있었다.

　상가를 향해 달음질쳤다. 반듯반듯한 모양으로 직립한 아파트들 사이로 난 널찍널찍한 보도엔 아직도 간밤의 어둠이 남아 있고 사람이라곤 한 사람도 없었다.

　저 만치서 달려오는 승용차의 헤드라이트가 꼭 나를 해칠 목적으로 달려드는 괴물의 눈빛 같은 공포감을 무릅쓰고 나는 용감하게 앞으로 달렸다.

　교탁에서 또 다시 동석이 선생님이 입을 병의 주둥이처럼 만들게 할 수는 없지. 암, 그럴 수는 없지. 나는 보리를 사야했다.

---

45) 이는 오정희 소설에서 볼 수 있는 감각적 체험의 자아의 서사적 의미와 연관된다. 오정희 소설은 일상적인 구체적 감각을 통해 일상에 섞여들지 못하고 겉도는 인물의 내면적 불화감을 드러낸다. 이 일상적 감각으로 인한 불화감은 감각의 구체성과 그를 받아들이는 내면의식의 추상성으로 인하여 형이상학적 주제를 형성하기로 한다. 오정희 소설이 서정성을 띠면서도 관념적인 주제의식을 보여주는 것은 이 작가의 언어, 즉 감각적 인상을 포착하는 감각적 문체 때문이다. 감각적 체험을 받아들이는 내면의식의 추상적 사유로만 감각의 실체를 표현하는 비유적 특성이 작품의 성격을 규정하는 것이다. 황도경, 「빛과 어둠의 이중문제」, 문학사상, 1991. 1, 338쪽 참조.

46) R. 프리드먼, 신동욱 옮김, 『서정소설론』, 현대문학, 1989 참조.

······ (중략) ······

　이러단 도시락은커녕 아침도 굶길 것 같았다. 나는 이번엔 내 아파트를
찾아 달음질치며 몇번이나 길을 잃었다. 매연 같기도 하고 안개 같기도 한
어둠이 서서히 엷어지는 속에 무수히 직립한 아파트와 그 사이로 난 널직널
직한 보도는 거기도 여기 같고, 여기도 거기 같은 모습으로 나를 혼미시켰
다. (「포말의 집」, 한국문학, 1976. 10, 129쪽)

　인용문은 「포말의 집」의 도입부이다. 남편은 돈을 벌러 미국에 가있
고, 일주일에 겨우 말 한마디 할까말까한 고등학생 아들과 하루종일 말
을 시키는 시어머니와 살고 있는 중산층 주부의 새벽 일과이다. 아파트
계단을 내려오는 일이나 지나다니는 차를 바라보며 거리를 걷는 일은
이 주부에게 일상적 일임에도 불구하고, '나'는 이 일상적인 사소한 행
위에서 신장이 "날카롭게 찌릿찌릿"한 "공포감"을 느낀다. 대부분의
사람들은 이런 일상적 행위에서 이렇게 극단적으로 느끼지 않는다. 따
라서 이것은 인물이 자기만의 내면적 맥락 속에서 받아들이게 되는 감
각이라 할 수 있다. 매일 반복하는 일임에도 인물의 예민한 감수성으로
인해 행위 주체의 심상치 않은 내적 상황이 드러나는 것이다.
　그런데 발 밑에서 계단이 무너져 내리는 듯한 불안감과 승용차가 자
신에게 달려드는 것 같은 공포심을 느끼며 아파트 계단을 내려가는 이
유는, 단지 아들의 도시락에 섞을 보리를 사기 위한 것이다. 아들의 도
시락에 보리를 섞는 일 역시 날마다 있는 일이며, 보리를 잊어버리고
준비하지 않은 것도 처음 있는 일은 아니다. 그런데 세상이 온통 무너
져내릴 것 같은 불안감과 무슨 일이 있어도 꼭 해야만 하는 절박함을
느끼며 계단을 내려와 아파트 단지를 헤매는 것이다. 이 특별한 감각
때문에 인물의 삶이 심상치 않음은 저절로 감지된다. 겉으로 보기에 아
무것도 아닌 일상적인 일이 내면에서 극적인 것으로 감각되는 이 현격

한 격차 때문에 보리를 사러가게 되는 일상의 내적 의미층, 즉 평범한 이 주부의 평범성이 내포하고 있는 삶의 문제가 드러나는 것이다.

아들의 도시락에 보리를 섞기 위해 무엇에 쫓기듯이 아파트 단지를 헤매는 것은 정부가 장려한 혼식 때문이다. 당시 한국 정부는 쌀이 부족하다고 보리혼식을 국가적으로 적극 장려하고 있었다. 국가의 정책을 계몽하고 교육하는 중심기관인 '학교'는 국가가 장려한 것에 불과한 하나의 정책을 도덕규범인 것처럼 강요하고 검열하는 기관으로 역할했던 것이 사실이다. 국가가 장려하는 정도의 일을 사회적인 도덕규범인 듯이 생각하고 철저히 관리하는 학교나, 그런 학교의 과잉 반응을 당연한 것으로 받아들이면서 지키려고 안간힘쓰는 평범한 주부의 모습은, 당대의 사회풍속이 안고있는 가치전도성의 아이러니를 집약시켜 보여준다. 새벽에 아파트 계단을 내려오면서 느끼는 '나'의 이해할 수 없는 분열적 감각은 바로 이 감각의 주체에게도 미처 이성적으로 의식되지 못한 '규범'의 허위성과, 가치전도성을 드러내는 징후이다.

그러나 인용문의 장면묘사에서 보면, 감각의 주체는 이 허위성을 감각 이상으로 의식하지 못한다. 감각으로만 감지한 불화감, 즉 일상생활과 조화롭지 못한 자기의 실체를 찾기 위해 그 감각에 집착하는 것은 이 때문이다. 인용문의 내면묘사로만 보면, 인물이 일상의 소외를 느끼고 있지만 왜 그런지는 정확히 알 수 없다. 감각적 체험의 비유성 때문에 극심한 내면동요와 소외감의 실상이 독자의 상상으로 남겨질 뿐이다.

② 감각의 의미를 분석하는 지적 서술자아

이 감각의 주체는 뒤이어 자기의 목소리로 감각의 실체를 해명해낸다. 그리고 감각의 실체를 해명하는 서술로 인하여 감각 주체로서의 성격을 잃게 된다. 모호한 이미지를 상상하도록 하는 감각의 비유성은 감각적 체험의 실체를 분석하고 해명하려는 서술자아의 설명적 진술에 의해 하나의 의미로 급전하는 것이다.

동석이를 위해 동석이를 위해…… 그는 피임을 할 때도 그러더니, 미국에 자리를 잡아야 하는 것도 동석이를 위해서란다. 철수네 부모도 미국으로 이민가면서 철수를 위해서라니, 혁이네 부모도 카나다로 이민가면서 혁이를 위해 낯선 땅에 자리를 잡아야 한단다.

알 수 없는 아이 동석이를 위해, 자기는 서른 살 때 시작한 불효를 — 어머니와 말이 하기 싫은 불효를 이미 열다섯 살에 시작하고 있는 동석이를 위해 남편은 낯선 땅에서 고생을 하잔다.

도대체 미국이란 데선 사람들이 어떻게 살기에 남편이나 딴사람들이 그런 생각을 하게 됐을까.

내가 미국이란 고장에 대해 알고 있는 확실한 몇 가지 지식으론 미국사람은 주로 미제만 먹고 미제만 입고, 그리고 개인주의가 극도로 발달해 에미 애비, 특히 늙은이를 개떡같이 안다는데 왜 우린 늙어가면서 그 고장에 가서 동석이를 위해 고생을 해야 한단 말인가.

자기가 자기 어머니에 대한 마음 씀씀이만 갖고 짐작하더라도 부모의 자식에 대한 희생처럼 억울한 건 없다는 걸 알 터인데 왜 동석이를 위해 희생물을 각오하자는 것일까.

예전에 만주로 흘러가던 이민들이 베보자기에 바가지쪽을 못버리고 악착같이 달고 다니듯이 미국까지 가서도 자기의 삶의 의미를 오로지 자식을 위한 걸로 국한시키는 낡은 의식을 못버리고 있다. (「포말의 집」, 135쪽)

인용문은 감각적 체험의 자아로 성격화되었던 '나'의 내면진술이다. '나'는 아들을 위해서, 가족을 위해서 미국에서 고생한다는 남편의 말이 자기자신의 이기심을 은폐하려는 자기기만이거나, 가부장의식에서 나온 피해의식을 억압한 위선적 면모라 생각한다. 남편을 둘러싼 많은 사람들을 사로잡고 있는 "낡은 의식"이 허위의식이며, 오히려 미국으로 상징되는 물질주의를 향한 동경을 은폐하려는 위선이라고까지 해석한다.

'개발 독재'라 할 수 있는 1970년대 경제제일주의와 성장이데올로기는 모든 낡은 것을 뒤엎고 새 것, 현대적인 것, 미국적인 것으로 변화하는 것을 최고의 가치로 부추긴다. 1970년대는 이 같은 개발의 바람이 전 사회적으로 팽배할 때였고, 건축계의 활황은 이 개발바람으로 인한 대표적인 현상이다. 또 미국으로의 이민이나, 중동 파견근무가 돈을 벌어들일 수 있는 새로운 돈줄로 이해되었다.[47]

그러나 이것은 역으로 많은 사람들이 이 개발의 바람 속에서도 뿌리내리지 못하고 버려지는 낡은 것 속에 소외되었다는 것을 입증한다.[48] 이들은 좌절감과 열등감을 한편으로 하고, 한 밑천 잡기를 꿈꾸는 이기적이고 속물적인 욕망을 또 한편에 갖고서 떠나는 미국행을, "자식을 위해서" 또는 "가족을 위해서"라고 미화한다. '나'는 이들의 은폐된 열등감과 이기심 때문에 '가족'은 희생되었다고 생각하며, 그런 남편이 낡은 의식에 사로잡혀 있다고 해석하는 것이다. 게다가 "공포감"과 "찌릿찌릿한" 심장의 전율을 느끼는 자신의 문제가 바로 이 남편의 허위의식에 의해 형성된 어긋난 가족관계와 소외라는 것까지 해명하고 있

47) 1970년대나 80년대 초반에 발표된 많은 소설들 속에는 이들의 열패감과 미국에 대한 환상을 이중적으로 드러냄으로써 이런 세태의 실상을 잘 보여준다. 「이별의 김포공항」, 「공항에서 만난 사람」, 『그해 겨울은 따뜻했네』, 「여인들」 등이 있다.
48) 그런 점에서 개발의 바람은 다분히 이데올로기적 현상이라 할 수 있다. 새 것에 해당하는 것을 가치로운 것으로 삼으면서 낡은 것은 배제하게 되는데, 이 낡은 것이란, 가부장제 이데올로기, 반공 이데올로기, 친미 이데올로기 등 국가가 장려한 이데올로기의 규범에서 일탈한 것을 의미한다. 따라서 낡은 것은 지배 이데올로기에 동조하지 않는 것, 국가정책을 위반하는 것이란 의미로 좁혀질 수 있다. 이것은 핵가족의 규범에서 벗어난 사람들, 가부장제 이데올로기에서 제외된 딸들과 같이 소외된 사람들이 낡은 것임을 의미하기도 한다. 「카메라와 워커」를 비롯한 많은 작품들이 개발의 바람 속에서도 뿌리내리지 못한 소외된 삶을 다루고 있다.

다. 감각적 체험의 자아가 비유적 이미지로만 보여주던 소외체험을 구체적으로 해명하는 것이다.

날마다 반복되는 일상사를 통해 계단이 무너질 것 같은 착각을 일으킬 정도로 삶에 적응하지 못하고 소외감을 느끼는 감각적 체험의 자아는, 속물적인 이기심이나 가족 이기주의, 또는 물질 만능주의와 같은 허위의식이 삶의 규범으로 내면화된 사회에 길들여지지 못하고 억압된 자아가 자각된 흔적임을 스스로 해명하는 것이다. 인물의 낯선 감각들은 미미한 감각으로만 인식된 억압된 자아의 면모였던 것이다. 감각적 체험을 통해 비유적이고 모호했던 의미들이, 이어지는 또 다른 성격의 서술태도에 의해 구체적이고 확실한 의미로 드러난다. 따라서 '나'가 느끼는 낯선 감각, 즉 소외체험은 사회적인 규범의식에 의한 억압과 관련된 것임이 분명해진다.

그런데 이런 분석적이며 단호한 태도의 서술은 도입부에서 볼 수 있는 감각적 체험의 자아와 동일인물의 것이다. 그리고 이것은 작품의 주제를 전환시키는 결정적 요소로 역할한다.

감각적 체험을 통해 사물의 실체는 사물과 감각 주체와의 관계 속에 용해되어버리는 경향이 있다. 감각은 명료하지만 의미는 분명치 않은 막연한 상태에서 감각의 계기는 상상되어진다. 따라서 감각의 계기를 담지하고 있는 감각 주체의 감각인상 역시 명료한 의미로 고정되지 않고 비유적으로 상상되도록 남겨진다. 이로 인해 감각적 체험의 자아의 성격은 작품의 주제를 좌우하기도 하는 것이다. 그러다가 감각적 체험의 비유적 내면묘사와 감각적 체험의 모호함을 순식간에 이성적으로 해명하는 서술을 한 인물의 내면 목소리에 공존하게 함으로써 상상의 여지를 메꾸어 버리고 감각적 체험의 의미가 고정되게 한다. 이는 인물의 성격을 변화시키고 작품의 주제 또한 변화시킨다. 게다가 인용문을 통해서도 알 수 있듯이, 감각적 체험의 실체를 해명하는 설명적 진술은

상대방을 희화화하는 풍자의 서술태도[49]와 수다스러운 서술자의 성격
으로 인해 감각적 체험의 감성적이고 섬세한 성격과는 전혀 어울리지
않는 양극단의 면모까지도 보여준다. 이렇게 되면 결국 인물은 지적 서
술자아의 설명적 진술에 의해 성격화될 수밖에 없다. 지적 서술자아로
인해 주제가 달라지는 것이다.

③ 분열적 자아와 반성적 자의식의 반복, 분열적 성격의 극대화

작품은 여기서 끝나지 않는다. 따라서 인물의 성격도 지적 서술자아
의 성격에 국한되지 않는다. 자기의 분열적 내면을 지적으로 해명하는
서술은 인물의 자의식으로 통합되지 못한다. 감각적 체험을 소외된 일
상의 문제로 객관화시키던 자아는 어느덧 감각적 체험의 일상적 느낌
으로 다시 빠져들고 말기 때문이다. "나는 멀어져 가는 의식 속에서 내
가 사랑하는 아파트군이 그 견고하고 확실한 선을 뒤틀면서 해체되고
드디어는 방울방울 불면 꺼질 듯한 포말의 모습으로 겨우 그 잔재를 남
기는 걸 보았다"[50]는 마지막의 인물의 내면진술은, 또 다시 현실인지
환영인지 알 수 없는 감각적 체험에 자신을 떠맡기고 그 감각만으로 삶
을 인식하는 감각적 체험의 자아로만 성격화되게 한다.

이로써, 감각적 체험의 분열적 자아와 내면의 느낌을 해석해내는 이
서술자아의 면모 역시 지속적이지 않고 일시적임으로써 한 인물의 내
면에 이중적 성격이 공존하게 된다. 감각적 체험의 비유성을 순식간에
이성적으로 해명해내는 서술자아는 다시 감각적 체험의 자아로 서술태
도를 바꾸어버리기 때문이다. 이 돌변한 서술태도는 인물의 성격도 이

---

49) "위해서란다", "한단다"의 서술어미는 발화자의 태도를 의심하고 야유하는 어조를
   띠며, 미국사람은 미제만 먹는다는 표현이나 "개떡같이"와 같은 표현은 서술자의 못
   마땅한 태도가 드러난다. 또 만주 이민자들의 이야기를 통한 비유 역시 이런 태도와
   연장선에 있다.
50) 박완서, 「포말의 집」, 139쪽.

전의 모호한 감각적 자아의 성격으로 다시 바뀌게 한다. 감각으로 체험된 일상의 소외를 해명해내던 지적인 서술자아는 어느덧 감각적 체험으로 다시 빠져들고 마는 것이다.

이렇듯 감각적 체험이 드러나는 박완서의 소설들은, 인물의 불안이나 동요를 드러내는 비유적 내면묘사와 그 감각의 정체를 분석하고 해명하는 지적인 서술을 동일인물의 목소리 속에서 변주함으로써 이중적으로 성격화된다. 그리고 이 이중성은 인물의 내면이 드러나는 서술에서 교차적으로 반복된다.

따라서 감각적 체험의 자아와 지적인 서술자아가 공존하는 서술방식은 인물을 이중적이고 분열적으로 성격화한다.[51] 각성이 지속적이지 않고 감각적 체험이 반복되고 있다는 점에서, 인물은 이 두 자아를 교차적으로 왕복하는 분열적 성격이 되는 것이다. 이는 억압의 체험을 드러내는 인물 성격화방식으로서, 사회적 규범의 내면화가 강한만큼 억압의 정도도 심해서 감각으로만 억압된 자아를 의식할 수 있는 인물의 상황이 반영된 것이다. 감각적 체험의 자아 사이사이에 끼여드는 자의식적 인물의 목소리조차 이 감각적 자아를 통합해내지 못하고 분열적으로 공존하게만 하는 서술방식이다. 풍자와 연민의 이중서술이 서술자의 이중적 서술태도에 의해 인물을 분열적으로 성격화한다면, 감각적 체험의 자아와 자의식을 지닌 지적 서술자아라는 이중성 또한 인물을 분열적으로 성격화한다.

앞서 말한 바 있듯이, 본격적으로 산업화 시대를 맞은 1960~70년대 한국사회에서 여성들은 대부분 핵가족 중심의 재생산 구조 속에서 가

---

51) 한 인물의 형상화에 있어 감각적 체험이 내면 목소리로 서술된다면, 이 감각은 감각 주체 스스로 해명하지 않고 전지적 서술자의 추측으로 짐작될 뿐이다. 화자에 의한 요약적 서술이나 외적 시점의 서술은 '듯이 보인다', '인 것 같다', 등의 추측성 서술 어미가 많이 사용된다. 반면, 「포말의 집」의 '나'의 서술은 모두 '-(이)다' 종결형으로 구성되어 있다.

족을 돌보는 자로 인식된다. 이 시기 가족 이데올로기, 성장 이데올로기, 순결 이데올로기, 가부장제 이데올로기, 모성 이데올로기 등은 모두 산업사회의 기반이 될 핵가족 구성의 핵심인자로서 여성의 역할을 공고히 하는데 상당한 역할을 한다. 가정 안에서만 존재해야 하는 여성들은 겉으로 미화되는 것과 달리, 가사노동을 비하하는 사회풍조로 인해 자기비하감에서 벗어날 수 없었다. 모성의 숭고함을 중심으로 미화되는 것과 달리, 실제 가족 안에서나 사회적으로 자존을 확인하지 못하는 여성들의 이율배반적인 삶은 내면화된 이데올로기를 의심하는 분열적인 면모를 단절적으로 경험하게 한다. 여성들의 소비욕구나 자식을 위해 억척을 떠는 가족 이기주의 등도 이런 여성의 삶의 문제를 반영하는 현상이다. 이 양가적 서술은 1960~70년대 지배 이데올로기의 지배 형식이나 내면화 양상과 관련해서 여성들, 특히 주부들의 분열적 삶과 내면화된 허위의식이 드러나는 것 자체로, 그런 사회풍조를 비판하는 인식적 효과를 내는 것이다.

「닮은 방들」의 '나' 역시 이 두 자아가 교차되는 내면을 중심으로 성격화된다. '나'는 퇴근한 남편을 아파트 현관문의 볼록렌즈를 통해서 볼 때마다 매번 "호주머니엔가 목을 조를 밧줄을 숨긴", "어머니가 겁내던 아파아트 살인범"으로 착각한다. 또 친정살이하면서 남편의 차임벨 소리를 들을 때마다 "처갓 집 문전에서 겁장이로 위축돼 겨우 스위치에 손을 대다말고 떼는 남편을 생각하고 뭉클"해 하지만, 문을 열고 마주한 남편의 변함없음에 "냉혹해 뵌다"고 스스로 생각한다. 자신의 기대와 기대를 저버리는 남편의 변함없는 태도 때문에 "번번이 대문간에서 잠깐 낯을 가리"는 낯설음을 느끼는 것이다. 이 인물 역시 낯설음과 같은 불화감으로 일상에서 소외되는 감각적 체험으로 성격화된다.

따분한 낮 동안 커어튼을 젖히고 마주보이는 13동(棟)의 방들을 헤어보고 거기다가 이곳 아파아트 단지의 총 동수를 곱해보고 하다가, 고만 눈이 아물아물해지면서 머리가 뒤죽박죽이 되고 만다.

　그럴 때 나는 이상하게도 내 쌍둥이 아이들이 싫어진다. 그애들이 쌍둥이라는 사실이 견딜 수 없어진다. 그리고 눈앞이 어질어질해지면서 그 애들을 구별할 수 없게 된다. 누가 형이고 누가 아우인지를 못알아보게 되는 것이다. (「닮은 방들」, 월간중앙, 1974. 6, 377쪽)

감각적 체험의 자아는 쌍둥이 아이들의 닮음조차도 싫다고 도리질치는 강박증에 시달린다. 감각적 체험이 「포말의 집」에서처럼 장면묘사를 통한 내면서술로 드러나고 있지는 않지만, 일상적인 사소한 행위 - 남편을 아파트 현관의 볼록렌즈로 보는 일, 남편에게 문을 열어주는 일, 옆집 여자와 같은 음식을 만드는 일 - 를 특별하게 느낌으로써 일상과의 불화감을 갖게 되는 것이다. 그런데 이런 '나'의 감각 역시 '나'에 의해 분석되고 해명된다.

　이렇게 나나 철이 엄마나 딴 방 여자들이나 남보다 잘 살기 위해, 그러나 결과적으론 겨우 남과 닮기 위해 하루 하루를 잃어 버렸다. 내 남편이 18평짜리 아파트를 위해 7년의 세월과 부드러움과 따뜻함을 상실했듯이. (「닮은 방들」, 376쪽)

아파트에 살면서 서로 경쟁을 하듯이 닮아 가는 사람들의 삶, 18평짜리 내집마련을 위해 처가살이하는 사위에 대한 사람들의 편견을 견뎌야 하는 삶, 이것은 결국 "남보다 잘살기 위해"라는 물질적인 풍요를 최고의 가치로 여김으로써 생겨난 허위적인 삶의 방식이라고 비판한다. 그리고 그것은 기껏해야 서로 경쟁하면서 물질적 부를 소유하는 닮은 방식의 삶밖에 되지 못한다고 자조하는 것이다.

　1970년대의 한국사회는 개발의 바람을 타고 건축이 활황을 맞이하면서 아파트 단지가 조성되고, 아파트의 문화는 '맨션'이라는 이름으로 물질적 부(富)의 대명사처럼 인식되고 추구되었다. 경제제일주의와 성장이데올로기는 물질적 부(富)가 최고의 가치인 것처럼, 또 서구적 생활이 이상적인 것처럼 생각하는 '의식'을 형성한다. 그런 '의식'으로 인해 많은 사람들은 아파트의 삶을 선망하게 된다. 그러나 이런 가치관과 생활방식은 그 속에 살아가는 사람들의 물신주의와 속물성, 가족이기주의를 부추기는 결과가 된다. 친정살이의 내면적 고통을 견디면서 추구한 이상적 삶으로서의 아파트의 삶이 결국 물신주의와 이기주의만 부추김으로써 자기상실을 낳고 말았다는 인용문의 자기인식은 '나'에 의해 내려진 해석이며, 자기 삶을 비교적 정확히 판단한 것이다.

그런데 이 자기 상실은 인물에게 즉각적으로 의식되지 못한다. 자기 상실의 체험은 사회적 규범의식, 즉 속물적 이기주의나 성장 이데올로기에 의해 상실로서 체험되지 못하도록 억압된 것이어서 인물은 이 상실을 그대로 자각하지 못하는 것이다. 감각적 체험의 자아는 바로 이 상실의 체험조차도 쉽게 자각하지 못하는 '현실'을 상징하는 것이다. 그러다가도 「포말의 집」의 '나'처럼 일상을 낯선 것으로 감각하는 이유를 자기 목소리로 해명한다.

또한 마지막 장면의 감각적 체험의 내면서술은 인물의 지적인 반성이 결코 통합적 자아로 정체화되고 있지 않다는 것을 보여준다. 감각적 체험의 모호함을 집요하게 탐색하느라 "노이로제" 증상까지 갖게된 "나"는 소외된 일상을 해명하던 자기 목소리를 잊어버린 듯이, 자기 삶의 문제를 벗어날 돌파구로 옆집 남자와 간음을 시도한다. 간음은 잠자리에서의 옆집 남자마저 남편인지 아닌지 분별하지 못하는 혼란을 가중시킨다. 오히려 모든 것이 닮아 있어서 아무것도 자기 것으로 분별해 내지 못하는 낯설음의 감각만 더하고 만다. 거울에 비친 자기를 보고 "생전 아무하고도 얘기해본 적도, 관계를 맺어본 적도 없는 것 같이 절망적인 무구(無垢)를 풍기는 여자"[52]를 느끼는 인물은 다시 내면의 감각에 집착함으로써 감각적 체험의 자아로 성격화된다. 이 마지막 장면은 인물의 설명없이도 이런 교차를 반복하는 인물의 삶이 지속될 것임을 환기한다. 즉 소외된 일상을 감각적으로 체험하다가 이성적으로 해명하다가, 또 다시 감각적으로 체험하는 반복과정은 자기 상실을 알고 있다 하더라도 억압하고 살아갈 수밖에 없는 인물의 실상을 암시한다. 이는 상실의 체험을 해명해내는 자의식조차도 지속적이지 않은 삶의 심각성을 드러내는 서술방식으로 인한 인식적 효과이다.

특히 인물이 의식하지 못하고 단절적으로 변주되는 분열적 면모는 억압된 자아를 의식하지 않으려는 '망각'의 심리, 혹은 무의식적 자아라는 점을 부각시켜 당대 여성들의 삶을 환기한다. 망각은 심리학적 개념으로서 기억의 일종이다. 박완서 소설의 이 여성인물들에게 기억된 감각들은 억압으로 인해 망각된 자아의 편린인 셈이다. 반복적으로 감지되는 낯선 감각은 망각되어 무의식에 자리잡은 억압된 자아의 양상인 것이다. 인물이 의식하지 못하도록 망각된 것이어서 낯선 감각으로만 감지될 뿐이지만, 지적인 서술자아의 단편적 서술로 억압된 자아가 의식된다. 그러나 인물은 망각의 심리적 과정에 있기 때문에 내면에서 갈등을 일으키거나 자의식을 갖지 않고 동요하는 내면만 단절적으로 경험한다. 자의식으로 통합되지 않고 감각적 인식과 지적인 분석이 단절적으로 변주되는 것은 지배이데올로기를 내면화하여 살아가는 여성인물들의 '망각'의 삶의 방식을 보여주는 서술이 되는 것이다.

④ 꿈과 환영, 은폐기억

감각적 체험이 일상이 은폐하고 있는 억압된 자아의 실상을 드러내

---

52) 박완서, 「닮은 방들」, 382쪽.

는 것이라 할 때, 실제 감각 뿐 아니라 꿈이나 환영 역시 인물의 소외된 삶을 환기시키는 감각적 체험이 된다. 특히 무의식에 해당하는 꿈이나 환영을 통해 의식되지 않은 자아의 면모는 지배이데올로기의 내면화가 심해서 '망각'하고 살고있는 평범한 일상의 '정치성'을 드러내준다. 인물들의 "사소한 기억들은 기억의 내용 자체 때문이 아니라 그것이 억압된 다른 내용과 맺고 있는 연상관계에 의해 보존된"[53] 것이라 할 때, 인물들의 꿈이나 환영과 같은 무의식적 감각은 내면화된 사회적 규범들에 의해 억압된 기억의 다른 현상이기 때문이다.

꿈이나 환영을 실제인 듯 생생하게 감각적으로 체험함으로써 일상의 소외와 허위성을 인식하는 인물로는 「초대」의 희주를 생각해 볼 수 있다.

> 그녀의 단골 개꿈은 연쇄적인 착오의 끝도 없는 되풀이에 칭칭 얽히고 설키는 꿈이었다. 학교 갈 시간이 임박했는데 책가방이 없어서 동동거리며 천신만고 찾아 가지고 숨가쁘게 학교 길을 뛰다 보면 교복을 안 입은 평상복이었고, 집에 가서 교복을 찾아 입고 뜀박질을 하다 보면 흰 칼라가 안 달린 온통 까마귀처럼 새카만 교복이어서 다시 집으로 가 칼라를 아무렇게나 달고 뜀박질하다 보니 언니의 샌들을 신고 있었다는 식이었다. (「초대」, 문학사상, 1985. 10, 205쪽)

어릴 적 꿈에 대한 희주의 회상이다. 남편이 사업상의 사교를 위해 마련한 저녁 식사에 호스테스로 참석하려고 무슨 옷을 입을지 망설이는 동안 어릴 적 꿈을 떠올린다. 비록 어릴 적에 자주 꾸던 꿈이었지만, "교칙이 유난히 까다로운 공립중학교에서 융통성 없는 모범생"이었던

---

53) 김현진, 「기억의 허구성과 서사적 진실」, 최문규 외, 『기억과 망각』, 책세상, 2003, 206쪽.

소심하고 예민한 성격의 희주에게, 엄격한 교칙을 따라야 하는 규범적 학교생활은 항상 무언가에 쫓기듯이 전전긍긍해야 하는 것이었다.[54] 이는 개개인의 삶을 위해 마련된 공동체의 규범이, 역설적이게도 개인의 삶을 억압하는 것으로 전도된 상황에 대한 내면의 거부감이라 할 것이다. "한 달 생활비보다 많은 돈이 드는 사교적인 식사"를 왜 하는지도 모르면서 남편에게 사교적이지 못하다고 책잡히는 일이 두려워 옷을 고르며 전전긍긍하는 순간에 어릴 적 꿈이 연상되는 것은 희주의 일상과 내면의 거부감의 표현인 셈이다. 그것을 증명이라도 하듯이, 희주는 어릴 적에는 꿈에서 겪던 일을 실제로 재연한다.

이것은 희주의 "까닭모를 슬픔"과 연결됨으로써, 희주의 일상생활이 은폐하고 있는 소외감의 실체를 드러낸다.

---

54) 박완서 소설들은 실체가 없는 허위적인 것에 쫓고 쫓기는 상황을 일상사의 사소한 일들에서 상징적으로 그려냄으로써, 간접적으로 비판하는 경향이 있다. 「무중」(세계의 문학, 1982. 여름)은 그런 상황이 상징적으로 설정된 작품이다. 사귀는 유부남의 부인에게 쫓긴다는 생각 때문에, 항상 도망갈 출구를 마련해놓고 불안하게 살아가는 여자와, 도망 다니는 현상금 붙은 남자가 아파트에 나란히 살게되면서 일어나는 일을 반어적으로 표현한 작품이다. 옆집 남자에게 호감이 가고 궁금해서 농담으로 던진 많은 말들이 "오 년 가까이나 잘도 피해 다니던 그"를 돌연 자수하게 만든다. 이런 사실을 뒤늦게 알게되고서, '나'는 그를 자수하게 쫓은 것은 바로 자신이라고 생각한다. 그것은 사실이기도 하다. 오 년이나 도망다니던 사람에게 옆집에 살고있던 '나'가 장난삼아 그에게 보인 관심이 그에게는 불안과 두려움을 자극했기 때문이다. 이런 사실을 통해 '나'는 "사람마다 죽자구나 쫓고 쫓기고 있다"는 것을 새삼 깨닫는다. 이것은 어린 날에 자신이 저지른 선생님과의 사랑이 아무것도 아니었는데도, 어머니의 오해 때문에 자신이 급기야는 가출하게 만든 사건을 떠올리게 한다. '나'는 아무것도 아닌 일이 어머니에게 남자와 성관계를 가진 것으로 오해되어 나쁜 아이가 되고, 결국 나쁜 아이가 될 수밖에 없었다고 생각하는 것이다. 결국 오해 때문에 집에서 쫓겨난 것이, 항상 사귀는 유부남의 부인에게 쫓기는 삶으로 정착하게 된 삶의 아이러니를 보여주는 작품이다. 나아가 작품은 이들처럼 실제로 쫓기고 있는 것 뿐 아니라, 매스컴의 정보와 같은 실체없는 '의식'에 뒤지지 않으려고 "죽자구나 쫓고 쫓기는" 상황을 허위적인 것으로 비판하기도 한다. 「무중」의 주인공 '나'나 '나'가 만난 여러인물들은 이런 쫓고 쫓기는 순환관계 속에서 쫓기는 것이 실체없는 허위의식임을 알고있으면서도 그 순환관계를 벗어나지 못하고 반복하는 인물들이다.

쿨컥, 쿨컥, 쿨컥……, 희주의 맹렬한 펌프질에 따라 막대기 끝의 시커먼 고무 벙거지도 괴롭게 쿨컥대며 압축과 흡입을 되풀이했다. 희주의 코 끝에 반드르르 진땀이 배고, 이마에 헐클어진 머리칼도 수초처럼 늘어붙었다. 막대기를 누르던 손바닥의 심한 통증과 함께 온몸의 기운이 대롱의 물이 빠지듯이 발끝으로 쭉 빠져버리는 듯한 느낌과 함께 희주는 고무 벙거지가 달린 막대기를 스르르 놓쳤다. 머리가 아찔하면서 까닭모를 슬픔이 가슴을 후볐다. 그녀는 상채기를 다칠세라 감싸듯이 가슴을 오그리고, 세운 무릎에 얼굴을 파묻는 자세로 주저앉았다. 찌르는 듯한 슬픔은 여전했다. (「초대」, 201쪽)

인용문 역시 긴강감을 고조시키는 「초대」의 도입부이다. 희주는 코 끝에 진땀을 흘리며 이마에 머리카락이 "수초처럼 늘어 붙"을 정도로 온몸의 기운이 빠질만큼 열심히 무언가를 하고 있다. 그것은 지난 번에도 막혔었던 하수구를 고무 벙거지로 뚫는 일이다. 그 일을 이처럼 열심히 하다가 "까닭모를 슬픔"을 느끼고 고개를 무릎사이에 파묻고 만다. 하는 일은 별 것 아닌데, 일을 하면서 내면은 극심한 동요를 겪는다. 따라서 독자는 자기도 모르게 긴장하면서 이 인물의 삶을 탐색하게 된다.

이 내면의 동요를 드러내기 위한 묘사는 감각적이며, 내면의 동요를 고조시키는 극적 표현으로 이루어져 있다. "펌프질", "시커먼", "괴롭게", "쿨컥대며", "헐클어진", "수초처럼", "심한", "후볐다", "찌르는 듯한" 등 상태를 나타내는 형용사들은 모두 극적 상태를 표현하는 말들이다. 또 "반드르르 진땀이 배고", "수초처럼 늘어붙었다", "발끝으로 쭉 빠져버리는 듯한 느낌", "머리가 아찔하면서", "가슴을 후볐다", "감싸듯이 가슴을 오그리고", "얼굴을 파묻는 자세" 등의 표현도 어떤 동작이나 느낌을 드러내는 관용구인데, 이 관용구들 역시 인물의 극한적 내면상태를 드러내는 표현이다.

이처럼 하수구 뚫는 사소한 행위인데도 극적 긴장감을 유발하면서 내면을 동요시키는 "까닭모를 슬픔"은 인물에게 감각적으로만 체험됨으로써 인물의 삶이 심상치않음을 드러낸다. 이 감각인상은 일상을 낯선 것으로 인식하게 하는 계기인 셈인데, 꿈의 감각처럼 일상에 적응하지 못하고 겉돌 수밖에 없는 소외감을 비유하는 게 된다.

이들의 부부관계는 「泡沫의 집」의 '나'나 「닮은 房들」의 '나'와 다를 바 없는 소외된 관계이다. 인용문의 희주는 사소한 일상에 집착함으로써 삶의 불화를 감각으로 보여줄 뿐이다. 억압된 자아는 의식되지 않고 그저 감각될 뿐이다. 희주의 자의식은 좀체로 드러나지 않는다. 억압이 심하여 망각된 자아는 꿈이나 환영 같은 '은폐기억'으로만 자각되는 것이다. 희주가 하수구를 뚫으며 "까닭모를 슬픔"을 느끼는 감각적 체험이 극대화된 장면은, 상실의 체험마저도 상실로 받아들여질 수 없는 '망각'의 심리상태에 있는 희주의 상황을 비유한다. 그런데 「초대」역시 또 다른 성격의 자기 목소리로 이 감각의 의미를 해명해낸다.

> 아마 어떤 이질감 때문이었으리라. 풍만한 목둘레를 대담하게 드러내고도 품위를 잃지 않고 차분히 하늘대는 실크 옷 사이에서 평범한 진 원피스도 초라해 보였지만, 면밀한 피부관리와 컬러풀한 화장으로 갓 피어난 요염한 꽃송이 같은 얼굴들에 비해, 나올 때 임박해서 이것저것 찍어바르는 둥마는 둥한 자신의 얼굴은 어쩌면 병색마저 돌아보일지도 몰랐다. 어디 아프냐고 묻고싶은 것을 슬쩍 좋은 소식으로 둘러댄 상대방의 화술에 희주는 뒤늦게 감탄을 하며 실소를 했다. (「초대」, 207-208쪽)

"좋은 소식" 있냐고 물어보는 "그 여자"의 질문에 대해 희주는 곰곰히 생각한다. 사람들과 같이 식사를 하면서 희주는 "그들"의 대화에 끼지 않고, "그들"에 대해서 생각하는 것이다. 그리고 희주의 시점과 서술자의 목소리를 통해 대상을 풍자하는 반어적 의미가 형성된다.

희주에게 질문을 던진 여자의 외모는 "면밀한 피부관리", "컬러풀한 화장으로 갓 피어난 요염한 꽃송이" 등의 반어적 표현을 통해 희화화된다. "면밀한"이라는 형용사는 세심한 주의를 요하는 중대한 일에 대한 태도를 의미한다. 그런데 일반적으로 피부를 관리하는 일은 세심한 주의를 요할만큼 위험하거나 기술적인 일이라고 생각하지 않는다. "면밀한" 이라는 말의 상황적 맥락과 "피부관리"가 어울리지 않은데도 '그 여자'의 아름다움을 설명하기 위해 같이 어울리게 함으로써, '그 여자'의 아름다움이 허황된 과시욕에서 이루어진 것임을 반어적으로 표현한다. 또 "갓 피어난 꽃"의 아름다움은 청순하고 가공되지 않은 아름다움이라 할 수 있는데, 이것을 "컬러풀한 화장"과 인과관계 속에 연결지음으로써 그 여자의 아름다움이 갖고있는 허위성을 비판한다.

감각체험의 주체인 희주는 풍자적 시선이 들어있는 내면 목소리를 통하여 감각으로만 감지한 분명치 않은 문제를 명확하게 인식하고 비판한다. 이는 감각적 체험의 자아가 자기 상실을 자각하는 희주 내면의 억압된 자아임을 알 수 있게 한다. 그러나 이 작품 마지막에 희주는 하수구에 오줌을 누고 그 오줌을 아랫집 여자가 뒤집어쓰는 "가학적인 망상"을 함으로써 감각적 체험의 자아로 다시 돌아간다. 남편의 세계를 풍자하는 지적인 서술태도가 결코 지속적이지 않음으로써 인물의 지적인 성격 역시 지속되지 못한다. 희주는 자신이 감당할 수 없는 "우아한 동의"만을 요구하는 상황에서, 마치 미친 사람처럼 자신의 소심한 성격과 전혀 어울리지 않는 가학적인 망상을 하고, 감정적 흥분을 드러내는 이 가학적 망상은 인물의 지적 태도와는 다른 감각적 내면반응이 되기 때문이다.

이렇듯 꿈과 환영은 감각적 체험의 비유성과 결합되어 더 강렬한 감각인상을 남긴다. 이 강렬함은 일상을 통해 제기되는 삶의 문제성과 일상에 적응하지 못하는 인물의 불화감을 드러낸다. 게다가 이 과정이 계속 반복되기 때문에 이런 삶의 문제는 해결되지 않고 지속되는 것으로 인식된다. 문제가 제기되나 해결되지 않고 지속되는 일상으로만 드러날 때, 절망감과 무력감이 고조될 수밖에 없다. 인물은 분열적 성격과 무력감으로 미미한 존재가 되지만, 현실의 문제와 그 심각성을 한층 고조시키는 서술인 것이다.

앞서 말했듯이 이 서술특성은 1960~70년대 개발독재의 '근대화' 논리 속에서 가정관리자로 이미지화된 여성들의 삶의 문제를 담아낸다. 개발독재의 '근대화' 속에서 여성들은 물신화된 이상을 내면화하면서 부를 추구하고 획일화되어간다. 그리고 일상생활의 소외가 심해질수록 일상을 꾸려가는 여성들의 소외는 더 심해진다. 감각체험 주체의 무력감은 일상생활에서 소외된 여성들의 실상인 것이다. 일상사 구석구석 근대화의 이데올로기가 내면화되어 개별 주체의 힘으로는 아무것도 할 수 없는 총체적인 소외성을 보여주는 것이다. 거대한 지배구조의 그물망 속에서 꼼짝할 수 없는 소외된 형상이 여성이라는 점은 1960~70년대 근대화와 여성성의 관계에 시사하는 바가 있다. 여성이 사회적인 약자를 대표할 만큼 문제적 상황에 있다는 것을 의미하기 때문이다.

2. 내면갈등과 서술의 〈역설성〉

박완서 소설은 신랄하게 사회를 비판한다고 평가된다. 인물이 내면화한 허위의식을 통해 사회의 이데올로기성이나 허위성을 비판하는 구성을 염두에 둔 평가일 것이다.

이데올로기 대립으로 인해 분단과 전쟁을 겪은 전후 한국사회는 정권을 창출하고 정권의 이해관계를 공고히 하기 위해 각종 이데올로기를 전략적으로 이용한다. 특히 국가적 위기구조를 조장하면서 성장했던 1960~70년대 박정희 정권은 '근대화'를 내세우며 각종의 이데올로기를 만들어냈다. 그리고 이데올로기는 평범한 사람들에게 '규범'으로 역할하며 내밀한 일상생활까지도 간섭한다.[55]

이 규범의 허위성이나 위선을 자각한 전후의 많은 작가들은 위악적 인물을 내세워 위선적 삶을 비판한다[56] 위악적 인물은 위선적 세계 속에서 자아를 분리해냄으로써, 가학적일 정도로 신랄하게 위선적 세계를 부정하고 거부하는 포즈를 취한다. 이를 통해 위악성은 위선이 난무하는 전후 한국사회를 비판하는 미학적 힘이 될 수 있었다.

박완서 소설의 인물들도 위선적 삶을 비판하는 부정의식이 강하다. 그런데 이 부정의식은 인물의 내면적 자아의 한 면모여서, 여타의 위악적 인물이 위선적 세계로부터 자신을 분리해내듯이 자아를 분리해내지 못한다. 위선적이거나 허위적인 삶은 자아의 한 면모로 발견되지만 발견함과 동시에 은폐될 수밖에 없는 처지를 자각하고, 내면갈등을 겪는다. 자기발견이 자기를 은폐해야 한다는 자의식을 낳기 때문에 이 인물

---

55) 지배이데올로기가 일상생활의 내밀한 곳에까지 영향력을 행사하게 되는 것은 그것이 정치적으로 이용될 수 있는 문제적 상황이 지속되었기 때문이다. 예컨대 반공주의는 가장 대표적인 사례가 될 수 있다. "일부 권력집단의 전유물이던 반공주의가 점차 전쟁 피해자들의 삶의 논리로 확산되었다. 이 과정에서 비교적 피해가 경미했던 사람들조차 공산주의의 공격으로부터 보호받을 뿐만 아니라, 반공주의의 그물에 걸려들지 않기 위해 반공주의 대열에 동참해야 했다. 남한에서 반공주의는 정치가나 선동가 뿐만 아니라 일반사람들에게도 모든 정치적 사회적 행위의 면죄부로 인식"(강경성, 「반공주의」, 『역사비평』, 1999. 여름, 285쪽)될 수 있기 때문에 지배이데올로기는 이데올로기를 넘어 규범이 되고, 사람들의 일상생활을 통째로 장악하게 되는 것이다. 한국사회와 지배이데올로기의 관계에 대해서는 한국산업사회연구회 편, 위의 책, 김진균 외 지음, 위의 책 참조.
56) 김병익, 「성장소설의 문화적 의미」, 『세계의 문학』, 1981. 여름 참조.

들은 위악적 인물이 위선적 세계를 부정하는 거침없는 태도와 행동을 취하지 못하는 것이다. 위악적 인물이 자기 안의 위선을 발견함으로써 세계에서 떨어져나와 위악적 포즈를 취했다면, 박완서 소설의 인물들은 위선적 자아를 발견함으로써 내면갈등을 겪을 뿐이다.

내면갈등은 인물이 이미 내면화한 사회적 규범의 허위성을 발견하는 순간 발생하는 것으로서, 내면화된 규범적 자아와 그것을 부정하는 자아 간의 갈등이다. 대개의 경우 이런 내면갈등은 갈등 요인이 제거되거나 억압됨으로써 한 인물의 정체성 형성에서 과정으로 역할한다. 그러나 이 장에서 다룰 박완서 소설의 인물들은 점점 더 극심한 내면갈등을 겪게되지, 내면갈등을 해소시키지 못한다. 자기 자신의 허위성을 자각하고 있지만, 그것을 그대로 받아들이면서 내면갈등을 겪을 뿐이다.

내면갈등을 겪는 것은 인물이 '아직' 정체성을 형성하고 있지 못해서인 경우도 있지만, 외부세계의 규범이 강력하고 인물의 사회적 위치는 불안정하기 때문에 내적 동기와 행동을 일치시킬 수 없는 경우도 있다. 성장기를 벗어나 정체성 확립의 시기에 있는『나목』의 이경을 포함하여, 사회적으로 주변적이거나 소외된 위치에 있는 사람들, 그리하여 규범에 대항할 사회적 기반을 마련하고 있지 못한 사람들, 예컨대 고아나 노인이나 여성 등 사회적 약자들은 사회적 규범에 맞추어야 할 규율과 통제 속에 있기 때문에 내면갈등이 더 심할 수 있다.

1960~70년대 한국사회는 지배이데올로기가 새롭게 재편되고 강화되던 시기이다. 1950년대 후반 이후 비약적으로 성장한 북한의 노골적인 위협 때문에 '분단'이라는 조건은 지배이데올로기의 위력과 통제력을 극대화시키는 역할을 했던 시기이다. 지배이데올로기에 따른 규범과 일상생활에 대한 통제는 권력의 이해관계를 따라 더 강화되고, 일상적인 미세한 모든 부분에 영향력을 행사한다. 많은 사람들이 자발적으로 지배이데올로기에 의해 규범화된 사회적 규범을 내면화하고, 권력

은 이 규범 덕분에 자연스럽게 일상생활을 통제하는 사회구조를 만들어갈 수 있게 되는 것이다.

박완서 소설의 인물들은 스스로 내면화한 사회적 규범과 내면의 불화를 서서히 의식하면서 살아가는 인물들이다. 내면갈등은 이 불화를 의식하는 징후이다. 이들은 규범적 자아의 면모를 취하면서도, 내면에서 이 자아를 부정하는 또 다른 자아를 의식하기 때문에 끊임없이 갈등한다. 게다가 극심한 내면갈등을 겪고 있으면서도, 그것을 내색하지 못하고 그대로 받아들이는 것처럼 꾸민다는 점에서 '가장적'이고 위선적이기도 하다.

그런데, 인물은 비록 외적으로 태연하게 사회적 규범에 맞추어 행동하지만 극심한 내면갈등으로 성격화되기 때문에, 태연한 외적 면모와는 반대로 자기 자신을 부정하는 성격이 된다. 즉 사회적 규범에 맞추어 행동하는 외적 면모는 극심한 내면갈등을 통해 부정되어 저절로 규범적 외면을 허위적이고 위선적인 자아로 반성하게 된다. 사회적 규범에 길들여진 자아를 못마땅해하는 자의식과 내면갈등은 역으로 인물이 위선적이지 않음을 드러내는 유일한 내면적 근거가 되는 것이다. 인물의 내면갈등이 극심해짐으로써 인물의 외적 면모는 부정되고 인물의 성격은 반전된다. 이런 성격화방식은 서술의 〈역설성〉이라 할 수 있다. 사회적 규범에 맞추어 살아가는 자기를 자각하면서도 그것을 내색하지 못하는 상황으로 인해 내면갈등을 겪고 내면갈등이 극심해질수록 인물의 진정성이 확인되는 성격화방식인 것이다.

1) 극적 요소와 자기발견/은폐의 역설

박완서 소설에서 전쟁 이야기는 중요한 소재이다. 이야기하는 방식에 따라 다양한 주제의식으로 변주되고 있지만, 극적요소를 중심으로 살펴보게 될 작품들에서 전쟁경험은 삶의 허위성을 드러내는 직접적 계기가 된다. 개개인의 전쟁체험은 전쟁으로 인한 비극성의 고조라는 관점에서 다루어지기보다, 그들의 삶에서 은폐되어 있던 진상(眞相)을 발견하게 되는 극적 계기로서 역할한다. 즉 인물의 은폐된 삶이 전면화됨으로써 자기를 발견하게 되는 하나의 재난으로서 전쟁체험이 다루어지는 것이다. 따라서 박완서의 소설들은 전쟁경험 자체를 주목하여 다루지 않으며, 전쟁상황에 의해 만들어지는 극적인 계기가 중요하게 취급된다.

『나목』, 「그 가을의 사흘동안」, 『그해 겨울은 따뜻했네』의 주인공들은 각각 전쟁기의 경험을 통해 전면적인 삶의 변화를 겪는 인물들이다. 『나목』의 이경은 오빠들의 죽음으로 인해서 어머니에게 자신이 무의미한 존재였음을 알게 되어 방황하게 되고, 「그 가을의 사흘동안」의 주인공 '나'는 얼굴도 알 수 없는 외국군에게 강간당하고는 생명을 다루는 산부인과 의사의 신성함을 저버리고 소파수술 전문의로 삼십 년을 일하게 되며, 『그해 겨울은 따뜻했네』의 수지는 어린 동생 오목이에게 먹을 것을 뺏기는 게 싫어서 동생을 버리고 죄의식 속에 살아가게 된다. 이들은 전쟁에서 추상적인 공포나 불안을 체험한다기보다, 직접적인 생의 전환점이 되는 사건을 경험한다. 인물들에게 전쟁은 극적 사건을 제공하는 것이다.

여기서 '극적'이란, 장르적 특성에서 파생되어 관용어로 쓰이는 '극적(dramatic)'인 것을 의미한다. 극 장르에서 쓰이는 "비평적 관용어"인 셈이다.[57] '상황', '긴장', '구체', '제시' 등의 장면제시나 극적 상황을 통해 인물의 내면에 은폐된 자아가 인물에게 의식되는 계기를 만드는 것을 의미한다. 극적 장면의 제시, 극적 사건, 극적 상황, 극적 긴장

---

57) S. W. Dawson(천승걸 옮김), 『극과 극적 요소』, 서울대출판부, 1981, 2-3쪽 참조.

등, 이런 것들이 인물 성격화의 계기가 된다.

내면갈등은 행위로 전환되는 과정을 통해 인물이 성격화되기 때문에 내면갈등의 계기로서 극적인 것이 의미를 지닌다. 또한 극적인 것은 행위의 변화를 매개하는 내면의 격정을 의미하기도 한다.[58] 내면의 격정은 행위의 변화를 통해 인물의 성격으로서 완결된다. 이때, 갈등은 내면적 격정이 드러난 것으로서의 행위(action)와 행위의 대립을 의미한다. 극에서는 인물의 성격과 성격의 대립으로 드러난다. 따라서 내면의 격정은 행동화됨으로써 인물의 성격이 되고, 성격과 성격이 부딪힐 때 극적 갈등이 생기는 것이다. 이것은 극뿐만 아니라 소설에서도 표현방법의 차이가 있을 뿐이지 인물 성격화에 중요한 요소가 된다.[59]

그러나 박완서 소설의 인물들은 내면의 격정을 행동으로 자연스럽게 외화시킴으로써 갈등관계에 처하는 행동의 주체가 되지는 못한다. 내면의 격정은 행동으로 외화되지 못하고 내면에만 머무름으로써 내면갈등을 형성할 뿐이다. 인물은 내적으로 갈등만 하지 내면의 격정을 외화시키지 못함으로써 극심한 내면갈등과 다른 외면을 갖게 되는 바, 내면의 갈등을 아닌 듯 꾸미는 성격이 된다.

가족(어머니)은 절대적인 애정관계로 엮여져 있다는 '가족관념'이나 결혼하지 않은 남녀간의 성관계는 그것이 강간이라 할지라도 도덕적 비난의 대상이어야 한다는 '정조관념', 어떤 상황에서도 아들만은 지켜야 한다는 '혈통주의'나 '장자의식', 언니는 무조건 동생을 보살펴야

---

58) 구스타프 프라이닥(임수택 · 김광요 옮김), 『드라마의 기법―고전비극의 이념과 구조』, 청록출판사, 1992, 25-26쪽 참조.

59) 대사나 인물의 행동, 또는 독백을 통해서만 인물의 내면을 드러낼 수 있는 극 장르와 달리, 소설은 내면묘사를 통해 인물의 성격을 풍부하게 드러낼 수 있다. 이 점은 인물의 성격이 다루어지는 방법의 차이를 낳는 결정적 요인이다. 내면묘사나 인물 스스로의 목소리를 통한 내면진술은 인물의 행동으로는 담아내지 못하는 인물의 개성을 드러내는 중요한 요소로서, 소설에서는 인물 형상화에 가장 중요한 것으로 여겨진다.

한다는 '착한 언니의 규범' 등은 전쟁이라는 극한적 상황 속에서 허위적인 것으로 드러난다.

그런데 전쟁 상황 속에서 허위적인 것으로 발견된 이 관념들은 모두 인물의 삶을 근거지우는 가장 근본적인 것이어서 인물의 삶을 전면적으로 뒤흔들어 놓는다. 이 관념이 허위적인 것을 알아차린 인물은 자기를 전면적으로 부정해야 하는 상황에 처하여 상실감을 느끼고 혼란스러워하게 된다. 게다가 이 인물이 처한 삶의 문제는 여기서 그치지 않는다. 자기 삶의 근거가 된 관념이 허위적인 것을 알고 혼란스러운 상황에서 인물은 그 혼란이나 상실감을 드러낼 수 없는 자기 처지를 깨닫는다. 이 관념은 자기 삶의 기반이 되고 있는 것들이어서 그것의 허위성을 알아차리고서도 그것을 부정할 수는 없기 때문이다.

앞서 말했듯이 1960~70년대는 각종의 지배이데올로기들이 내밀한 일상생활에까지 영향력을 행사하여 일상을 통제하는 규범으로 역힐했다. 그리고 이것은 이미 식민지시기부터 진행된 것이었다. 전쟁 상황 속에서 이런 인식들이 허위적임을 알게되지만 워낙 강력한 규범으로 자리잡고 있어서 부정하거나 거부하지 못한다. 인물은 허위적인 것으로 경험한 관념이 자기 삶의 규범으로 강력하게 작용하고 있어서 허위성을 알아차리고서도 내색하지 못하고 내면에만 담아두어야 하는 '억압'적 상황 때문에 더 고통스러워하는 것이다.

내면화한 규범이 허위적인 것을 알게되면서 갈등하지만, 그 규범이 너무 강력해서 허위성을 알고서도 내색하지 못하고 그 규범에 맞추어 살아가면서 극심한 내면갈등을 겪을 뿐이다. 내면갈등은 외면화되지 못한 인물의 이면이 되고, 내면갈등이 클수록 인물의 진정성이 확인되는 역설성을 인물 성격화방식으로서 서술의 〈역설성〉이라 할 수 있다.

① 내면갈등의 계기로서 극적 장면

『나목』의 이경은 '극적인 것'을 매개로 자기 삶의 허위성을 자각하고 내면갈등을 겪는 대표적인 인물이다. 이경의 두 오빠는 전쟁 중에 폭격으로 죽는다. 이 후로 어머니는 삶의 의욕을 포기한 채 "죽음의 빛"을 띠며 살아가고, 이경은 이 어머니를 마주할 때마다 오빠의 죽음 때문이라고만 할 수 없는 막연한 공포를 느낀다. 전쟁으로 빚어지는 비극성때문이 아니라, '오빠들이 죽었다는 사실'이 이경의 삶을 전면적으로 흔들어놓기 때문이다. 따라서 전쟁은 그저 배경일 따름이며, 오빠의 죽음을 가져온 하나의 사건일 뿐이다. 오빠들이 죽는 극적인 장면이 이경의 삶을 뒤흔드는 사건이 되듯이, 이어지는 극적 장면들, 즉 오빠들이치던 기타를 사이에 두고 어머니와 벌이는 대결장면이나 사랑할 사람을 찾기 위한 일시적 충동으로 만난 미군 조오와 성관계를 맺으려다 실패하는 장면, 어머니가 돌아가신 후 어머니가 자신을 기다린 것이라는 거짓말을 하고서 금방 그 사실을 번복하는 장면들이 모두 극적 장면으로 제시됨으로써 이경이 자기 삶의 허위성을 자각하게 되는 계기로서 역할한다.

나는 "말예요" "말예요"에 힘을 주다 못해 그만 기타를 쳐들고 방바닥에 내동댕이쳐서 산산이 부수고 싶은 광폭한 충동을 느꼈다.

"이 놈의 기타 소리가 아니었단 말예요"

드디어 나는 기타를 높이 쳐들었다.

"안된다. 안돼!"

별안간 어머니의 목소리가 이십 년은 젊어진 듯 쇳되게 울리더니 기타를 빼앗으려고 나에게 달려들었다.

나는 더욱더욱 안 뺏기고 부숴 놓고야 말겠다는 강한 충동으로 몸을 떨며 기타를 높이 쳐든 채 맴을 돌았다.

어머니도 지지 않고 덤볐다. 어머니는 이미 그림자가 아니었다. 힘찬 맥박이 뛰는 뜨거운 여인이었다.

드디어 내 팔을 할퀴다시피 매달린 어머니의 손에 기타의 한쪽이 잡혔다. 나도 필사적으로 기타의 대가리를 부둥켜안고 당기다가 어머니가 힘차게 나꾸치는 바람에 방바닥에 동그라졌다. 그래도 나는 놓지 않았다.

우리 모녀는 기타를 사이에 놓고 미친 듯이 방바닥을 뒹굴고 짐승처럼 씨근대며 자신의 육신을 돌보지 않고 처절한 싸움을 했다.

한참만에 나는 가쁜 숨을 몰아쉬며 빈손으로 물러났다. 이긴 쪽은 어머니였다.

모처럼 시도해 본 과거와의 단절은 이렇게 해서 수포로 돌아갔다.

다시 기타와 유도복이 제자리에 걸리고 앨범이 꽂히고 평상시와 똑같은 모양이 되자 우리 모녀는 마주앉아 아무일도 없었던 것처럼 다 식은 김치국을 후룩후룩 마시며 덤덤히 저녁 식사를 했다. (『나목』, 작가정신, 91–92쪽)

인용문은 이경이 전쟁으로 두 오빠를 잃고 삶의 의욕을 상실한 채 살아가는 어머니의 모습을 통해 모른 척 외면했던 자기 삶의 진상(어머니의 의식)을 발견하게 되는 장면이다. 이경은 사람들에게 어머니가 기다리실 거라고 거짓말을 하고 늦게 귀가한 날 자신을 전혀 기다리지 않았던 어머니의 모습을 보고 내면에서만 들끓던 분노를 폭발시킨다. 아무런 생의 의욕이 없어 보이던 어머니는 아들의 흔적을 없애버리려는 딸에게 "건강하고 뜨거운 여인"이 되어 맞선다. 한 판의 결투장면이 벌어지는 것이다. 이것은 『나목』 전체를 통틀어 어머니에 대한 이경의 분노가 드러난 유일한 장면이다. 항상 죽은 사람처럼 살아가던 어머니는 "과거와의 단절"을 시도하는 딸 앞에서 생명력 넘치는 강하고 뜨거운 여인이 된다. 이는 딸인 이경에게 "산산이 부수고 싶은 광폭한 충동"을 일으키면서, '거대한 절벽'[60]처럼 도저히 어찌해볼 수 없는 실체로 자

---

60) 거대한 절벽은 박완서 소설의 인물이 대면하는 지배 이데올로기나 규범의식에 대한

각되고, 마침내 어머니에 의해 "방바닥에 동그라"진 딸은 "아무일도 없었던 것처럼" 생기없는 일상으로 돌아간다. 이경은 어머니에 대한 분노를 드러낸 이 극적 장면을 통해서 살아있는 딸의 존재를 염두에 두지 않는 어머니의 '의식'과 그 '의식'에 묶여있는 딸로서의 자기를 발견한다.

이경은 전시라고 의식할 때마다 막연한 공포를 느낀다. 그리고 그 공포감은 "한쪽이 보기싫게 일그러져나간 채인" 집 앞에 다다르면 더 고조된다. 이경은 전쟁의 상흔을 통해 "무서움증"을 느끼고 그것에서 벗어나려 집을 향해 달려가지만, 아이러니하게도 집 앞에서 이경의 공포감은 절정에 달하는 것이다. 이경이 스스로 회피함으로써 억압할 수밖에 없었던 공포감의 실체가 어머니에 대한 분노를 폭발시키는 이 대결 장면을 통해 드러난다. 그러나 이 장면을 통해서도 이경은 어머니 의식의 실체 속으로 파고들어 가지는 않는다. 거대한 절벽의 실체가 공포스러워 "아무일도 없었던 것처럼" 회피한다. 그러나 독자들은 이경의 막연한 공포가 서서히 드러나고 있음을 알아차리게 된다. 따라서 이 장면은 이경이 스스로 느끼는 막연함의 실체에 접근할 수밖에 없도록 하는 결정적 계기라 할 수 있다.

그리고 그 실체에 대한 자각은 미군 '죠오'와의 정사를 치루려다가 오빠들이 죽던 장면을 회상하고는 도망쳐 나오게 되는 장면에서 더욱 분명해진다. 이를 계기로 이경은 자기 안에 꿈틀대는 양가감정이 어디에서 기인하는지를 분명히 자각하며, 대면하지 않고 피해오던 어머니의 실체를 회상을 통해 스스로 토로하게 된다. 막연한 공포의 실체가 바로 "어쩌면 하늘도 무심하시지. 아들들은 몽땅 다 잡아가시고 계집

비유로 쓰이는 말이다. 이는 허위의식의 강고함 뿐만 아니라, 그를 받아들이는 주체의 절망감까지도 담아내는 이중적 의미의 비유라 할 수 있다. 『휘청거리는 오후』, 동아일보, 1976. 8. 13 참조.

애만 남겨놓으셨노"[61]라는 한마디였음을 자각하는 것이다. 이는 오빠들이 죽은 후 어머니가 생기있는 눈빛으로 이경에게 던진 유일한 말이었고, 이로 인해 이경은 어머니와 대면하기를 두려워하며 그 주위만 맴돌고 있었던 것이다.

한국사회의 거의 모든 어머니들은 장자의식이나 혈통의식의 직접적인 수호자이다. 아들을 통해서만 자신의 존재를 인정받을 수 있었던 가부장적 사회의 여성들이기 때문이다.[62] 아무리 단란한 가족도 장자를 중심으로 살아가는 '의식'의 테두리를 벗어나지 못한다. '단란한 가족'의 일원일때 이 사실을 자각하지 못했던 이경은 '단란한 가족'이 파괴된 상황에서 이 '의식'을 어머니를 통해 알게된다. 막연한 공포감은 전쟁 그 자체에 대한 공포감이 아니라, '단란한 가족'의 상실로 인한 공포감이며, 더 정확히는 '딸은 없어도 괜찮다'는 의식에 대한 공포감인 것이다.

그러나 이경은 이런 발견과 상실감을 내색하지 못한다. 가족(어머니)을 자기 삶의 근거로 생각하고 살아왔기 때문에 이 상실을 인정하게 되면 자기를 전면적으로 부정할 수밖에 없는 처지가 되기 때문이다. 이 상실감은 그것을 인정할 때 생기는 더 큰 상실로 인하여 내색하거나 인정할 수 없는 것이다. 이경이 끊임없이 자기 삶의 진상과 대면하지 않으려고 회피하는 것은 이런 자기정체를 없었던 것으로 은폐해야 하는 역설적 상황 때문이다.

게다가 이경은 자기주장이 강한 당돌한 스무 살 처녀이다. 따라서 공포와 증오라는 양가감정으로 막연히 불안해하고 혼란스러워 하던 이경이 어머니 '의식'의 실체를 자각하고서 내면의 들끓는 분노를 내색하지 않고 아닌 듯 가장하는 인물로 성격화될 때, 작품은 전체적으로 긴장감

---

61) 박완서, 『나목』, 230쪽.
62) 조혜정, 『한국의 여성과 남성』, 문학과지성사, 1986 참조.

을 자아내게 된다. 이 긴장감은 변덕스럽고 이기적인 이경의 성격에서 나온 것으로, 자기가 부정되는 엄청난 사실을 확인하고서도 그것을 내색하지 못하는 이경의 내면이 얼마나 극심한 갈등 속에서 요동치고 있는가를 상상하게 한다.[63]

　다시 말해, 『나목』에서 이경은 자신의 생각을 말과 행동으로 그대로 드러내는 성격이다. 어머니를 제외한 다른 사람들과는 대부분 이런 성격으로 관계한다. 초상화부에서 초상화를 그리는 화가들에 대한 태도를 비롯하여 옥희도의 부인이나 사촌인 진이 오빠, 옆 매장의 동료 미숙이, 다이아나 김, 심지어 결혼하게 되는 황태수에게까지 냉정하고 자기 중심적으로 대한다. 그때 그때의 감정에 따라 자기를 거침없이[64] 드러내는 성격인 것이다. 이경은 박완서 소설의 다른 인물들처럼 내면의

---

63) 이는 이경이 박완서 소설의 다른 인물들과 다른 성격을 갖게 하는 특성이면서, 『나목』이 다른 작품들과 달리 인물의 말(대사)이 많은 점과도 관련된다. 박완서 소설은 인물의 말보다는 내면 목소리로 인물의 생각이 드러나는 특성이 있다. 이로 인해 인물은 내면과 외면이 다른 이중적 성격이 되는 것이며, 인물의 내면묘사가 작품의 주제와 긴밀히 연관될 수 있게도 된다. 그런데 『나목』은 인물의 성격이 드러나는 대화도 상당부분을 차지하는 작품이다. 이는 이경의 성격에서 연유하는 것으로서, 비슷한 양상을 보여주는 『목마른 계절』에서도 이경과 유사한 주인공의 성격이나 서술특성을 발견할 수 있다.

64) 박완서 소설에서 이 '거침없음'은 주로 인물의 내면 목소리를 통해 알 수 있는 성격이다. 억압되어 있는 말들이 내면 목소리의 서술로 표면화될 때, 이 거침없음의 태도는 문체의 특성이 되기도 한다. 박완서 소설의 인물들은 내면 목소리의 거침없음과 이를 내색하지 못하는 주눅든 외면으로 대비되어 성격화되기 때문이다. 이때, 인물의 내적 자아는 성격에 결정적 요소가 된다. 그런데 스무 살의 처녀인 이경은 젊고 발랄한 성격의 인물이다. 주위 사람들에 대한 태도는 솔직하고 이기적으로 보이기까지 한다. 자기 생각대로 거침없이 행동하는 성격인 것이다. 같은 직장의 어린 동료의 감정에 휘말려 피곤해질까봐 그의 태도에 냉정하게 대처하는 것이나 이경을 좋아하는 태수에게 "그가 나와의 더 오랜 입맞춤이나 더 오래 안아보기를 바란다면 그렇게 못해줄 것도 없지만 내가 딴 여자들과 다르기를 그렇게도 소원한다면 난처한 노릇이"(작가정신, 76쪽)라고 생각하는 것은 이경의 성격을 잘 드러내 준다. 또 옥희도씨의 부인에게 예의 없게 군다거나, 사촌 진이 오빠에게 품는 심정이나 대화장면에서도 이런 성격을 알 수 있다.

동요나 분노의 감정을 내색하지 못하는 성격과는 다소 거리가 있다.

그러나 어머니에 대한 양가감정에 있어서만은 자신의 솔직한 모습을 드러내지 못하며, 그럴수록 어머니로 인한 내면갈등은 극심해진다. 게다가 자기애나 자의식이 강한 성격이기 때문에 자기의 진상을 회피하고 은폐하는 것도 교묘하고 복잡한 억압기제에 의해 이루어진다.[65] 따라서 이경이 자기를 발견하게 되는 계기는 보다 극적이고 보다 치명적일 수밖에 없다. 유독 『나목』에 극적 장면이 많고, 인물의 변덕스러운 성격이나 심지어 위악적인 내면묘사가 두드러지는 것은 이경의 거침없는 성격 때문이며, 이경이 알게되는 자신의 진상이 이경의 삶에서 절대적인 것이기 때문이다. 이경이 교묘하고 복잡한 방법으로 회피하거나 억압해 온 삶의 진상 ─ 살아남은 딸은 죽은 아들보다도 못하다는 어머니의 의식 ─ 의 성격 때문에 이 현장감 있는 극적 장면을 통해서 충격적으로 대면하도록 이경의 삶을 몰아가는 것이다.

자기 삶의 진상(어머니의 가부장의식)을 알아갈수록 그것을 회피할 수밖에 없는 처지가 되고, 그럼으로써 극심한 내면갈등을 겪는 이경은 역설적 순환의 성격화방식을 통해 성격화된다. 자기를 발견할수록 은폐하게 되는 악순환에 빠지지만 그럴수록 내면갈등은 극심해짐으로써

---

65) 이 점 역시 이경이라는 인물의 특성이다. 이경은 자기의 진상을 알게됨과 동시에, 이것을 회피하고 억압했던 교묘한 심리를 스스로 해명해내기도 한다. "나는 오빠들의 죽음이 나 때문이라는 생각이 미치도록 두려워 그 생각을 몰아낸 대신 헐어진 고가라는 새로운 우상을 외경으로 섬겼던 것이다."(『나목』, 작가정신, 244쪽)는 자기의 진상을 분명히 자각하면서 갖게 된 자기 내면에 대한 판단이다. 자기 스스로 자기의 내면심리의 미묘함을 해명해내는 것이다. 박완서 소설에서 이같은 인물의 내면심리에 대한 판단은 서술자에 의해 이루어지며, 서술자의 목소리에 인물의 목소리가 끼여드는 방식이 지배적이다. 따라서 인물의 성격화에 서술자의 성격이 매개된다고 할 수 있다. 그런데 일인칭 소설인 『나목』의 이경은 자기 스스로 내면의 알 수 없는 심리를 해명해내는 역할까지도 수행하고 있다. 이는 자연스럽게 이경을 자의식이 강한 인물로 성격화하게 된다. 따라서 자기 스스로 설명하지 않는 다른 인물들과 달리 이경은 내면갈등이 극심한 성격이 될 수밖에 없는 것이다.

인물의 진정성이 확인되는 성격화인 것이다. 이것이 역설성이며, 이경의 성격이 거침없고 당당하기 때문에 극적 장면과 같은 극적 요소가 계기가 되어야만 내면갈등이 형성되는 성격화 방식을 취하는 것이다.

② 기억의 현재화와 극적 성격

극적 요소와 인물성격화와의 관련성은 「그 가을의 사흘동안」의 '나'나 『그해 겨울은 따뜻했네』의 수지를 통해서도 확인할 수 있다. 『나목』의 이경은 극적 요소가 내면갈등의 직접적 계기였다. 그러나 「그 가을의 사흘동안」이나 『그해 겨울은 따뜻했네』에서는 이런 극적 요소가 인물이 현재 겪고 있는 내면갈등의 직접적 계기가 되지는 않는다. 산부인과 의사 '나'나 중년부인인 수지는 평범한 일상생활을 영위한다. 이 인물들은 전쟁의 경험에서 멀리 벗어나 있다. 전쟁은 이 인물들의 삶에서 지나간 것일 뿐인데 이런 전쟁의 경험이 평범한 일상사에 극적 사건으로 되살려짐으로써 내면갈등을 일으킨다. 인물은 현재의 삶을 인식하는 가운데 그 전쟁의 기억을 떠올림으로써, 내면의 은폐된 자아를 발견하고 내면갈등을 겪는 것이다. 그런 점에서 이 작품들에서 극적인 것은 현재의 삶에 끼어 드는 과거의 기억인 셈이다. 그러나 이 두 작품에서 기억되는 방식은 다르다. 「그 가을의 사흘동안」은 자아의 의식적 기억으로 과거가 현재의 삶에 끼여드는 형식이라면, 『그해 겨울은 따뜻했네』는 자아 스스로 자기 과거를 억압하려는 경향이 강해서 과거의 경험이 쉽사리 의식되지 않는다. 기억하는 행위 자체가 쉽지 않은 것이다. 그래서 이 기억을 끊임없이 자각시키는 서술자의 해석이 중요한 역할을 한다.

사흘밖에 남지 않았다.
창밖은 가을이다. 남쪽으로 난 창으로 햇빛은 하루하루 깊이 안을 넘본다. 창가에 놓인 우단의자는 부드러운 잿빛이다. 그러나 손으로 우단천을 결과 반대방향으로 쓸면 녹두빛이 돈다. 처음엔 짙은 쑥색이었다. 그 의자는 아무짝에도 쓸모가 없다. 삼십년을 같은 자리에서 움직이지 않은 채 하는 일이라곤 햇볕에 자신의 몸을 잿빛으로 바래는 일밖에 없다. 그건 처음부터 거기 있었고, 처음부터 쓸모가 없었다.

53년 봄이니까 아직 동란중이었다. 휴전설이 나돌면서 서울은 단연 활기를 띠기 시작했고, 인구도 오늘 다르고 내일 다르게 불어나고 있었지만, 정부는 아직 환도하기 전이었다. 그때 나는 만27세의 처녀의 몸으로 겁도 없이 개업하기 위해 단신 서울로 돌아와 마땅한 자리를 물색중이었다. (「그 가을의 사흘동안」, 한국문학, 1980. 6, 111쪽)

「그 가을의 사흘동안」은 일인칭 화자가 자신의 이야기를 들려주는 형식의 소설이면서도, 사건없이 긴장감을 자아내는 도입부로 독자의 호기심을 자극한다. 아무런 설명없이 문제적인 상황 자체에서 서술을 시작하는 것은 박완서 소설에서 흔히 사용되는 서술방법이다. 인용문에서 볼 수 있듯이, "사흘밖에 남지 않았다"는 첫 문장은 전혀 설명되지 않은 채로 우단의자에 대한 묘사로 넘어간다. 또 우단의자에 대한 묘사도 이어지는 '나'의 보고적 서술과 연결되지 않음으로써, "사흘"과 "우단의자"와 "53년 봄"으로 시작되는 '나'의 회상은 별다른 설명없이 독자의 호기심을 유발하는 것으로 남겨진다. 이 각각의 것들은 서로 부딪히며 의미의 틈새를 만들면서, 긴장감과 호기심을 고조시킨다. 이야기들을 어떻게든지 연결시키려는 독자의 욕망 때문에 극적 긴장감과 호기심이 형성되는 것이다.

이 우단의자와 병원과의 '어울리지 않음', 즉 '부조화'가 바로 '나'의 삶의 부조화를 의미한다는 것이 밝혀지면서 긴장감의 실체는 서서히 드러난다.

그러나 나는 그 사람들이 누구나 그 사진을 찍었을 당시와 지금과의 사이에 굵은 획(劃)을 가지고 있다는 걸로 뭉클한 친화감을 느꼈다. 나에게도 그런 획이 있었다. 6·25, 그건 우리 모두의 공동의 획이었다. 그 획을 통과하면서 각자의 운명은 얼마나 심한 굴절을 겪어야 했던가?

나는 얼른 뭔가를 떨어버리려는 몸짓으로 허풍스럽게 도리머리를 흔들고 나서 다시 사진 줍기를 시작했다. 그러다가 나는 벌거벗은 남녀의 몸이 복잡하게 꼬이고 얽힌 춘화(春畵)를 한 장 주워들었다. 나는 그것을 곧 떨리는 손으로 찢어 버리고 뒷걸음질쳐 우단의자에 앉았다. 그러나 그것을 찢어 버리는 걸로, 질식할 듯한 노린내, 율동할 때마다 내 얼굴을 빗자루처럼 쓸던 가슴팍의 무성한 털, 동아줄처럼 서리서리 길고 질기게 내 몸을 감던 날카로운 통증…… 이런 것들이 내 몸에 일시에 생생하게 되살아나는 걸 막을 순 없었다.

…… (중략) ……

「아뇨. 산부인과를 하겠어요.」

나는 우단의자에서 발딱 일어나면서 말했다. 그것은 즉흥적인 결정이 아니었다. 이 동네의 화냥기에서 힌트를 얻고 춘화도가 이끌어낸 악몽 속에서 마침내 결정을 본 거였다. 원치 않는 아기가 뱃속에 있을 때의 고통이 어떻다는 건 그걸 가져본 여자만이 안다. 모든 질병의 고통은 동정자를 끌어모으지만 그 고통은 비난과 조소를 면치 못한다. 사람을 질병에서 해방시키는 게 인술의 꿈이라면, 여자를 그런 질병 이상의 고독한 고통에서 해방시키는 건 나의 꿈이었다. (「그 가을의 사흘동안」, 111쪽)

화자의 사흘밖에 남지 않았다는 현재진술과 삼십 년 전의 회상이 겹쳐지면서 현재의 화자의 내면에서 삼십 년 전의 극적 긴장감이 재연된다. 이 회상을 통해 화자인 '나'가 생명을 받아내는 신성한 산부인과 수련의에서 여자를 "질병 이상의 고독한 고통"에서 해방시키기 위해 태아를 없애는 소파수술 전문의로 살아온 내력이 밝혀진다. '나'가 산부인과 의사이면서 소파수술 전문의로 살아온 것은 우연히 그렇게 된 것이 아니다. 산부인과를 개업할 때부터 각오하고 선택한 것이다. 이 선택의 속사정은 '나'만이 알고 있으며, 인용문은 그 내면에만 꼭꼭 숨겨둔 속사정과 숨길 수밖에 없었던 이유를 드러낸다.

소파수술이란 산부인과 시술의 한 분야라고 할 수 있다. 그러나 그것은 산부인과 의사를 통해 떠올릴 수 있는 일반적 의미인 '생명의 탄생'과는 정반대인 생명을 죽이는 의료 행위이다. 소파수술은 산부인과에서 치루어지는 의료행위임에도 산부인과는 생명을 탄생시키는 곳으로만 여겨지며, 소파수술을 꺼리고 터부시하는 경향이 있는 것이다. 이것은 산부인과를 둘러싼 하나의 '사회적 인식'인데, 강간당한 여자가 강간당한 그 충격보다도 "아무도 동정자를 끌어 모을 수 없는" 사실에 더 고통스러워해야 하는 것과 같은 맥락에 있는 '의식'이기도 하다. 실제로 전쟁 통에 강간당한 경험으로 인해 이 인식이 내포하고 있는 숨겨진 의미를 알고있는 '나'는 이런 인식의 문제점을 의식하며 산부인과를 개업하면서 마음 속으로 소파수술 전문의를 선택한 것이다. 이 선택은 화자가 겪었던 '숨겨진 의미'에 대한 복수와도 같은 것이어서, 인물은 자신의 내적 정당성을 스스로 확인하며 당당하게 산부인과를 개업한다. 심지어 산부인과를 생명을 탄생시키는 신성한 일이라고만 생각함으로써 '나'를 우러르는 사람들을 속여먹을 수 있다는 생각까지 하며, 히포크라테스의 선서를 들고 온 아버지조차 속으로 야유한다.

「병원 자리가 좋구나」
이번에도 아버지는 내가 이미 버려놓은 일을 긍정해주셨다.
「뭘요, 빈손이라서요.」
나는 내 속셈을 감추고 이렇게 시침을 떼었다.
「아픈 사람이야 가난한 동네에 더 많은 거 아니냐. 어렵게 배운 의술로 행여 돈벌이할 생각 마라. 예로부터 의술을 인술이라 했거늘 어질게 써야 하느니라.」

나는 복받치는 웃음을 참기 위해 어금니를 힘주어 악물었다. 아무도 내 비밀을 눈치채지 못할 것이다. 지난 일에 대해서도, 앞으로 하려는 일에 대해서도, 현재 마음속에서 경련치는 고통에 대해서도.

…… (중략) ……

그날 아버지가 놓고 가신 선물은 히포크라테스 선서가 들은 액자였다. 나는 아버지가 우단의자에서 의술이 어쩌구 인술이 어쩌구 설교를 하실 때 참았던 웃음을 혼자서 마음껏 터뜨렸다. 나는 그 액자를 걸지 않았다. 그날로 그것은 버리자니 아깝고 쓸모는 없는 걸 모아 두는 골방 신세가 되었다. (「그 가을의 사흘동안」, 116-117쪽)

산부인과를 개업했다는 소식을 듣고 찾아온 아버지와 화자인 '나'의 대화이다. 대화라고 하지만 아버지의 말 사이사이에 '나'의 생각이 교차되고 있다. '나'는 아버지의 말에 대해 자신의 말을 하고 있지 않다. 이들의 관계는 서로 말을 나눌 수 있는 상호적인 관계라기보다는 일방적인 관계인 것이다. 일방적인 것은 '나'도 마찬가지다. '나'는 아버지의 권위를 전혀 인정하지 않고, 그의 선물을 속으로 한껏 비웃고 있다. 그리고 회의하거나 혼란스러워 하지 않고, 단호한 태도로 소파수술 전문의를 해서 "여자를 질병 이상의 고독한 고통에서 해방시키"기로 결심한다. 산부인과를 개업할 당시의 '나'는 아무런 갈등없이 자신의 본모습을 숨기고 '신성한 직업의'로 드러나는 것을 즐겼던 것이다.

그런데 이런 속셈을 가지고 산부인과를 개업하고 소파수술 전문의가 되어 살아오던 '나'는 산부인과를 그만두기 며칠 전부터 살아있는 아기를 받고 싶은 욕망을 갖게 된다. 그리고 그 욕망 속에서 회상되는 과거의 기억을 계기로 극심한 내면갈등을 겪게 된다.

'나'는 전쟁 중에 강간을 당하고, 동정자를 끌어 모으지 못하는 그

질병의 '고독감'에 세상에 대한 증오를 갖게 되었다. 그것은 "보이지 않는 가문에 칠한 똥만 알고 그의 딸이 원치 않는 아기를 배고 겪었을 생지옥에 대해선 아무것도 모르는" 주인집 황씨 영감과 같은 '아버지' 들의 윤리의식에 대한 증오이다. 이 '아버지'는 히포크라테스의 선서를 들고 오신 화자의 아버지이기도 하며, 폭격으로 난장판이 된 사진관에 어울리지 않는 우단의자이기도 하다. 우단의자와 아버지에 대한 기억이 항상 겹쳐서 떠올려지는 것은 이 때문이다. 병원자리를 알아보던 '나'가 난장판이 된 사진관에서 우단의자를 보고, 아버지를 맞이하고, 거기서 주인집 황씨의 딸이 강간당하고서 가진 아이를 "마수거리"로 받아낸 기억들은 모두 화자의 내면에서 극적 갈등을 조성하는 사건들이 된다.

끔찍한 꿈이었다. 내 손에 박힌 못이 암종이 되어 온몸의 살갗으로 무섭게 퍼지는 꿈에서 깨어나려고 몸부림치면서 아스라히 악머구리 끓듯 하는 한 여름밤의 개구리 소리를 들은 것처럼 느꼈다. 내가 나를 다방면으로 공격해오는 이질적인 노린내와 무성한 가슴의 털과 동아줄처럼 길고도 힘센 사지와 바윗덩어리처럼 육중한 체중으로부터 벗어나려고 몸부림치면서 듣던 것도 개구리 소리였다. 그때, 그 개구리 소리는 인간들의 전쟁과는 아랑곳없이 너무도 태평스러워서 당장 당하고 있는 게 설마 꿈이겠지 생각하는 걸로 나의 의식을 비몽사몽간으로 흐렸었다.

…… (중략) ……

하나님 아버지, 저들이 하나님 아버지를 믿는다고 골백번 맹서해도 하나님 아버지는 저들의 말을 믿지 마소서. 저들은 지금 입으로 하나님 아버지를 찾고 있지만 저들의 밑xx이 무엇을 찾고 무엇을 저질렀는지 저는 다 알고 있습니다.

나는 이렇게 저들이 울부짖으며 찾는 분에게 으스대는 마음까지 있다. 그러나 나의 내밀한 곳에도 뭉쳐서 마침내 딱딱하게 굳은 한 덩어리의 통곡이 있을지도 모른다는 의구심을 품게 하는 것도 바로 저 새벽의 울음소리이다.
(「그 가을의 사흘동안」, 128-130쪽)

작중인물이며 회상하는 자아인 '나'의 서술이다. 사실, 인용문의 꿈
이나 알 수 없는 의심은 갈등하고 혼란스러운 내면을 드러내는 것들이
지만, 이것은 현재시점에서의 극적 사건은 아니다. 내면의 갈등은 심하
지만, 인물의 삶은 극적 요소를 갖고 있지 않은 일상사의 반복일 뿐이
다. 이 인물의 내면갈등은 순전히 회상에 의한 것이다. 회상을 통해서
별다른 일없이 평온하게 유지되고 있는 인물의 내면에 극적인 갈등이
조성되는 것이다. 이로 인해 화자인 '나'는 속마음을 숨기고 살아온 자
기 삶을 의심하고 부정하게 된다.

회상을 통해서 화자인 '나'는 '아버지들의 윤리'인 정조관념에 복수
한다는 명분으로 아무런 죄의식 없이 시술했던 소파수술을 새롭게 인
식한다. "여자들을 질병 이상의 고독한 고통에서 해방시키"려는 명분
과 산부인과를 신성한 직업으로만 생각하는 상식적 통념의 허위성까지
도 여지없이 부정할 수 있다는 정당성은 소파수술 전문의로 살던 삼십
년 동안 겉으로 내색할 수 없는 '나'만의 진실이었다. 그러나 살아있는
아기를 받고 싶어하는 뜻밖의 내면의 욕망과 마주하면서 과거의 경험
을 회상하고 전쟁 때 강간을 당하고서 억압된 자아를 발견하는 것이다.
그리고 자신이 의심없이 낙태시킨 무수한 태아들에 대한 억압된 죄의
식을 자각한다. 그러나 이것은 소파수술 전문의로 살아온 삶의 내력을
폭로했을 때 인정할 수 있는 '자아'의 면모이기 때문에 알게되고 나서
곧바로 은폐할 수밖에 없는 것이다. '나'의 내면갈등은 이 상황의 반영
이다.

그렇다고 살아있는 아기를 받고싶어 하는 자아의 면모가 갑자기 의
식된 것은 아니다. 우단의자에 관한 '나'의 머뭇거림과 이중심리는 억

압된 내적 자아의 면모를 미미하게나마 상징한다. 아버지가 들고 온 히포라테스의 선서는 주저없이 치워버리지만, 아버지의 단아한 모습과 어울렸던 우단의자는 병원과 어울리지 않는 유일한 물건임에도 삼십년 동안 치우지 못한다. 그런 자기의 마음을 이해할 수 없어 하지만, 떨쳐버릴 수 없는 분명한 '느낌'으로 우단의자에 대한 이중심리를 간직한다. 우단의자가 주는 알 수 없는 느낌은 살아있는 아기를 원하는 내면적 욕망을 통해서 비로소 의미를 드러낸 것이다. 이 우단의자는 억압된 자아를 발견하는 과정을 매개하는 흥미로운 상징물이며, 우단의자가 매개하는 기억들은 내면갈등의 계기가 되는 극적 요소인 것이다.

화자는 병원자리를 알아보기 위해 들른 사진관에서 우연히 이 우단의자를 발견한다. 전쟁통에 난장판이 된 사진관에서도 이 우단의자만은 제대로 모습을 갖추고 있어서, 모든 것이 파괴되는 상황에서도 전혀 훼손되지 않고 남아있는 유일한 것이었다. 그러나 이 우단의자는 사진관에서 사신을 찍기 위한 소품이지, 실제로 사용하는 실용적인 물건은 아니다. 그저 장식용일 뿐이다. 그것도 가장 아름답고 행복하게 '보이는' 순간을 사진으로 남기기 위해서만 필요한 물건인 것이다. 장식의 기능밖에 가지지 못하는 것이면서 모든 것이 파괴되는 전쟁 통에도 굳건히 온전한 모습으로 위용을 과시하는 우단의자를 '나'는 쓸모없다고 생각한다. 그리고 '나'는 이 쓸모없음을 강간당한 딸의 고통보다도 가문에 칠한 똥만 생각하는 주인집 황씨 영감의 허위성과 연결지어서 생각한다. 딸의 고통을 앞에 두고도 가문의 명예에만 집착하는 도덕관념의 쓸모없음을 비유하는 것이다.

그런데 '나'는 우단의자와 어울리는 아버지의 단아한 모습 때문에 병원과는 어울리지 않는 우단의자를 삼십 년 동안 버리지 못하고 간직하기도 한다. 그래서 히포크라테스의 생명존중 사상이 전혀 쓸모없는 장식적인 것에 불과하다고 비웃으며 삼십 년을 소파수술 전문의로만 살아 온 '나'의 삶에서, 우단의자에 대한 알 수 없는 느낌은 유일하게 '나'를 혼란스럽게 하는 것이었다. 결국 살아있는 아기를 받고싶어 조바심치는 '나'의 심정을 통해 이 우단의자의 의미도 드러난다. '나'는 장식용으로 전락한 허구적 도덕관을 부정한 것이지, 생명 그 자체를 부인한 것도, 그로 인한 단란한 가족의 삶을 부정한 것도 아니었던 것이다. 강간당한 딸의 고통보다도 가문의 명예에만 집착하는 도덕관념의 허위성을 부정한 것일 따름이다. '나'는 이 허위성을 부정하기 위해 생명을 없애는 일로 살아 온 삼십 년의 생애를 돌아보며, 비로소 억압된 자아를 발견한다. 그리고 비로소 우단의자에 대한 화자의 느낌도 이를 통해 분명해진다. 이것은 생명을 받고 싶은 자기이며, 우단의자에 어울리는 아버지를 그리워하는 자기이며, 성적 욕망을 통해 사랑할 수 있는 자기이다.

이 억압된 자아는 삼십 년 동안 억압된 채 우단의자에 대한 알 수 없는 느낌으로만 감지되다가 병원을 그만두려는 시점에서 회상됨으로써 극적 계기가 되어 내면갈등을 조성하는 것이다. 따라서 '나'는 회상을 통해 억압된 자아를 발견하고 내면갈등을 겪게 된다고 할 수 있다.

회상이란 흔히 시간체험의 한 방식으로서, 지난 과거의 분열적인 체험조차도 추억으로서 미화시키는 경향이 있다. 과거를 낭만화하는 회상형식의 서술특성은[66] 회상의 내용과 상관없이 회상하는 내면적 자아에게 화해의 정서를 환기시키는 것이다. 그러나 「그 가을의 사흘동안」의 '나'가 억압된 자아를 발견하게 되는 계기로서의 회상은 과거를 낭만화하는 체험은 아니다. 「그 가을의 사흘동안」의 회상적 자아는 고백의 형식을 통해 과거의 경험을 극적인 것으로 기억함으로써 은폐된 자아를 발견하게 된다. '나'의 회상은 고백이 됨으로써, 과거의 경험 속

---

66) 위르겐 슈람케, 위의 책, 204-205쪽 참조.

에서 억압된 자아를 발견하게 되고, 현재적 삶의 문제로 끌어들여 내면 갈등을 겪게한다. 회상을 통해 억압된 자아를 발견하게 되는 것이다.[67]

'강간 당한 여자'의 고통은 그 고통보다도 고통을 위로 받지 못할 뿐 더러러 오히려 그로 인한 죄의식을 가져야 한다는 사실 때문에 고통을 망각하거나 억압할 수밖에 없다. 회상된 극적 사건들은 자신이 망각한 기억(자아)을 발견하게 하지만 그 사실들은 자기 삶을 전면적으로 부정 해야 하는 것이어서 은폐하거나 억압하게 되고 그러면 그럴수록 내면 의 갈등은 극심해진다. 게다가 배가 불러서 같이 살겠다고 온 손주와 손주며느리를 보고서 결혼식을 올리기 전에는 아이를 낳을 수 없다고 식을 준비하는 황영감의 정조의식은 '나'의 문제가 현재까지도 여전한 것임을 자각시킨다. '나'의 과거 회상은 현재적 삶의 문제를 부각시키 면서 동시에 억압된 자아를 발견하고서도 내면갈등만 극심해질 뿐인 인물의 삶과 성격을 부각시킨다.

이렇듯 억압되고 망각된 자아를 발견함으로써, 그것을 더욱 은폐하 고 억압해야 하는 현실을 자각하게 되어서 극심한 내면갈등에 시달리 는 인물의 내면은 그 자체로 외면화되지 못하는 인물의 진정성이 된다. 이 이율배반적인 성격화방식이 서술의 '역설성'이다. 특히「그 가을의 사흘동안」의 '나'의 내면갈등은 과거를 회상하는 과정 속에서 극대화 되기 때문에 기억의 계기성을 주목할 수 있는 것이다.

③ 극적 갈등을 매개하는 분석적 서술자

『그해 겨울은 따뜻했네』의 수지 역시 이런 방법을 통해 성격화된다. 장편소설인 이 작품은 주로 1960~70년대에 청·장년기를 보내고 있 는 수지를 주인공으로 이야기가 전개되지만, 작품의 첫 장에 상세하게

---

67) 이후 회상적 자아에서 더 자세히 설명될 것이다.

그려지는 수지의 일곱 살 적 기억은 전쟁의 극적인 성격과 함께 도입부를 차지하면서 이 작품의 주제를 암시한다. 전쟁체험은 수지의 삶에 하나의 획을 그었던 극적 사건이 되며, 이 기억들은 극적인 요소가 되어 내면갈등의 계기가 된다. 그러나 수지는 실제로 동생을 버렸기 때문에 수지 스스로에 의해 강력하게 억압된 기억이다. 망각된 기억인 것이다. 망각도 일종의 기억이라 할 때, 억압의 계기가 되는 여러 규범의식이나 사회문화적 요소들을 통해선만 수지는 이 망각된 기억을 의식할 수 있으며, 이로 인해 내면의 갈등을 겪을 수 있다. 그러나 수지는 이런 것들을 해석해서 자기를 분석할 만한 지적인 면모나 반성적 자의식을 갖고 있지 못하다. 억압의 정도가 강해서 망각한 듯 살고있기 때문에 수지는 이 상황을 분석하는 서술자의 개입에 의해서만 내면갈등을 겪게되며, 그래서 이 서술자가 개입될 때만 간헐적으로 내면갈등을 보여줄 뿐이다. 이것은 억압이 그만큼 강력하기 때문인데, 수지가 어릴 적에 동생을 버린 사실과 그 충격이 피해자로서의 전쟁경험과는 다르기 때문이다.

자연히 어린 수지와 오목이가 서로 의지할 수밖에 없었다. 그러나 허기증을 다스리는 방법은 둘이 전혀 달랐다. 수지는 밥이나 군것질을 될 수 있는 대로 아껴가며 오래 먹음으로써 먹는 즐거움을 오래도록 즐기려들었고 오목이는 눈을 까뒤집고 먹이를 한꺼번에 삼키고 나서 남의 것까지 빼앗아 자기 뱃속에 양적으로 많이 처넣는 것을 수로 삼았다. 오목이의 이런 그악스러운 허기증에 가장 많이 당하는 건 수지였다. 눈 깜빡할 새 제 밥그릇을 비운 오목이는 수지의 밥그릇에 코를 박았고 하나씩 나누어 준 찐고구마도 막무가내 둘을 먹으려들었다.

어른들은 자기나 자기 아이가 오목이에게 빼앗기지 않기 위해서도 수지가 빼앗기도록 부추기었다.

『세상에 수진 착하기도 하지. 동생하고 나눠먹는 것 좀봐.』

어른들은 이렇게 수지가 오목이한테 빼앗기는 것을 신통한 재롱 보듯이 즐겼다. 또,

『수지 좀 봐라. 두 살 터울밖에 안되는 동생한테 언니 노릇을 얼마나 잘하나. 기특하고 앙징맞기도 하지.』

이렇게 자기 자식을 타이르는 데 수지를 본보기로 삼기도 했다. 수지는 보통 아이였다. 갑작스러운 애정의 공백상태에서 오목이와 마찬가지로 심한 허기증을 앓고 있는 보통 아이지 어른들이 추켜세우는 것처럼 특별히 착한 아이가 아니었다. 보통 아이이기 때문에 어른들이 만들어 준 착한 아이 노릇을 그만둘수도 없었다. 수지는 마치 몰이꾼에게 몰리듯이 착한아이 노릇에 몰리고 있을 뿐이었다.

오목이만 없으면 얼마나 좋을까? 착한 아이 노릇에 지친 수지는 문득 이렇게 생각했다. 그런 방정맞은 생각은 한번 떠오르기가 잘못이었다.

뒷간에 가면 졸졸 따라다니며 온갖 시중을 다시키고, 얻어맞고는 역성을 들어달라고 보채고, 빼앗기고는 빼앗아달라고 들들 볶아 먹고도 부족해 언니의 먹을 거란 먹을 것은 당연한 권리처럼 약탈해 가는 동생으로부터 해방된다는 것은 상상만으로도 날아갈 듯한 기쁨을 느꼈다. 수지는 그 기쁨 속에서 본능적으로 어둡고 두려운 것, 죄의 냄새 같은 걸 맡았기 때문에 그 기쁨을 자제하려 들었다. 그러나 일곱 살 먹은 계집애가 스스로 억제하기엔 벅찰 만큼 격렬하고 매혹적인 게 그 기쁨 속엔 있었다. (『그해 겨울은 따뜻했네』, 한국일보, 1982. 1. 10-12)

어린 동생을 돌보아야 하며, 그 동생에게 자신의 먹을 것을 뺏기고 그런 상황을 그냥 받아들이기에는 일곱 살이라는 나이는 너무 어리다. 그래서 수지는 "오목이만 없으면 얼마나 좋을까?"라는 생각을 "벅찰 만큼 격렬하고 매혹적인" 기쁨으로 내면에 간직하는 것이다. 인용문에서 볼 수 있듯이, 수지의 마음 속에 갈등으로 존재하는 "기쁨"은 몰이꾼에게 몰린 듯한 수지의 절박함에서 나온 것이다. 수지를 몰고있는 것

은 가난이나 굶주림만이 아니다. "자기나 자기아이가 오목이에게 빼앗기지 않기 위해서 수지가 빼앗기도록 부추긴" 어른들이 내세운 '착한 언니'의 규범이다. 이것은 착하다는 것을 규범으로 제시함으로써 수지의 자연스런 욕구를 나쁜 것으로 만들어 수지 스스로 자연스러운 욕구를 억압하도록 조장한다. 이 규범의식의 이면에는 자기자식을 보호하려는 이기적인 모성, 가족이기주의가 있다.

즉 어린 수지의 어두운 마음은 실제로 동생을 없애려는 수지의 이기심이라기보다, 어린 수지의 자연스런 욕망을 이용해 자기자식을 지키려는 어른들이 만들어낸 허위의식으로서 '착한 언니의 규범'이 작용한 것이다. 그러나 어린 수지는 이기심을 미화한 이 "착한 아이 노릇"의 허구성을 알지 못하고, 그래서 동생을 버리고 싶다는 순간적인 충동을 충동으로 지나치지 못하고 죄의식을 갖는다. 따라서 수지는 동생에게서 벗어나고픈 욕망에 매혹되는 만큼 철저히 그런 자기를 억압하게 된다.

전쟁이라는 극적 상황에서 수지는 동생의 욕심에 몰리고 어른들의 이기심에 몰려 착한 언니가 되지만, 이런 상황을 버거워하는 어린 수지의 내면에서는 죄의식을 느끼면서 극심한 갈등상황에 처하게 되는 것이다. 이렇듯 내면갈등이 고조되는 서술은 동생 오목이를 버리고 싶은 내면의 욕망이 단순히 수지 개인의 나쁜 마음씨 때문이 아니라, 수지를 몰고가는 상황의 문제나 규범의 허위성 때문인 것으로 반전되어 드러난다. 내면갈등이 고조될수록 인물의 진정성이 강화되는 서술이다. 억누르고 감추는 것이 내면에서 더 극심한 갈등으로 진전되어 상황은 '문제적인 것'이 된다. 이 역설의 방식으로 수지의 상황에 개입된 도덕관념의 허위성이 드러나고, 수지가 성격화된다.

그러나 수지의 내면갈등은 보다 복잡한 상황 속에서 가중된다. 수지는 이런 내면갈등을 이기지 못하고 동생 오목이를 버리는 것이다. 그리고 전쟁이라는 극한 상황에서 걸리기도 힘든 딸은 버려져도 상관없다는 가족들의 태도로 인해 동생을 버린 자기를 은폐할 수 있게 된다. 수지는 동생을 버린 사실을 확실하게 기억하지만, 어른들의 '장자의식'에 힘입어 자기를 합리화함으로써 그 기억을 억압하는 것을 넘어 망각할 수 있게 된다.

그러나 수지도 역시 딸이다. 자신의 죄를 죄가 아닌 것으로 여기게 했던 어른들의 '의식'은 수지 역시 버려질 수 있다는 사실을 환기하는 것이어서 수지 자신의 정체성이기도 하다. 따라서 이 기억이 억압되어 망각될 때와 분석적 서술자의 도움으로 기억될 때 수지는 전혀 다른 인물로 성격화된다. 수지는 내면갈등이 극심하면서도 안그런 척 가장하는 인물일 때는 내면갈등이 극심하지만, 대개의 경우 망각 상태로 일상을 영위하기 때문에 위선적으로 성격화되기도 한다.

따라서 『그해 겨울은 따뜻했네』는 수지 자신의 내면 목소리로는 내면에서 갈등하는 수지를 성격화할 수 없다. 이런 분열적 상태와 이중적 성격은 자기 스스로의 내면탐색으로는 자기발견에 이르지 못한다. 수지가 처한 상황의 복잡함이나 수지가 내면화한 규범의식의 성격 등, 이 모든 상황을 알고서 수지의 망각된 내면까지도 헤집어낼 수 있는 분석적 서술자의 도움이 필요한 것이다. 수지는 이 서술자의 분석을 계기로 내면갈등을 겪게 된다.

게다가 수지는 일곱 살이다. 일곱 살의 언어로는 이런 내면의 갈등을 표현할 수 없다. 또한 동생을 버리고 싶은 욕망을 억압하였듯이 자신이 동생을 버린 사실도 억압하고 있기 때문에 이를 알고 갈등할 상황이 쉽사리 만들어지지 않는다. 수지가 망각하고자 하는 경험이 「그 가을의 사흘동안」과 같은 스무 살 처녀의 것이 아닌, 일곱 살 어린아이의 것이라는 점 또한 수지의 내면을 집요하고 정확하게 분석할 수 있는 지적인 서술자를 필요로 하는 요인이 된다. 나아가 분석적 서술자에 의해 어린 수지의 내면이 추측되고 탐색되는 과정은 수지의 상황이 사람들에 의해 어떻게 이해되고 이용될 수 있는가를 보여줌으로써 더 사실적이 된다. 그리고 이 상황이 수지 개인만의 문제가 아니라, '상식적인 통념'이 된 '허위의식'에 의한 것이라는 것도 부각시킨다.

(1) 남 보기에 수지는 변함없이 오목이의 착하고 어른스러운 언니였다. 제 몫까지 오목이에게 먹이고 오목이를 역성들고, 오목이의 온갖 생떼와 응석을 받아주었다. 어른들은 이런 수지를 칭찬하고 부추기는 것만 갖고는 미안했던지 오목이를 미워하기 시작했다. 착한 것을 괴롭히는 것을 미워하는 것으로 착한 것에 대한 거룩한 의리를 지킨 것처럼 자위하려는 것 같았다. 어른들은 오목이를 징그러운 짐승 보듯이 노골적으로 싫어하는 시선으로 바라보았고 으슥한 곳에서 오목이를 주먹질하거나 모질게 알밤을 먹이기도 했다.

그러다가 만일 수지한테 들키면 일대 소동이 벌어졌고 어른들은 크게 망신을 당해야만 했다. 오목이한테 순하고 착한 언니일 뿐 아니라 오목이를 괴롭히거나 해치려는 어떤 힘에도 수지는 가차없이 용감했다.

오목이를 눈 흘긴 어른의 눈을 더욱 불타는 눈으로 노려보았고, 오목이를 주먹질한 어른의 손을 앙칼지게 할퀴거나 물어뜯기도 했다. 그럴수록 오목이는 나쁜 아이가 되고 수지는 착한 아이가 되었다.

아무도 수지가 그런 방법으로 오목이만 없었으면, 하는 자신의 마음과 싸우고 있다는 걸 알지못했다. 수지의 싸움은 여의치 않았다. 어린 마음에 결코 그런 계산까지 한 게 아니었건만 결과적으로 자신의 나쁜 마음을 교묘하게 은폐하고 오히려 남들의 동의(同意)를 얻어내고 있었다. 수지는 남들도 다 오목이를 미워하고 오목이가 없기를 바라고 있다는 걸 알아내고 싶었던 것이다. (『그해 겨울은 따뜻했네』, 한국일보, 1982. 1. 12)

(2) 『오목이 고년 잘 없어졌지. 걸리기에도 업고 가기에도 반지빠른 나이거든.』

피난통에 다섯 살이란 나이는 걸릴 수도 업을 수도 없는 애매한 나이라는 의미밖에 지니지 못한다는 데 수지는 전율했다. 그러나 곧 속으로 미소하며 편안해졌다. 자기 역시 일곱 살이 된지 며칠 안됐고 걸음이 시원치 않아 지금 식구들을 뒤처지게 하고 있었다. 자기 역시 할머니가 마음 한번 먹기 따라서 얼마든지 내버려질 수도 있다는 생각이 수지를 두렵게 하기는커녕 오히려 편안하게 했다. 수지는 좀 전에 혼자서 감쪽같이 저지른 나쁜 짓의 유력한 공모자를 얻은 기분이었다. 난리 통의 모든 사람들은 공모자였다. 인두껍을 쓴 짐승이었다.

좋은 세상 같으면 일곱 살 먹은 계집애의 상식으로 도저히 받아들일 수 없는 걸 수지는 순식간에 쉽게 받아들였다. (『그해 겨울은 따뜻했네』, 한국일보, 1982. 1. 16)

인용문은 수지의 속마음을 수지의 목소리인 듯이 직접 묘사하기도 하고, 화자가 나서서 수지의 생각을 정리해 주기도 하는 이중 서술로 되어 있다. 수지 자신의 목소리 같지만, 일곱 살의 언어라고 볼 수 없는 표현들로 수지의 내면이 드러난다.

작품의 도입부에서 수지는 수지의 일곱 살짜리 큰아들이 동생을 때리는 것을 보고 일곱 살 아들을 무작정 죽일 듯이 때리는 이해 불가능한 행동을 저지른다. 그리고 곧이어 서술자는 수지의 이 행동이 어릴 적 자신이 실제로 동생을 없애고 싶어서 없앤 사실이 무의식적으로 떠올라 저지른 행동이라고 설명해준다. 수지도 의식하지 못하고 순간적으로 저지른 일을 수지의 과거와 망각의 내면을 전부 알고있는 서술자에 의해 중개된 것이다. 이 내면은 동생을 버렸다는 상황의 심각성만큼 억압의 정도도 너무 커서 수지 자신에 의해서는 쉽게 의식되지 않는다. 수지 스스로도 명확히 해명하지 못하는 부분까지도 꿰뚫어 설명할 수 있는 서술자의 개입은 수지의 억압된 자아를 성격화하는 데 필연적인 장치가 되는 것이다.

(1)은 수지의 목소리와는 전혀 상관없는, 서술자의 존재가 드러나는

시점과 목소리이다. (2)는 서술자의 목소리이지만, 수지 내면의 시점과 목소리가 섞여들어 있다. "자기 역시 일곱 살이 된지 며칠 안됐고"와 같은 서술은 수지의 시점이지만, "전율했다", "유력한 공모자", "인두 껍을 쓴 짐승이었다" 등은 일곱 살 수지의 것이라 보기는 어렵다. 게다가 "좋은 세상 같으면 일곱 살 먹은 계집애의 상식으로 도저히 받아들일 수 없는 걸 수지는 순식간에 쉽게 받아들였다"는 확실히 서술자의 목소리이다. 이처럼 인물의 목소리가 아니라 외부에서 바라보는 전지적 화자에 의해 중개됨으로써 수지의 억압된 자아가 드러난다.

이런 서술특성은 수지의 성격이 「그 가을의 사흘동안」과는 또 다른 점을 지니고 있음을 시사한다. 수지의 성격화에는 죄의식을 환기하려는 고백의 포즈도, 회상적 자아도 존재하지 않는다. 수지는 죄의식을 철저히 은폐하려는 '못 본 척'[68]의 태도를 일관되게 보여준다. 내면갈등조차 없는 듯한 수지의 내면 목소리는 죄의식을 억압한 상태의 모습이다. 이 억압된 자아가 수지의 내면에서는 전혀 되살려질 수 없기 때문에 수지의 내면은 수지가 아닌, 이야기 밖의 전지적 화자에 의해서 해석된다. 이것은 수지의 위선이나 이중성이 내면의 갈등을 인식할 수 없는 일곱 살의 내면에서 시작되었기 때문이며, 수지의 위선적 성격이 내면갈등을 철저히 망각하는 분열적 면모를 동시에 갖고있기 때문이다.

『나목』의 이경과 「그 가을의 사흘동안」의 '나'는 어떤 식으로든 자기 내면에서 일어나는 모든 갈등과 혼란을 자기 것으로 인식하며, 자기 스스로 억압한 자기의 정체를 해명하기 위해 자의식이 두드러진다. 이들

---

68) "내가 말하고 싶었던 것은 모르는 척의 교묘함, 그 자기기만에 대해서이다. 모르는 척이야말로 우리 시대 중산층 이상의 안이하고 우아한 생활이 보편적으로 향유하고 있는 악이라는 걸 보여주고 싶었다"(조선일보, 1997. 11. 19)는 작가의 말처럼, 이 작품은 전쟁과 분단의 역사 속에서 배태된 우리 안의 악에 대한 자기응시의 주제를 일관되게 드러내는 작품이다. 권명아, 「가족 이야기는 어떻게 만들어지는가」, 책세상, 2000, 65-77쪽 참조.

은 허위적인 규범을 내면화함으로써 정체성을 형성하지만 그 자기정체성을 의심하고 있기 때문에 억압된 자아를 발견한다고 해서 인물의 진정성이 훼손되지는 않는다. 역으로 사회적 규범의 허위성이 비판된다. 자기 자신의 허위성을 알고 자기를 부정함으로써 내면갈등이 심할수록 인물의 진정성이 확인되는 역설성 속에서 성격화되는 것이다.

그러나 수지는 '가부장 의식', 즉 아들을 지키기 위해 전쟁 상황에서 딸은 잃어버릴 수도 있다는 생각에 동조함으로써 자기 자신의 욕망을 합리화한다. 인물이 자기를 발견할수록 내면갈등은 커지지만 자기 자신의 진정성을 확인할 수 있다는 단순한 역설적 구성은 아닌 것이다.

즉 수지는 자기 스스로 저지른 자기 죄를 의식할 수밖에 없다. 수지는 동생을 버렸지, 자기가 강간을 당하거나 아들이 아니어서 어머니에 의해 홀대받은 '수동적' 상황이 아니었기 때문이다. 그래서 수지의 내면은 억압을 넘어 망각의 심리적 상태로 진전되어 있는 것이다. 수지가 망각된 자아를 의식할 때, 수지를 그렇게 몰고간 규범의 허위성이 폭로되지만 동생을 버린 수지의 행위와 동생을 버리고도 잃어 버렸다고 거짓말 한 사실도 폭로된다. 수지의 내면에서조차 사실은 사실대로 밝혀질 수 없다. 수지의 망각은 이런 복잡한 내면상황 때문에 취할 수밖에 없는 필연적 태도이다. 따라서 수지가 내면갈등을 겪는 것은 이 모든 사실, 즉 수지 스스로 망각한 사실조차도 기억하고 있으며 이 사실을 사회문화적 맥락에서 분석할 수 있는 서술자가 극적 역할을 할 때뿐인 것이다. 수지의 내면묘사가 전지적인 서술자에 의해 이루어지는 것이나, 수지의 내면갈등이 단절적인 것은 서술자가 개입해서 극적역할을 해야 하는 수지 내면상황의 문제 때문이다.

수지는 오빠 수철이의 '단란한 가족'을 둥덜어뜨려 낯설게 바라볼 때만 자신이 동생을 버린 것을 '죄'로 의식한다. 내면갈등은 극심하면서도 감각적이거나 일시적인 바, 고아원을 찾아다니는 자선행위를 한

낱 자기미화의 계기로 삼거나[69] 경제적으로 안정된 삶을 위해 가난한
애인 인재를 외면하고 부잣집 아들인 조광욱과 결혼하는 등, 내면갈등
없이 속물적인 성격을 보여주기도 한다. 따라서 수지는 억압된 죄의식
을 환기하지 않기 위해서 끊임없이 허위적 자기를 만드는 인물이 되기
도 한다.

> 그러나 수지에게 가장 어려운 일은 바로 자신을 속이는 일이었다. 부득이
> 오목이를 일부러 놓았는지 북새통에 놓쳤는지 기억나지 않는 게 사실이더
> 라도 엄마의 참사를 보고 천벌이다라고 생각한 그것은 그녀의 의식에 찍힌
> 죽도록 지울 수 없는 낙인이었다.
> 그 나이에 그토록 말똥말똥한 의식으로 그런 참사를 직시하고 천벌로서
> 순종할 수 있었다면, 천벌 받을 짓을 저질렀음을 의심할 여지가 없었다.
> 고로 수지는 오목이를 놓친 게 아니라 놓은 거였고, 어린 마음에 선악의
> 의식없이 놓은 게 아니라 충분한 죄의식을 가지고 저지른 짓이었다. 그건
> 비록 아무도 모르는 일이지만 변명할 여지없이 확실한 죄악이었다. 수지가
> 자신의 일곱 살을 꼭꼭 움켜쥐고 그 누구에게도 펴보이지 않으려는 것도 그
> 런 까닭이었다. (『그해 겨울은 따뜻했네』, 한국일보, 1982. 1. 19)

이것은 순전히 화자의 목소리로만 서술된 것이다. 그리고 이것은 수
지가 스스로 분석해내지 못하는 수지의 죄의식의 실체이다. 수지에게
이 기억이 억압되어 스스로에게도 완전히 해명되지 않는 것임을 역설

---

69) "그녀는 처음부터 끝까지 성녀처럼 사랑에 넘치는 미소로 일관했지만 어느 아이고
안자마자 밀어내고 싶게 싫어졌었다. / 그녀가 어떤 아이고 잠깐씩밖에 못 안은 건 여
러 아이에게 골고루 사랑을 나누기 위해서가 아니라 싫어지는 걸 참을 수가 없어서였
던 것이다. / 그녀가 고아원에서 한 밖으로 나타난 일은 여러 고아를 골고루 포옹하고
애무한 자비로운 성녀 노릇이었지만 그녀의 기억력이 정직하게 기억하고 있는 건 무
수한 고아를 밀어내고 또 밀어낸 기억뿐이었다."(『그해 겨울은 따뜻했네』, 한국일보,
1982. 10. 19)

하면서, 그럼에도 불구하고 수지에게 죄의식은 얼마나 확실한 것인가를 일깨우는 것이다. 일곱 살 어린아이가 겪은 전쟁통의 하나의 사건은 이 상황을 모두 알고 있는 서술자의 심리분석이 극적 계기가 됨으로써 수지의 내면갈등을 조성할 수 있게 된다. 그러나 망각은 절대적인 것이어서 수지가 이 극적 장면을 기억하는 순간에만 수지는 내면갈등을 겪는다. 내면갈등은 단절적이지만, 망각될 만큼 수지의 삶에 결정적인 것이어서 내면갈등으로 인해 드러나는 수지 삶의 문제나 수지에게 내면화된 규범의 허위성, 혹은 수지의 죄의식은 더 강렬한 인상을 남긴다.

세 작품을 통해 살펴보았듯이, 『나목』의 이경과 「그 가을의 사흘동안」의 '나', 『그해 겨울은 따뜻했네』의 수지는 전쟁으로 인해 자신의 삶을 전면적으로 부정하는 근본적인 경험을 한다. 그러나 이들은 충격적인 경험보다도 그 경험의 충격이나 고통을 내색할 수 없는 상황 때문에 더 고통스러워한다. 인물은 자기 삶의 진상을 알고서 극심한 내면갈등을 겪으면서도 그것을 은폐해야 하는 역설적 상황에 처한다. 또 내면갈등이 심해질수록 외면화되지 못한 인물의 진정성이 확인되는 역설성을 지니게 된다. 내면갈등을 겪지만 그것을 내색하지 못하는 역설적인 상황은 인물의 내면의 진실을 보장하게 되는 것이다. 내면갈등을 극대화하여 외면으로 드러나지 못하는 인물의 진정성을 내면적 자아를 통해 확인하는 역설적 서술 속에서 자기 발견/은폐의 역설은 형성된다. 내면갈등은 억압된 자아를 발견함으로써 시작되는 것이어서 내면의 억압을 탐색할 수 있는 극적 계기를 필요로 한다. 『나목』은 현장감 있는 극적 장면이 인물의 내면갈등을 야기한다고 할 수 있으며, 「그 가을의 사흘동안」은 과거의 경험이 회상적 자아의 내면에서 극적인 것으로 환기됨으로써 내면갈등을 조성하며, 『그해 겨울은 따뜻했네』는 분석적 서술자를 매개로 인물 스스로 기억하지 않으려고 억압한 자기를 발견하게 함으로써 내면갈등이 조성된다. 극적 장면이나 기억의 극적 성격, 또는 분석적 서술자의 극적인 역할 등, 극적 요소는 역설적인 성격화방식의 중요한 계기이다.

2) '뭉뚱그리기' 구성의 역설

박완서의 단편소설들은 구성이 산만하다고 평가된다. 이것은 이야기를 구성하는 각각의 삽화적 사건들이 매번 서술자에 의해 치밀하게 서술됨으로써, 이야기가 다른 이야기로 전환된 듯한 인상을 주며 서사적 연관성이 미약한 것으로 보이기 때문이다.[70] 그래서 "이야기의 분산성"이나 "주제의식의 약화", "미숙한 구성력" 등으로 비판되기도 한다.[71]

실제로, 박완서의 단편소설들에서 각각의 이야기들은 독립적으로 하나의 주제가 될 수 있을 만큼 강한 메시지를 부여받고 있어서, 연관성 없는 다양한 이야기들을 한 군데 무작위적으로 배치한 느낌을 준다. 그러나 구성적 문제점으로 지적되는 이런 특성은 삶의 허위적인 면들을 예각화시키기 위한 서술방식이라 할 수 있다. 즉 허위적 규범의식이나 이데올로기들이 사소한 일상에까지 스며들어 있으며, 일상사 구석구석을 전면적으로 지배하고 있음을 부각시키는 서술방식인 것이다.

주로 1980년대 초반에 쓰여진 「상」(1977), 「침묵과 실어」(1980), 「천변풍경」(1981), 「그의 외롭고 쓸쓸한 밤」(1983), 「아저씨의 훈장」(1983), 「어느 이야기꾼의 수렁」(1884), 「비애의 장」(1986) 등이 이런 산만한 이야기 구성에 해당한다.

이 작품들에서는 대체로 소시민의 허위의식과 속물근성을 중심으로

---

70) 김경수, 「여성경험의 소설화와 삽화형식」, 『현대소설』, 1991. 겨울, 326쪽 참조.
71) 김경연·전승희·김영혜·정영훈, 「여성해방의 시각에서 볼 박완서의 작품세계」, 『여성 2』, 창작사, 1988. 1, 235쪽, 박혜경, 위의 글 참조.

한 인물묘사가 두드러진다. 이 작품들에서도 인물 형상화는 주로 내면 갈등을 겪고 있는 인물의 내면묘사를 통해 이루어진다. 그러나 내면갈등이 극적 긴장감을 조성하지만, 인물의 자기발견을 중심으로 서사화되지 않는다. 인물의 내면갈등과 그것을 숨기고 살아가는 이중적 삶의 방식이 일상적인 사소한 일화들을 통해 드러나고 있을 뿐이다. 즉 병렬적으로 전개되는 각각의 이야기들은 내면의 생각들을 내색하지 못하는 인물의 성격을 부각시키면서 서로 연결되고 있다. 자기 생각을 행동으로 옮기지 못하고 가장할 수밖에 없는 인물을 형상화하면서도, 이들의 이중적 삶의 방식을 부각시키는 서술방식이 두드러진다.

이는 일상적 삶의 파편화와 고립성의 이면에, 이 모든 삶을 전면적으로 통제하는 그물망과 같은 사회적 통제와 규범적 의식이 놓여있음을 문제삼는 서술전략이라 할 수 있다. 서로 무관한 듯한 상황이나 사건들, 혹은 무심코 지나치는 일들조차 인물이 처한 삶의 허위성에서 한치도 벗어나있지 않다는 것을 간접적으로 드러내는 것이다. 따라서 이 삽화들은 아무런 연결점 없이 던져져 있는 것이 아니라, 인물의 내면에서 하나의 삶의 문제로 집중된다. 이때, 인물은 겉으로 드러나는 소심한 모습과는 달리 속물적이고 이기적인 진심을 감추고 있다.

인물은 이런 양면적인 자기를 그대로 받아들이면서 극심한 내면갈등을 겪지만, 내면갈등을 해결할 어떤 행동도 취하지 않는다. 그런 점에서 앞 절의 인물들처럼 내면갈등을 견딜 수밖에 없는 자기 발견/은폐의 역설성을 통해 성격화된다고 말할 수도 있다. 그러나 이 작품들은 내면갈등을 심화시키는 극적 계기를 중심으로 인물 성격화가 이루어지는 것이 아니라, 내면을 가장하는 인물의 위선적 태도를 사소한 일상사들을 통해 보여줄 따름이다. '뭉뚱그리기' 구성은 이런 특성을 지칭한 것이다.

'뭉뚱그리기'란 나열되어 있는 것들을 서로 묶어내어 그 묶임을 통해 연관성을 부여하는 방식을 의미한다. '뭉뚱그리다'는 "한데 뭉쳐 함께 싸거나 한 덩어리로 만들다"라는 의미로 쓰인다.[72] 여러 가지 것들의 관계나 논리적 근거를 따지지 않고 대충 한데 뭉쳐서 하나의 덩어리로 만드는 것을 의미하는 것으로, 대충 묶어내는 방식을 지칭한다.[73] 이 절에서 다룰 작품들의 서술방식을 '뭉뚱그리기'로 보는 것은 여러 가지 삽화들이 한데 묶여지는 방식을 염두에 둔 것이다. 산만한 구성 속에 놓여 있다고 비판되는 각각의 삽화들은 인과적 연속성 없이 한 작품 안에 모여 있다. 그러나 두서너 가지 삽화들의 나열과 같은 구성을 취하면서도, 이 삽화들은 대충 묶여져 삶의 파편성과 고립성을 상징하기도 하고, 인물의 내면갈등을 통해 인물의 삶을 전면적으로 장악하고 있는 허위의식의 실상과 전면성을 드러내기도 한다. 산만하게 나열되어 있는 삽화들이 한 작품 안에서 대충 묶여지고도 삶의 허위성과 심각한 내면갈등을 드러내게 되는 과정을 표현하기 위해 '뭉뚱그리기' 구성이라 말하는 것이다.[74]

이것은 영화의 몽따주 기법처럼 이야기들이 서로 겹침으로써 하나의 이미지를 형성하게 하는 서술방식이라고 할 수 있다. 영화에서 몽따주는 장면적 겹침[75]을 의미하는 것이지만, 이 소설들에서 연관없는 듯한

---

72) 연세대학교 언어정보 개발연구원 편, 『연세 한국어사전』, 두산동아, 1998, 752쪽.

73) 예컨대 "문제를 그렇게 뭉뚱그리지 말고 하나하나 짚어보도록 합시다"에서처럼, 정확한 근거없이 대충 묶어내는 방식이나 미처 따져볼 여유없이 다급하게 일을 처리하는 방식을 의미한다. 연세대학교 언어정보 연구원 편, 같은 책 참조.

74) "언뜻 보기에 본론에서 벗어나고 있는 것처럼 보이는 이런 짓이 작가의 본래 의도를 실현시키는 데에 이바지하는 경우가 허다하다. 그것은 이런 형식들이 독자로 하여금 겉보기에는 아주 서로 동떨어진 두 영역을 연결해서 생각해 보도록 강요하기 때문이다."(프란츠 슈탄젤, 안삼환 옮김, 『소설형식의 기본유형』, 탐구당, 1982, 118쪽) 슈탄젤은 이런 특성을 "예술적 통일성 대신 서술자의 반어와 자유를 택하"는 서술유형으로 본다.

75) 아이젠슈타인은 하나의 쇼트가 영화제작과정의 기술적 수단에 불과한 것이 아니라, "충격이나 견인요소와 같은 현상"으로서 "정신과 사물과의 관계를 통해 나타나는 것"

사건들의 병렬적 연결로 하나의 주제를 형성해 나가는 과정은 그에 비견될 만하다.[76]

① 일상사의 병렬적 배치와 허위의식의 일상화

국민학교 동창을 장가들고 아이가 둘쯤 생겨났을 때 노상에서 우연히 만나는 일은 생각했던 것보다 유쾌한 일이 못되었다.

우리는 동시에 알아봤다.

「야, 석철이 아냐? 쨔아식, 의젓해졌는데.」

그가 깜짝 놀라게 큰 소리를 지르며 내 손을 덥썩 잡더니 다른 한 손으론 내 어깨를 두들겼다. 그는 나를 무지무지하게 반가와 하고 있었다.

「이거 얼마만이야? 성태 아냐? 짜아식, 버르장머리 없는 것 하나는 여전하구나.」

나도 그의 손을 아프게 쥐어주며 어깨를 두들겨 주었다. 그가 하는 대로 나도 그를 무지무지하게 반가와 하는 척 하면서 속으론 도대체 이 녀석이 지금 뭐해먹고 살까, 앞으로 이용가치가 있는 녀석일까 아무짝에도 쓸모없는 녀석일까, 기껏 그 정도의 생각을 하고 있었다.

이십년이 넘게 교우관계가 단절됐던 국민학교 동창이란 대개 한쪽이 알

이라고 하여 몽타주 이론을 영화의 중요한 기법으로 제시한다. 이것은 중국의 한자와 일본의 하이쿠(俳句)에서 영향 받은 것으로, 상호 다른 의미들의 글자들이 어울려 다른 의미를 형성하는 것과 유사한 방법을 영화의 쇼트의 연결에 이용한 것이다. "편집되지 않은 쇼트"들이 "상호 충돌함으로써 생겨나는 새로운 의미"를 형성하게 된다는 것이며, 이것은 영화를 수용하는 관객들의 상상력을 통해 영화의 의미가 생겨날 수 있음을 전제하는 이론이라 할 수 있다. 서사의 구성적 인과성이 서사체의 표면에서 직접적으로 제시되지 않더라도, 그 인과성을 해석해낼 수 있는 여지를 상상적으로 전제하는 방법은 뭉뚱그리기 구성에서도 유사한 형식적 효과를 자아내는 것으로 보인다. 더들리 안드류, 조희문 옮김, 『현대영화이론』, 한길사, 1988, 72~75쪽 참조.

76) 손화숙은 박태원의 소설들을 통해 몽타주 기법의 적용 가능성을 논한 바 있다.(「영화적 기법의 수용과 작가의식」, 강진호 외, 『박태원 소설 연구』, 깊은샘, 1995, 218쪽 참조)

아보면 한쪽이 못 알아보거나, 양쪽이 다 알아봐도 이름이 알쏭달쏭하거나, 그래서 아는 척을 하는둥마는둥 지나치게 마련인데 우리는 마치 엊그저께 헤어진 것처럼 담박 알아봤을 뿐더러 이름도 안 잊어버리고 있었다. 우리는 그만큼 친한 사이였나 보다. 그냥 헤어질 순 없었다.

「차나 한 잔 하자. 정말 반갑다.」

「짜아식, 몇 십 년만에 만나서 기껏 차야? 내가 한잔 사지」

그러니까 그의 한 잔은 차가 아니라 술일터였다. 그가 앞장섰다. 마침 퇴근길이니 마다할 까닭이 없었다. 나는 개운치 않은 기분으로 그의 뒤를 따랐다.

그가, 내가 차를 사겠다는 걸 가볍게 일축하고, 술을 사겠다고 앞장선 걸로 나는 그와 나의 관계의 주도권을 그에게 빼앗긴 것처럼 느꼈다.

그는 뒷골목의 과히 깨끗치 못한 횟집으로 들어섰다. 나는 그가 안내하는 술집의 등급으로 그가 뭐 해먹고 사나를 알아낼 단서를 삼으려고 했던 것처럼 너도 신통한 출세는 못했으렷다, 하는 가벼운 실망과 묘한 안도감을 동시에 느꼈다. (박완서, 「상」, 현대문학, 1977. 4, 159쪽)

「상」의 도입부이다. 길을 가다 우연히 국민학교 동창을 만나서 같이 술을 먹게되기까지를 인물의 목소리로 서술하고 있다. 이 인물은 이십여 년 만에 처음 만난 친구와 반갑게 인사를 나누면서 많은 생각을 한다. 친구와 나누는 대화 중간 중간에 하는 생각들은 인물의 외면인 대사로는 알 수 없는 전혀 다른 면모를 나타내준다. "속으론", "생각을 하고 있었다"의 표현은 속으로 다른 생각을 하고 있음을 강조하는 것이다. 이것은 인물의 행동과 생각이 일치하지 않는다는 것을 드러낸다. 오랜만에 만나서 반가워하는 척 하면서 그 사람의 진의를 궁금해하는 이 인물의 면모는, 뒤집어 생각하면 자기 스스로 진의를 쉽게 드러내지 못하고 있음을 내비치는 것이다. 친구와 반갑게 인사를 나누면서 친구의 선의를 믿지 못하고 본심을 캐내기 위해 고심하는 모습이나, 친구의 술집 취향을 보고 친구의 정체를 추리해 나가는 '빠른 잇속' 역시, 이 인물 스스로 항상 이런 식으로 사람들을 만나왔으리라는 것을 역으로 드러내 준다. 즉 인물이 스스로 내비치는 자기 자신의 이율배반적인 모습은 인물의 삶이 이런 관계들 속에 놓여있음을 알려주고 있으며, 속으론 자기 잇속을 빠르게 계산하면서도 겉으로는 안 그런 척 꾸미는 겉과 속이 다른 인물임을 알 수 있게 한다. 작품은 시종일관 인물의 이 같은 성격을 드러내는 개별 사건들로 이어져 있다. 이것은 앞 절에서 살펴보았던 작품들에서처럼 극적 계기로 인해 내면갈등을 겪는 인물을 성격화하는 방식과는 다른 점이다. 이미 이중적으로 성격화된 인물의 일상적 사건들이 나열됨으로써, 내면화되어 삶의 방식으로 고착화된 위선적 태도를 부각시킨다.

> 그러나 섣불리 속단할 것도 아니란 것도 나는 알고 있었다. 옷차림이나 돈 씀씀이로 뭐 해먹고 사나의 기준을 삼았다가 헛짚은 적이 어디 한두 번인가. 요샌 어떻게 된 세상이 주머니에 땡전 한 푼 없는 백수건달일수록 옷 잘 입고, 비싼 찻집, 비싼 음식점만 바치게 마련이다. (「상」, 159쪽)

겉으로 드러나는 모습과 달리 속으로는 딴 생각을 하는 인물은, 자기 목소리로 그런 자기의 판단이 진의를 파악하기는커녕 사실을 오해하게 될 수도 있다는 것을 덧붙여 설명하고 있다. 친구의 취향을 통해 정체를 알아낼 수 있다고 생각하던 것과 달리, 그것만으론 본심을 알 수 없다는 것을 강조하는 것이다. 이것은 인물의 이중성이 겉과 속이 일관되지 않은 세태에서 나온 것임을 강조하면서도, 한편으론 이렇게 세태에 길들여진 태도가 오히려 사실을 더 오해할 수 있다고 여기는 인물의 자조적인 진심을 드러내기도 한다. 인물은 이리저리 친구의 정체를 탐색하기 위해 고심하면서, 정체를 알아내기까지 그 정체를 위장시키는 많은 허위의식에 관해서도 생각한다. 그런 중에 자신을 길들여가고 있는 허위의식을 스스로 반성하기도 하는 것이다. 인물은 겉 다르고 속 다른 세태에 영합해서 최대한 그에 맞추어 살아가려고 하고 있지만, 그것이 속물적인 욕망에 의해 작동하는 허위의식 때문에 생겨난 것임을 스스로 토로한다. 꾸며진 외면과 달리 인물의 내면 목소리로 드러나는 생각들은 인물의 위선적 태도가 결코 바람직한 것은 아니지만, 인물이 살아가기 위해 어쩔 수 없이 내면화한 것임을 알 수 있게 한다.

이처럼 도입부의 치밀한 심리묘사는 인물이 겪는 별 것 아닌 사소한 일상사의 짧은 순간에까지 작용하는 여러 가지 고정관념들과 삶의 허위성을 예각화시킨다. 그러나 이것은 작품이 시작되는 도입부일 뿐이며, 사소한 일상사의 한 순간에 지나지 않는다. 이 한 순간에 장황하도록 심각하게 여러 가지 생각을 하게 한 첨예한 삶의 문제를 접어두고, 주인공이며 서술자인 인물은 다른 이야기로 넘어간다. 그리고는 또 다른 소재를 가지고 비슷한 생각들을 이어간다. 허위의식은 일상화된 것이어서 이 단편소설들에서 순간의 경험으로서 문제시될 뿐이다. 따라서 인물들 역시 해결을 위해 갈등하거나 고심하지 않는다. 해결보다는 그저 이러저러한 허위적 일상사를 탐색할 뿐이다.

② 비열한 내면, 사회적 약자들의 위선

그러나 배우성씨의 망설임은 별로 오래 가지 못했다. 가래처럼 불쾌하게 끓어오르는 분노로 목구멍을 그르렁거리며, 그러나 밤손님처럼 비굴하고도 용의주도하게 문의 고약한 버릇과의 타협을 시도하고 했다. 끼익 소리를 최소한으로 억제하기 위해 그의 몸통이 겨우 빠져나갈 만한 너비를 열고 다시 닫는 동안이 한없이 오래 걸렸다. 그 오랜 동안 그의 참을성은 실로 위태위태하다. 가까스로 실수를 면한다. 그래도 그는 현관문에 등을 대고 한동안 집안의 변함 없는 정적에 귀 기울이고 나서야 비로소 자신의 실수 없었음을 확인하고 안도의 한 숨을 몰아쉬었다. 아직도 그의 한숨엔 분노의 찌꺼기 같은 가래 끓는 소리가 조금은 섞여있다. (박완서, 「천변풍경」, 문예중앙, 1981. 봄, 177쪽)

「천변풍경」의 도입부로서, 주인공인 배우성 노인이 새벽에 약수터로 가기 위해 문을 나서는 모습이다. 박완서 소설의 도입부가 대개 그렇듯이, 이 소설도 독자들의 호기심을 자극할만한 극적 긴장감을 유발시킨다. 단순히 문을 열고 아침 산책길에 올랐다고 볼 수 없을 만큼 이 인물의 삶의 문제가 일상적이고도 사소한 행동 속에 압축되어 있다. 배우성씨는 새벽 산책을 위해 문을 열면서 위태위태한 참을성을 발휘하며 소리 안나게 혼신의 힘을 다하고 있다. 흡사 남의 집에 도둑질하러 들어가는 것 같은 숨막히는 긴장감을 유발시키는 것이다. 이것은 배우성씨의 삶의 환경을 드러내면서, 동시에 배우성씨가 살아가는 태도를 드러낸다.

배우성씨는 "새벽의 안면(安眠)을 보호받기를 강경하게 요구"하는 며느리와 같이 살고 있다. 며느리의 시아버지에 대한 무시와 홀대를 느끼면서도, 그런 대우에 대한 자신의 분노를 내색하지 못하고 비굴하게 그것에 빌붙어서 살 수 밖에 없는 형편이다. "가래처럼 불쾌하게 끓어오르는 분노"와 "용의주도하게 문의 고약한 버릇과의 타협"은 바로 배우성씨의 이중적인 삶의 태도인 것이다. 속으로는 며느리의 홀대에 분노할 정도로 내면의 갈등을 겪으면서도, 겉으로는 전혀 내색하지 않고 비굴하게 타협한다. 이것은 은퇴하고 약수터 가는 일로나 소일하며 살아가는 노년의 배우성씨의 전반적인 삶의 태도이다.

조의원이 쌜쭉해서 입을 다물었다. 그러나 어제 그들끼리만 가졌던 모의

에 대한 배우성씨의 궁금증을 고삐처럼 확실하게 움켜쥐고 있다는 자신감
으로 조의원의 모습은 어둠 속에서도 의기양양해 보였다. 배우성씨는 까닭
없이 그게 싫었지만 그런 내색 안하고 짐짓 궁금해 하는 목소리로 물었다.

「그렇담 마음놓고 여쭤봐야겠군요. 저를 따돌리고 무슨 말씀들을 그렇게
정답게 나누셨게요?」

「저 봐. 배교수님이 어제 노여워도 단단히 노여우셨던거야.」

별 걸 다 가지고 재미있어 하는 조의원에 대해 배우성씨는 신트림처럼 울
컥 늙은이란 상대할 게 못된다고 생각했다. 그러나 정작 처량한 건 거기라
도 맞장구를 쳐야하는 자신의 처지다 싶어 그는 쓴 웃음을 지었다. 이런 배
우성씨를 달래듯이 그러나 야금야금 아껴가며 조의원은 어제일을 실토하기
시작했다.

　　　　　　…… (중략) ……

배우성씨는 이렇게 애매하게 얼버무리면서 조의원의 촐랑대는 걸음걸이
에서 조금 쳐졌다. 배우성씨는 조의원의 이름도 나이도 생각도 여지껏 뭐
해먹고 살았는지도 모른다. 조의원이 조의원이라는 게 전부인데 그건 실은
그의 생애의 오십분의 일, 아니 칠십 분의 일밖에 안될지도 모른다. 황사장,
김박사, 강판사, 안교장, 조차관……에 대해서도 마찬가지였다. 어떤 좋은
한 때가 전생애를 덮을 만큼 부풀어오르고, 재차 그것들끼리 결합해서 더
큰 간판이 되고싶어 하는 그 끈덕진 힘은 무엇일까? 배우성씨는 사람들마다
의 좋은 한 때에 대한 더러운 집착과 집단이란 것의 터무니없는 허구에 대
해 이를 갈아붙이고 싶은 건 시늉뿐 어쩔 수 없다는 엄살 쪽으로 편안히 기
울고 있었다. (「천변풍경」, 179-183쪽)

끓는 분노를 비굴하게 잠재우고 나선 약수터 길에서 조의원이라는
동료 노인을 만나서 나누는 대화가, 며느리에 대한 배우성씨의 분노와
그로 인한 긴장감의 고조를 접어두고 장황하게 서술된다. 이 두 노인의
대화에는 중간중간 배우성씨의 생각이 교차되어, 배우성씨의 시점과

서술자의 목소리로 이루어져있다. 대화 속에 있는 조의원의 말과 대화 바깥에 있는 배우성씨의 생각이 교차되는 장면 묘사는 조의원과 배우성씨의 대화, 즉 외면화된 인물들의 말과 내면의 생각이 전혀 다른 것들로 겉돌고 있음을 알 수 있게 한다. 이들의 대화로 드러나는 외면과 배우성씨의 내면의 불일치는 며느리에 대한 배우성씨의 이중적인 면모가 이어져 배우성씨의 위선적 면모를 부각시킨다. 즉 삽화와 삽화를 이어주는 서술자의 설명 없이도 이 두 개의 삽화는 독서행위 속에서 상상적으로 결합되어 연관성을 갖는 것이다.

배우성씨는 조의원이라는 인물이나 약수터에 나오는 노인들에 대해서 그다지 탐탁치 않아한다. 그것은 대화 중간 중간에 배우성씨의 생각인, "좋은 한 때에 대한 더러운 집착"에서 알 수 있는 '더러운'이라는 판단과, 그것이 "터무니없는 허구"라는 표현 속에 잘 드러나 있다. 이런 조의원에 대한 감정은 며느리에 대한 거부감이 "가래처럼 불쾌하게 끓어오르는 분노"였듯이, "신트림처럼 울컥 늙은이란 상대할 게 못된다"는 생각으로 이어지는, 전혀 타협의 기미조차 보이지 않는 극단적인 거부감이다.

그러나 이것은 단지 내면에서만 머무르는 생각일 뿐이다. 이런 거부감을 겉으로 내색하지 못하는 배우성씨는 오히려 비굴하게 그것에 빌붙으려는 자신을 인정할 수밖에 없다고 생각한다. 배우성씨는 전혀 타협할 수 없을 것 같은 양면적 모습을 외면과 내면으로 분리해서 모두 자기 것으로 받아들이고 있고, 이런 자기의 모순적인 이중성을 알고 있기까지 하다. 이렇듯 내면에 강한 거부감을 갖고 있으면서도 그것을 내색하지 못하고 그 거부감에 기대어 살아갈 수밖에 없는 배우성씨는, 자신이 비굴하다는 것도 자각함으로써 극심한 내면갈등을 끌어안고 사는 인물이 된다. 이는 자연스럽게 이 인물의 삶이 그 자체로 문제적이게 한다. 겉과 속이 다른 인물은 그 다름의 정도 때문에 내면갈등이 극심

한 인물로 상상된다. 그래서 독자는 인물의 내면적 거부감에 동화되기
보다, 이런 상황을 그대로 받아들이면서 타협하는 인물이 처한 삶의 심
각성에 더 강하게 동요하게 된다.

배우성씨가 약수터 노인들의 모임인 백수회에 가하는 비판이나 거부
감은 거의 혐오감에 가까운 것인데도, 배우성씨는 그 회에 들기 위해
비열함을 감수한다. 그는 가래끓는 것 같은 불쾌한 분노를 느끼게 하는
며느리에게, 백수회에 들기 위한 가입조건인 노인들과의 저녁 식사를
마련해달라고 부탁하는 것이다. 극단적인 혐오감까지도 느껴지는 상대
에게 그런 감정을 숨기는 것으로 끝나지 않고, 어떻게 해서든지 그들
편에서 밀려나지 않으려는 이 노인의 안간힘은, 이 노인의 삶을 주목하
게 하는 효과를 자아내는 것이다. 배우성씨의 이중성과 비열함은 배우
성씨의 내면감정인 혐오감에 동화되어 배우성씨가 거부하는 것들을 거
부하게 하기보다, 배우성씨의 이중성에 대한 호기심을 자극한다. 즉 삶
의 허위성과 속물근성을 비판하기보다 배우성씨의 전반적인 삶에 대
해 거리감을 갖게 하면서, 그 삶의 문제로 독자의 관심을 유도하는 것
이다.

③ 분단구조와 정착 실패기

이 각각의 삽화적 사건들에서 드러나는 인물의 내면갈등은 그 심각
성에 비해 서사적 연속성이 별로 없다. 갈등이 심각한 만큼 그에 대한
해결을 기대하는 것은 서사의 흐름으로 볼 때 자연스러운 것일텐데, 이
작품들에서 각각의 삽화적 사건들은 인물이 내면에서 겪는 극적 갈등
은 그냥 놔둔 채 또 다른 삽화로 넘어간다. 그리고 작품이 끝날 때까지
그에 대한 기대는 기대로만 남겨진다. 암시적으로라도 주목받지 못하
는 것이다.

이것은 사소한 일상사에까지 전면적으로 작용하는 허위의식을 비판

하기도 하지만, 허위의식을 자각한다고 해서 그런 삶의 방식에서 벗어날 수 있는 것은 아니라는, 인물의 역설적 상황을 강조한다. 허위의식은 사소한 일상사에까지 전면적으로 영향력을 행사하고 있고, 이 허위성을 거부하는 인물들은 사소한 일들에서 반복적으로 극심한 내면갈등을 겪는다. 그러나 인물들은 사회적으로 주변적 존재들이어서 도저히 받아들일 수 없을 것 같은 거부감을 속으로만 간직한 채, 그런 삶에 적응해서 살아가려고 한다. 그래서 인물들은 한결같이 내면의 극심한 갈등은 그대로 두고, 살아가기 위해 혐오스러워 하는 세계에 속하려고 안간힘쓴다. '뭉뚱그리기'의 구성은 겉과 속이 다른 인물의 성격은 물론, 인물이 살아가는 역설적인 방식까지도 암시하는 성격화방식인 것이다.

따라서 극심한 내면갈등을 일으키는 삽화들이 서사적인 해결없이 그대로 방치된 듯한 느낌을 주면서 계속 다른 이야기들로 이어지는 서술방식은 소외된 인물의 참담하고 비굴한 삶의 태도와 내면을 드러내며, 그런 사람들의 정착을 허락지 않는 '분단'적 삶을 문제시 한다. 즉 인물이 자기 안의 허위의식을 혐오하면 할수록, 오히려 비열한 위선적 태도만 더 강화될 수밖에 없는 삶을 문제시하게 된다. 연관성 없는 삽화들이 전체적으로 삶의 허위적인 일상사들로 묶임으로써, 각각의 삽화들을 통해 부각된 이중적 태도가 인물의 성격이 되며, 이런 이중적인 성격이 사회적인 약자로서 살아남기 위한 필연적 과정임을 보여주는 것이다. 연관성 없는 삽화들은 인물의 삶의 전면에 걸쳐 허위의식이 작용하고 있음을 드러낼 수 있게 되고, 이들의 비열한 이중성이 한 사건에 국한된 일시적 태도가 아니라 살아남기 위한 안감힘이라는 것을 강조하게 된다. 이것이 '뭉뚱그리기' 구성이 자아내는 역설적 효과다.

따라서 이 '뭉뚱그리기' 구성은 문제적 개인이 아닌, 문제적 상황, 그 상황들을 사로잡고 있는 문제적 의식으로서의 허위의식이나 허구적 도덕관념이 사소한 일상사에까지 전면적으로 영향력을 끼치고 있음을 드러내는 서술방식으로 역할한다. 이는 '억압의 체험'을 내면갈등을 통해 형상화하면서 동시에 그 억압의 계기가 되는 사회적 규범의 허위성이 현실에 건재하고 있음을 드러내는 서술방식이다.

집안의 종손인 장조카를 지켜야 한다는 생각으로 아들 대신 조카를 데리고 단신 월남하여 중풍 든 채 홀로 죽어 가는 고향 아저씨의 삶을 그린 「아저씨의 훈장」이나, 남과 북의 아이들이 비무장지대에서 만나는 동화를 써보려고 고심하는 「어느 이야기꾼의 수렁」도 이런 구성적 특징을 지닌 작품이다.

「아저씨의 훈장」은 아저씨가 살고 계신 집을 찾아가면서 약도 속의 상점 이름만 가지고 생각했던 것들이 실제와는 다르다는 것을 장황하게 설명하며 시작된다. 작품은 말로 인해 갖게되는 편견들이 얼마나 많은가를 생각하는 주인공의 내면묘사로 이어진다. 화자인 '나'는 아저씨의 장조카를 만났을 때 「상」의 화자처럼 상대방의 진의를 짐작하고서 자신의 속물근성에 대해 혐오하다가, "나의 목적이 문병 외에 딴 저의가 있을지도 모른다는 생각"[77]을 하면서 자신이 아저씨를 굳이 만나려고 하는 의도가 무엇인지를 생각하며, 아저씨의 비참한 모습을 통해 아저씨가 평생을 지켜온 종손에 대한 신의가 허상이었음을 확인하려는 자기 자신의 속물성을 혐오하기도 한다.

이렇듯 작품은 여러 가지 삽화들이나 과거의 경험을 회상하는 과정으로 넘나듦으로써 이야기의 중심이 없어지고 전체적으로 분산되는 경향이 있다. 이것은 분단 이데올로기나, 가부장 의식, 가족이기주의, 물신주의, 속물근성들이 각각 서로 분리된 채로 영향을 끼치는 것이 아니라, 복합적으로 한 덩어리가 되어 삶에 스며들어 있어 사소한 일상사에까지 직접적으로 영향을 끼친다는 것을 보여주기 위한 것이다. 일상의

---

77) 박완서, 「아저씨의 훈장」, 『현대문학』, 1983. 5, 171쪽.

어떤 한 순간을 택해도 분단으로 인한 삶의 문제를 포착해낼 수 있다는 것을 강조하는 서술이다.

「어느 이야기꾼의 수렁」은 화자가 동화작가로서 겪은 자기경험을 장황하게 서술하는 것으로 시작된다. 동화작가를 아이들 이야기만 쓰는 작가로 생각하는 것이 고정관념일 뿐이라는 것을, "동화작가란 나이와 상관없이 언제까지나 어른이 될 수 없는 만년 아동쯤으로 알고있는"[78] 친구들에 대한 이야기를 섞어가며, 짧은 소설 한 편이 될 정도로 꼼꼼하게 서술한다. 이야기는 외국에서 공부해서 동화작가에 대한 생각이 조금 다른 친구를 만나면서, 외국 유학한 사람들의 한국사회에 대한 편견으로 전환된다. 그리고는 또 다시 6·25 전쟁 특집극을 위해 분단상황에서도 남과 북의 어린이가 만나서 놀 수 있는 작품을 만들어달라는 요구를 받아들일 수밖에 없는 자신의 가난한 처지와, 어떤 방법으로도 도저히 그런 조건은 가능하지 않다는 현실인식 간의 내면갈등으로 넘어간다. "어느 이야기꾼의 수렁"이라는 제목에서도 알 수 있듯이, 가능하지도 않은 이야기를 만들어내야 한다는 이 동화작가의 처지를 부각시키는 분단현실의 견고함이 이 작품의 주제다. 그러나 동화작가를 둘러싼 고정관념이나 세태에 대한 꼼꼼하고 장황한 묘사는, 어느 것이 중심적 이야기인지를 알 수 없게 한다. 작품은 이러저러한 이야기들이 어우러져, 분단 현실을 유지시키고 있는 여러 허위의식이나 편견으로 인해 분단상황은 더욱 견고하게 자리잡아 간다는 것을 역설적으로 드러낸다.

「비애의 장」은 연관성 없는 삽화들의 나열로 작품의 구성력을 떨어뜨린다는 인상을 가장 강하게 주는 작품이다. 도입부는 대학교수 자리를 알아보기 위해 노교수에게 정초 인사 가기를 머뭇거리는 장황한 내

---

78) 박완서, 「어느 이야기꾼의 수렁」, 문예중앙, 1984. 여름, 110쪽.

면묘사로 이루어져 있다. 그러나 도입부의 장황한 내면묘사는 노교수와 그 부인의 물건 나눠주기에 내재된 터무니없는 권위의식을 혐오하면서 다른 이야기로 넘어간다. 그것은 당시 전국을 들뜨게 했던 이산가족 찾기에 관한 일화다. 주인공이며 서술자인 '나'는 전쟁통에 잃은 외삼촌을 찾게되어, 고아로 자란 외삼촌 일가를 초대한다. 이산가족인 외삼촌 일가를 맞이하는 인물의 내면은 이산가족 찾기의 열정이 은폐하고 있는 이기주의와 현실적인 냉정한 속내를 보여줌으로써, 그런 열정이 일시적이고 낭만적인 허상일 수도 있음을 신랄하게 폭로한다.[79] 서술자인 '나'의 이런 생각을 증명하듯이, 외삼촌 일가 중 한 아이가 '나'의 집에서 기르던 개에게 물리는 사건이 발생한다. 이들은 개에게 물린 사건을 통해 자기 삶의 전환점을 마련하기라도 하려는 듯이 돈을 뜯어내지 못해서 안달하고, '나'는 이들을 통해 "서로의 의혹이 맞닿거나 소통할 수 있는 길은 전무했다"고 생각하며, "도대체 어떻게 자라고 어떻게 살아온 인간들이기에 타인에 대해 그런 의혹을 품을 수"[80] 있는가 반문한다. 이로써 '나'는 이들의 삶에 배여있는 무조건적인 의심과 비열함을 혐오하게 된다.

그러나 '나'는 이런 심각한 내면심리를 접어두고, 공수병에 걸린 것인지를 관찰하기 위해 입원시킨 개를 찾으러 가서 원인이 분명치 않은 울음을 터뜨림으로써, 이야기는 또 다른 이야기로 전환된다. 자기를 구박하던 주인을 평소에는 별로 따르지 않던 개가, 데리고 나오는 순간 '나'의 품에 찰싹 붙어서 마냥 기뻐하는 모습을 보고 통곡을 한 것이다. 이것은 그런 식으로 매달리고 빌붙어야 살 수 있는 비열한 태도에 대한 "비애" 때문이었다.

---

79) 박완서는 「재이산」이라는 작품을 통해서 이산가족 찾기의 열정이 한 순간의 낭만적 감상일 수 있음을 여실히 드러낸 바 있다.

80) 박완서, 「비애의 장」, 『현대문학』, 1986. 2, 155쪽.

지금 울고 있는 건 사랑 때문이 아니라 비애 때문이었다. 그러나 젊디젊은 수의사가 그것을 어찌 알 수 있으랴. 인간의 첩첩하고도 깊고 깊은 오지(奧地)에 있는 그 알 수 없는 비애(悲哀)에 대해 나 또한 그것을 막아내지 못해 통곡했을 뿐 거기에 대해 무엇을 안다고 할 수 있으랴. (「비애의 장」, 158쪽)

이 느닷없는 "통곡"은 작품을 구성하는 연관성 없는 삽화들을 인물의 내면의식에서 연결시킨다. 주인공은 각각의 일화들을 무작위적으로 나열해가는 듯 하다가, 개에 관한 일화를 통해 화두를 던지듯이 "인간의 첩첩하고도 깊고 깊은 오지(奧地)"라는 비유를 쓰면서 자신이 느낀 비애를 설명하는 것이다.

쇠창살로 된 가축병원에 입원해 있었던 개는 그곳에서 벗어날 유일한 통로로 '나'를 인식했던 까닭에 "몇 년 동안 길렀지만 머리 한 번 쓰다듬어준 적이 없"는 '나'에게 안겨서 갖은 애교를 부리며 아부한다. '나'의 비애는 수의사에게 "개의 처분을 부탁하려"던 '나'의 마음도 모르고, 자신을 데려갈 것으로 여겨 생전 안 하던 짓을 하며 기뻐하는 개의 돌변한 태도에서 나온 것이다. '나'는 "눈부신 선회"로 보이기까지 하는 개의 돌변한 태도를 통해 혼자 힘으로는 삶에 적응할 수 없어서, 조그마한 힘에라도 기대어 살아갈 방도를 모색할 수밖에 없는 약자들의 삶을 생각한다. 즉 사회적으로 소외된 사람들의 생존방식이라 생각하면서 비애를 느끼는 것이다. 그리고 이전의 이야기들은 한순간에 실에 구슬이 꿰지듯이 하나로 모아진다.

노교수인 지평묵과 그 부인인 김복실 여사의 작은 선물을 거절하지 못하고 큰 혜택이나 받은 것처럼 굽실대는 제자들, 고아로 살다가 우연히 찾게된 가족들에 대한 애정보다는 그들이 얼마나 부자인가에 관심을 가지는 가난한 사람들, 또 역으로 그렇게 자신이 누리고 있는 안온한 삶에 방해가 될까봐 못 본 척하거나 의심하는 사람들,[81] 이들은 모두

이 한 마리 개의 돌변한 태도처럼 힘없고 소외된 사람들의 비열함과 같은 처지라 생각하는 것이다. '나'의 통곡은 이 비열함에서 느끼는 비애 때문이다.

이 인물들이 일상적으로 겪게되는 극심한 내면갈등은 앞 절의 작품들처럼 인물들이 어떤 식으로든 자기의 모습을 가장하거나 억압하고 살아야 하는 문제와 연관된다. 자신의 '내적 자아', 즉 이면으로서의 '내면'을 알게되면 될수록 그것으로 인해 내면갈등이 극심해지고, 그럴수록 인물은 더 자기 자신을 은폐하지만 내면갈등을 통해 인물의 진정성도 확인된다는 역설적인 성격화방식을 취하는 작품들이다. 그러나 이 '뭉뚱그리기' 구성의 작품들은 인물의 성격이 형성되는 과정을 중심서사로 삼지는 않는다. 일상화된 삶의 허위성을 단편적으로 나열하는 서사이다. 그런 점에서 이 둘은 단편소설과 장편소설의 장르적 차이와도 연관된 인물성격화방식, 혹은 서사라 할 것이다.

1960~70년대의 삶을 지배했던 성장 이데올로기나 분단 이데올로기 등은 삶의 규범과 금기를 철저히 구획해놓고 제도적으로 혹은 강압적으로 이를 내면화했다고 할 수 있다. 따라서 사회적으로 소외된 사람들은 이 규범의 허위성을 알면서도 그 권위에 순응할 수밖에 없었던 것이다. 이들은 소외되는 삶에서 소외되지 않으려고 안간힘쓰는 자기의 비열함을 자각하면서도 그런 삶에서 벗어나지 못한다. 사회적 약자들이어서 사회적 규범에서 일탈할수록 소외되기 때문이다. 그래서 이 비열함은 자아의 '이면'(억압된 자아)인 것이다.

'뭉뚱그리기' 구성 속의 인물들은 모두 이 약자들의 삶의 방식으로 살아간다. 규범의 허위성을 알고있으면서도 받아들임으로써 내면의 강

---

81) 『그해 겨울은 따뜻했네』의 수지와 수철의 '못 본 척'과, 「재이산」의 형님이 보여주는 냉정하고 계산적인 태도와 이 가족들의 태도는 여기에 해당할 것이다.

한 자의식을 숨기고 살아간다. 오직 내면의 극심한 갈등이나 허위적 자아를 의식하는 자의식으로만 자신의 진정성을 입증할 수 있는 역설 속에 있는 인물인 것이다.

앞 절의 인물들은 극적인 계기를 통해 억압된 자아를 발견하고 내면 갈등을 겪는다. 작품은 자기발견의 서사를 중심으로 이루어져 있다. 자기발견과 동시에 자기를 은폐할 수밖에 없는 역설성이 자기인식의 서사적 특성이 된다.

반면에 이 절에서 다룬 작품들은 인물의 위선적 삶의 방식이 전면화되어 있는 삶의 순간(일상의 순간)을 서사화한다고 할 수 있다. 인물들은 자기발견/은폐의 역설을 이미 자기 삶의 방식으로 내면화해서 살아간다. 그래서 자기발견은 그다지 중요하게 다루어지지 않는다. 위선적 삶이 지속되어야 하는 '현실'의 힘이 부각된다. 이들은 '억압의 체험'을 통해 체념을 내면화하고 있으며, 어떻게 해서든지 규범적 자아에 동일화된 삶을 살아내려고 안간힘 쓰는 것이다. 따라서 '뭉뚱그리기' 구성은 이들이 체념할 수밖에 없는 삶의 상황을 예각화시키는 서술방식이라 할 수 있다. 이런 저런 이야기들을 한껏 늘어놓고 결국 그런 이야기들이 수도 없이 연결되듯이 일상의 허위성이 지속됨을 드러내는 서술방식은, 이런 삶을 받아들일 수밖에 없다고 생각하면서 체념하는 자기의 비열함에 대한 자의식을 낳는다. 이는 허위적 일상의 심각함과 지속성을 환기시키는 '뭉뚱그리기' 구성의 인식적 효과이다.

3. 반성적 자의식과 서술의 〈매개성〉

박완서 소설에는 사소한 심리묘사나 일상적인 사건들을 장황하게 늘어놓는 서술이 많다. 이 사소하고 장황한 서술들은 인물의 성격을 통하여 "반전과 깨달음의 구조"가 되기도 한다. 그렇지만 인물이 스스로 반성적 깨달음에 이르는 경우는 많지 않다. 인물 스스로 자기 삶을 객관화시키고 각성하는 것이 아니라 인물의 혼란스러운 삶을 알고 있는 서술자의 시선에 매개되어 독자의 반성이나 비판의식이 유도되기 때문이다.

다시 말해, 인물이 내면적 자아의 면모를 통해 성격화된다고 할 때, 인물은 억압된 자아를 의식하려는 혼란스러운 자기인식을 형성한다. 혼란이 그 자체로 결정적 내면체험이 됨으로써 자기 삶을 객관화시키고 자각하는 인물 자신의 반성적 인식보다는, 이를 바라보고 서술하는 서술자의 판단이나 독자 스스로의 독서체험을 통해 반성은 유도된다. "반전과 깨달음의 구조"란 이와 연관된 구성적 특성이다. 사소한 일상사 가운데에서 극심한 긴장감을 자아내는 서술방식으로 독자의 호기심을 자극하다가 그 긴장감의 실체를 드러냄으로써 깨달음을 유도한다. 인물 스스로의 반성이라기보다 전체적으로 소설이 자아내는 미적 효과로서의 반성과 깨달음인 것이다. 박완서 소설들에서 반성은 주로 독자의 몫인 것이다.

이 장에서 다룰 서술의 〈매개성〉은 인물 스스로의 반성적 인식을 매개하는 인물 성격화방식을 뜻한다. 반성적 인식은 삶을 객관화하고 총체화할 수 있는 자아의 인식능력과 관련된다. 앞에서 살펴보았듯이, 박완서 소설의 인물들은 허위의식의 내면화가 심해서 쉽게 자기 삶의 허위성조차 자각하지 못하기 때문에 반성적으로 자기를 객관화시키지 못한다. 따라서 억압된 자아가 요동치는 내면에 대한 집요한 탐색과 가차없는 자기폭로와 같은 서사적 매개를 필요로 하는 것이다.

서술자가 작중인물로 등장하여 매개적 인물을 통해 자기 삶을 반성하거나, 회상적 내면진술이나 대상을 향한 혼잣말이라는 서술행위를 매개로 스스로의 삶에 대해 반성함으로써 억압된 자아를 의식하게 된다. 이런 과정을 거쳐 서술자인 인물은 자기자신의 내면화된 허위의식을 자각하게 되고, 비로소 자기 삶을 객관화시킬 수 있게 되는 것이다.

이 소설들은 인물이 스스로 자기자신의 삶을 되돌아 보는 기회를 가질 수 있도록 하기 위해서 이야기 안에 또 다른 이야기를 내포하는 구성을 취한다. 이는 내화와 외화 같은 액자형식의 구성이며, 매개적 인물이나 회상형식 또는 대화성을 지닌 혼잣말이 매개가 되어 서술의 층위를 이중화시키는 매개적 서술방식의 구성적 특징이다.

이렇듯 반성적 서술은 속 이야기에 의해 매개된 겉 이야기에 해당하는 것으로서 서술의 겹(중)층을 이루는 동시에 겹구성이 되기도 한다. 서술의 층위들은 서로 관계되어 의미의 심층구조를 형성한다. 따라서 반성적 자의식은 심층의 의미가 만들어지는 상상의 공간과의 관계 속에서 형성된다. 서술의 매개성이 보다 복잡한 서술상황에 놓여있게 되는 것은, 의미가 구성되는 이 '상상의 공간'과도 관계가 있다.

1) '보살핌'의 매개성과 관찰자의 자기반성

'보살핀다는 것'은 몸의 감각이나 노동을 통해서만 가능한 구체적이고 개별적인 행위이다. 그리고 이 행위는 그 자체로 관계를 상정할 수밖에 없다. 보살핀다는 행위 속에는 보살피는 주체와 보살핌을 받는 객체라는 관계가 전제되기 때문이다. 이 행위는 보살핌을 받는 대상인 구체적이며 실체가 있는 타자 없이는 가능하지 않기 때문에 행위 주체는 타자를 반드시 의식하게 된다. 보살핌의 행위 주체는 자기 속에서 항상 타자를 발견할 수 있는 '관계를 통한 자기인식'을 자각할 가능성이 큰 것이다. 박완서 소설에서 보살핌을 문제삼는 것은 이런 '관계적 사유'를 인간관계의 본질로 발견함으로써 이기적이고 속물적인 자기 삶을 반성하는 계기가 되기 때문이다.

그렇지만 박완서 소설에서 '보살핌'의 행위주체가 반성적 주체로 형상화되지는 않는다. 다만 누군가를 보살피며 살아가는 인물을 매개로 서술자가 자기를 반성한다. '보살핌'의 삶을 자기발견의 계기로 삼음으로써 자기를 반성하게 되는 것이다. 또한 역으로 '보살핌'의 행위는 그 삶을 관찰하는 관찰자의 내면의식, 혹은 반성적 자기인식을 통해 의미부여된다. 즉 인물의 반성적 자기인식에 포착되지 않았을 때 보살핌의 삶은 그저 억척스러운 삶으로 드러날 뿐이지만, 이 자기인식이 매개됨으로써 보살핌의 삶은 의미 있는 것으로 주목받게 된다. 따라서 보살핌의 행위를 둘러싼 서술자의 반성적 서술이 중요하며, 보살핌의 의미가 그 자체로서 드러나지 않고 인물의 반성적 인식을 매개한다는 점이 중요해진다.

① '보살핌'과 모성 이데올로기의 차이

박완서 소설에서 '보살핌'은 '모성'과 겹쳐있다. 그래서 '보살핌'은 생명력 넘치는 모성의 형상으로 이해된다. 그러나 박완서 소설에서 모성은 좀 다른 맥락에서 다루어지기 때문에 이 둘을 구별할 필요가 있다. 대표작으로 알려져 있는 「엄마의 말뚝」(이하 「말뚝」) 연작이나 작가의 체험적 사실을 바탕으로 한 어머니의 이야기들은 모성 신화를 비판한다. 박완서 소설에서 모성은 대표적인 이미지이기도 하지만, 한국 사회에서 모성이 처한 이중성을 드러내는 계기로서 서사화된다.[82]

'억척모성'은 식민지와 전쟁을 겪은 한국 근현대사에서 자식들을 위해서 자기의 삶을 다 바치는 희생적인 모성의 면모이기도 하지만, 자식을 통해서 비로소 자신의 사회적인 의미를 확인하려는 어머니들의 일

---

82) 대표작으로 거론되는 「엄마의 말뚝」에 대한 평가나 이 작품을 통해 박완서 소설의 전모에 다가가려는 평론들을 통해서, '억척모성'이 박완서 소설의 대표적인 이미지로 인식되고 있음을 잘 알 수 있다.

반적인 삶의 방식이다. [83] 박완서의 「말뚝1」이 의미 있다고 한다면, 이
이중성을 포장하거나 미화시키지 않고 직시하려 했다는 점 때문이다.
「말뚝1」의 어머니는 자식을 위해서 무조건 희생만 하는 어머니라기보
다 아들의 출세를 통해 자신의 허영심을 채우려는 어머니이다. 이 억척
스러움은 척박한 삶을 풍요롭게 하는 생명력, 혹은 근검절약의 근대화
논리 속에 있다. 또 자기자식의 안전과 출세만을 생각하는 이기주의와
보수성이기도 하다. [84] 그런 점에서, 이 작품의 주제는 희생적인 모성이
나 모성의 생명력이기보다, [85] 자식을 통해 자기의 욕망을 실현하려는
모성의 허영심을 드러냄으로써 당대의 삶을 문제시하려는 것이다. [86] 이
는 한국 근현대사를 관통해 온 어머니들의 이중성을 드러내면서, 속물
적이고 이기적인 삶을 이상적인 것으로 내면화하고 있는 어머니의 허
위의식까지 포착해낸다. 자식을 보살피는 어머니의 삶은 가부장제 이
데올로기와 근대화를 지나오면서 이기적이고 속물적인 어머니로 변모
한 것이다. 박완서 소설의 대표적인 이미지를 형성하고 있는 「말뚝1」은
'모성'에 대한 신화를 제거하고 '모성'의 실체에 접근하려는 현실주의
적 태도가 돋보이는 작품인 것이다. 즉 이 작품은 규범의식의 허위성을
비판하는 박완서 소설의 특성을 집약적으로 보여준다. 이 점이 모성신
화를 기반으로 한 '모성서사'와 다른 점이다.

　일반적으로 '어머니'는 주로 자식과 가족을 위해 희생하는 인물로

---

83) 조혜정, 『한국의 여성과 남성』, 문학과 지성사, 1986, 92–93쪽 참조.
84) 권명아, 「박완서 문학 연구」, 『작가세계』, 1994. 겨울, 334쪽 참조.
85) 이선영, 「세파 속의 생명주의와 비판의식」, 『그 가을의 사흘동안』, 나남, 1985, 413
　　쪽 참조.
86) "어머니가 세운 신여성이란 것의 기준이 되었던 너무 뒤떨어진 외양과 터무니없이
　　높은 이상과의 갈등, 점잖은 근거와 속된 허영과의 모순, 영원한 문 밖 의식, 그건 아
　　직도 나의 의식내용이었다"(「말뚝 1」)고 회상하는 회상적 자아의 자기인식으로 볼 때,
　　이 소설은 어머니의 삶이 자기의 삶에도 그대로 이어져 있는 근원적인 것임을 사유하
　　는 자기탐색의 서사라 보는 것이 더 적절할 것이다.

형상화된다.[87] 그것은 모성이 인간 개체의 삶으로 받아들여지는 것이 아니라, 어머니이면 누구나 사랑과 나누어줌의 자질을 선천적으로 갖고 있다는, 어머니에 대한 고정관념을 형성한다. 따라서 전후 소설사에서 발견할 수 있는 희생적인 모성의 모티브는 '모성'을 신화화함으로써 자식들을 보살피고 집안 일을 꾸려나가는 '뒤치다꺼리'[88]를 여성들의 일인 것처럼 생각하게 하려는 가부장제 이데올로기와 분리시켜 생각할 수 없다. 「말뚝」을 중심으로 한 박완서 소설의 모성 형상은 바로 이를 비판하는 것이다. 박완서 소설은 이렇게 신화화되는 모성의 이미지를 현실의 맥락에서 재구성함으로써 모성의 실체, 즉 가족 사랑이 가족 이기주의[89]가 될 수도 있는 모성의 '이기성'을 드러낸다.

그러나 박완서 소설의 모성 이미지는 모성의 이기성이나 허위의식을 비판하는 것만은 아니다. 모성 신화를 비판하는 가운데, 모성을 통해 지향하는 어떤 가치를 중요하게 포착해낸다. '보살핌'은 바로 모성 이데올로기를 비판하는 가운데 미묘하게 잠재되어 있는 박완서 소설의 지향점을 해명하기 위한 개념이다.

박완서 소설에서 모성이 의미있는 것으로 제시될 때는 모든 어머니들이 그렇게 살아야한다는 것이 아니라, 자기를 덜어서 나누어줌으로써 자기를 실현하는 하나의 삶의 방식을 보여주기 위한 것이다. 이런 삶을 어머니들이 추구해야할 것으로 이상화하는 것이 아니라, 모든 사람들이 지향해야 할 가치로운 삶의 방식으로 제안하고 자기를 반성하는 계기로 삼으려는 것이다.

그렇지만 박완서 소설에서 보살핌의 삶은 인물의 내면이나 자기인식

---

87) 전후 많은 소설들은 모성의 희생적인 면을 신성시함으로써 모성신화를 조장한다. 이재선, 『한국 현대 소설사』, 112~114쪽 참조.

88) 조혜정, 「가정과 사회는 여성의 힘으로 되살려질 것인가」, 『또하나의 문화』, 또하나의 문화 6호, 1990, 63쪽 참조.

89) 김동춘, 「가족 이기주의」, 『역사비평』, 1999. 여름 참조.

을 중심으로 형상화되지는 않는다. 「말뚝」을 통해서 알 수 있듯이, 자기인식을 중심으로 인물이 형상화될 때 작품은 보살핌의 의미를 부각시키기보다 가족 이기주의의 모성을 비판하게 된다. 그래서 대부분 '보살핌'은 인물의 생각보다는 야성적이고 억척스러운 형상[90]으로만 드러난다.

보살피는 자의 자의식을 중심으로 한 작품도 있다. 「지알고 내알고 하늘이 알건만」의 성남댁은 누군가를 보살피며 살아가는 인물을 형상화하면서도, 인물의 내면 목소리가 드러난 유일한 작품이다. 그러나 성남댁은 자신만이 알고있는 보살핌을 통해 갖게 된 소중한 체험이 속물적인 현실의 맥락 속에 놓임으로써 자신의 삶이 오해되고 전도되는 실상을 접한다. 고생스러웠지만 보람있었던 자신의 소중한 체험이 사람들에 의해 속화되는 것을 견디지 못하고 그로 인해 받을 수 있는 보상마저도 팽개치고 속물적 삶을 야유하며 떠난다. 마지막 장면에 성남댁이 내뱉는 욕설과 엉덩이짓은 자신의 진실을 드러낼 수 없는 상황에 대해 성남댁이 할 수 있는 유일한 저항의 포즈다. 이 작품에서도 보살핌의 삶은 욕설이 심하고 억척스러운 야성적인 면모를 통해 형상화되고 있지만, 세련된 도시적 삶의 위선과 이기주의와 대비되어 내면적 순수함이 부각되는 정도로만 그려진다. 이것은 도시적 삶의 위선과 속물성을 부각시키기 위해 이들의 모습을 야성적이고 토속적으로 유형화시키려는 소설적 의도 때문이기도 할 것이다. 오히려 이 자기인식의 의미는 『살아있는 날의 시작』의 청희에게서 찾아볼 수 있다.

친척 여자들이 극성스럽게 인철의 잘 못 없음을 증언할수록 그 여자는 인

---

90) "얼굴은 옹기 빛깔로 새까맣고", "가슴을 늘 몽당치마의 치마끈으로 칭칭 동이고", "입으론 끊임없이 욕지거리를 투덜대며"(「흑과부」, 『신동아』, 1977. 2, 423쪽) 등 대부분 외양묘사로 성격화된다.

철의 잘못을 용서할 수가 없어졌다. 그 여자는 댓가를 치르는 일로부터 너무도 안전하게 보호된 남자의 잘못에 홀로 분개했다.

이렇게 경직된 그 여자의 마음에도 문득문득 인철을 용서할 수 있는 가망이 비칠 적이 있었다. 그 여자는 인철과 헤어질 준비로 인철의 사계절 옷가지를 모조리 손보고 있었다. 겨울이면 집에서 즐겨 입는 한복을 뜯어 빨아 햇솜을 두어 새로 짓기도 하고, 음력설에 입도록 새걸로 한 벌 장만하기도 했다. 여름이나 춘추내복 중 낡은 건 걸레를 만들고, 터진 건 꿰매고, 몇 벌은 새로 장만하기도 해서 넉넉하게 챙겨 놓았다. 또 미장원에서 틈나는대로 조금씩 뜨던 인철의 털스웨터를 마무리짓기 위해 밤늦도록 뜨개질을 하기도 했다.

이런 일속엔 그 여자가 도저히 거역할 수 없는 가정적인 행복에의 유혹이 있었다. 그런 유혹은 깜박깜박 오는 졸음처럼 그 여자를 감미롭게 유인하기도 하고, 깊고 깊은 수마(睡魔)처럼 그 여자를 통째로 빨아들여 흐느적흐느적 녹아들게도 했다. 그건 정말 놓치기 아까운 화평이요 행복이었다. 그걸 놓치지 않는 방법은 간단했다. 용서해라 용서해. 이번 한번만 눈 딱 감고 용서하면 졸음처럼 감미롭고 몽롱한 행복은 영원히 너의 것이다. 그런 자신의 내부의 속삭임은 친척 여자들의 수다스러운 충고의 몇 배나 되는 설득력을 지닌 것이었다. (『살아있는 날의 시작』, 동아일보, 1980. 5. 29)

『살아있는 날의 시작』의 마지막 부분이다. 주인공 문청희는 가부장적인 남편 인철의 뻔뻔스러운 태도를 견디지 못하고 이혼을 준비한다. 『살아있는 날의 시작』은 이 청희의 이혼이 필연적인 결과라는 것을 의심할 수 없도록 청희의 인철에 대한 혐오감과 견딤을 그려가는 이야기이다. 인용문은 결국 청희가 남편의 세계와 결별할 수밖에 없는 마음을, 그리고 그 선택의 어려움을 드러낸다. 청희는 이혼을 준비하면서 먼저 집안 일을 꼼꼼히 챙긴다. 어디 며칠 나들이 갔다가 올 것처럼 자신이 하던 일들을 챙기는 것이다. 그렇게 하면서 그 일들이 그녀에게 주었던 의미를 회상한다. 그것은 "친척 여자들이 극성스럽게 인철의 잘 못 없음을 증명"할 때마다 새롭게 분개하던 것과 달리, "그 여자가 도저히 거역할 수 없는 가정적인 행복에의 유혹"이다.

만일 일상적인 일들에서 느끼는 청희의 즐거움이 내면화된 이데올로기, 즉 허위의식이라면, 이 여성의 내면에 자리잡고 있는 이데올로기의 허위성을 드러냄으로써 이 유혹의 허구성도 단번에 드러날 것이다.[91] 그러나 청희의 문제는 이같이 단순하지 않다. 그렇기 때문에 서술자는 이혼을 생각하는 결정적 순간에 이 반복적인 가사노동을 즐거움으로 회상하는 청희의 내면을 세밀하게 묘사한다. 십 여 년의 결혼생활 동안 반복된 가사노동의 이중성과 이를 인식하는 청희의 복잡한 심리는 청희의 갈등을 대변하는 것이다.

날마다 해마다 반복되는 가사노동은 여성들의 삶을 옭아매고 있는 굴레이다. 그러나 경제적 공동체이면서 주로 혈연으로 이루어진 가족 관계에서 청희가 가족들을 위해 맛있는 음식을 만들고 따뜻한 스웨터를 짜는 일은, 먹는 사람이나 입는 사람에게 화폐를 받고 지불되는 노동과는 질을 달리하는 노동이다. 아내가, 또는 어머니가 하는 가사일은 남편과 자식에게 애정과 관심을 실어서 행하는 일인 것이다. 자본주의 사회에서 노동의 주체와 객체가 서로 소외되지 않는 노동이 예술적 경지에서나 겨우 가능한 것을 생각해 볼 때, 아내와 어머니가 가족들을 생각하며 수행하는 노동은 그만큼 의미있는 것이다. 이 작품의 주인공 청희는 그걸 알고 있다. 그녀는 이런 주객합일의 경험을 행복한 시간으로 기억하고 있으며, 남편의 외도에 홀로 분개하고 이혼을 위한 "고독

---

91) 강금숙은 이런 청희의 심리를 "인간의 소외를 위해 벗어나야 할 그의 에고, 욕망, 이기심과 같은 소유에의 집념"이라는 가족 이기주의로 치부하며, 이보다는 인간적인 능력의 회복을 요구한다.(「박완서 소설의 공간에 나타난 여성의식」, 『이화어문논집』, 1989, 10호, 620쪽 참조) 이는 청희에게 내면화된 허위의식만을 문제삼는 시각이라 할 수 있다. 그러나 청희의 이 내면심리는 보다 복잡한 삶을 내포하고 있다.

한 투지"를 다지는 비장한 순간에도, 이 경험은 "깊고 깊은 수마처럼 그 여자를 통째로 빨아들"이는 "유혹"이 된다. 이 순간 청희는 남편에 대한 사랑이 아니라, 이 경험의 기억 때문에 이혼을 하려는 자신의 결심이 무너질지도 모른다고 동요한다.

그러나 이것은 청희의 삶에서 감미로운 졸음의 유혹일 뿐이다. 청희의 삶은 가부장적 이데올로기의 맥락에서 벗어날 수 없기 때문이다. 이런 일들이 여성들만의 일로서 규범화되어 있는 사회에서 청희는 이 노동의 즐거움과 가치를 그대로 누릴 수 없다. 그래서 다시 그 유혹으로 빠져드는 것은 잠깐의 환상일 뿐, 청희는 이혼을 단행한다.[92] 이 노동은 청희에게 즐거움을 느끼게 하는 일이지만 자본주의적 삶의 방식 속에서는 화폐로도 지불되지 않는 '하찮은 노동'으로 여겨지며, 게다가 하찮은 노동이어서 여성들이 하는 일로 여겨진다.[93] 청희는 개인적으로

---

92) 인용문의 심각한 내적 동요는 곧바로 이것의 실체를 자각하는 청희의 내면심리를 통해 자연스럽게 정리된다. "그러나 그 여자는 이런 수면(睡眠)의 늪 같은 행복감에 자신을 완전히 용해시키지 못하고 영락없이 거기서 한가지 사실을 건져내서 들여다보면서 소스라쳤다. 한가지 사실이란 그 단잠처럼 매혹적인 무사안일은 실은 무서운 배신을 감춘 사탕발림이라는 거였다. 뒷짐 진 손에 배신과 횡포를 감추고 한 손으로 내민 사탕은 그나마 언제고 필요에 의해 회수될지도 모르는 임시적인 거란 걸 그 여자는 알고 있었다. 그 여자는 의젓하게 다시 헤어질 준비를 했다."(박완서, 『살아있는 날의 시작』, 동아일보, 1980. 5. 29)

93) 「환각의 나비」의 영주의 동생은 어머니의 가사노동과 연관시켜 어머니를 그리워하는 영주 남편의 말에 "부리던 식모가 나갔어도 그보다는 듣기 좋은 소리를 할거"(「환각의 나비」, 『문학동네』, 1995. 봄, 216쪽)라고 말한다. 어머니의 가사노동에 대한 영주 동생의 생각은 가사노동이 '하찮은 노동'이라는 편견이 개입된 것이라 할 수 있다. 가사노동은 하찮은 허드렛일이고, 그래서 그것을 담당하는 사람은 그 집안에서 제일 하찮은 사람이거나 비천한 사람이라는 인식은, 가사노동을 둘러싼 일반적인 견해다. 따라서 영주동생은 어머니의 가사노동과 연관시켜 어머니를 기억하는 것을 어머니에 대한 존경심이 없는 것으로 생각한다. 그러나 영주남편이 어머니의 음식 솜씨나 돌봐주는 손끝으로 어머니를 기억하는 것은 노동하는 사람과 받는 사람의 정서적 교감을 전제한다는 점에서 매우 자연스럽고 당연한 것일 수 있다. 그런 점에서 자본주의 사회에서 이 "하찮은 노동"은 실제로 이중의 소외에 있는 노동이지만, 인간의 이상적인

이 노동을 통해 행복을 느끼기도 하지만, 금방 이 이데올로기적 맥락
속에 놓임으로써 소외될 수밖에 없는 것이다.

그러나 이런 노동의 즐거움이 우리 삶에서 그 자체로 허상에 그치는
것은 아니다. 청희가 그 노동의 즐거움에 매혹되는 것은 바로 그것이
사람들을 서로 관계할 수 있게 하는 행위이기 때문이다. 이런 즐거움을
통해 구체적인 관계 속에서 자기를 확인하는 친밀성[94]을 체험할 수 있
기 때문이다.

사랑하는 사람들을 상상하면서 일을 하고 그 일이 사랑하는 사람들
에게 기쁨이 된다고 상상할 수 있을 때, 그 노동의 주체에게 노동은 사
랑하는 사람과 상관 없이도 즐거울 수 있다. 게다가 노동의 대상(결과

삶을 생각해볼 때, 가장 중요한 관계의 모델이 될 수도 있는 역설적인 것이다. 김영
희, 「가사노동에 대하여」, 『여성과 사회』, 창간호, 1990. 조혜정, 「가정과 사회는 여
성의 힘으로 되살려질 것인가」, 위의 책, 참조.

94) 각자의 개성이 중시되는 현대사회일수록 부부관계를 비롯한 가족관계가 개인들의
삶을 소외시키고 억압하는 근원이 되고 있음에도 불구하고, 끊임없이 이런 가족관계
속에서 자기를 확인하려는 욕구 또한 강해진다고 할 수 있다. "개인화는 남자와 여자
들이 헤어지도록 몰아가고 있는지도 모르나 그것은 또한 역설적으로 양쪽을 서로의
품 안으로 다시 밀어넣고 있기도 하다."(울리히 벡, 강수영·권기돈·배은경 옮김,
『사랑은 지독한 그러나 너무나 정상적인 혼란』, 새물결, 1999, 73쪽) 또한 개인화에
맞추어서 친밀성은 새로운 구조 속에서 인식되고 추구된다고 할 수 있다. 즉 관계를
형성하는 각자가 "관계에서 얻는 혜택이 관계의 지속을 가치롭게 만들만큼 충분히 크
다는 데 대한 당사자 모두의 인정"을 기반으로 관계가 이루어지기 때문이다. (앤소니
기든스, 황정미·배은경 옮김, 『성·사랑·에로티시즘─친밀성의 구조변동』, 새물결,
1996, 116-119쪽) 이는 사랑하는 관계 속에서 자기를 확인하려는 욕구라 할 수 있는
데, 가족관계를 둘러싼 이데올로기를 생각할 때, 가족관계는 이를 가장 쉽게도 어렵
게도 하는 이중성에 처해 있음을 알 수 있다. 따라서 가족관계에서의 소외는 '가족(부
부)관계'를 친밀성과 관련된 삶의 문제가 가장 극명하게 드러나는 시금석으로 삼을 수
있게 한다.(미셸 바렛·매리 맥킨토시, 김혜경 옮김, 『가족은 반사회적인가』, 여성사,
1999, 65-74쪽, 서동진, 「가족 담론의 역사적 사유를 위하여 2─파시즘 욕망의 거
처, 가족」, 연세대대학원신문, 2000. 3. 8 참조) 박완서 소설은 가족관계의 소외를 다
루고 있지만, 그럼에도 불구하고 가족관계를 희구하는 인물의 삶을 통해 '가족'을 긍
정할 수밖에 없는 어려움도 드러낸다.

물)이 사랑하는 사람에게 그대로 전이될 때, 그 즐거움과 기쁨은 배가
될 수 있다. 사랑하는 사람들과 맺어진 가족관계라 할 때, 그 가족관계
에서 이런 노동은 대부분 '보살핌'의 행위가 될 것이고, '보살핌'은 이
관계 속에 있는 사람들에게 '친밀성'을 체험하게 할 것이다. 또한 보살
핌의 행위 주체 뿐만 아니라 행위 객체에게도 똑같은 정서적 친밀성을
가져다 준다는 점에서 관계 속에서 자기를 확인할 수 있는 행위가 된다.

> 이제 그만 데면데면하게 굴어도 될 만큼 머리가 커진 후에도 아이들은 할
> 머니가 만든 반찬이 특별히 맛있다든가, 즈이들이 늦게 들어올 때 안 자고
> 기다리다가 문 열어주고 먹고 싶은 것까지 챙겨줄 때면 답례처럼 서비스처
> 럼 으레 할머니한테 엉겨붙는 장난을 치곤 하는 것이었다. 그렇다고 아이들
> 에게 계산된 간교함이 있는 건 아니었다. 아이들에게도 노인에게도 행복한
> 장난 이상도 이하도 아니어서 보고 있으면 절로 미소가 떠오르곤 했다. 남
> 보기에도 여실히 느껴지는 상호간의 그 완벽한 행복감 때문에 슬그머니 샘
> 이 날 적도 있었지만 섣불리 흉내를 내보고 싶어한 적은 한번도 없었다. 영
> 주는 낳기만 했지 아이들은 순전히 할머니 손에서 자랐다. 노인에겐 그 어
> 렵고도 장한 일을 한 이의 특권이랄까, 침범할 수 없는 당당함이 있었고, 아
> 이들하고의 자연스러움은 거의 동물적이었다. 여북해야 셋이서 그렇게 정
> 답게 굴고 있는 것을 볼 때마다 영주는 어머니의 붉고도 부드러운 혀가 아
> 이들을 핥고 있는 것처럼, 세 몸뚱이 사이를 따습고 몽실몽실한 털이 감싸
> 고 있는 것처럼 느끼곤 했을까. (「환각의 나비」, 문학동네, 1995. 봄, 193-
> 194쪽)

할머니와 어린 자식들 셋이서 행복해 하는 모습이다. 박완서 소설에
서 가슴 뭉클한 감동을 자아내는 이런 친화감을 상세하게 서술하는 경
우는 많지 않다. 오히려 모든 낭만적인 정서가 순간의 착각이라는 것을
각성시키는 낭만적 정서 이면의 속임수나 자기기만을 드러냄으로써,

이런 정서에 동화되는 것을 철저히 차단하는 서술이 지배적이다. 그런데 이 회상적 서술은 감동을 자아내는 가슴 뭉클한 장면을 그대로 전달하고 있다. 그 관계의 이면에 그 관계가 은폐하고 있는 속임수를 알리려하기보다 감동을 순수하게 전달하고 있는 것이다. 이 소설 전체에 걸쳐 영주의 어머니인 이 할머니의 보살핌의 행위가 갖고 있는 가치로움은 여러 번 반복된다. 그리고 보살피는 행위의 주체인 할머니에게 뿐만 아니라, 그 가족들에게도 할머니의 소중함이 이 노동의 소중함과 연관되어 회상된다.

할머니의 자질구레하고 세심한 배려가 손주들에게 기쁨을 줌으로써 할머니 역시 기뻐하듯이, 장모와 같이 사는 것을 "여자들이 시어머니 모시고 산다는 소리와 다르지 않게 떳떳하게" 하는 영주의 남편은, "아주 슬픈 얼굴로 어머니가 신 총각김치 줄거리를 넣고 지진 청국장 생각이 간절하다"며 집 나가 소식을 모르는 어머니를 그리워한다. 또 딸인 영주 역시 "빨래를 다림질해놓은 것처럼 얌전하게 개키는 어머니"[95]를 생각할 때 어머니가 간절히 그리워진다고 말한다. 이들은 모두 어머니와 자신이 나눈 관계 속에서 어머니를 그리워하고 있다. 어머니의 보살핌의 행위는 이미 어머니의 것만이 아니라 어머니의 것인 동시에 그것을 받아들인 사람들의 것이 되어버린 것이다. 따라서 이들은 한결같이 어머니를 통해 자기 자신을 생각하는 것이며, 어머니와 함께 어울렸던 시간을 기쁨으로 기억하는 것이다.

사실 모든 행복한 관계에서 이런 정서적 교감을 발견할 수 있다. 음식을 만들며 음식을 먹는 사람과 교감한다는 것, 빨래를 개며 옷을 입을 사람과 교감한다는 것, 이것은 사람들의 정서적 충일감을 고조시킬 뿐 아니라 이 노동에 가치를 부여하기도 한다. 노동이 노동 주체에게

---

95) 박완서, 「환각의 나비」, 217쪽.

이렇게 의식될 때, 그것은 이상적인 자아실현의 노동행위가 될 수도 있기 때문이다.[96]

그러나 이것은 상호적인 교감을 나눌 때에만 가능한 것이다. 같은 노동이라도 가사노동은 교감이 이루어지지 않을 때는 당장에 소외된 노동, 그것도 이중으로 소외된 노동이 되기 때문이다. 보살핌의 행위는 가족관계를 통해 가장 가치로운 것이 될 수도, 가장 하찮은 것이 될 수도 있는 노동인 것이다. 그래서 가사노동이 부불노동이며 재생산노동인 자본주의적 삶에서 이 노동의 의미는 극단과 극단에만 있을 뿐이며, 이 노동이 하찮은 것이 될 때 이중의 소외에 처하는 것이다.[97]

가족관계가 사랑함으로 보살피고자 하는 '의식' 속에 이루어지고 있는 한, 이 '보살핌'의 의식은 사람들에게 자본주의적 소외를 이겨낼 수 있는 계기일 수 있다.[98] 그러나 가족 관계에서부터 소외를 경험하게 되는 자본주의적 삶에서 이런 정서적 감동의 순간은 좀처럼 현실적이지 않다. 박완서 소설에 이런 관계가 거의 없는 것은 현실이 그렇지 않다고 판단하기 때문이다. 모성의 생명력을 드러내기보다 모성의 이기심과 속물성을 비판하는 소설들을 통해 잘 알 수 있다. 그럼에도 불구하고 끊임없이 이런 교감이 가능한 관계를 희구하는 것은 이런 관계를 이상적인 관계, 즉 가치있는 삶의 방식으로 여기기 때문이다.[99]

청희의 삶이나 영주 어머니의 삶에서 볼 수 있듯이, 이런 교감은 현

---

96) 이선미, 「어머니의 역사와 '늙은 엄마'의 진실」, 위의 책, 102-104쪽 참조.
97) 레오 뽈디나 포르뚜나띠, 윤종수 옮김, 『재생산의 비밀』, 박종철출판사, 1997, 41-50쪽, 미셸 바렛·매리 매킨토시, 위의 책, 79-85쪽 참조.
98) 앞에서 살펴본 소외체험의 여성들은 주로 가족관계의 단절감으로 소외를 극명하게 느끼는 인물들이며, 이들이 가족들을 보살피는 일에서 감각적으로 체험하는 혼란의 상황은 이 가족관계의 단절이 근본적인 소외감을 형성하고 있기 때문이다.
99) 청희와 시어머니의 관계, 청희와 친정어머니와의 관계 등에서 볼 수 있는데, 1990년대 이후로 오면, 이런 관계에 대한 형상화가 많아진다. 이것은 박완서 소설세계의 점진적인 변화의 하나라 할 수 있다.

실에서 거의 실현되지 못한다. 청희는 이런 유혹에 동요하지만 끝내 이혼을 단행하며, 영주의 어머니는 스스로 내면화하고 있는 아들네에서 살아야 한다는 가부장 의식 때문에 아들네를 찾아 수없이 가출을 시도한다. 보살핌의 삶은 그 행위가 주체의 삶에서 어떤 의미를 갖고 있는가와 상관없이 소외될 수밖에 없는 것이다.

보살핌이 이런 현실관계에 놓일 수밖에 없기 때문에 이 행위로 인한 행복한 순간은 보살피는 행위주체의 행복한 내면으로 드러나지 못한다. 「지알고 내알로 하늘이 알건만」의 성남댁이나 『살아있는 날의 시작』의 청희를 통해서 알 수 있듯이 보살핌으로 인한 소중한 체험은 하찮은 것으로 내면화되도록 억압된다. 그 삶을 행복한 것으로 느끼는 순간, 그 삶은 하찮은 것으로 이해되고 그 하찮음을 거부하기 위해 이런 행복한 체험을 억압할 수밖에 없는 것이다. 따라서 이들 자신은 이 삶을 소중한 것으로 체험하지 못한다. 그것을 바라보는 관찰자의 복잡한 내면, 즉 그 삶을 바라보며 그 삶의 가치를 가늠하는 시선과, 그 삶을 통해 자기 삶을 비춰보는 시선 등에 의해서만 이들의 보살핌은 의미있는 것으로 해석될 수 있을 뿐이다.

보살핌은 이를 관찰하고 사유하는 인물의 내면의식에 매개될 때만 의미를 갖게 된다. 이 삶의 소중함을 알고 있고, 이들의 삶이 부정되는 '현실'을 문제삼는 반성적 자아의 자기인식 과정을 통해서만 의미있게 된다.

② '보살핌'을 가치있는 것으로 서술하는 성격화방식

열쇠로 대문을 따기전에 먼저 우편함에 손을 넣어 보았다. 밖에서 우편함에 손을 넣을 때마다 알이 큰 가짜 비취반지가 걸치덕댔다. 그 조그만 장애 때문에 그 밑에 뭐가 있을 것 같은 막연한 기대가 일순 타는 갈망으로 변했다. 나는 허둥대며 손에 든 걸 반지 낀 손으로 옮겨들면서 다른 한 손을 우편함 속 깊숙이 밀어넣었다. 조급하게 끄집어낸 건 숯불갈비집 신장개업 광고와 네 절로 접은 갱지(更紙)였다.

…… (중략) ……

어쩌면 안방에서 나의 시체가 썩어가고 있을지도 모른다는 터무니없는 생각까지 들고부터 그 냄새는 고약할 뿐만이 아니라 무서웠다. 내가 살아 있다는 증거는 무엇이란 말인가. 나로 인해 기뻐하거나 괴로워할 사람도, 내가 사랑하거나 미워할 사람도 없는 집구석에서 말이다. 먹고 마시고 숨쉬고 소리내는 나의 인기척을 타인에 의해 확인시킬 수도, 타인의 인기척을 감지할 수도 없는데 어떻게 내가 살아 있다는 걸 믿을 수 있을 것인가. 내가 살아 있다는 게 의심스러울수록 안방 아랫목에서 나의 시체가 썩어가고 있을지도 모른다는 혐의는 짙어만 갔다. (「저물녘의 황홀」, 『숨은 손가락』, 문학과지성사, 1985, 13-14쪽)

「저물녘의 황홀」의 도입부이다. 환갑이 넘어서 혼자 사는 할머니의 외로움이 잘 드러난다. 인물은 심각한 내면의 동요를 겪고있다. "내가 살아있다는 증거는 무엇이란 말인가"처럼 형이상학적인 사유를 동반한 동요이다. 하지만 이런 질문을 던지고 자신의 일상사를 서술해 나가는 인물을 따라가다 보면, 이 인물이 그저 평범한 환갑 넘은 어머니이고 내적 동요는 혼자 사는 외로움일 뿐이라는 것을 알게 된다.

이어지는 '나'의 서술은 자식들이 모두 미국으로 가버리고 혼자 된 노인의 외로움과 죽음에의 공포, 자식에 대한 그리움을 설명해준다. 두 아들은 이미 수년 전에 이민을 갔고, 딸마저 두 달 전에 결혼해서 미국으로 떠나버렸다. 미국으로 간 자식들은 하나같이 "아이들을 위해서"라는 핑계를 대며 미국에서 눌러앉아 살 뜻을 보내왔고, '나'는 "너무 일찍 삶의 목표를 아이들을 위해 이양해버린 아들들한테 분노를 느끼"고 자기자식들만 생각하는 자식들에게 배반감을 느낀다. 인물이 일상적 행위에서 심각하게 감지하는 감각은 바로 이 소외에서 비롯된 것이다.

혼자 사는 외로움과 죽음에의 공포를 이기지 못해, '나'는 죽을 수 있는 병인 "암"에 걸려 자식들이 달려오기를 꿈꾼다. 그러나 "꾀병"일 뿐이라는 진단을 받고 돌아오는 길에 우편함에 손을 넣으며, 이런 심각한 느낌을 갖는 것이다. 이로써 "무엇인가 있을 것 같은 기대"로 허둥될 정도로 기다린 것은 바로 자식들의 편지임을 알 수 있다.

그런데 이 인물은 과거의 기억을 통해 자신의 소외감의 정체를 분명하게 자각한다. 그것은 어릴 적, 중풍 든 할아버지를 보살피던 친할머니와, 할아버지의 첩인 화초할머니에 대한 회상을 통해 이루어진다. 화초 할머니는 중풍이 든 할아버지가 죽는 날까지 자신도 중풍이 든 것처럼 꾀병을 부려 할아버지가 돌아가시는 날까지 같이 병석을 지켰다. '나'는 모든 사람들이 꾀병으로 할아버지를 속여 재산을 받아낸 화초할머니를 비판하는 가운데 친할머니만은 "하조댁 때문에 그 어른은 죽는 날까지 외로움을 몰랐으니 그런 열녀가 어딨겠"냐고 했던 말을 떠올리며 그 말의 의미를 새롭게 되새긴다. 화초 할머니의 삶을 통해 '보살핌'의 의미를 생각함으로써 자기를 반성하게 한다.

이 작품은 전체적으로 '나'의 내면탐색으로 이루어져 있다. 이것은 겉이야기라 할 수 있을 텐데, 이 겉이야기는 도입부의 장황한 내면묘사로 시작되어 과거와 현재를 넘나들며 자기 삶을 성찰해나간다. 미국을 향한 물신주의적 동경과 이기적인 욕망 때문에 젊은 자식들은 모두 미국으로 가버리고, 그런 가치관은 자연스러운 것이 되었다고 생각한다. 그리고 가족관계에서 소외되어 죽음의 공포를 홀로 겪어야 하는 자기의 외로움은 물신화된 자본주의적 삶의 방식 때문이라 생각한다. 인물은 한 순간의 사소한 감정이나 사건들을 집요하게 탐색함으로써 자신의 외로움을 분석해낸다. 그리고 이 할머니에 대한 기억을 통해 지금 자기의 삶이 잃어버린 것, 가치없는 것으로 부정해버린 것을 보살핌의 삶으로 인식하게 된다. '나'가 화초 할머니에게서 발견한 '보살핌'은 소외된 자기 삶을 반성하게 하는 매개라고 할 수 있으며, 이 자기반성을 통해 화초 할머니의 삶은 가치로운 것으로 드러나는 것이다.

「흑과부」의 흑과부나 「공항에서 만난 사람」의 무대소 아줌마 역시 이들의 삶을 관찰하는 서술자인 '나'의 자기반성을 매개한다. 무대소 아줌마나 흑과부는 주로 "생명력 있는 모성의 형상"[100]으로 이해된다. 그러나 이들은 억척스럽게 삶을 꾸려가는 가장의 모습이기는 하지만, 모든 것을 참아내고 포용하는 모성 이미지와는 그다지 어울리지 않는다. 무대소 아줌마는 욕 잘하고 "입이 걸고 안하무인"이어서 모두들 좋아하지 않으며, 흑과부는 허물없이 남의 집 일을 내 일처럼 하고, 남편이 있으면서도 과부라고 속이고, 병든 남편을 보고 차라리 죽는 게 낫다고 험하게 말하는 뻔뻔스러움 때문에 오히려 사람들에게 무시당하기 일쑤다. 이들의 모습에서 모성의 인내나 생명존중은 잘 드러나지 않는다. 이들은 아무런 의식없이 그때그때의 상황에 즉자적으로 반응하면서 억척스럽게 생활을 꾸려 가는 인물들이다. 무대소 아줌마의 "얼토당토 않음"이나 흑과부의 남의 이목을 생각하지 않는 뻔뻔스러움은 이런 면모이다.

사실, 이런 인물들의 신산한 삶과 내면의 고통은 쉽게 짐작할 수 있다. 가장으로서 온갖 궂은 일을 하며 생계를 꾸리고, 병든 자를 보살피는 일상은 모든 사람들에게 견디기 어려운 고통이기 때문이다. 그러나 이 작품들에서 이들의 내면의 갈등이나 고통은 서사적 관심에서 벗어나 있다. 이런 삶 자체의 내면과 외면을 비추어보고 탐색하는 것이 아

---

100) 이미 말한 바 있듯이, 박완서 소설의 모성 형상은 모성 신화 비판과 '보살핌'이라는 이중적 의미를 지닌다. 그러나 모성의 형상을 주목하는 연구들은 대부분 모성 신화를 비판하려는 주제의식보다 모성의 생명력을 통해서만 모성의 형상을 인식하는 경향이 강하다. 이선영, 황도경, 서영채 등 모성의 형상을 가치로운 것으로 주목한 연구들은 대부분 이런 견해를 보여준다.

니라, 이런 삶이 가능하다는 사실의 발견이 의미있게 다루어진다. 이들은 보살핌의 삶이 얼마나 중요하고 필요한 것인가를 드러내기 위해서만 주목받는다. 그래서 이런 삶이 주체에게 어떤 고통과 갈등을 일으키는가와 상관없이, 그럼에도 불구하고 삶이 지속되는 한 이들의 삶의 방식이 얼마나 중요한 것인지를 생각하게 함으로서 속물적이고 물화된 삶을 반성하게 한다. 보살피는 자의 내면은 전혀 드러나지 않고 철저히 관찰자의 사유 속에서만 형상화되는 것은 이런 서사적 의미 때문이다. 또 인물의 생명력 있는 삶이 소개되기 전에 서술자의 삶에 대한 생각, 혹은 이기적인 속내가 상세하게 묘사되는 것 역시 전체 서사가 이 서술자의 반성적 사유를 향하고 있기 때문이다.

『저런, 그럼 흑과부가 진(眞)과부가 됐겠네』

나는 가볍게 대꾸했다. 그리고 곧 내 경솔함을 뉘우쳤다. 사람이 죽었다는데 대한 즉각적인 반응이 어떻게 그런 경망스러운 말 장난일 수 있었을까.

나는 잠깐 실수로 내가 깊이 숨긴 인간성을 드러내보인 것처럼 무안했다. 그래서 부랴부랴 막내 앞에서 표정을 가다듬으며 그게 정말이냐고 물어봤다.

『그럼 흑과부 아줌마 아들한테서 직접 들었는 걸』

『저런 안됐구나. 이러구 있을 게 아니라 엄마가 조문을 가봐야겠다.』

그러면서 수수한 옷으로 갈아입고 막내 보라는 듯이 봉투에 조위금까지 넉넉히 집어넣었다. 그러나 그건 어디까지나 내 무안감을 얼버무려 보려는 허풍스러운 몸짓이었을 뿐 속마음은 흑과부가 진과부 됐군 하고 우스개 소리를 할 때와 조금도 다르지 않았다. (「흑과부」, 신동아, 1977. 2, 420-421쪽)

흑과부의 남편이 죽었다는 말을 듣고 반응하는 '나'의 속마음이다. '나'는 흑과부의 남편이 죽었다는 사실을 흑과부가 진짜 과부가 되었다는 것 이상으로 생각하지 않는다. 그런데 '나'는 아들의 시선을 포함한 남의 이목에 신경쓰며, 자기 속마음을 드러낸 무안감 때문에 일부러 위선적으로 행동한다. '나'는 아들에게 자기의 속마음을 들키지 않으려고 흑과부에게 관심을 갖는 척하는 것이지, 흑과부에게 관심이 있는 것은 아니다. 인용문은 작품의 도입부로서, '나'의 위선적 성격이 잘 드러나 있다. 즉 흑과부에 대한 '나'의 내면심리를 통해 '나'의 위선과 그 '이면'이 드러난다. 그런데 이런 성격의 서술자를 통해 흑과부의 삶을 서술함으로써 이중의 효과가 만들어진다.

우선 '나'의 위선적인 면모가 적나라하게 드러남으로써 독자 스스로 인물의 위선성을 판단하도록 유도한다. 인물은 자기 내면을 그저 정직하게 대면하고 있을 뿐이지만, 이 인물의 목소리를 따라가는 독자들은 자연스럽게 인물이 위선적이라고 판단하게 된다. 그리고 인물의 위선성을 공감하는 동시에 인물의 위선성을 비판한다. 인물의 위선적인 면모를 보여주기만 하면서도 인물의 위선과 허위를 비판하게 되는 것이다.

더불어 이 인물이 서술자가 되어 흑과부의 삶을 전달함으로써 이 인물의 속물적 삶에 비교된 흑과부의 삶이 가치있는 것이 된다. 흑과부의 목소리는 전혀 드러나지 않고 이 위선적 인물의 서술로만 흑과부를 이해하는 독자들은 '나'의 위선성을 비판하는 시각을 가지고서 흑과부의 삶을 판단하는 것이다. '나'가 흑과부의 삶을 비판적으로 드러낼 때마다 오히려 '나'의 삶은 강하게 비판되며, 흑과부의 삶은 더욱 가치있는 것이 된다.

⑴ 얼굴은 옹기 빛깔로 새까맣고, 가뜩이나 큰 키가 가슴을 늘 몽당치마의 치마끈으로 칭칭 동이고 있어 장대같이 멋대가리 없이 뻣뻣하고, 사시장철 여자 건지 남자 건지 분명치 않은 찌들고 헐렁한 윗도리를 걸치고, 입으론 끊임없이 욕지거리를 투덜대며 힘든 일을 척척해내는 흑과부를 보고 있

으면, 보통 인간의 희노애락과는 전혀 다른 감정세계를 가진 괴물같은 느낌
이 들곤 했다.

희노애락뿐 아니라 상식적인 선악의 기준이나, 성별, 연령, 용모의 미추
가 사람에게 끼치는 영향으로부터도 초월한 것 같았다.

그녀가 거울을 본다는 걸 상상할 수 없었고, 그녀가 울 수 있다는 걸 상상
할 수 없었고, 그녀에게 어린 시절이나 꽃다운 시절이 있다는 것도, 앞으로
늙으리라는 것도 상상할 수 없었다. 그런 의미로 그녀는 사람대접을 못받고
있었다. (「흑과부」, 423쪽)

(2) 여지껏의 그녀와의 거래를 크나큰 자선처럼 느꼈고, 몰수 할 수 있는
거라면 베푼 자선에 이자라도 붙여서 몰수하고픈 심정이었다.
           ······ (중략) ······
『밀가루를 섞여 먹었다지만 누가 알우, 독약을 조금씩 섞여 줘였는지. 그
년이라면 그만 일은 실컷 저지르고도 남지. 아유 징그러워』
아무리 수근대도 울분이 가시지 않았다. 우리의 착하고 인정 많은 이웃들
은 이런 울분이 절대로 사사로운 감정이 아니라 적어도 의분(義憤)이라고
생각했다. (「흑과부」, 424-425쪽)

(1)은 '나'의 생각 속에서 그려진 흑과부의 모습이다. '나'는 흑과부
를 자신이 살고있는 세계와 어울리지 않는 낯선 존재로 인식한다. 게다
가 그녀를 통해서는 아무 것도 상상할 수 없다고까지 생각한다. 그런데
이는 '나'로 하여금 흑과부를 신비하게 여기도록 만드는 것이 아니라,
흑과부를 무시하게 한다. '나'는 흑과부와 감정을 교류할 수도 흑과부
와 대화를 나눌 수도 없다고 생각하고 있으며, 이런 낯선 느낌 때문에
흑과부가 사람대접을 못 받는 것은 당연하다는 판단을 유도한다.

흑과부를 못마땅해 하는 '나'를 통해 흑과부의 삶은 인간 대접을 받
지못할 만큼 낯설고 부도덕한 것으로 드러나지만, '나'의 위선과 허위

를 알고있는 독자들은 오히려 흑과부의 삶을 가치로운 것으로 인식하게 된다. '나'에게는 낯선 존재여서 '나'의 세계와 어울리지 않는 흑과부의 삶은 가식적이지 않고 속마음을 있는 대로 드러내는 솔직한 면모로 받아들여지며, 항상 과부라고 속이고 남편에게 갖은 욕을 퍼붓는 흑과부의 모습조차 미워하는 마음을 욕으로 해소하면서 성심껏 남편을 돌보는 밝고 억척스러운 면모로 받아들여진다. '나'의 위선을 알고 있는 독자들은 '나'에게 내면화된 허위의식을 비판함으로써 자연스럽게 흑과부의 삶을 가치있는 것으로 판단하게 되는 것이다.

이는 (1)과 달리 서술자인 '나'가 희화화된 (2)의 인용문을 통해 더 잘 알 수 있다. (2)에서 '나'는 흑과부의 생각을 마음대로 추측하고 그것을 사실로 판단해버리는 이웃들을 "착하고 인정많은"이라고 한다거나 "베푼 자선에 이자라도 붙여서 몰수하고픈 심정", "사사로운 감정이 아니라 적어도 의분(義憤)"이라고 함으로써 흑과부의 삶을 인식하는 이들의 위선을 희화화한다. 서술자인 '나'의 내면심리를 적나라하게 드러내면서 흑과부의 삶도 같이 드러나게 하는 서술방식은 전체적으로 '나'의 속물성과 위선을 비판하게 하는 것이다. 그리고 이 서술방식을 통해 흑과부의 삶이 가치로운 것으로 의미화되는 것은 덤으로 얻게되는 미학적 효과인 것이다. 이 서술방식으로 인해 '나'는 더욱 속물적으로, 흑과부의 삶은 더욱 가치있는 것으로 드러나게 된다.

③ 1960~70년대 근대화에 대한 반성

흑과부를 얘기하면서 드러나는 '나'의 내면심리는 여기서 끝나지 않는다. 위선적이고 속물적인 '나'는 뜻하지 않게 흑과부의 숨겨진 면모를 발견함으로써 자기의 속물성과 위선을 자각하고 자기를 반성한다.

가난이란 그녀가 혼자서 감당하고 싸워 나가기엔 얼마나 거대하고 공포스러운 악(惡)이었을까? 혼자서라니!

　광속에 천장의 연탄과 연탄 보일러로 물이 더웁는 작은 욕실이 있는 집속에 안주한 나의 안일한 소시민성에 이제서야 그것이 쇠망치 같은 충격이 되어 부딪혀온 것이다. (「흑과부」, 427쪽)

　인용문에서처럼 '나'의 흑과부에 대한 인식은 흑과부가 목욕하는 장면을 보고서 급전한다. '나'는 흑과부가 목욕하는 것을 보면서 흑과부에게도 '나'와 같은 젊음이나 여자다움이 있다고 생각한다. 그리고 '나'는 흑과부의 새로운 면을 발견함으로써 자기의 위선적 삶을 반성한다.

　'나'는 드러난 것으로만 사람을 판단하는 인물이다. 그래서 자기를 숨기거나 꾸미지 않고 그대로 드러내는 흑과부의 성격을 전혀 이해할 수 없는 낯선 것으로 받아들였던 것이다. 나아가 그런 모습을 통해 아무런 것도 상상할 수 없고, 도저히 서로 소통할 수 없는 대상으로 흑과부를 무시했던 것이다. 그런데 자신이 전혀 생각지도 못한 면모를 보고서 흑과부의 진면목을 비로소 발견하게 된다. 겉모양만으로 흑과부를 자기마음대로 상상하고 무시하다가 숨겨진 모습을 통해 흑과부를 발견한 것이다.[101] 그리고 그렇게 살아간다는 것이 자신과 다를 바 없는 흑과부에게 얼마나 힘겨운 일이었을까를 생각한다.

　그러나 반성적 자의식을 매개하는 서술에서 흑과부의 삶이 어떤 면에서 가치로운지는 구체적으로 드러나지 않는다. 흑과부의 삶이 안으

---

101) 이 '나'의 자기발견을 다소 억지스러운 점이 있다. 흑과부의 벗은 모습이나 새 아파트에 입주할 날을 받아놓고 남편을 그리워하는 흑과부의 모습을 보고 자기의 위선과 허위의식을 발견한다는 것은 '나'의 성격과 관련하여 그다지 자연스럽게 느껴지지 않는다. 인물의 내면화된 허위의식이 강한 것에 비해, 이 허위성을 자각하는 계기는 너무 쉽게 이루어지기 때문이다. 이 점은 이 작품을 다소 구성력이 떨어지게 한다. 인물의 내면묘사가 사실적이고 서술자의 성격을 드러내는 반어적 표현도 두드러지지만, 이런 구성적 약점으로 인하여 작품의 완성도가 떨어진다고 할 수 있다.

로부터 실체화되지 않기 때문에 서술자의 시선, 즉 흑과부의 삶을 가치롭게 인식하는 반성적 서술이 없이는 아무런 의미도 갖지 못한다. 그저 억척스러운 욕쟁이 아줌마에 그치게 되는 것이다. 따라서 이 작품에서 보살핌의 삶은 매개일 뿐, 서술자의 자기반성이 중심서사가 될 수밖에 없다.

「저물녘의 황홀」이나 「공항에서 만난 사람」도 마찬가지다. 보살핌의 삶은 관찰자의 자기반성을 매개할 뿐이지, 구체적으로 무엇 때문에 가치로운지는 독자가 상상하도록 남겨진다.

「공항에서 만난 사람」의 무대소 아줌마의 형상도 '나'의 서술을 통해 욕 잘하고 안하무인인 "얼토당토 않은 당당함"을 지니고서 어떤 일도 주눅들지 않고 해내는 인물로 드러난다. 미군들이 "위생적"인 처리를 위해 상하지도 않은 고기를 한강에 내다버리려는 것을 반대하려고 미군의 팔을 물어뜯는다거나, 많은 시집 식구들과 자식들을 혼자 힘으로 먹여살리면서도 억척스럽고 활달하게 살아가기 때문에 '나'에게 가치로운 삶으로 주목받는다. 즉 권력의 힘 앞에서는 주눅들며 그것의 허위성에 대항하지 못하고, 오히려 허위적인 줄 알면서도 그 힘에 빌붙어 살아가려는 이기심, 위선, 이런 것들이 온통 삶을 지배하는 세상을 의식하는 화자는 무대소 아줌마의 삶을 가치로운 것으로 여긴다. 무대소 아줌마의 "얼토당토않은 당당함"은 '나'가 내면화하고 있는 허위의식과 대조되어 자기반성을 매개한 것이다.

하루 하루의 답답증을 주체 못해 한 번 한껏 멀리 벗어나 보자고 벼르고 별러서 다녀오는 이 나라 끝간 데가 실은 엎으러지면 코 닿는 데였다. 새로운 답답증만 얻어 가지고 돌아오는 셈이었다. 이런 답답한 마음은 밖으로 열린 이 나라 유일의 창구멍이라도 기웃거리며, 정말 먼 곳의 콧김이라도 쐬고 싶게 했다.

······ (중략) ······

이름 있는 건설회사 마크가 붙은 청색 작업복을 입은 기능공들과 그들의
가족들로 출구 근처는 장바닥처럼 무질서하게 붐비고 있었다. 그런 북새통
에도 남을 밀치고 저희들끼리만 단합해서 기념 촬영을 하는 극성스러운 가
족도 있었다. 주름이 깊게 패인 늙은 어머니가 일 분 만에 나온 신기한 가족
사진을 떠나는 아들에게 한 장 주고, 자기도 한 장 간직하면서 손수건으로
눈두덩을 눌렀다.

아들이 그의 어린 자식의 뺨을 비비며 아내와 얘기하고 있는 사이에 뒷전
에서 아들의 손가방에 도시락을 쑤셔 넣고는 지퍼가 안 닫혀 쩔쩔매는 또
다른 어머니의 모습도 보였다.

「홍콩에선 두 시간밖에 시간이 없어요. 단 두 시간, 그러니까······」

저만치선 또 딴 건설 회사의 인솔자인 듯싶은 건장한 남자가 그가 인솔해
야 할 기술자들을 한자리에 둥그렇게 모아 놓고 주위 사항을 들려주고 있었
다. 단 두 시간을 강조하기 위해 높이 펴 든 두 개의 손가락이 V자로 보였
고, 남자는 그런 일에 이골이 나 보였다. 그러나 듣는 쪽은 출국을 앞둔 금
쪽 같은 시간에 그 따위 설교를 듣고 있어야 하는 게 몹시 못마땅한 듯 산만
하고 떫은 표정들을 하고 있었다. 가족들은 하나같이 시골학교 입학식 날의
학부형들처럼 좋은 옷을 입고 있었고 한마디도 안 놓칠 듯 긴장하고 있었
고, 무작정 자랑스러워하고 있었고, 한없는 희망에 부풀어 있었다.

설교가 끝나자마자 한 사람 앞에 열 명도 넘는 환송객이 엉겨 붙으면서
출구 쪽으로 몰렸다. 이때 엉겨 붙지 않으면, 설사 아내나 어머니라도 가족
자격이 없어지기라도 하는 듯이 너도나도 도깨비바늘처럼 필사적으로 엉겨
붙었다. (「공항에서 만난 사람」, 문학과 지성, 1978. 가을, 734-735쪽)

1970년대 중동으로 파견되었던 현장 노동자들이 가족들과 이별식을
치르는 공항의 풍경이다. 서술자인 '나'는 "하루 하루의 답답증"을 해
소하기 위해 제주도로 여행을 갔다가 "새로운 답답증만 얻어 가지고"
"답답한 마음"을 해소하기 위해 "한 관들이 제주 밀감 상자를 양손"에

들고, 여행가방을 어깨에 맨 채로 국제선 커피숍에서 이런 풍경을 바라보고 있다. 공항의 풍경은 관찰자인 '나'의 이런 답답증에 걸러져 서술됨으로써 '나'의 자기인식으로 수렴된다. 이것은 겉이야기가 될 수 있을 것이며, 무대소 아줌마와의 만남으로 회상되는 삽화는 자기반성을 매개하는 속이야기라 할 수 있다. 그런 점에서 겉 이야기에 해당하는 '나'의 반성적 서술이 중요하며, 이에 근거하여 무대소 아줌마의 삶이 선택되어 드러난다.

무엇인지 정확하지 않은 "답답증"은 이 공항의 풍경을 세심하게 관찰하는 시선과 언어 속에서 점차로 구체화된다. 중동으로 떠나는 기능공들은 마치 대단한 일을 하러 가는 사람들처럼 온 가족이 북새통을 이루는 가운데 이별식을 치른다. 이들의 이별식이 실제 이들이 처한 상황과 어울리지 않는다는 것이 적나라하게 서술됨으로써 이별장면을 전달하는 관찰자의 감정이 전달된다. 공항에 운집한 사람들 하나하나를 빼놓지 않고 세심하게 관찰하는 시선은 있는 사실을 객관적으로 관찰하는 듯 보이면서도, 풍경을 샅샅이 헤집어 골라내는 서술자의 판단이 곳곳에 배어있다. 주름이 깊게 패인 얼굴로 금방 나온 가족사진을 신기해하는 동시에, 사진을 아들에게 나누어주고 눈두덩을 손수건으로 누르는 어머니나, 아들이 자식과 아내에게 인사하는 동안에 김밥을 쑤셔넣고 지퍼가 안 닫혀 쩔쩔매는 또 다른 어머니의 모습은 이들의 떠남이 가족들 모두의 기대와 희망 속에 이루어진 것임을 짐작케 한다. 건설회사 인솔자의 설명을 산만한 표정으로 듣는 당사자들과 더 열심히 듣는 가족들의 모습 역시 떠나는 사람들의 "으스댐"과 남은 가족들의 떠나는 사람을 향한 자랑스러움 등을 드러낸다. 이런 장황한 서술 뒤에 이들을 시골학교 입학식에 모인 사람들로 비유하는 것 역시 이들의 감정과 삶을 일일이 설명하지 않고도 단숨에 전달하는 구체적인 비유라 할 것이다. 장바닥처럼 붐비는 가운데 비장한 의식으로 치루어지는 이별의 장면에서, 이들의 중동행은 가난을 떨쳐버릴 수 있는 기대와 희망 속에 이루어진 것임을 알 수 있다.

1970년대는 경제구조가 새롭게 재편되면서 역으로 많은 사람들이 새롭게 소외되었던 시대이다. 새롭게 재편되어 가는 삶에 적응하지 못하는 많은 사람들은 미국으로 이민을 가거나, 중동파견 근무를 자청하면서 살아갈 방도를 모색하게 된다. 인용문의 1970년대 공항풍경은 이러한 상황을 반영하고 있다. 서술자인 '나'는 이 새로운 풍경을 답답증을 가지고 바라본다. 서술자인 '나'는 이 사유의 연장선에서 무대소 아줌마와 만난다. 무대소 아줌마 역시 이 땅에 발붙이지 못하고 떠나가는 무리들 속에 섞여있는 것이다. 그리고 무대소 아줌마의 삶의 방식을 회상하면서 막연하던 답답증의 실체를 알아낸다. 무대소 아줌마와 같은 사람들이 뿌리내리지 못하고 떠나가야 하는 현실에 대한 답답함인 것이다.

이들은 물질주의와 속물적 이기심이 확산되어 가는 상황에서 자기자리를 박탈당하고 떠날 수밖에 없는 소외된 사람들이다. 소외된 자들이면서도, 이들은 또 다른 희망을 안고서 중동으로 떠난다. 공항의 풍경은 이 이중적 상황을 상징한다. 그러나 '나'는 이 풍경 속에서 소외를 소외로 받아들이지 않고 또 다른 희망을 품도록 부추김으로써 결국은 그들의 뿌리내림을 완전히 거부하는 현실의 허위성을 깨닫는다.

1970년대 미국이민과 중동 노동자 파견 등의 현상은 1960~70년대 경제개발의 성격과 연관된 사회적 현상이다. 근대화를 앞세운 경제개발 정책이 정권의 안정화를 위한 정치전략이기 때문에 경제개발로 인해 형성된 새로운 지도층은 정권의 이해관계를 반영할 수밖에 없고, 이와 연결되지 못한 사람들은 소외될 수밖에 없었다. 1950년대부터 역사적 청산이 미루어져왔던 한국사회는 식민지 시절부터 사회적 약자로 소외되었던 사람들이 또다시 소외되고 배제되는 과정을 반복해온 것이다. 박완서 소설 속 '보살핌'의 주인공들은 억척스럽게 가족이나 소외된 사람들을 돌보며 소외계층을 대변하면서 서술자가 느끼는 여러 가지 감정과 한국사회에 대한 인식을 상징한다.

또한 이들을 매개로 어떻게 해서라도 소외되지 않으려고 소외의 실체를 못 본 척 하도록 부추기는 자기 자신의 허위의식과 대면한다. 무대소 아줌마의 미국행을 "아무리 친한 친구나 동기를 떠나 보내고도 이렇게 쓸쓸했던 적은 없었던 것처럼" 느끼는 것도 이런 자기반성 때문이다. 즉 '나'는 무대소 아줌마가 미군을 물어뜯는 사건을 통해 자기 자신의 비겁함을 인식하고서도 그의 해고를 그대로 묵인했던 것처럼, 이렇게 이 땅에서 완전히 밀려 나가는 사람들의 모습에서 자신이 아니어서 다행인 듯한 안도감을 느끼며 또 다시 묵인하는 자기 자신의 비겁함을 자각하는 것이다. 이는 자신이 소외되지 않으려고 소외의 현실을 못 본 척한 자로서 갖는 죄의식이라 할 수 있다. 1970년대 한국사회를 비판하면서 자기자신까지 비판하는 것이다. 박완서 소설의 '반성적 자의식'은 바로 이 자기비판을 한국사회 비판 속에서 끌어내는 힘이다. 보살핌의 삶을 살면서 소외되는 자들은 이 자의식을 매개한 주인공들인 것이다.

이렇게 본다면, 보살핌의 삶은 어머니들의 삶만으로 한정될 수 없다는 것이 자연스럽게 드러난다. 이 보살핌은 타자를 자기자신과 똑같이 가치있는 것으로 받아들이는 삶이며, 자기자신의 이기심이나 안위를 위해서 타자를 배제하고 소외시키지 않는 삶인 것이다. 자기가 살기위해 사회적 약자들을 배제하고 '타자화'시켰던 전후 한국사회를 돌아보고 반성하는 시선 속에서 발견된 가치로운 삶의 방식이라 할 수 있다.

2) 삽화형식과 자기고백적 회상

박완서 소설에서 기억은 중요한 창작방법론이다. 등단작 『나목』부터 작가의 경험과 기억은 작품세계 전반을 좌우한다. 같은 이야기들이 여러 작품을 통해 다시 등장하고 있는 것도 기억에 의한 소설 쓰기와 무관하지 않다. 이미 서론을 통해 박완서의 소설을 이해하는 데 기억이 중요한 방법론이 된다는 것을 밝힌 바 있다. 기억해서 소설을 쓴다고 할 때, 기억은 자발적 기억, 즉 의지적 기억이라 할 수 있다.[102] 박완서 소설의 창작방법으로서 '기억의 글쓰기'는 이것을 말한다.

그러나 여기서 다루게 될 회상형식은 무의지적 기억에 해당한다. 작중 인물이 과거의 경험을 되살리는 방식인 것이다. 따라서 박완서 소설에서 창작방법으로서의 '기억'과 소설 형식으로서의 '회상'은 달리 구별되어야 한다.[103] 기억에 의존한 소설 쓰기에 있어 기억은 소설창작의 계기라 할 수 있으며, 회상형식이란 작품 내적인 형식을 의미하기 때문이다.

소설의 형식으로서 회상은 과거의 경험을 기억함으로써 현재의 시점에서 재구성되는 것이다. 지나간 삶을 수반하는 회상은, 과거의 경험 안에 이미 외부세계에 대한 개인의 관계를 포괄하기 때문에, 회상적 자아의 내면에서 외부세계와 자아의 분열을 화해시키는 역할을 한다. 이

---

102) 위르겐 슈람케는 무의식적 기억과 구별해서 자발적 기억을 정의한다. 위르겐 슈람케, 위의 책, 209쪽 참조.

103) 그렇다고 '기억'이 소설형식으로서의 회상과 무관하다는 것은 아니다. 그러나 이를 같은 것으로 볼 때, 억압된 자아를 복원함으로써 억압이 지속되는 현실을 비판하려는 박완서 소설의 기억의 의미가 잘 드러나지 못하게 된다. 즉 박완서 소설의 기억은 과거를 통해 환멸의 현실을 대체하려는 것이기보다, 기억을 통해 현실에서 은폐된 것들을 복원함으로써 억압의 현실을 비판하는 방법인 것이다. 회상 형식도 이 기억의 의미에 포괄되는 서술방식일 따름이다. 창작방법으로서의 기억과 소설 형식으로서의 회상은 다른 차원에서 얘기되어야 할 것이다.

때, 회상은 무의지적 기억이기 때문에 자발적 기억과 달리, "과거의 모습이 손상없이 소생하며, 과거와 결부된 체험이나 상황과 동일한 감각적 인상을 예기치 않게 생각 속으로 다시 불러들이는 특정한 감각적 인상이 요구된다고 할 수 있다."[104] 또 이는 환멸의 현실을 대체함으로써 행복한 기억이 되며, 자아와 외부세계를 화해롭게 인식하도록 한다. 주인공이 자신의 패배를 기억할 때라도, 역설적으로 주인공은 그 세계와 하나가 될 수 있는 것이다.[105] 이 화해의 의미 때문에, "행복한 기억"은 환멸을 견딜 수 있는 의미있는 내면체험이 된다. 환멸체험에서 갖게 되는 비판의식은 과거의 경험이 행복한 것으로 회상됨으로써 긴장감을 상실하고 화해의 정서가 내면을 지배하게 된다.[106]

박완서 소설의 회상형식도 이런 형식적 의미에서 크게 벗어나지는 않는다. 무의지적 기억이라든가, 동일한 감각의 인상을 예기치 않게 생각 속으로 불러들이는 회상의 형식이 그러하다. 그러나 과거의 경험이 행복한 순간으로 기억되지 않는다는 점에서 회상의 성격은 달라진다. 즉 회상은 행복한 순간으로 추체험되지 않음으로써 다른 미학적 효과를 지니게 되는 것이다.

---

104) 슈람케, 위의 책, 209쪽.
105) 김윤식은 "오정희 소설의 참주제는 회상"(「회상의 형식―오정희론」, 『우리 소설과의 만남』, 민음사, 331쪽)이라고 전제하면서 회상형식에 대해 정의하고 있다. 루카치와 벤야민의 기억을 중심으로 회상형식을 이끌어내는 점은 중요하다고 할 수 있지만, 세계와의 끊임없는 불화감을 회상 형식 속에서 드러내고 있는 오정희의 소설세계를 염두에 둘 때, "회상 속에서 비로소 세계와 주인공의 어긋남이 화해에 이를 수가 있"다는 지적은 그다지 적절하다고 할 수 없다. 황도경은 회상 형식의 의미를 오정희 소설과 연관시키면서 김윤식의 논지를 비판하고 있다. 황도경, 「〈유년의 뜰〉의 회상형식 및 문체」, 『이화어문논집』 12, 1992 참조.
106) 오정희의 소설보다는 최인훈의 『화두』에서 회상 형식의 낭만성을 발견할 수 있다. 『화두』는 회상 형식으로 이루어진 장편소설인데, 회상 형식을 통해 과거의 환멸체험이 행복하게 기억된다. 행복한 기억이 됨으로써 환멸의 현실을 비판하는 긴장감(불화감)을 화해로 대체한다고 할 수 있다. 서은주, 「최인훈 소설 연구」, 연세대 박사논문, 2000, 125쪽 참조.

박완서 소설에서 과거의 경험이 행복한 순간으로 기억되지 않는 것은 그 경험의 특수성 때문이다. 억압된 것, 자기도 모르게 은폐한 것, 혹은 허위의식으로 내면화된 경험이기 때문이다. 다시 말해, 부끄러움, 수치심, 죄의식과 같이 내색할 수 없어서 내면에만 은밀히 숨겨두고 있던 '억압된 자아'의 내면체험이다. 따라서 무의지적인 기억으로 회상될 때 감각적 인상이 기대되고 있으나, 이 동일한 감각적 인상은 현재의 감각적 인상을 매개로 과거의 경험을 추체험함으로써 내면에 심각한 동요와 갈등을 형성한다. 서사 안에서 과거를 행복하게 기억하지 못하는 '현실'을 의식하기 때문에 연상된 무의지적 기억들은 의식되지 않고 또다시 은폐되거나 억압, 혹은 망각된다. 그러나 이 '회상적 자아'는 망각한 기억을 떠올리기 때문에 기억들을 뿌리치지 못한다. 내적으로 동요하지만 이 기억을 매개로 자기의 현실 또는 과거를 반성하게 된다.

「저문날의 삽화1」의 서술자인 '나'는 손주들이 운동권의 시위장면을 보지 못하게 눈을 가리다가, 지난날 어머니가 자신의 눈을 가리던 것을 기억함으로써 고통스러워한다. 「꽃을 찾아서」의 장명환씨 역시 고분들이 있는 성터를 포크레인이 갈아엎는 광경을 보며 전쟁통에 스스로 언 땅을 파고 자식을 묻었던 것을 기억함으로써 죄의식을 갖는다. 무의지적으로 회상되는 기억에 매개된 내면동요와 죄의식은 반성적 자의식이 되는 것이다.

이렇게 볼 때, 이 절에서 다룰 회상은 과거의 경험을 기억함으로써 억압된 내면(이면)을 발견하는 것, 즉 억압된 자아를 복원하는 것을 의미하게 된다. 이것은 여러 서술층위를 지닌 서술상황에서 가능하다. 왜냐하면 억압이 아니고 망각이기 때문에 기억해내는 것 자체가 무의식적으로 이루어져야 하기 때문이다. 즉 자기 상실의 체험인데, 자기 상실을 상실로서 받아들일 수 없고 드러낼 수 없어서 무의식으로 억압된 자아를 무의지적 감각인상을 계기로 발견하게 되고, 그럼으로써 자기

자신의 '치부'와 대면하는 복잡한 내면상황이기 때문이다. 따라서 회상을 통해 억압된 자기의 치부를 폭로하게 된다는 점에서, '자기고백적 회상'이라 할 수 있다.[107]

문학형식으로서의 고백은, 일기나 서간체, 유서나 자서전 등에서 사용되는 서술방식으로서, 잘 드러나지 않고 해명되지 않는 내면적 상황을 자기 목소리로 드러낼 수 있는 기법이다. 고백은 자기 목소리로 자기를 설명함으로써 오해되거나 해명되지 않은 자기진실을 증명하는 수단이 된다.[108] 또 고백은 자기를 드러낸다는 사실을 의식하는 것이기 때문에, 고백되는 사실들은 서술자에 의해 선별된다. 따라서 고백의 대상에게 고백하려고 하는 행위를 전제하고 있는 담론적 서술형식이라 할 수 있다. 즉 고백은 자기노출의 욕망과 관련되는 것이다.[109]

그러나 박완서 소설에서 고백은 이처럼 고백이라는 행위가 전제된 고백 형식과는 다르다. 박완서 소설에서 '자기고백적 회상'은 억압된 체험을 무의지적으로 회상함으로써 스스로도 알지 못했던 자기를 발견

---

107) 회상은 박완서 소설의 주된 서술방식이다. 대표적으로 「엄마의 말뚝1」을 꼽을 수 있을 것이며, 자전소설인 「그많던 싱아는 누가 다 먹었을까」나 『그 산이 정말 거기 있었을까』 역시 "순전히 기억력으로만" 썼다는 작가의 말처럼 회상이 주된 방법이 되고 있다. 그러나 이 작품들에서 회상은 자발적인, 의지적 기억이다. 쓰는 행위가 바로 회상하는 것이며, 이것은 의식적으로 이루어지는 회상이다. 중간 중간 회상하는 자아의 회상에 대한 자기진술이 서술자의 목소리로 드러남으로써 회상되고 있다는 것을 중요한 서술의 층으로 상정하고 있다. 이것은 연상에 의한 자연스러운 무의지적 회상과는 다른 것이다. 이 절에서 다룰 회상형식은 회상적 자아의 연상작용에 의한 무의지적 기억과 관련된다. 의식적인 기억이 아니기 때문에, 동일한 감각인상이 각인되어 과거의 경험을 매개한다. 또 회상적 자아인 서술자는 회상행위를 의식적으로 드러내지 않는다. 내면발견은 서술자에 의해 의미 부여되지 않으며, 끊임없이 반성의 계기가 될 뿐이다. 경험적 자아와 서술자아의 분리도 이루어지지 않는다. 이미 회상이라는 형식 속에 경험적 자아와 서술자아가 섞여들어 과거를 현재로서 다시 체험하고 있기 때문이다. 회상행위가 서술자에 의해 명시적으로 드러나는 경우와, 회상행위가 회상적 자아의 순간적 기억으로만 재현되는 경우의 차이라고도 할 수 있다.

108) 가라타니 고진, 박유하 옮김, 『일본 근대문학의 기원』, 민음사, 104-107쪽 참조.

109) 필립 르죈, 윤진 옮김, 『자서전의 규약』, 문학과지성사, 1998, 78-84쪽 참조.

하고, 자기의 은폐된 내면을 자기 목소리로 해명하는 서술형식이다. 과거의 회상이 풍요롭고 화해로운 체험공간이 되지 못하듯이, 고백 역시 자기진실을 증명함으로써 자기의 결백을 주장하거나 자기를 노출하는 즐거운[110] 고백이 되지 못한다. 과거의 경험을 회상함으로써 죄의식을 추체험하게 되고, 이를 계기로 억압된 자기를 고백하게 되는 것이다. 무의식적인 회상의 과정을 통해 떠올려진 기억들이 죄의식을 환기하기 때문에 어쩔 수 없이 자기를 고백하게 되는 것이다. 그런 점에서 무의지적 기억과 연관된 내면적 고백이라 할 수 있다. 자연스럽게 사소한 일상사에서 떠오른 기억들이 자기 고백을 유도해내고 억압된 자아, 즉 억압된 죄의식과 부끄러움을 현실의 맥락에서 '자기의 것'으로 인식하는 것을 '자기고백적 회상'이라 할 수 있다.

이는 회상의 주체인 회상적 자아의 성격도 규정한다. 무의지적 기억으로 억압된 내면을 발견하게 되는 회상적 자아는 일상적인 사소한 일에도 편집증적 관심과 집착을 보이는 예민한 감수성을 지닐 수밖에 없기 때문이다. 감각적 인상에 집요한 인물은 감각적 인상에 매달림으로

---

110) 자신의 은밀한 부분을 자기 스스로 드러낸다는 점에서, 대개의 경우 고백은 고통스러운 것이다. 자기 경험세계에서 자유롭지 못한 작가의 경우 창작이 고통으로 이해되는 것은 이 때문일 것이다. 그러나 그것은 곧 자기노출의 즐거움이라는 양면성을 지니기도 한다. 그런 점에서 즐거운 고백이라 보는 것이며, 사소설이나 심경소설의 고백은 이런 의미를 가진다고 할 수 있다. 박완서 소설에서 어머니와의 경험은 가장 내밀한 경험이면서 억압된 경험이다. 역사적인 문제나 이데올로기적인 문제와 연관된 경험이기 때문이다. 어머니는 딸만 남겨놓고 아들만 데려간 하늘을 저주하며 살아남은 딸을 무참히 지워버린 어머니이며, 아들의 입신출세를 위해 이중적인 말뚝으로 살아온 어머니이며, 이데올로기 때문에 삼켜버린 아들의 죽음으로 일흔이 가까운 나이에도 내면의 고통을 고스란히 안고 사는 어머니인 것이다. 『나목』에서부터 『그 산이 정말 거기 있었을까』에 이르기까지 자전적 사실들은 회상을 통해 서사화된다. 이것은 자기를 스스로 드러냄으로써 즐거운 것이 아니라, 억압된 것을 드러냄으로써 숨겨지고 거부된 것들을 복원하려는 것이다. 치부와도 같은 숨기고 싶은 자아의 복원이기 때문에 의식적으로 이루어지지 않으며, 이때 고백은 자기를 노출하는 즐거움보다는 고통을 수반한다.

써 무수한 경험들을 되살려내고, 그것을 통해 자기발견에 이른다. 인물
이 감각적 인상에 사로잡히는 순간 회상은 시작되며, 이 회상은 억압되
거나 은폐된 자기내면을 발견하게 됨으로써 죄의식을 통해 '현실'의 문
제를 자각하게 한다. 즉 회상과 고백은 과거에 국한된 것이 아니다. 회
상이 고백이 되는 것은 기억 자체가 이미 과거에 저지른 것을 죄로 인
식한다는 것이고, 무의지적 연상에 의해 기억되는 것은 아직도 억압 혹
은 망각이 '현실'적 문제임을 의미하는 것이다. 회상이 고백이 된다는
것은 한층 복잡한 내면적 상황을 전제하는 것이다. 회상이 고백이 되는
과정은 자연스럽게 인물의 자기반성을 유도해낸다. 따라서 예민한 감
수성을 지닌 인물의 자기고백적 회상은 곧바로 반성적 인식을 매개하
게 되는 것이다.

① 연상을 통한 내면탐색과 일상화된 허위적 자아의 발견

이 회상은 일상사에서 무심코 만나는 사건이나 감각으로 인한 무의
지적 기억이기 때문에 회상적 자아가 겪는 사소한 일상사들이 무작위
적으로 의식될 수밖에 없다. 이는 작품을 사소한 일상사들의 나열과 같
은 삽화 형식이 되게 한다. 삽화란 허구적 맥락을 삽화정도로 최소화시
키는 가운데 경험현실의 사실성을 최대한도로 유지하면서, 극적 사건
이나 사회적 사건 없이도 삶의 근원에 대한 깨달음을 일상적인 삶의 경
험 속에서 도출해내는 형식적 특성이다.[111] 또 삽화들의 나열에서 생기
는 서사적 단절성은 장편의 서사에서는 포착하기 어려운 순간의 경험
에 대한 순간적인 에피소드로서 열린 엔딩을 의도할 수도 있다. 이런
특성은 무의지적으로 연상되는 기억과 연결됨으로써, 사소한 일상사들
중간 중간에 일상사 이면의 본질적인 삶의 문제를 발견하게 한다. 따라

---

111) 김경수, 위의 글, 329-330쪽 참조.

서 사소한 일상사들 가운데에서 무심코 겪는 감각이나 사건들을 통해 일상 이면의 본질적 문제들과 만나게 하는 삽화 형식과 과거의 경험을 기억함으로써 죄의식을 현재적 삶의 맥락으로 끌어들이는 자기고백적 회상은 하나의 특성으로 결합되어 사소한 일상사들을 계기로 과거의 억압된 자아를 발견하는 서술방식이 되는 것이다.

아이들이 떠나고 난 후의 정적에는 스산함이 스며 있어 나는 추위타듯이 어깨를 웅숭그렸다. 그리고 제자리를 벗어나 흩어지고 곤두선 잣다란 장식품과 일용잡화들을 제자리에 끼워맞추면서 크레용 토막, 꽃핀, 조립하다 만 로켓트, 반도 안 짜내고 굳어버린 접착제 튜우브 등 아이들이 떨구고 간 것들을 따로 모았다. 그런 하찮은 것들, 십중 팔구는 다시 찾지 않을 것들을 일일이 챙길 때마다 나는 달아나는 아이의 덜미를 붙잡았을 때처럼 가슴 가득히 아이의 체온을 느꼈다. 마지막으로 바닥의 모래흙을 쓸어냈다. 아이들은 수없이 들락거렸고 그때마다 접은 바짓단 속으로 하나 가득 모래흙을 담아들였다. 그때그때 현관에서 털고 들어오도록 일렀건만도 모래흙은 구석구석에 공기처럼 스며 있었다. 나는 중늙은이 특유의 결벽성으로 그것들을 꼼꼼하게 쓸고 닦았다. 그래도 부족해 해마다 니스칠을 새로 해서 좋은 거울처럼 잘 비치는 마루바닥을 손바닥으로 핥듯이 쓸어보았다. 무슨 일이든지 완벽하게 끝낸다는 건 결코 좋은 일이 못 되었다. 문득 맥이 빠지면서 어쩌나, 싶은 느낌에 사로잡혔다. 어떤 일이고 완벽하게 끝냈을 때처럼 그 일의 무의미함이 노골적으로 드러날 적도 없다는 생각을 간간이 하게 된 것은 최근의 일인 듯했다. 그런 생각은 때로는 어렴풋했고 때로는 몸서리가 쳐지게 과장되어 다가오기도 했지만 오십여 년을 몸에 밴 완벽주의가 쉽게 고쳐질 턱은 없었다. 그렇다고 그런 생각이 저절로 사그라질 것 같지도 않았다.

내 속으로 낳은 딸들도 내 결벽증과 완벽주의를 별로 좋아하지 않았다. 딸들이 기분 내키는 대로 사입은 기성복의 단추나 단은 나 보기엔 늘 미심쩍게 마련이어서 벗으라고 해서 일일이 손을 봐주고 나면 그 꼼꼼한 솜씨에 질린 딸들이 한다는 소리는 으레 〈우리 엄마는 백살은 사시겠네〉였다. 저런 버르장머리 없는 말버릇이 있나 속으로 이렇게 언짢아하면서도 그런 말버릇을 대놓고 야단친 일은 없다. 에미가 백 살까지 살까봐 미리 징그러워하고 있는 딸의 진의를 짚어본 듯 섬뜩한 심사 때문이었으리라. (「저문 날의 삽화 1」, 『분노의 메아리』, 전예원, 1987, 17쪽)

휴일을 맞아 등산을 간 딸과 사위 때문에 손주들을 봐주고, 이들이 가고 난 뒷자리를 정리하면서 갖는 이러저러한 생각들이다. 사소한 일상적 행위들이지만 그 행동들 사이사이에서 일어나는 생각들은 인물이 미처 의식하지 못했거나 내색하지 못했던 것이어서, 인물은 그 생각 속에 머물러 사소한 일상사의 '이면'으로 침잠해 들어가는 듯하다.

서술자인 '나'는 자식들을 출가시키고 노부부 둘이서 살고 있다. 자식들 키우며 바쁘고 정신없이 젊은 날을 보내고 노부부만의 한가한 노년을 보내고 있는 것이다. 한가하고 여유로운만큼 쓸쓸함 역시 자연스러운 일일 것이다. "아이들이 떠나고 난 후의 정적에는 스산함이 스며 있어", "추위 타듯이 어깨를 웅숭그린"다는 표현은 이 노부부가 느끼는 쓸쓸함이 전혀 새로울 것도 없는 일상적인 것임을 알 수 있게 한다. 이런 "쓸쓸함"의 정서는 인생의 황혼에 선 노인들이 흔히 가질 수 있는 정서라 할 수 있다.

그러나 이 노년의 화자는 쓸쓸함의 정서를 계기로 내면탐색을 거쳐 의식하지 못했던 억압된 자아와 만난다. "하찮은 것들", "다시 찾지 않을 것들"을 치우고 아이들이 바닥에 흘려놓은 모래흙을 치우면서 "무슨 일이든지 완벽하게 끝낸다는 건 결코 좋은 일이 못된"다고 생각하고는, 갑자기 "어쩌나, 싶은 느낌"에 사로잡힌다. 이것은 "어떤 일이고 완벽하게 끝냈을 때처럼 그 일의 무의미함이 노골적으로 드러날 적도 없다"는 최근의 생각 때문이기도 하고, 자신의 결벽성을 탓하는 딸들의 말에서 "에미가 백 살까지 살까봐 미리 징그러워하고 있는" "진의를 짚어 본 듯한 섬뜩한 심사" 때문이기도 하다. 막연했던 쓸쓸함의 정서는 이후의 치밀하고 집요한 내면탐색을 통해 구체적인 맥락 속에 놓여진다. 이것은 "어쩌나 싶은 느낌"을 뒤따르는 자연스런 회상 때문이다.

'나'는 아들이 없는 허전함으로 두 딸들을 키우다가 남편 친구의 아들인 영택이를 데려다 키운 적이 있다. 남편 친구는 어린 남매를 여섯이나 두고 죽었으며, 그 부인도 곧바로 죽어서 그 중의 막내인 영택이를 아들 삼아 키우려고 데려왔던 것이다. 그러나 영택이는 남편 친구가 밖에서 낳아 온 자식임이 뒤늦게 밝혀지면서 그 출생을 의심하던 '나'는 영택이의 방에서 나온 운동권 서적을 빌미로 영택이를 불편하게 하여 영택이 스스로 집을 나가게 한다. 손주들이 가고 난 뒷자리를 정리하던 화자는 자신의 결벽성을 탓하는 딸들의 속내를 추측하다가 어머니의 장수를 징그러워하는 속마음까지 추측하게 되고, 아들이 없어 늙은 부모의 노후를 떠맡게 될 것을 걱정하는 딸들의 내면까지 끝없이 생각을 이어간다. 이는 아들을 향한 욕망을 떠올리게 하며, 또 다시 아들을 향한 자신의 욕망 때문에 데려와 키우다 그 아들로 인해 입을 화가 두려워 아들을 내친 기억으로 이어진다. 그리고 이 기억은 자기 자신의 욕심과 이기심 때문에 상처받고 내버려진 영택이에 대한 죄의식을 환기한다. 그리고 이 죄의식은 어릴 적 어머니가 속된 욕망과 이기심 때문에 용수를 쓰고 끌려가는 죄인들을 딸인 화자가 보지 못하게 하려고 눈을 가리던 것을 기억하게 하고, 그 순간에 자신이 겪은 "꼭 감은 눈 속의 망막한 어둠, 나쁜 것, 나쁜 사람에 대한 공포"[112]를 떠올리게 한다. 그리고 또 다시 자기 자신의 욕망과 이기심 때문에 영택이를 나쁜 사람으로 만듦으로써 영택이나 영택이를 좋아하는 손주들에게 주었던 상처를 떠올린다.

---

112) 박완서, 「저문 날의 삽화 1」, 28쪽.

결국 이처럼 끝없이 연상되는 화자의 기억들은 이기심과 속물적 욕망 때문에 자신이 부정해버린 것에 대한 죄의식을 환기한다. 이 모든 삽화들을 통해 이루어지는 자기고백적 회상은 인물의 죄의식을 환기하고 자기 자신의 이기심을 반성하게 하는 것이다.

'나'가 반성하는 이기심과 속물성은 해방 전 식민지 시기부터 우리 삶을 강하게 지배하던 공포심과 무조건적인 보신주의, 가족이기주의와 연관된 것이다. 일본 침략으로 인한 상실감은 지배권력에 대한 막연한 공포심과 공포심에서 벗어나기 위한 보신주의를 내면화했다. 그리고 전쟁을 겪게 되는 이후의 역사에서도 이런 상황은 여전히 지속된다. 반공 이데올로기의 공포나 전체주의적 군부정치와 그에 의한 저항운동의 탄압을 경험한 1960~70년대의 현대사 역시 이와 다를 바 없는 과정을 보여준다. 동일하게 반복되는 역사 속에서 아무런 힘도 없이 지배권력의 통제와 규율을 받아들여야 했던 평범한 사람들에게 이 공포감과 그로 인한 보신주의, 혹은 이기주의는 여전히 지속되는 일상적인 삶의 문제다.

일상사의 중간 중간에서 과거의 경험을 회상하는 '나'는 어린 딸의 눈을 가리던 어머니의 이기심과 아무리 정당한 일이더라도 그로 인한 위험으로부터 가족들만은 지켜내려는 이기주의를 경멸했던 자신과, 아들을 향한 욕망 때문에 데려와 키우다 다시 그 아들을 내쳐버린 이기심과 그 아들의 정의로운 행동조차도 그것이 자기 가족들에게 위험이 될 때는 철저히 차단하려는 자기 자신의 이기심을 하나로 연결시켜 인식한다.

그리고 '나'는 자기자신이나 어머니의 삶을 이끌어왔던 억척스러운 가족 지키기가 한낱 가족 이기주의와 보신주의를 미화하려는 허위의식임을 자각한다. 나아가 이렇게 미화된 가족 이기주의는 식민지 시기의 독립운동부터 1980년대 전체주의적 독재권력에 대한 저항운동에 이르기까지 이 운동을 탄압하고 뿌리내리지 못하게 하는 데 적극적인 역할을 했다는 것까지 깨닫는다. 즉 이 가족 지키기나 모성으로 미화된 이기심은 지배 권력이 자신의 권력을 공고히 하고 강화시키는 과정이나 '지배이데올로기의 효과'에 기여했던 것을 자각한 것이다. 화자는 정치적 탄압이나 지배 이데올로기의 부당함을 알면서도 자기만의 안위를 위해 이를 외면하고, 외면한 자기를 합리화하기 위해 자기를 미화했던 위선적 태도가 오히려 지배 권력의 노골적인 탄압보다 더 큰 폭력일 수 있음을 자각한다. 결국 이 미화된 허위의식이 공권력에 의해 소외된 사람들을 그보다 더 철저히 소외시킨다는 것을 자각한 것이다. 영택이가 운동권이어서 경찰서에 잡혀가 고통을 당하고 불이익을 당하는 것보다, 자신이 의지하던 사람들에게 외면당하고 자신을 따르던 조카들에게 나쁜 사람으로 각인될 때 영택이는 더 소외되는 것이다.

과거와 현재를 넘나들며 일상사의 자잘한 느낌에 집착하면서 기나긴 내면탐색을 거친 후에 '나'는 이 미화된 허위의식의 실체를 자각한다. 이는 소외된 자들을 더욱 소외시키고 배제한 것에 대한 죄의식이다. 연상을 통한 회상과 고백은 바로 '지금'의 자기가 내면화한 이데올로기의 허위성과 대면하게 하고 죄의식을 갖게 하는 것이다. 인물의 자기반성은 바로 이 죄의식인 것이다.

「저문 날의 삽화」 연작이나 「꽃을 찾아서」, 「우황청심환」 등 노년의 서술자인 주인공들은 대부분 이런 서술방식을 거쳐 죄의식을 환기함으로써 자기발견에 이르고 반성하는 인물로 성격화된다.

② 수다스런 문체와 산만성: 내면들추기의 리얼리티

끝없이 이어지는 감각인상과 연상에 따라 내면 깊숙한 곳, 즉 무의식에까지 은폐된 자기와 대면하는 데에는 연상을 이어가는 수다스런 문체와 산만한 서술방식도 한 몫을 한다.

(1) 나는 고백소 앞으로 가서 줄을 섰다. 내 앞엔 세 사람이 있었고 나하고 같은 연배의 중늙은이들이었다. 한참 입심이 좋은 나이들이었다. 마냥 기다려야 될지도 모른다는 예감이 들었다. 기다리는 동안 내 바로 앞의 부인은 줄창 가늘게 떨고 있었다. 그 미세한 전율이 무엇 때문인지 짐작이 안 되는 채로 나는 약간 물러섰다. 옮아붙을 것 같아서 싫었다. 그 부인은 나보다 모가지 하나는 작아서 가리마를 중심으로 동그랗게 머리가 빠져 남자의 대머리처럼 반들반들 윤기나는 맨살을 몇 가닥 안 남은 머리칼이 어설프게 덮고 있는 것이 민망하도록 여실히 보였다. 그 부인이 고백소로 들어가 내가 맨앞차례가 될 때까지 줄곧 그 대머리는 늙은 여자의 치부를 훔쳐보는 것처럼 나를 참담하게 했다.

오래 걸리리라고 자신있게 예상한 것과는 달리 그 부인은 곧 나왔다. 나는 나도 모르게 내 뒷사람들을 돌아다보았다. 세 사람이 더 서 있었고 그들의 무표정에 떠다밀린 것처럼 나는 아무런 준비없이 고백소로 들어서고 말았다. 꼭 공중전화 박스만한 넓이의 실내는 침침하고 형언할 수 없이 고즈넉했다. 기대와는 달리 신부님하고 마주앉게 돼 있지 않았다. 신도는 무릎 꿇게 돼 있었고 신부님은 칸막이 저쪽에 계신 듯했다. 나는 황급히 성호경을 읫지만 그 소리의 떨림이 나의 것 같지 않아 낭패스러웠다. 신부님이 뭐라고 그러셨지만 내 가슴이 두근대는 소리가 하도 명료하게 들려 알아들을 수가 없었다. (「저문 날의 삽화 1」, 13-14쪽)

(2) 큰 딸의 공부방이었던 건넌방은 지금은 남편의 서재였다. 말이 좋아 서재지 장서는 빈약했고 전문적이지도 장식적이지도 않았다. 딸의 나이 따라 열심히 들여놓아 준 전집들이 세계 명작동화로부터 문학, 역사 관계 전집류까지 손때보다는 세월의 때에 곱게 찌든 채 간간이 이가 빠지긴 했지만 고스란히 남아 있었고, 딸이 직접 샀음직한 릴케, 니체, 헷세의 책들도 딸의 정신에 영향을 미쳤다기 보다는 지적 허영심이나 채우다 말았음이 역력했다. 오래된 리본이나 포장지처럼 사용의 흔적없이 그냥 바래보였다. 남편의 책이라곤 일본말로 된 삼국지와 어쩌다 사논 종합지가 몇 권 있을 뿐이었

다. 그래도 남편은 친한 친구가 오면 〈우리 서재에서 바둑이나 한판 두세〉 하기도 했고, 〈여보 서재에서 술 한 잔 하게 해줘〉 하기도 했다. 그래서 그 방은 남편의 서재였다. 나는 그 방에 남아있는 딸의 의자에 앉았다. 딸이 시험 공부할 때 피곤을 덜어주려고 사준 의자는 폭신하고 뱅글뱅글 도는 회전 의자였다. 묵주의 기도 열 번은 너무 지루했다. 나는 내가 그 기도를 바침으로써 용서받고자 하는 잘못이 무엇이었던가를 골똘히 생각하느라 자주 기도문을 놓치고 헷갈렸다. 그러다가도 나도 모르게 전도서의 첫 구절을 외고 있었다. (「저문 날의 삽화 1」, 18쪽)

「저문날의 삽화 1」의 일부분이다. (1)은 신부님에게 무언가 급하게 고백할 일이 있는 듯이 조바심치며 고백하러 가서 기다리는 장면이며, (2)는 성당에 갔다와서 "묵주 신공 열 번"의 기도를 준비하는 장면이다. 두 개의 인용문 모두 작중인물인 서술자는 조바심치며, 중요하게 할 일을 앞에 두고 자기 생각에 빠져있다. 다급하게, 또 진지하게 할 일이 있음에도 자신이 해야 할 일보다, 해도 그만 안해도 그만인 주변상황을 관찰하는 일에 더 빠져 있다. 고백성사를 위해 줄을 서서 앞에 있는 중년부인의 머리를 보고 느끼는 참담한 심정을 장황하게 서술하는 것이나, 한참동안을 앞 여자의 머리에 대해 생각한 것과는 달리, 금방 나온 앞 여자 때문에 아무런 준비없이 떠밀리다시피 고백소 안에 들어가서는 전화박스를 연상하는 것은, 이 중늙은이인 서술자의 내면상황을 구체적으로 떠올리게 한다. "처음 하는 고백성사"에 긴장하고 조바심친 것과는 어울리지 않게 그저 "건성으로 들릴 만큼 빠르고 성의 없이" 고백할 수밖에 없었던 인물의 산만한 내면상태를 암시하는 것이다. 상황의 비유성 뿐만 아니라, 쉬지 않고 떠드는 것 같은 장황한 내면묘사는 정작 말해야 할 때는 말하지 못하고 내면에서만 수많은 말들을 웅얼거리는 인물의 초조하고 응어리진 내면심리를 드러낸다고 할 수 있다.

(2)는 묵주 신공을 열 번 하기 위해 남편의 서재로 들어간 주인공의 서술이다. 여기서도 서술자는 서재를 꼼꼼히 관찰한다. 기도를 하러 들어가서는 큰딸이 쓰던 방이 어떻게 남편의 서재가 되었는가나 서재가 실제로 서재의 의미에 맞지 않다는 것을, 서재를 이루고 있는 책에서 짐작되는 딸과 남편의 심리를 자세하게 덧붙이면서 설명하고 있다. 행위의 목적은 제쳐두고 별로 중요하지 않을 주변적인 것들을 꼼꼼히 관찰하는 서술은 인물의 내면상황을 간접적으로 드러낸다. 이렇게 주변적인 것에 관심을 갖는 것은 인물이 하려고 하는 기도가 정작 기도가 되지 않는, 기도하는 것의 허위성과 기도를 믿지 못하는 마음을 보여주는 것이다.

이렇듯, 실제로 인물의 행위에 적합한 관심과 그 일에 대한 성실한 몰입은 제쳐두고 전혀 상관없을 것같은 주변적이고 사소한 것들에 집착하는 태도는 인물의 상황과 동떨어진 것들을 부각시킴으로써 산만성을 고조시킨다. 이외에도 인물은 주변적인 것을 지나치리만큼 꼼꼼하게 서술한다. 「저문 날의 삽화」 연작이나 「꽃을 찾아서」, 「우황청심환」 등 노년의 인물들이 주인공이면서 서술자로 등장하는 작품들은 전체적으로 한 작품으로 이해될 수 있을 정도로 비슷한 삽화적 구성과 사소한 것에 집착하는 서술자의 태도가 전면화되어 있다. 삽화들의 연결로 한 작품이 구성될 수 있는 방식은 그대로 서로 다른 작품들이 하나로 연결될 수 있는 계기로도 작용한다.

전부터 있어왔던 것이나 사소한 것도 그냥 지나치지 않고 인물의 내면으로 끌어들임으로써 그런 사소한 것들이 자기 삶의 한 단면임을 보여준다. 즉 사소한 일상사 구석구석에서도 흔적을 발견할 수 있는 억압된 자아를 의식하려는 서술방식인 것이다. 독립적인 이야기일 수 있는 각각의 삽화들은 아무렇지도 않게 무작위적으로 연관짓는 식으로, 또는 불쑥불쑥 얘기를 꺼내는 식으로 연결됨으로써, 우리의 일상사를 전면적으로 지배하는 허위의식에 대한 반성의 계기가 된다.[113] 이것은 일상적 삶 전반에 스며있어서 쉽게 분별해낼 수 없는 삶의 허위성을 반성하게 하는 서술방식이 되고 있으며, 자기내면의 깊은 곳까지 탐색해들어가 억압된 자아를 복원해내고 그것으로 죄의식을 확인하는 서사가 된다.

남달리 자식 복이 많아 자그만치 육 남매를 둔 남편의 친구가 상처를 하더니 다음해엔 그마저 따라 죽은 사건은 남편의 친구들 사이에 적지않은 충격이 되었다. 그들은 서둘러 사십대의 건강을 면밀히 체크해 보기도 했고 보약을 먹거나 건강식에 관심을 갖기도 했다. 안사람들은 죽은 사람이 남긴 자식의 반밖에 안 되는 제 자식을 얼싸안으며 두셋만 낳은 단출한 식구를 자축하기에 여념이 없었다. 〈세상에 육 남매라니, 모아놓은 재산도 없다는데, 맡아 줄만한 친척도 없다는데,〉 이러면서 알토란같은 제 식구와 중년의 건강을 껴안은 마음에는 일말의 동정과 진이 날 듯이 농밀하고 잔혹한 쾌감이 없었다고는 말못했다. 외할머니가 그 많은 외손들의 치다꺼리를 맡게 되었다는 뒷소식에 저으기 마음이 놓이면서도 그 노인의 욕된 장수가 징그러워 몸서리를 치는 걸 잊지 않았다. 남편이 그 육 남매의 유자녀 중 막내인 영택이를 집으로 데려온 것은 그 후 얼마 안 돼서였다.

…… (중략) ……

우리에겐 딸만 둘이 있었다. 한 번도 드러내보인 적이 없는 아들에 대한

---

113) 이는 '뭉뚱그리기' 구성의 역설적 서술방식과 비슷한 미적 효과를 자아낸다. 그러나 이 절에서 다루는 작품들은 사소한 일상들이 인물의 자기인식으로 모아져 억압된 내면의 죄의식을 환기한다는 점에서 극심한 내면갈등의 계기가 되고 고아의식을 형성하는 '뭉뚱그리기' 구성의 소설들과 다르다. '뭉뚱그리기' 구성의 역설성은 인물이 극심한 내면갈등을 내색하지 못하고 위선적으로 성격화되는 과정을 포괄하는 개념이다. 반면, 삽화 형식은 자기고백적 회상과 어우러져 내면에 억압된 죄의식을 발견하게 하고 자기반성을 매개한다.

갈망을 먼저 드러내보인 것은 내쪽이었다. 저애를 진작만 데려왔어도 감쪽
같이 키우는 건데…… 이런 말을 나도 모르게 입밖에 낼만큼 영택이는 탐나
는 아이였다. 그애는 공부를 썩 잘했다. 나는 그애 덕에 반장 엄마 노릇도
할 수가 있었고 요릿집에 그 학년의 선생님을 모두 초청해서 일등 턱을 낼
수도 있었다. 그러나 가끔 기억력이 비상한 그 아이의 머릿속에 남아 있을
우리집 자식이 되기 전의 기억에 생각이 미치면 치가 떨리는 적의를 느끼곤
했다. 겉으로 보기에 그 아이에겐 그런 기억의 그늘은 조금도 남아있지 않
았다. 그늘을 남기지 않는 기억, 투명한 기억, 그건 행복일까 불행일까 이런
부질없는 생각에 시달리기도 했다. 딸들은 자라면서 나보다 한결 지혜롭게
영택이를 귀애했다. 남동생이 없다는 걸 아는 친구들에게 〈우리 아빠가 낳
아 들여온 동생이야. 역시 아들은 있어야겠나봐. 아빠도 아빠지만 엄마도
저렇게 좋아하신단다.〉 이렇게 말할 수 있을 만큼 능청스럽게 굴었다. 그
애들의 남동생에 대한 욕심은 대를 잇고 싶다는 우리의 맹목적인 갈망과는
달리 그들이 평생 지게 될지도 모르는 책임에서 놓여나고 싶은 걸 뜻했음으
로 한결 용의주도했다. (「저문 날의 삽화1」, 22쪽)

영택이의 부모들이 죽고 외할머니가 외손들을 맡게 되어 영택이를
키우게 된 일에 대한 '나'의 회상적 진술이다. 이것은 단순히 영택이를
어떻게 데려와 키우게 되었는가에 대한 설명이 아니다. 영택이를 데려
와 그 아이에게 정붙이면서 그 아이를 둘러싸고 여러 사람들이 갖게 된
이해관계와 그로 인한 이기적인 욕망을 말한다. '나'의 생각이지만, 영
택이가 고아가 되었다는 하나의 사건을 둘러싸고 있는 사람들 저마다
의 반응이 드러나고 있다. 이 반응들에는 이기적인 욕망이 스며들어 있
다. 게다가 이 욕망은 아들이 있어야 한다는 가부장 의식, 자기 가족의
이익을 중심으로 살아가는 가족주의 이데올로기 같은 일상사에서 발견
할 수 있는 규범의식과 연관되어 있다.
　이것은 과장된 상황이해라 할 수도 있다. 그러나 경제적인 부와 눈에

보이는 성장만이 최고의 가치로 내면화된 물질중심의 사회에서, 겉으로 드러나는 선이나 도덕심은 자기이해 관계를 포장하는 구실이 되기도 한다. 1960~70년대의 '근대화'를 겪어온 한국사회는 겉으로 드러난 것만으로 쉽게 진의를 파악할 수 없다는 불신감이 팽배한 사회였다. 이런 삶의 맥락을 전제하고 있는 '나'는 이렇듯 적나라하게 사람들의 속내를 자기 것인 듯 폭로하는 것이다. 이 서술은 잘 드러나지 않는 자아의 '이면'을 드러내려 하기 때문에 겉모양인 듯하면 어느새 숨겨진 이면을 탐색하는 서술이 됨으로써 삽화적 특성을 보여주기도 한다.

이런 내면서술은 전적으로 한 인물의 내면 목소리로만 서술됨으로써 적나라한 내면심리 묘사가 되기도 한다. 즉 자기만 들을 수 있는 내면 목소리라는 서술상황으로 인해 있을 법한 생각들을 숨김없이 토로하게 되며, 이런저런 생각들이 겹쳐서 서술되고 있기 때문에 쓸데없이 덧붙는 듯한 표현도 많다. 그러나 덧붙여지는 듯 보이는 서술은 진짜 쓸데없이 덧붙여지고 있기 때문이 아니라 너무나 적나라하게 속 깊은 데까지 파고들고 있기 때문인데, 이런 적나라한 '까발리기'식 내면묘사는 독자들로 하여금 거부감을 갖게하기도 한다.[114] 박완서 소설의 문체적 특성은 이 덧붙임의 서술이 가져다 주는 리얼리티에 있다고 해도 과언이 아닌데, 장황한 서술이 많고 과장된 심리묘사가 많으며 집요한 관찰과 내면탐색이 심한 자기고백적 회상의 소설들에는 이런 문체적 특성이 더 강하다.

이런 문체적 특성은 독자의 심리를 자극하고 자기인식을 유도함으로써 회상과 고백의 인식적 효과를 강화한다. 인간 심리의 속 깊은 곳까지 파고들어 가는 집요함으로 자기내면을 탐색하는데, 내면탐색의 계기가 된 사건들은 보통사람들이 평범하게 부딪힐 수 있는 일상적인 것

---

114) 박완서의 심리묘사를 너무 과장된 것으로 파악하는 시각은 이를 염두에 둔 것이다.

들이다. 따라서 서술자의 상황에 독자들은 쉽게 동일시된다. 상황적 평범함으로 인해 독자는 서술자의 내면탐색에 동참하게 되며, 이때 독자는 끝나지 않는 내면탐색에서 자기의 치부를 발견하고 강한 거부감을 느끼게 되는 것이다.

실제로 아들을 중시하는 이데올로기가 내면화된 사회에서 시집 갈 딸들에게 아들 형제가 없다는 것은 큰 부담이 된다. 그러나 사람들은 이런 깊은 곳까지 보려고 하지 않는다. 자기의 속내가 들킬 수 있기 때문이다. 그런데 이 서술자는 끝나지 않는 집요한 내면탐색으로 속내 깊은 곳까지 파고들어가 낱낱이 속셈을 들추어내고 있는 것이다. 즉 자신도 모르게 미화시키고 은폐시킨 허위의식의 실체를 드러냄으로써 억압된 자아를 발견하고 죄의식의 정서를 환기한다.

「저문날의 삽화 3」 역시 도자기를 굽는 딸에 대한 화자의 허영심을 통해 미화되고 은폐된 이기심과 속물적 욕망을 발견하고 죄의식을 환기하는 작품이다. 도자기를 굽는 딸이 그럴듯한 도예가가 되기를 꿈꾸는 화자는 딸에게 투사된 자신의 꿈이 한갓 허영심일 수 있다고 생각하면서도, 그것을 혐오하는 딸에게서 배반감을 느낀다. 이 허영심과 배반감을 드러내는 도입부의 장황한 내면묘사는 동떨어진 삽화라 할 수 있을 정도로 뒤에 이어지는 만수네의 이야기와 별 연관성이 없는 듯 보인다. 그런데 이 삽화는 가난하게 어린 손자들을 키우는 "만수네"에게 자신도 기억하지 못할 정도의 순간적인 허영심으로 동정을 베푼 일과 연결되어 있다. 딸에게 걸었던 꿈이 자기황홀을 위한 장식적 기능밖에 하지 못하듯이 어릴 적 화자의 집에서 일을 거들며 살았던 만수네에게 보인 지난날의 선의(善意) 역시 순간적인 자기황홀에 지나지 않았음을 회상하는 것이다. 이로써 삽화적으로 나열된 두 개의 이야기는 자기미화를 위한 허영심을 폭로하는 통렬한 자기반성의 주제로 모아지는 것이다.[115]

이 혐오스러운 내면을 끝까지 탐색해 들어가는 서술방식은 자기이익과 상관없을 때는 언제든지 돌아설 수 있었던 '못 본 척'에 대한 죄의식을 환기한다. 용수를 뒤집어쓰고 끌려가는 사람들의 죄가 자식에게 옮아붙을까봐 자식의 눈을 가리는 '못 본 척', 시위대의 고통과 불이익이 손주들에게 해가 될까봐 손주들의 눈을 가리는 '못 본 척', 운동권이라고 내치고 나서도 공무원인 남편에게 화를 끼칠까봐 전전긍긍하지 내친 아들의 상처에는 관심이 없는 '못 본 척'(「저문 날의 삽화 1」), 자기황홀의 즉흥적인 감상으로 인한 허영심으로만 가난한 사람들에게 베풀어지는 위선과 이기심의 '못 본 척'(「저문 날의 삽화 3」) 등, 한 편의 양심과 그 양심이 갖고있는 또 한편의 이기주의와 속물성을 적나라하게 드러냄으로써 양심 한 편의 이기심과 속물적 욕망이 얼마나 강고하게 내면화된 것인가를 정직하게 짚어낸다. 이는 수다스럽게 산만한 서술자로 인해 내면의 심층까지 파헤쳐대는 서술의 인식적 효과라 할 것이다.

그런데 이런 '못 본 척'을 결국 자기 것으로 인식하고 죄의식을 갖는 것은 내면에서만 일어나는 일이다. 이 '못 본 척'의 기억은 자기 자신의 치부와 같은 것이어서 쉽사리 발설할 수 없기 때문이다. 그래서 무의

---

115) "나는 빗자루를 들고 들어가 방바닥에 흩어진 종이쪽지를 쓸어 모았다. 갈기갈기 찢어버린 건 내 필적이 아닌가. 나는 그것들을 펴서 맞춰보다 말고 예리한 사금파리에 찔린 듯이 놀라서 손을 떨었다. 손을 떨었건만도 찔림은 여전했다. 지금 내가 함부로 찔리고 있는 건 손바닥이 아니어서 피할 수가 없었다. 실용에서 제외된 장식용 도자기를 산산이 부수면서 수치스러워하던 딸의 모습이 떠올랐다."(「저문날의 삽화3」, 현대문학, 1987. 6, 77쪽) 「저문 날의 삽화 3」의 마지막 부분이다. 이 소설은 두 개의 이야기를 그냥 나열한 듯한 느낌을 준다. 그런데, 그 두 개의 삽화가 마침내 이 부분에서 하나의 주제로 묶인다. 그것은 "자기 황홀이 즉흥적으로 장황한 미사여구"를 만들게 하는 허영심에 대한 자기혐오다. 자기가 구운 도자기가 장식용이 될 때, 쓰임새 없이 허영심을 채우기 위한 것으로 여겨서 산산이 부쉈던 것처럼, 예전에 집에서 부리던 만수네에게 보낸 호의가 자신의 허영심일 뿐이었다는 것을 알고 혐오감을 갖는 것이다. 두 개의 삽화는 자기고백적 회상을 통해서만 회상적 자아의 의식 속에서 하나의 의미로 연결되어 주제를 형성하는 것이다.

식, 즉 망각된 기억이기도 하다. 무의식적 연상에 의해서만 의식될 수 있는 이 내면적 자아는 비록 내색하지는 못하지만 내면탐색의 과정으로라도 인물의 반성적 자의식을 매개하는 것이다.[116]

이런 자각은 자기 자신의 내면의 바닥까지 들여다보는 고통스런 자기고발이 아니면 도저히 가능하지 않은 것이어서 인물은 마술적 힘에 이끌리듯이 끝도 없는 집요함으로 내면탐색을 이어나가는 것이다. 이 집요한 내면탐색만이 자기의 못 본 척을 죄로 의식하게 하는 동력이라 할 수 있으며, 무심코 지나치는 사소한 일상의 한 순간도 놓치지 않는 삽화 형식의 서술주체나 사소한 감각으로도 과거의 경험을 끊임없이 회상하는 자기고백적 회상의 자아로 인해 이 집요한 내면탐색이 가능한 것이다. 이렇게 해서 발견된 억압된 죄의식은 비록 쉽게 내색할 수 있는 것은 아니지만, 궁극적으로 허위적 삶을 넘어서고자 하는 자기반성이 된다.

그렇지만 이제 인물은 망각한 듯 무의식에까지 억압된 자아, 즉 허위적 자기를 반성하는 죄의식을 발견하고서도 자기 자신의 치부여서 발설하지 못하고 아무렇지도 않은 듯 살아가기 때문에 인물의 내면동요는 심각하고 전면적이다. 특히 1980년대 중반 이후 박완서 소설에 등장하는 노인들의 일상은 끊임없이 연상되는 생각을 펼쳐가면서 자기 내면을 탐색하고 그 과정을 통해 오랜 세월 내면화한 허위의식과 그로 인한 죄의식을 갖게됨으로써 회환에 젖는다. 이 회환은 낭만적 정서가 아니다. 한국 근현대사의 '근대화'된 삶에서 밀려나지 않으려고 비열하게 살아온 자기 삶에 대한 정직한 판단이다. 정직한 자기직시이기 때문

---

116) 원윤수는 이런 인물묘사가 작중인물을 도식화하고 유형화할 수 있다고 지적하며(원윤수, 「꿈과 좌절」, 문학과 지성, 1976. 여름, 530쪽 참조) 황광수는 극단적인 이기심을 과도하게 드러내는 인물 형상화가 삶을 물상화한다고 비판한다.(황광수, 「민족문제의 개인주의적 굴절」, 창작과비평, 1985. 가을, 278-279쪽 참조)

에 죄의식을 갖게되고 치부여서 발설하지 못하고 마는 것이다. 게다가 그 '근대화'의 논리는 여전히 '현실'이어서 죄의식을 죄의식으로 내색할 수 없는 것이다.

3) 혼잣말의 대화성과 '침묵'의 자기반성

박완서 소설들에는 직접 상대자를 앞에 놓고 이야기하는 듯한 서술 상황이 전제된 소설들이 있다. 담화적 상황 속에 있는 것이다. 그렇지만 대화로 구성되지 않고 한 편의 목소리로만 구성되어 있다. 대화적 상황이면서도 한 편의 목소리로만 구성된 점을 들어 '혼잣말의 대화성'으로 설명해보려 한다.

혼잣말이란, 독백처럼 특정한 상대방 없이 혼자하는 말이다. 독백은 내면묘사가 불가능한 장르인 극에서 인물의 행동이나 대사로 드러내지 못하는 인물의 내면을 드러내는 방법으로 사용된다.[117] 인물의 성격을 드러내는 데 내면묘사가 중요하게 여겨지는 소설에서 인물의 내면 목소리는 극의 독백과 같은 역할을 한다. 그렇지만 이 '혼잣말'은 독백이나 내면 목소리를 의미하는 것은 아니다. 대화상황을 전제하고 있기 때문에 인물의 내면 목소리와 구별되는 발화된 '말'이다.

이 점에서 혼잣말이 아닐 수도 있다. 작품의 표층에서는 혼잣말이지만 이야기의 내용에 담화상황이 전제되어 있기 때문에 대화성을 띤다. 따라서 표층의 구조에서는 혼잣말이지만, 심층의 구조에서는 대화 속의 말이라는 점을 들어 '혼잣말의 대화성'으로 보는 것이다. 「티타임의 모녀」와 「나의 가장 나중 지니인 것」은 이런 서술특성을 보여주는 작품이다.

---

117) 구스타프 프라이탁, 위의 책, 200-202쪽 참조.

대화성에 있어서 「티타임의 모녀」와 「나의 가장 나종 지니인 것」은 다른 양상을 띤다. 「티타임의 모녀」는 대화상황이 명시적으로 전제되어 있지 않다. 서술자의 서술행위를 드러내는 말을 통해 암시적으로 담화적 상황을 전제한다. 반면, 「나의 가장 나종 지니인 것」은 전화를 받는 상황이 전제되어 있고, 그 상황 속에서 한 쪽 편의 말로 소설이 구성되고 있기 때문에 혼잣말로 소설이 전개되지만 혼잣말의 의미는 대화상황이 전제된 가운데서 수용된다.

이런 담화적 서술상황이 혼잣말의 서술방식의 의미를 분석하는 데 있어서 중요한 전제가 되는 것은, 이 담화성으로 인하여 대화 상대자에게서 이루어지는 '반성'의 의미 때문이다. 작품 안의 표층에서는 담화적 상황만이 드러나지만, 혼잣말이 담화상황을 통해 수용되는 과정에서 대화 상대자의 자기반성이 상상될 수 있다. 인물의 혼잣말이 서술되는 사이사이에서 인격적 공간이 만들어짐으로써 인물의 혼잣말이 재해석되고 의미가 상상된다는 것이다. 따라서 혼잣말의 표층에서는 반성적 서술이 잘 드러나지 않지만, 혼잣말 서술이 상대하는 대화 상대자에게서 반성적 사유가 의도된다는 점에서 반성적 인식이 매개되는 서술방식이라 할 수 있다.

① 이중적 반어와 허위의식 비판

「티타임의 모녀」는 대화적 상황이 명시적으로 전제되어 있지 않다. 그러나 서술자가 서술행위를 의식적으로 드러냄으로써 혼잣말은 듣는 이를 상정한 대화성을 지니게 된다.

큰 아파트건 작은 오막살이건 자기 집이 그렇게 별안간 생길 리가 없었다. 나는 자다가라도 이 집이 내 집이라는 편안감을 맛본 적이 없다. 오히려 자다 깼을 때의 의식에는 현실감 이상의 것, 영감 같은 게 있다. 낯선 침대

방에서 한 밤중에 눈을 뜨고 옆에서 자는 그이와 지훈이의 고른 숨소리를 들었을 때 나는 세 식구가 여행을 떠나와 호텔에 묵고 있는 것처럼 느끼곤 했다. 보통 여행이 아니라 마지막 여행, 왜 있지 않은가? 나처럼 눈물 짜내고 싶어하는 사람들이 좋아하는 멜로드라마에 흔하게 나오는, 사랑하면서도 헤어지지 않으면 안되는 부부나 연인들의 이별 의식으로서의 여행, 또는 죽음으로 생을 하직하려고 마음먹은 이들이 이 세상은 아름다웠노라고 말하기 위해 마지막으로 부려보는 사치로서의 여행같이만 여겨져 하염없이 슬퍼지곤 했다. 지훈이 고모에게 이 아파트를 친정에서 사주었으리라는 어머니의 추측은 아마 맞는 말일 것이다. 그렇지 않고서야 전세를 놓아도 억대 가까이 받을 45평짜리 아파트와, 없는 것 없이 갖추고 살던 세간까지 거저로 고스란히 놓고 나가게 할 권한이 친정부모에게 있었을 리가 없지 않겠는가. (「티타임의 모녀」, 창작과비평, 1993. 여름, 149-150쪽)

「티 타임의 모녀」의 주인공이며 서술자인 '나'의 진술이다. 여느 소설과 마찬가지로 인물이 처한 상황을 요약적으로 서술하는 내면 목소리로 볼 수도 있다. 작중 상황에서 인물이 말하고 있는 것이 아니기 때문이다. 그러나 이 서술은 내면 목소리라고 보기 어려운 점이 있다. 서술 중간에 끼여들어 있는 "보통 여행이 아니라 마지막 여행, 왜 있지 않은가?"라는 표현은 자기 상황을 상대방에게 설득하려는 서술태도로 인해 대화성을 띠기 때문이다. 자기 상황을 보다 설득력 있게 전달하기 위해서 서술 중간에 상대자에게 동의를 구하는 표현을 끼워 넣고 있는데, 이것은 어떤 비유를 들기 전에 듣는 이를 향해서 주의를 환기시키려는 의도인 것이다. 대화 상대자를 설득하려는 이런 태도는 서술에서 사용되는 종결어미에서도 드러난다. 서술자는 자기상황을 끊임없이 추측한다. '-일 것이다', '-일 리가 없다', '-모르겠다', '-것도 같다' 등의 종결어미가 그것이다. 이 서술들은 끊임없이 인물의 추측이 맞을 것이라는 확신을 심어주기 위해 설득하려는 서술태도를 만들어낸다.

　서술자는 공장에서 일하다가 위장취업자인 운동권 남편을 만나서 식도 올리지 않고 같이 살게 되었고, 아들 지훈이도 낳았다. 그러나 "동구권과 소련이 무너지"고서 흔들리는 남편을 보며, "그이의 운동권적인 속성에 매달려야만 겨우 그이와의 평등을 유지할 수 있는 게 서글"프다고 생각하는 처지가 된다. 그래서 "그이가 잠시 운동을 쉬고 있을 뿐이려니" 생각하며 불안한 마음을 다잡는다. 그러던 중 아들 지훈이가 다세대 주택 3층 옥상에서 떨어져 뇌를 다치게 되는 사건이 발생한다. 이를 계기로 "오로지 예감으로만 감지할 수 있었던 게" 현실이 된다.

　남편은 백부가 큰 병원을 경영하는 부잣집 아들이었고, 아들의 뇌수술로 인해서 위장취업의 삶을 청산하고 부모에게 돌아가게 된 것이다. 이후로 '나'는 남편이나 남편의 가족들에 대해서 아무 것도 모르고 있으며, 아들 지훈이가 가끔씩 찾는 사람이어서 남편과 지훈이에 묶여 있다고 생각한다. 이것은 '나'의 정체성 혼란과 불안감의 원인이 된다. 그런 불안감을 없애고 혼란을 해명하기 위해서, 서술자는 끊임없이 자기상황에 대해 추측하고 판단하게 되고, 동의를 구하는 대화적 서술은 이 불안감을 떨쳐버리기 위한 심리의 반영이다.

　'나'는 갑자기 닥친 혼란스러운 상황 속에서 모르는 것이 많기 때문에 끊임없이 추측하고 있으며, 추측이 맞다면 자신은 상황에 적응할 수 없다고 생각하기 때문에, 추측은 자연스럽게 불안감을 주는 것이다. 추측성 서술은 이런 인물의 내면상태를 드러내는 것이며, 자신의 추측이 가져다 줄 미래에 대한 불안감을 무마하기 위해 설득하려는 서술태도는 대화성을 띠게 된다.

　그러나 서술은 주로 인물의 추측으로 이루어지기 때문에 인물의 상황을 객관적으로 설명하지는 못한다. 작품은 상황을 잘 몰라서 추측하는 인물의 말로만 이루어지며, 이런 서술 이면의 심층의 의미를 상상하게 만든다. 즉 인물의 말을 들으면서 '나'의 상황을 파악해 가는 대화 상대자의 공간이 만들어진다고 할 수 있다. 이 대화 상대자의 자리는 내포독자의 자리와 겹칠 수도 있다. 그러나 굳이 혼잣말의 서술이 상대하는 '대화 상대자'로 구분하는 것은 이 서술자의 성격과 서술상황의 독자성을 강조하고, 그럼으로써 반성적 의미가 구현되는 상상의 공간을 명확히 할 수 있기 때문이다.

내포독자는 서술상황을 화자와 수화자라는 담론으로 이해함으로써 가능한 개념이다.[118] 작품의 서술성이 의도하는 의미 형성 주체로서의 '독자'를 상정하는 것이다. 이때, 내포독자를 상상하게 하는 것은 서술자의 몫이지 인물의 몫은 아니다. 내포독자를 상상하게 하는 대화성은 작중 상황에서 이루어지는 것이 아니라, 서술상황에서 이루어지는 것이다.

그러나 「티 타임의 모녀」의 대화 상대자는 작중의 담화적 상황으로 인한 것이다. '혼잣 말의 대화성'의 서술방식은 담화성을 띠는 작중 상황을 만들어냄으로써 구체적인 대화 상대자를 상상할 수 있도록 유도한다. 대화 상대자를 구체적으로 설정할 수 있는 점 때문에 서술방식 속에서 대화 상대자의 반성적 자기인식을 상상해낼 수 있는 것이다.

그러다가 누군가가 녀석, 볼수록 귀(貴)티가 나네그려라고 감탄을 했다. 순간 그이의 표정이 반짝 빛나는 걸 놓치지 않았다. 내 가슴속에서 또 무겁고도 차가운 게 철렁 내려앉았다. 그건 어쩌면 그 후에 내려앉은 어떤 추보다도, 심지어는 옥상에서 떨어진 지훈이가 사경을 헤맬 때 내려앉고 또 내려앉은 추보다 더 무거운 추였을 것이다. 그이에 대한 최초의 배신감이었으니까. 그는 나의 쓰라리고 허전한 가슴속을 아는지 모르는지 손님들이 돌아간 후에도 이 애가 정말 귀티가 그렇게 나느냐고 나의 공감을 구하기도 하고, 허어, 그 녀석 귀티가 절절 흐르네 하기도 하고, 아무튼 내가 보기에 그

---

118) S. 채트먼, 한용환 옮김, 『이야기와 담론』, 고려원, 1990, 176–179쪽 참조.

이는 그놈의 귀티를 골백번 반추를 해도 싫지가 않은 눈치였다. 할 때마다 안색은 빛나고 입은 헤벌어졌다. 운동권이 귀티를 그렇게 좋아할 줄을 누가 감히 상상이나 했겠는가? (「티타임의 모녀」, 156쪽)

서술자인 '나'의 회상이다. 갑작스럽게 자기 상황이 달라진 것을 혼란스러워 하고 불안해하는 서술자는 남편과 지냈던 일을 회상하면서 혼란과 불안감을 해명해낸다. '나'가 잘 알지 못하는 남편과 남편의 가족들의 정체는 '나'의 회상을 통해 '나'의 변화된 상황과 연결되어 분명한 의미를 만들어가게 된다. 인용문에서도 혼잣말은 설득하려는 태도 때문에 대화성을 띤다. "배신감이었으니까"의 종결어미나, "아무튼"이라는 표현은 대화하는 말 중간에 쓰이는 연결어미이거나, 말을 전환하기 위해 사용하는 접속어에 해당한다. 또 "상상이나 했겠는가" 역시 얼마나 놀랐는가를 드러내는 반어적인 감탄형 어미로서 설득하려는 의도를 내포한다. 게다가 이 인용문에서 '나'는 너무 어려워서 격이 다르다고 생각하는 "그이"를 희화화하고 있다. "절절 흐르네"라는 남편의 말이나, "골백번 반추", "안색은 빛나고 입은 헤벌어졌다" 등은 남편이 아들의 귀티에 집착하는 모습을 희화화시키는 표현이다. 그런데 이 희화화는 거꾸로 아무것도 모르고 남편을 희화화시키는 서술자인 '나'를 희화화시키는 반어적 효과를 구현함으로써, 서술자인 '나'를 어리석은 인물로 만든다. 남편을 비아냥거리는 '나'의 서술은 남편이 어떤 사람인지를 정확하게 알지 못하기 때문에 가능한 것이다. 이 잘못 알고 있음으로 인해 '나' 역시 희화화되는 것이다.

'나'는 남편이 운동권이라는 말을 처음 들었을 때, 남편을 자기마음대로 생각함으로써 남편과 화합할 수 있었다. 혼란과 불안감으로 도망치려는 '나'에게 남편은 "나는 빨갱이가 아니야"와 "책임지겠다"는 말 밖에 하지 않는다. 그 남편의 말을 "자기 생각을 나에게 이해시킬 마음

이 처음부터 없었"던 것으로 짐작했던 '나'는, 남편이 자기와 같은 여
공들을 무시했다고 생각하면서도 남편을 좋아했기 때문에 혼란과 불안
감을 남편에 대한 신뢰로 바꿔야 했다. 그래서 끊임없는 추측으로 남편
의 정체를 만들어낸다. '나'는 남편의 말을 믿고 싶은 마음에 "말해주
지 않은 사실까지도 다 알아버린 것처럼 넘겨짚"고 남편을 '이해'한다
고 생각하는 것이다.

  그런데 이 '이해'는 '나'의 혼란과 불안감을 '나' 스스로 납득할 만한
것으로 만들기 위해 '나'가 만든 것이었다. '나'는 남편이 너무 가난해
서 운동권이 되었을 것이라는 짐작을 아주 당연한 사실인 것처럼 받아
들이면서 남편의 정체를 '이해'하고, 결정적으로 남편과 자신의 연결점
을 마련한다. 그러나 이 짐작이 결정적인 '오해'임이 드러나면서 '나'
는 어리석은 인물이 되고, 남편과 '나'의 관계는 끊임없이 '나'에게 불
안감을 주게 되는 것이다. 확신을 가지고 이루어진 '이해'가 결정적으
로 상황을 '오해'한 것임이 드러나면서 인물의 어리석음이 드러나는 것
이다.[119] 이는 대상을 희화화시키는 서술자의 혼잣말을 통해 서술자 역
시 희화화됨으로써 대화 상대자로 하여금 자기 삶의 허위성을 자각하
고 반성하게 한다.[120] 즉 어리석은 서술자인 '나'의 서술로 인해 서술자

---

119) 박완서 소설 가운데 「도둑 맞은 가난」(『세대』, 1975. 4)도 확신을 가지고 이루어진
    '이해'가 상황을 '오해'한 것임이 드러나면서 상대 인물을 희화화하는 인물도 같이
    희화화되는 작품이다. 이 작품에서도 이중적 반어로 인하여 서술자는 어리석은 인물
    로 드러나고, 이를 통해 어리석지 않은 인물의 허위의식이 비판되게 한다. 이 작품도
    반어적 효과를 띠는 혼잣말 서술과 유사한 서술방식을 보여주지만, 혼잣말이 작중의
    담화상황을 전제한다고 보기는 어렵다. 「도둑맞은 가난」에서 상상할 수 있는 대화 상
    대자의 자리는 내포독자에 가깝다. 서술의 인식적 효과는 유사하지만, 대화성을 지닌
    혼잣말이라 보기는 어렵다.
120) 이는 채만식의 「치숙」의 서술방식과 비교해 볼 만하다. 「치숙」은 서술자인 조카에
    의해 삼촌의 삶이 드러나고 있다. 삼촌의 삶이 조카의 말에 의해 드러나고 있기 때문
    에 조카의 경험과 의식에 한해서 해석되고 판단된다. 조카의 말을 통해 조카의 의식
    이 드러나면서, 동시에 삼촌의 삶에 대한 조카의 판단도 같이 드러난다. 따라서 조카

가 희화화시키는 상대 인물의 내면화된 허위의식을 포착해내는 독특한 시선을 만들어내는 것이다. 남편 자신의 내면 목소리로는 자기 스스로도 쉽게 간파해낼 수 없는 허위의식을 남편이 자신을 무시한다고 생각하는 어리석은 서술자의 목소리를 통해서 반어적으로 포착하는 것이다.

남편은 '나'를 생각해서 이해할 만하다고 생각한 말을 골라 빨갱이가 아니니 믿어달라고 말한 것이지만, '나'는 남편이 자신을 무시한 것이라고 생각함으로써 남편이 생각하는 것과 실제가 다르다는 것을 알수 있게 한다. 게다가 남편은 "사람들이 서로 무시하거나 억압하지 않는 세상"을 꿈꾼다고 말하면서도 자기 아들이 귀티가 난다는 말을 "골백번"이 넘게 반추하고 그 말에 탐닉하는 모습을 보여준다. 이것은 남편이 무시하는 여공인 '나'에 의해 포착된 남편의 '이면'이다. 일상적인 사소한 일들에서 '나'에 의해 포착된 남편의 모습은 어리석은 인물인 '나'만이 포착할 수 있는 남편의 허위의식이다. 이는 남편 스스로는 미처 의식하지 못하는 남편에게 내면화된 허위의식의 실상이라 할 수있다. 이처럼 어리석은 인물의 혼잣 말로 드러난 남편의 허위적인 내적 면모는 사회운동의 이념이나 사상 이면에 은폐된 자기미화의 욕망이나 위선이라 할 수 있다.

따라서 이를 듣고 있는 대화 상대자는 이렇게 생각하는 '나'에 의해

의 의식은 삼촌의 삶을 중개한다고 할 수 있다. 조카는 일본 때문에 조선이 잘 살 수 있게 되었기 때문에, 조선사람들이 빨리 내지인화되어 잘 살게 되어야 한다고 생각한다. 자신도 일본사람처럼 되어서 일본여자와 결혼하는 게 꿈이라고 서슴없이 말한다. 이런 조카의 눈에 삼촌은 공부를 많이 했지만, 헛공부를 한 사람으로, 어리석은 사람으로 보인다. 조카는 삼촌의 어리석음과 조강지처를 함부로 버리는 부도덕함을 신랄하게 비판하면서, 공부한 사람들의 허상을 일깨우려 진지하게 노력한다. 그러나 자신의 경험과 의식에 한해서만 생각하는 조카는 삼촌의 삶도 자기의 생각으로만 해석함으로써, 삼촌의 삶을 제대로 이해하고 있지 못한 것으로 드러난다. 어리석은 것은 삼촌이 아니라, 자기 경험과 의식의 한계에서 벗어나지 못하고, 자기를 반성하지 못하는 조카이다. 남편의 세계를 자신의 경험과 의식의 한계 안에서만 해석하고 판단하는 「티 타임의 모녀」의 '나' 역시 어리석은 인물이라 할 수 있다.

설득된다고 할 수 있으며, 이를 통해 남편과 같은 사람들이 내면화한 속물성이나 이기심을 자각할 수 있게 된다. 나아가 이는 이 대화 상대자의 자기자신에 대한 반성을 유도한다. 혼잣말의 대화성은 반어적 상황을 만들고 그 상상의 '공간'에서 대화 상대자의 반성이 유도되는 것이다.

그런데 이 대화상대자가 누구든지 자기를 반성할 수 있는 것은 아니다. 반어적 상황이란 그것을 알아낼 수 있는 지적인 독자에 의해서만 공감될 수 있기 때문이다. 따라서 독자가 서술자의 대화상대자가 되어 자기반성할 때, 그 때만 대화상대자의 성격이 확연해질 수 있다.

남편의 허위의식을 자각하려면 남편과 같은 사람들의 삶을 알고 있어야 하며, 그 삶에 내재된 이율배반성이나 은폐된 이기심을 알고 있어야 한다. 서술자의 혼잣말로 이런 것들이 전혀 설명되지 않기 때문이다. 따라서 '나'의 어리석음과 그 어리석음에 포착된 남편의 허위성을 자각하는 대화 상대자는 자기 자신의 일인 듯이 남편의 내면을 받아들일 수도 있어야 하는 것이다. 어리석은 인물 '나'의 혼잣말이 대화 상대자의 자기반성을 매개하는 것은 이처럼 서술자의 성격 속에서 서술자의 혼잣말을 듣고 있는 대화 상대자의 성격이 매개되기 때문이다. 이때, 「티 타임의 모녀」는 명시적인 담화 상황이 전제되어 있지 않더라도 서술자의 혼잣말이 구현하는 반어적 의미로 인하여 대화 상대자의 자기반성을 상상해낼 수 있게 된다. 즉 남편이 꿈꾸는 "사람들이 서로 무시하거나 억압하지 않는 세상"이라는 의식이 가장 가까이 있는 '나'를 무시하는 태도 속에서 자기미화의 속물적 욕망을 은폐한 것으로 반전되어 드러남으로써 대화 상대자의 자기반성이 매개될 수 있는 것이다.

보통 박완서의 소설들에서 남편과 같은 처지의 인물들은 전형적인 소시민성을 지닌다. 그래서 이런 인물은 스스로의 치부를 헤집어 보는 내면탐색을 통해 내면화된 허위의식을 발견하는 방식으로 성격화된다.

앞에서 말한 자기고백과 내면탐색은 바로 이런 자기 내면의 치부를 스스로 발견하는 서술특성이다. 그러나 「티타임의 모녀」는 남편과 가장 가까운 아내를 어리석은 서술자로 설정하여 자기의 솔직한 욕망을 은폐하고 허위적 자아를 내면화한 남편의 실체(내면 혹은 억압된 자아)가 서서히 드러나게 한다. 가장 숭고한 이상을 내면화한 듯 소신껏 살아가는 이상적 인물의 내면의 이기적인 속내를 헤집어내고 비판하는 방식으로 어리석은 서술자의 이중적 반어가 사용되는 것이다. 이때, 남편의 내면을 상상을 할 수 있는 대화상대자의 자리, 즉 상상적 공간에서 자기반성이 이루어진다.

② 일방적 수다의 '카니발'성과 '타자적 자기'의 발견

대화 상대자의 자기반성을 매개하는 혼잣말 서술은 「나의 가장 나종 지니인 것」의 대화성을 통해서도 확인할 수 있다. 이 작품에서도 상대자의 형상은 드러나고 있지 않지만, 「티 타임의 모녀」보다 훨씬 구체적으로 혼잣말 가운데에서 대화 상대자의 형상을 상상할 수 있다.

이 작품은 전화를 받는 한쪽 편의 목소리로 서술된다. 작품의 표면에 드러나는 것은 한쪽 편의 말이어서 혼잣말이지만, 대화를 주고받는 담화상황이 그대로 서술에 드러나 있어, 혼잣말 속에서 상대자의 성격이나 여러 가지 정보가 드러나기도 한다. 따라서 서술자의 혼잣말을 따라가다 보면, 전화를 하고 있는 상대인물과의 관계를 점차적으로 확인할 수 있게 된다. 대화 상대자를 설득하려는 표현이나 반어적 효과가 없이도 전화라는 담화적 서술상황으로 인해서 심층적 의미를 상상할 수 있는 것이다.

이 작품에서도 대화 상대자는 침묵 속에 있다. 그러나 침묵은 「티 타임의 모녀」처럼 서술방식을 통해 상상하게 되는 것이 아니라, 작중의 담화적 상황 속에 명시적으로 드러난다. 혼잣말을 듣고 있는 침묵은 전화를 하고 있는 구체적인 상대이기 때문에, 그저 말 안 하고 있는 실제 상황이기도 하다. 작품에서 이 전화 상대자는 "절벽"으로 비유된다.

> 전화 바꿨습니다. 어쩐 일이세요? 형님이 전화를 다 주시구. 거는 건 언제나 제 쪽에서였잖아요. 말도 저만하고 형님은 듣기만 하셨죠. 여북해야 혼자서 마냥 지껄이다가 문득 형님은 시방 수화기를 살짝 문갑 위에 올려놓고 딴 일 보고 계실 거다 싶은 생각이 들 적이 다 있었겠어요. 그러면 저도 입 다물고 전화기를 귀에다 바싹대고 기다렸죠. 숨도 크게 안 쉬시는 고상한 우리 형님이시니 무슨 소리가 들릴 리 없죠. 형님은 나빠요. 어쩜 그렇게 인기척이라곤 없이 남의 말을 들을 수가 있어요. 연결된 전화통에서 아무 소리도 안 들리는 느낌이 어떤 건지 아마 형님은 모르실 거예요. 절벽 같아요. 내가 뛰어내리지 않으면 누가 떠다밀기라도 할 것 같은 절벽 말예요. 그래요. 형님은 제 수다가 정 듣기 싫으면 이제 그만해두게, 말로 하시지 그러실 분이 아니라는 건 저도 알아요. 마음이 꼬이면 별 생각을 다 하나봐요. 그렇지만 절벽 같은 적막 끝에 들려오는 소리도 뭐 그렇게 정 붙는 소리는 아니더라구요.
> 듣고 있네, 계속하게나.
> 사극에 나오는 대비마마처럼 이렇게 감정이 섞이지 않은 형님의 목소리를 들을 때마다 창석이 처가 참 안됐다는 생각이 들어요. (「나의 가장 나중 지니인 것」, 상상, 1993. 가을(창간호), 281쪽)

전화를 주고받는 인물들의 관계가 한 쪽 통화자의 목소리로 드러나고 있다. 수화기를 들고 말하고 있는 인물은 수다스러운 중년여성이다. 전화 저쪽의 보이지 않는 인물은 이 수다를 항상 받아주는 것 같은 손위 동서다. 이 전화 통화자들은 "혼자서 마냥 지껄이는" 인물과 그 이야기를 아무런 응답없이 듣기만 하는 "절벽" 같은 인물이다. 일상생활에서 주고받는 말이 그렇듯이 이들의 대화는 별다른 목적없이 전개된다. "수다"라는 표현을 통해서도 드러나듯이, 그저 생각나는 대로 주고 받는 대화일 뿐이다. 그런데 이 대화는 그저 생각나는 대로 이루어지는 대화이기 때문에, 인물의 내면 목소리를 담아내는 형식이 되고 있다. 또 끊임없이 떠들어대는 한쪽 편의 수다와 "절벽 같은 적막"으로 비유 되는 상대자의 대칭적 성격은, 이야기를 하는 자와 이야기를 듣는 자라 는 짝으로서의 '관계성'을 지닌다. 이야기가 이들을 관계맺어 주는 매 개체임을 알 수 있다. 이것은 이 말들이 소외된 말이 아니라 살아있는 말이 되게 한다.

박완서 소설들에서 '말'은 억압된 자아를 상징하는 서사적 장치가 되기도 한다. 자전적인 성격이 강한 「부처님 근처」에서는 모녀가 금지 된 것이어서 삼켜버린 '말' 때문에 고통스러워하며 그것을 풀어내기 위 해 각자의 방식으로 노력한다. 어머니는 끊임없이 외는 염불로, 딸은 사람들을 만나서 풀어놓는 이야기나 소설쓰기로 삼킨 '말'들을 뱉어놓 으려 한다. 「엄마의 말뚝 2」의 딸은 술이 취해서 늘어놓는 수다를 통해 "말을 통해 자유로워지는 쾌감"을 느낀다. 「지렁이 울음소리」에서는 욕쟁이 선생님의 진정한 자기 목소리가 지렁이 울음소리처럼 내뱉아지 지 않게 됨으로써 억압적인 현실을 폭로하고 있기도 하다. 무슨 말인지 도 알 수 없는 말을 하루종일 중얼거리며 끊임없이 말을 시키는 시어머 니들(「울음소리」, 「포말의 집」, 『살아있는 날의 시작』)과 일주일에 겨 우 말 한마디 할까말까한 자식들(「포말의 집」, 「꿈꾸는 인큐베이터」)은 관계를 이어주고 의사소통의 매개가 되는 말이 단절됨으로써 소외된 가족관계를 드러낸다. 이 작품들에서 말은 삶의 소외를 가늠하는 지표 가 되며, 관계의 성격을 알 수 있는 통로가 된다. 말들이 인물의 속마음 이나 진실을 드러내지 못하고 억압되거나 통제될 때 말은 겉돌고 허위 적인 것이 되며, 겉으로 내색하지 못하는 수많은 말들은 웅얼거림이 되 어 내면에만 머무르게 된다. 이데올로기적인 금기나 도덕규범 등, 권위적인 말들에 의해 검열되고 억압되어 내면에만 머무르게 된 말들은 내면의 동요와 갈등을 형성하여 소외감의 원인이 되는 것이다. 내면갈등이나 동요가 극심한 성격화는 억압된 말들이 요동치는 이런 내면상황과 긴밀히 연관된다. 또 수다스런 문체로 덧붙여 서술하는 노년의 인물들의 내면 목소리 역시 이런 내면상황과 관련되어 있다. 내면에만 담아두고 발설하지 못하는 이 억압된 말들은 억압된 자아의 다른 이름인 것이다. 이처럼 박완서 소설의 내면을 중심으로 한 인물 성격화방식은 억압된 말이 요동치는 내면과 말하지 못하는 침묵의 이중성을 통해 '말할 수 없는 현실'을 비판한다.

「나의 가장 나종 지니인 것」의 담화적 상황에 있는 수다와 침묵은 이런 삶의 이중성을 드러내는 서사적 장치로 볼 수 있다. 두서없이 자기 이야기를 하는 수다스런 화자와 그 이야기를 듣고만 있는 절벽 같은 적막의 형님은 대화적 관계에 있는 두 사람이면서, 많은 말들을 담고 있는 내면과 말하지 못하는 침묵의 외면이기도 하다.

이 작품이 의미있는 것은 이런 삶의 이중성을 구체적인 관계로 형상화시킴으로써, 억압된 내면의 말들이 복원되는 통로를 마련하고 있기 때문이다. 소외된 관계를 말을 할 수 있는 진정한 관계로 복원하는 서사인 것이다. 이것은 단지 말할 수 있는 상황을 가능케 한다는 의미 이상이다. 마음을 나눌 수 있는 관계의 복원을 의미한다. 한사람은 끝없는 자기얘기를 수다스럽게 하고 있고 또 한사람은 전화기 저편에서 듣고만 있으며, 실제로도 이들의 관계는 수다와 침묵으로 지속된 것임이 드러난다. 게다가 이들은 억압된 삶의 경험을 공유하고 있음으로써 공감한다는 점이 대화 속에서 지속적으로 환기되고 있다. 틀리게 생각하는 것을 고쳐주기도 하며 따지기도 하고, 자기의 슬픔을 호소하기도 한다. 이들은 공감적 관계에 있기 때문에 모든 정서적 교류가 가능한 관계인 것이다. 그래서 이들의 대화는 자잘한 일상사에서 겪은 사소한 이야기들을 철학적인 깨달음으로 일깨우기도 한다. 이들의 수다는 사소한 일상사를 통해 근본적인 삶의 문제들로 폭넓게 넘나드는 자유로운 말의 형식이 되는 것이다. 따라서 이 수다 형식은 자연스럽게 억압된 자아를 발견함으로써 자기 자신의 허위성을 발견하게 하는 계기가 된다.

이 관계 속에서 화자는 아들의 죽음을 견디기 위해 내면에서 스스로 만들어냈던 무수한 심리적 기제들, 즉 "전무후무한 하나뿐인 아들"이어서 살아있는 모든 아들과 비교할 수 없다는 생각으로 의연한 척했던 것이나, "우리가 사는 지구를 망망한 바닷가의 모래알만도 못하게 극소화시켜", "그 모래알에 붙어사는 인간의 운명이나 수명 따위도 덩달아서 아무것도 아닌 게" 되게 하는 "은하계 주문" 등이, 아들을 잃고 의연해 보이려는 자기기만적 허위의식이었음을 토로할 수 있게 된다. 이것은 규범이나 남의 이목 때문에 억압했던 슬픔의 말, 통곡의 말을 쏟아냄을 의미한다. 자기 말들을 억압하고 내면에서만 요동치게 했던 침묵이 수다를 통해 모든 억압(규범, 이데올로기, 허위의식 등)에서 해방되는 것이다. 그런 점에서 침묵은 수다의 다른 모습이며, 수다는 곧 침묵에서만 배태될 수 있는 것이라 할 수 있다.

그런데 서술자의 말하기 행위, 즉 말로써 허위성을 폭로하려는 인식을 갖게된 데에는 분명한 계기가 있다. 즉 침묵에서 수다로의 전환은 인식의 전환에서 비롯된 것이라 할 수 있는데, 이는 별 의식없이 병든 몸으로 겨우 살아있다고 할 수 있는 자식을 돌보는 또 다른 어머니의 모습을 발견함으로써 이루어진 것이다.

아이고 이 웬수 덩어리는 무겁기도 해라. 천근이야, 천근. 근심이 있나 걱정이 있나, 주는대로 처먹고, 잘 삭이고 잘 싸니 무거울 수밖에. 내가 이 웬수 덩어리 때문에 제 명에 못 죽지 못 죽어, 이 웬수야. 니가 내 앞에서 뒈져야지 내가 널 두고 뒈져봐라, 나도 눈을 못 감겠지만 니 신세가 뭐가 되나,

사지나 멀쩡해야 빌어먹기라도 하지, 아이고, 하느님, 전생에 무슨 죄가 많아 이 꼴을 보게 하십니까?

…… (중략) ……

우리의 몸이 닿자마자 환자가 이상한 괴성을 질렀어요. 여지껏 흐리멍텅 공허하게 열려있던 환자의 눈이 성난 짐승처럼 난폭해지더군요. 얼마나 놀랐는지요. 손끝이 오그라붙는 것 같았어요. 그의 흐리멍텅한 눈은 신뢰와 평안감의 극치였던 거였죠. 그때 비로소 악담밖에 안 남은 것 같은 친구의 얼굴에서 씩씩하고도 부드러운 자애를 읽었죠. 아이구 이 웬수 덩어리가 효도하네, 하는 친구의 말로 미루어 어머니 외에 아무도 그를 못 만지게 한 게 한두 번이 아닌가봐요.

저는 별안간 그 친구가 부러워서 어쩔 줄을 몰랐어요. 남의 아들이 아무리 잘나고 출세했어도 부러워한 적이 없는 제가 말예요. 인물이나 출세나 건강이나 그런 것말고 다만 볼 수 있고, 만질 수 있고, 느낄 수 있는 생명의 실체가 그렇게 부럽더라구요. (「나의 가장 나종 지니인 것」, 299-301쪽)

움직이지 못하고 받아먹고 싸기만 하는 병든 자식을 욕창이 나지 않게 이리저리 굴리면서 갖은 악담과 욕설을 퍼붓는 어머니의 모습이다. 그때그때의 속마음을 숨기지 않고 바로 드러내며 욕 잘하는 이 어머니의 모습은 보살핌의 삶이 드러나는 소설에서 볼 수 있는 인물형상이다. 과부도 아니면서 과부라고 속이고 병든 남편한테 죽지도 않는다고 악담을 퍼부으며 동네사람들의 일을 스스럼없이 해주는, 이 세상 사람같지 않은 흑과부, "쌍노메 베치"라는 욕을 해대며 상하지도 않은 다량의 고기를 한강에 버리려는 미군들에게 달겨들었던 「공항에서 만난 사람」의 무대소 아줌마, 남의 이목을 가장 의식하는 위선적인 사람들에게 욕을 하며 엉덩이짓으로 대꾸하는 「지알고 내알고 하늘이 알건만」의 성남댁, 이들은 모두 '남의 이목'에 의해 억눌리거나 길들여지지 않고 살아가는 인물들이다. 이 어머니는 보살핌의 삶을 보여주는 인물들처럼 병들어서 잘 알아보지도 못하는 아들이 원망스러울 때는 온갖 저주와 욕설을 퍼부어 대면서도 결코 아들을 저버리거나 내치지 않는다. 욕한 만큼 자기자신인 듯이 보살피고 끌어안는다. 이 어머니는 바로 타자를 자기와 같이 여기는 '보살핌'의 삶 속에서 자기존재를 확인하는 인물인 것이다. 침묵이 수다로 전환된 것은 바로 이 어머니의 삶을 통한 자기반성 때문이다.

앞에서 살펴보았듯이, '보살핌'의 삶을 바라보는 관찰자의 내면 목소리는 이들의 삶을 소외시키는 자기 자신의 위선과 허위를 반성한다. 보살핌의 삶은 소시민적 속물성이나 이기성을 반성하게 하는 매개가 되는 것이다. 「나의 가장 나종 지니인 것」의 화자 역시 이 어머니의 삶을 매개로 중요한 것과 중요하지 않은 것을 생각하게 된다. 그래서 이 어머니를 만나면서 아들을 잃고도 남에게 초라해 보이는 것이 싫어서 의연하려고 안간힘 쓰는 자기의 허위에서 벗어나 마음껏 울 수 있게 된다. 이 어머니의 삶과 태도는 보살핌의 삶이 그랬듯이 서술자가 자기자신의 허위성을 반성하게 하는 매개인 것이다.

게다가 서술자는 전화로 이런 모든 상황과 자기 내면의 말들을 쏟아냄으로써 박완서 소설의 인물들이 자기 삶의 허위성을 자각하고 자기를 반성하더라도 내면탐색에만 그치던 것에서 벗어나게 된다. 말 못하는 상황이라는 '억압'에서 자유로워진다. 말로 이루어진 전화의 형식, 즉 대화성은 내면탐색과 달리, '말의 상황'을 통해 자유로워진 심리상태를 반영한다.

또한 이 작품의 의미는 자기자신의 위선을 자각하는 반성으로 그치지 않는다. 이 작품의 의미는 한 단계 더 나아간 지점을 보여준다. 즉 병든 자식을 보살피는 어머니의 존재는 화자의 억압된 말들이 터져나오는 수다의 계기, 또는 허위적 자기를 발견하게 하는 계기로 그치지 않는다. 이를 통해 "생명의 실체성"을 확인한다. 이 "생명의 실체"는 생명에 대한 존엄의식과 같은 추상적 인식은 아니다. 이 "실체성"은 인간관계나 자기인식과 관련하여 두 가지 중요한 인식을 보여준다.

하나는, 몸과 정신의 상호 제약성 속에서 살아가는 개개인들의 자기인식과 관련된 것이다. "생명의 실체성"을 발견함으로써 「나의 가장 나종 지니인 것」이 말하고자 하는 것은 몸으로 감각하는 개별적 실체성을 통해 타자와 상호 교류함으로써 갖게 되는 '의식'이다. 자기가 고유한 것으로 감각되는 타자와의 관계 속에서 자기의 존재를 인식하는 자기인식이다. 이 모자 관계에서 화자가 울음을 터뜨리고 "생명의 실체"를 확인하는 것은 바로 서로의 고유한 감각적 교류로 서로의 존재를 확임함으로써 누리게 되는 자기실현의 기쁨이다. 이 개별적이고 구체적인 친밀성의 체험이 곧 자기만의 유일한 것으로 각인될 때, 자기의 존재를 인식하게 된다는 것을 발견한다. 이는 구체적이고 개별적인 체험이 가능한 관계 속에서 자기를 인식하는 것이라 할 수 있다.

그런데 타자와의 개별적 체험을 통해 자기를 인식하는 이 관계적 사유가 버려진 자, 즉 아무도 돌보지 않는 병신 자식을 끌어안는 어머니의 모습으로 그려진다는 점에서 또다른 의미를 파악해낼 수 있다. 이는 모성의 형상이기도 한데, 모성이 이기적인 속물적 욕망을 미화한 허위의식 속에 있음을 끊임없이 환기시키는 박완서 소설의 모성 이미지를 생각해 볼 때, 이 또한 고착화된 모성 이미지와는 별 상관이 없다. 이는 버려진 자, 스스로는 아무 것도 할 수 없는 자의 '버려짐(소외성)' 속에서 자기를 발견하고 감각할 수 있는 자만이 이 버려짐을 구원할 수 있다는 자기인식과 연결된다.

버려짐 속에서 자기를 인식한다는 것은, 자기 자식이니까 실체로서 인식하고 받아들인다는 모성의 포용력이나 생명의식은 아니다. 자기 자신도 버려질 수 있다는 자기인식으로 버려진 자 속에서 자기를 발견하고 공감할 때만이 버려진 자를 버리지 않는 것이 될 수 있다는 '버려진 자'로서의 자기인식이다. 자기 자식이니까 버릴 수 없다는 것은, 자기 자식만 아니면 버릴 수 있다는 것과 통한다. 이것은 박완서 스스로 의심하고 비판하는 가족 이기주의의 모성이 될 수밖에 없다. 따라서 이 병든 자식과 어머니의 관계를 통해 아들을 잃은 어머니('나')가 자기 자신의 허위성에서 벗어날 수 있는 것은, 자신도 그런 자식이라도 얻고자 하는 자식 사랑과는 전혀 다른 것이다. 자기자신도 버려질 수 있다고 생각함으로써 버려진 자에게서 자기를 발견하고, 자기자신인 듯이 끌어안는 것을 의미한다. 이는 고아의식이기도 한데, 이 때문에 억압된 말, 억압된 자아를 발견하고 자기를 반성할 수 있는 것이다.

죽은 아들을 영웅시함으로써 모든 사람들과 자기를 구별하고 자기만을 '특별한 자'로 만들었던 화자는 자기자신의 배타적이고 이기적인 모성을 발견하고 통곡하는 것이다. 그리고 이 통곡은 바로 자기자식을 영웅시함으로써 다른 사람들을 소외시켰던 자기를 반성하게 한다. 이 인식의 전환점으로 억압된 자아, 억압된 말을 풀어놓을 수 있게 된 '수다'는 비로소 '절벽'의 침묵마저도 통곡할 수 있게 하는 것이다. 병신 자식을 보살피는 이 어머니의 삶은 서술자가 자기자신의 허위의식을 발견하게 하는 것만이 아니라 그에 대한 죄의식을 발견하게 한다. 이 '수다의 주체'가 인식해 나간 과정을 공감하면서 침묵은 통곡하는 것이다.

「티 타임의 모녀」와 「나의 가장 나종 지니인 것」의 대화성을 지닌 혼잣말의 서술은 대화 상대자를 겨냥하는 이중적 반어나 수다의 형식을 통하여 담화적 작중 상황을 설정한다. 이 서술방식은 명시적으로 자기 반성적 진술을 표면화시키지 않으면서도 대화성을 통해 구체적 형상이 드러나지 않는 대화 상대자를 상상하게 하고, 이 대화 상대자로 하여금 내면화된 허위의식을 자기 반성할 수 있게 매개한다. 즉 서술방식이 조성하는 심층적 공간에서 반성적 자기인식이 상상된다. 이 상상적 자리에서 자기반성이 이루어짐으로써 박완서 소설의 인물들이 보여주는 삶의 이면으로서 내면적 자아의 허위의식 비판이 가능해지는 것이다.

분단의 시대경험과 타자들의 자의식

1. 사회적 약자들의 고아의식

전쟁으로 두 오빠를 잃기 전까지 '우리(가족)'를 통해 '나'를 인식하던 『나목』의 이경은 전쟁을 겪고 오빠들의 죽음을 통해 '우리'를 상실한다. 여기서 '우리'의 상실은 곧 가족의 상실이다. 대개의 경우 전쟁으로 인한 상실의 경험은 '우리'를 상실하고서 살아남은 자로서 나를 확인하는 실존적 자의식으로 귀결된다. 그런데 『나목』의 이경은 오빠들이 죽음으로써 '우리'를 상실하지만 그럼에도 불구하고 남은 자로서 '나'를 발견하지 못한다. 그대신 '우리' 안에 이미 '나'는 없었다는 것을 발견한다. 전쟁으로 가족을 상실함으로써 갖게 된 이경의 자기인식은 바로 이 자기부정이다. 이경이 대면하지 않으려고 애쓰다가 힘겹게 마주하는 삶의 진상은 바로 이것이다.

이경은 살아있는 어머니와 가족관계를 유지할 수 없다는 전면적인 가족 해체를 경험하면서, 자기만으로는 가족으로 받아들여지지 않는 자기부정을 경험하는 것이다. 그렇지만 이경은 가족(어머니)의 의미가 허구적이라는 것을 아는 것과 상관없이 어머니에게서 벗어나지 못한다. 자기를 부정하는 어머니의 가부장의식을 의식하면서도 어머니를 돌보며 살아야 하는 위선적 상황에 처하게 되는 것이다. 이것은 자기의 진실을 은폐하고 위장한 채 살아야 한다는 자기부정 의식을 형성하는 바, 소외되고 부정된 자로서 자기를 발견하면서도 그것을 내색하지 못하고 은폐해야 하는 자로서의 자기인식인 '고아의식'인 것이다.

이 고아의식은 『그해 겨울은 따뜻했네』의 수지를 통해서도 확인할 수 있다. 가족의 해체라는 실상이 실제로 가족관계가 해체된 것과는 상관없이 이경의 의식 속에서 자기발견의 계기가 된 내면적 사건이듯이, 수지에게도 가족이 해체되었다는 생각은 수지의 내면갈등을 통해서만 자각되는 사건이다. 그렇기 때문에 수지는 자기를 발견함과 동시에 은폐할 수밖에 없다.

동생 오목이를 전쟁통에 버렸던 수지는 "오목이 고년 잘 없어졌지. 걸리기에도 업고 가기에도 반지빠른 나이거든"이라고 말하는 외할머니의 속내를 헤아리며 자신도 버려질 수 있다고 생각하면서 동시에 자신이 저지른 일의 공모자를 발견한다. 외할머니의 말은 자신도 버려질 수 있다는 두려움과 동시에 안도감을 준 것이다. 즉 이 안도감은 수지를 죄의식에서 벗어날 수 있게 하는 것이지만, 수지 자신도 동생처럼 버려질 수 있다는 치명적인 사실을 환기하기도 한다. 따라서 수지가 동생을 버렸다는 죄의식을 억압하는 것은 두려움에서 벗어나기 위한 것만은 아니다. 이 죄의식은 곧 안도감이기도 해서, 이를 자각하는 것은 오목이와 똑같이 버려질 수 있는 딸로서의 자기 삶의 진상과 마주하는 것이기 때문에 버려질 수 있는 자기 정체성에서 벗어나기 위한 것이기도 하다. 이로 인해 수지의 억압은 한층 복잡한 내면상황 속에 있는 것이고, 이 내면은 분석적 서술자의 도움에 의해서만 드러날 수 있다.

이처럼 이들의 자기발견은 가족의 생존이 위협받는 극한적 상황에서 가장인 아들을 지키기 위해 딸들은 버려져도 상관없다는 가부장 의식에 연결된 가족관념의 실체를 극명하게 보여준다. 『나목』이나 『그해 겨울은 따뜻했네』의 주제는 이를 자각하는 자기인식을 통해 형성되는 것이다. 이것은 식민지와 전쟁과 분단으로 이어진 근현대사에서 아들을 지키기 위해 제일 먼저 희생의 대상이 되었던 여성들의 자기인식으로 범주화할 수 있다. 나아가, 지배 이데올로기를 내세워 획일적인 규범을 강요했던 1960년대 이후의 '근대화' 과정에서 소외된 많은 사람들의 자기인식을 의미하기도 한다.

근대의 시작부터 식민지를 경험한 우리 소설사에서 '고아의식'은 작가의식이나 작품의 모티브로서 중요한 문학사적 의미를 갖고 있다. 우리 근대 소설사의 출발로 삼고 있는 이광수를 비롯하여 단편소설의 대가로 알려져 있는 이태준의 문학세계에서도 이 고아의식은 문학세계를 추동하는 근본적인 작가의식으로 평가된다.[121] 이들의 고아의식은 아버지가 없는 집안의 가장이라는 의식과 연관되며, 이는 국권을 상실한 식민지의 아들로서 가지는 민족의식을 매개한다. 따라서 이들의 고아의식은 자기상실과는 정반대의 자존감이라 할 수 있다. 아버지를 잇는 적자로서, 민족의 명맥을 잇는 뿌리로서 자기를 확인하는 의식인 것이다. 이는 자신을 주체로서 자리매김하는 우월의식이 되고 있지, 소외된 자의 의식과는 무관하다. 이 작가들의 아버지 부재의 고아체험은 가부장제 이데올로기와 국권 상실이라는 식민지 상황을 매개로 하여 적자의식이나 선각자 의식을 내용으로 하는 고아의식이 된다.

박완서 소설의 고아의식은 이와는 정반대의 의미를 지닌다. 『나목』만 하더라도 이경은 전쟁으로 인해 가족이 해체되어서 비로소 가족 상실 뿐아니라, 자기 상실을 깨닫는다. 가족은 '나'는 없는 '우리'일 뿐이었기 때문이다. 가족이 온전하게 유지될 때는 '우리' 안에 '나'가 없다

---

121) 김윤식, 『이광수와 그의 시대』, 한길사, 1986, 박헌호, 『이태준과 한국 근대소설의 성격』, 소명출판, 1999, 34-39쪽 참조.

는 것을 자각하지 못하다가 가족이 해체됨으로써 비로소 '우리' 안에 '나'가 없다는 것을 알게 되는 것이다. 즉 가부장 의식에 묶여있는 가족에 의해서 버려진 자기를 인식하는 것이다.[122]

「그 가을의 사흘동안」의 '나' 역시 전쟁통에 강간을 당하고서도 아무에게도 동정 받지 못하고 더럽힌 자로 부정된다. 정조관념이라는 규범의식을 내면화하고 사는 가부장적 사회에서 고통의 당사자이면서도 동정 받지 못하고 오히려 죄의식과 수치심을 가지고 살아야 하는 것이다.

'뭉뚱그리기' 구성을 지닌 단편소설들의 일상적 인물들 역시 버려진 자로서 자기를 인식하는 고아의식을 보여준다. 자신이 내면화하고서 이상화하는 규범이 허위적인 것을 알면서도 그 규범을 이상화하는 사회에서 밀려나지 않으려고 안간힘쓰며 살아가는 인물들은 이런 자기의 내면을 들여다보며 자신의 처지를 '버려진 자'로서 인식한다. 허위적인 규범에 맞추어 살면서 그런 자기를 비열하다고 생각하는 것은 그럼에도 불구하고 빌붙지 않으면 살 수 없을 만큼 철저히 고립되고 배제된 자기에 대한 인식을 형성하는 것이다. 자기를 발견함 동시에 은폐할 수밖에 없는 것은 고아의식이 버려진 자로서의 자기인식이기 때문이다. 그리고 분명하게 자각되기보다 내면의 동요나 갈등과 같은 내면상황 속에서 감지된다.

그러나 고아의식은 자기가 망각하거나 억압한 자기의 실상을 객관적으로 파악하는 것이어서 허위적 규범을 비판하는 힘도 지닌다. 일상을 낯설게 감각하는 '이물감'부터 자기 삶의 진상을 발견하고서 그것을 내

---

122) 이 점에서 이경이 사랑한 옥희도의 고독감은 이경과 근본적인 차이를 지닌다. 옥희도는 전쟁으로 인한 자기 상실의 체험 때문에 고독감을 느끼는 것이다. 이는 일상을 영위하는 예술가의 실존적 딜레마라는 점에서 꼭 전쟁이 아니더라도 항상 직면할 수 있는 고독감이기도 하여, 근본적인 삶의 문제에 직면한 이경의 고독감과 상통하는 점이 있기도 하다. 그러나 이경은 상실의 체험을 억압할 수밖에 없는 한 층 복합적인 것이어서, 옥희도의 상실감과는 다른 자기인식을 형성하게 된다.

색하지 못함으로써 겪는 내면갈등에 이르기까지 자기를 부정함으로써 갖게되는 내면적 자아의 심각한 상황은, 정도는 달라도 허위적인 현실을 비판할 수 있는 힘이 되는 것이다.

집 속은 따뜻하고 밝고 편안했고 조카들의 웃음소리와 맛있는 음식냄새가 충만해 있었다. 셋째 아이를 임신중인 올케 영란은 느슨한 홈웨어 위에 정결한 에이프런을 두르고 찌게의 간을 보고 있었고 수철이는 어린 딸을 등에 태우고 엉금엉금 기면서 열심히 말 노릇을 하고 있는데 개구쟁이 아들은 무슨 말이 이렇게 느림보냐고 뒤에서 아빠 엉덩이를 철썩철썩 치고 있었다.
오늘도 행복하군. 수지는 잠깐 그들을 생판 모르는 남처럼 느끼며 이렇게 중얼거렸다.
······ (중략) ······
그 동문서답이 뭐가 그렇게 좋은지 수철이는 어깨를 흔들며 웃었다. 젊은이 답지 않게 불쑥 튀어나온 배를 발판으로 어린 미진이가 앙금앙금 가슴으로 기어올라 머리카락을 사정없이 움켜잡고 어깨 위에 올라섰다. 통통하게 살찐 아이의 두다리 사이에 낀 수철이의 얼굴이 어릿광대처럼 필사적으로 즐거운 표정을 지었다.
그는 누군가?
그녀에게 가장 가깝고도 유일한 동기간이 생전 처음 보는 사람보다 더 낯설게 느껴졌다. 이런 섬뜩하도록 기묘한 느낌이 처음은 아니었다. 종종 있었지만 가장 생생하게 기억나는 건 결혼식장에서의 수철이었다. (『그해 겨울은 따뜻했네』, 한국일보, 1982. 2. 12)

단란한 가족의 구성원인 수지는 내면의 죄의식을 환기할 때마다, 단란한 가족의 구성원에서 밀려나 낯선 이방인이 된 듯한 느낌을 갖는다. 그것은 고아원을 방문하며 자선을 베푸는 자기, 즉 위선적 자기에게 익숙한 '단란한 가족'을 부정하고, 자신이 버린 동생 오목이처럼 자기도 버려질 수 있다는 것에서 죄의식과 안도감을 동시에 느끼던 자기를 회상할 때 갖게 되는 자기인식이다. 수지는 죄의식을 억압하고 이기적일 때만 자기를 오빠가 만들어놓은 이 '단란한 가족' 구성원으로 생각한다. 그러나 아주 미미하게라도 동생 오목이를 버렸던 전쟁의 기억이 환기될 때는 이 '단란한 가족'을 자기와는 상관없는 낯선 것으로 느낀다. 언제든지 자신도 버려질 수 있다는 사실을 통해 자기의 죄의식을 합리화하고 억압할 수 있었던 수지는, 전쟁의 기억을 떠올림으로써 단란한 가족의 이방인이 되어 이 '단란한 가족'은 허구적 관념일 뿐이라고 인식하는 것이다. 이는 언제든지 버려질 수 있는 것을 경험한 딸들에 의해 가족 관념의 허구성이 폭로되는 것이면서, 가부장적 사회에서 이 딸들의 잠재된 소외성을 발견하는 것이다.[123]

이들의 자기인식처럼 박완서 소설의 인물들이 자기를 버려진 자로 인식하는 '고아의식'을 보여준다고 할 때, 고아의식은 사회적 약자, 사회적 타자로서의 자기발견이다. 즉 내면갈등이나 분열적인 내면의 형상화를 통한 인물 성격화는 이 '타자'로서의 자기발견의 서사인 것이다. 지배이데올로기의 내면화가 워낙 강력해서 스스로가 배제되고 소외된 타자라는 인식조차 불가능한 억압적 상황에서 '타자성'의 발견은 그 자체로 중요한 의미를 갖는 것이며, 현실비판의 역할도 동시에 수행

---

123) 이런 고아의식은 수지와 오목이의 대비적 삶을 관통하는 공통의 자기인식이다. 오목이는 실제로 고아지만, 다른 고아들과 달리 자신은 버려지지 않았다는 것을 자존의 근거로 삼고 사는 고아이다. 오목이가 "은표주박"에 과도하게 집착하는 것은 바로 이것이 자신이 버려지지 않았다는 유일한 증거가 된다고 믿기 때문이다. 반면, 수지는 동생 오목이를 버렸지만, 그를 통해 자신도 언제든지 버려질 수 있는 존재라는 의식으로 버려지지 않은 삶을 산다. '단란한 가족'의 일원인 수지는 언제든지 '단란한 가족'에게서 버려질 수 있다는 고아의식으로 살아가며, '단란한 가족'에서 배제된 오목이는 '단란한 가족'이 될 수 있다는 희망으로 살아가고 있다. 이들의 반대적인 상황은 실제로는 버려진 자들의 양면이며, 그런 점에서 이들에게 고아의식은 자기를 인식하는 근본의식이라 할 수 있다.

하는 것이다.

이데올로기 전쟁과 전체주의적 근대화를 거친 한국의 근현대사에서 지배 이데올로기에 동일화된 주체를 규범적 자아로 내세움으로써 자기 상실조차 상실로 의식하지 못하도록 하는 허위의식의 내면화 과정은 지배적이었다. 이때, 소외된 자기를 발견하는 내면체험은 그 자체로서 중요한 자기 발견이 되는 것이다. 그런 점에서 인물이 자기를 타자로 발견하는 고아의식은 역사적으로 은폐된 것들을 '복원'하는 것으로서 중요한 의미를 지닌다. '고아의식'은 규범적 자아에 동일화된 주체를 부정하고 억압된 자아를 복원하는 자기인식인 것이다.

2. '못본척'의 자기인식으로서 죄의식과 '차이(이면)'의 발견

사회적 약자, 버려진 자로서 자기를 인식하는 고아의식은 박완서 소설 전체를 관통하는 중심 주제이다. 1960~70년대 '근대화' 논리에 의해 사회적으로 배제되고 타자화된 사람들이 보여준 비열하고 부끄러운, 혹은 이기적인 속내는 타자화되지 않으려는 안간힘으로서 주목받으며, 박완서 소설의 인물 성격화방식인 서술특성은 이 속내와 직접적으로 연관된다. 반성적 자의식을 매개하는 인물 성격화방식에서 볼 수 있는 내면적 자아의 면모로서 죄의식 역시 이 고아의식의 연장선에 있다.

보살핌의 삶을 관찰하는 인물의 '이기적 자기' 발견이나 과거의 경험을 무의지적으로 회상하는 회상적 자아의 '억압된 자기' 발견, 혼잣말의 서술이 매개하는 내면화된 허위의식의 발견 등은 규범적 자아에 동일화된 주체를 부정하고 자기 상실을 인정함으로써 '타자'로 배제된 자기를 인식하는 것이다. 그런데 이 인물들의 자기 발견은 서로 매개되는 관계 속에서 이루어짐으로써 자기와는 또 다른 타자를 발견한다. 인물의 '이면', 즉 억압된 자아를 통해 자기 상실을 발견하게 하는 것 뿐만 아니라, 동일화된 주체가 되기 위해 자기 스스로 소외시켰던 타자를 발견하는 것이다.

보살핌의 삶을 가치로운 것으로 발견하는 서술자는 이를 통해서 허위적 자기를 비판하는 것 뿐만 아니라, 이 보살핌의 삶을 '타자'로 배제한 자기를 반성하고 죄의식을 갖는다. 회상적 자아 역시 과거의 경험 속에서 허위적 자기를 발견함으로써 자기가 못 본 척한 사람들에 대한 죄의식을 갖는다. 자기를 타자로 인식(고아의식)하는 것과 동시에, 자기 스스로 배제한 무수한 타자들에 대한 책임의식, 혹은 죄의식을 갖는 것이다. 자기를 소외된 타자로 발견하는 것 뿐만 아니라, 자기의 허위성 때문에 자기 스스로 소외시킨 타자들을 자기 안에서 발견하는 것이다.

「나의 가장 나종 지니인 것」의 화자는 병신 자식을 돌보는 어머니의 모습 속에서 죽은 아들을 영웅시함으로써 죽은 아들의 허상에라도 집착하려는 자기 자신의 허위성을 발견한다. 이것은 아들이 죽음으로써 겪게 되는 상실감보다도 그 죽음을 미화하려는 허위의식에 의한 더 큰 자기 상실감으로 인식된다. 그래서 화자는 아들의 죽음을 미화하기 위해 취한 자신의 허위성에서 벗어나 통곡할 수 있게 된다.

아들의 죽음까지도 미화할 수 있어야 견딜 수 있는 이기적인 '나'에 비해 이 어머니는 한 가닥 자기미화의 여지도 남겨주지 않는 병신 자식과 행복한 체험을 한다. 화자는 자신도 과연 이 어머니처럼 살 수 있을까라는 질문 속에서 자신의 허위성을 발견한다. 이는 자기 스스로도 마주하려 하지 않는 자기 자신의 치부를 대면하고서 자기자신을 정직하게 드러내는 것이 되어 화자의 통곡은 감동을 자아내게 된다.

그래서 이 감동은 이런 자식이라도 있었으면 하는 순간적 감정으로 해석되기도 한다. 화자의 통곡이 자기에게도 병신 자식이나마 있었으면 바라는 마음 때문으로 이해되는 것이다. 그러나 이것은 이 감동이 의도하는 인식의 부분일 뿐이다. 병신 자식이라도 있었으면 하는 화자의 바램은 병신 자식을 돌보며 살 수 있는 이 어머니의 삶을 받아들이는 것을 의미하며, 궁극적으로는 영웅으로 미화할 수 있는 자식이나 사회적으로 버려진 병신 자식이나 모두 사회적으로 배제된 '타자'들이라는 인식을 낳는다. 그리고 '나'는 자기미화의 이기적인 모성인 허위적 자기를 발견하며, 모성의 이기심으로 타자화시켰던 병신 자식이나 이 어머니에 대한 죄의식을 갖게 된다.

나 스스로 타자이기를 거부하기 위해 타자와 나를 구분하는 것은 그 자체로 타자를 양산하는 이데올로기에 편승하거나 도와주는 것이 된다. '죄의식'을 갖는다는 것 자체는 나를 타자와 구분하려는 의식이나, 타자로 분리되는 규범의 허위성을 '못 본 척' 하는 태도를 모두 지배 이데올로기에 편승하는 것으로 비판하는 것이다. '죄의식'은 자기 상실을 인식하면서 동시에 자기 자신의 허위성으로 인해 방조하거나 강화시킨 '지배 이데올로기의 효과'를 인식하는 것도 의미한다.

나아가 '죄의식'은 자기 자신의 상실뿐만 아니라, 그 상실 속에 매개된 타자들을 인식함으로써 새로운 '관계'를 향한 탐색으로 이어진다.

올려다 본 삼층집의 방방은 불이 켜진 데도 있고, 깜깜한 데도 있었다. 켜진 방의 불빛도 밝지 않고 은은했다. 오늘 하루 쓰잘데없이 애만 썼다는 사소한 허전함이, 일생을 헛산 것 같은 거대한 허전함이 되어 그녀를 한없이 미소하고 초라하게 만들었다. 이럴 줄 알고 뭔가로 메우려고 너무 허둥댔음일까. 검부러기라도 움켜잡듯 이 마지막으로 움켜잡은 확실한 게 펴보니 고작 남편의 정강이였다. 그건 그와는 도저히 다시 살을 대고 살 수 있을 것 같지 않은 절망감의 생생한 실체이기도 했다.

······ (중략) ······

이 말라빠진 정강이에서 피를 빨다니. 아무리 미물이라도 어떻게 그렇게 잔혹할 수가 있을까? 도대체 어떡하고 살기에 제 몸을 저렇게 만들었을까? 때가 낀 손톱과 함께 그의 지나치게 초라하고 고달픈 살림살이가 눈에 선했다. 그렇게까지 안 살아도 될 만한 연금을 받고 있는 남편이었다. 스스로 원해서 가부장의 고단한 의무에 마냥 얽매여 있으려는 남편에 대한 연민이 목구멍으로 뜨겁게 치받쳤다. 그녀는 세월의 때가 낀 고가구를 어루만지듯이 남편의 정강이의 모기 물린 자국을 가만가만 어루만지기 시작했다. (「너무도 쓸쓸한 당신」, 문학동네, 1997. 겨울, 157-158쪽)

자식들의 마지막 혼사를 치르기 위해 오랜만에 만난 부부의 모습이다. 아내는 별거중인 남편과 오랜만에 만나서 남편의 정강이를 자기와는 도저히 살 수 없을 것 같은 "절망감의 생생한 실체"라고 생각한다. 그런데 그녀는 이 절망감의 실체를 어루만지고 있다. 이들은 서로 화합할 수 없다고 생각하기 때문에 서로의 추하고 은밀한 속내를 다 드러내고 그것을 어루만지는 '정서적 공감'을 그저 서로를 위안하는 것으로만 볼 수는 없다. 이것은 절망감의 실체를 자기 것으로 감싸안는 것이며, 도저히 자기와 살 수 있을 것 같지 않은 절망감의 실체여서 거부했던 타자를 끌어안는 것이다.

남편은 권위주의적 문화가 팽배하던 시절에 국민학교 교장을 지낸 사람이다. "새마을 정신이 어린이들 의식까지 짓누른 유신시대"에 담임을 맡았던 남편은 자기 반을 "온통 국민교육헌장으로 도배를 했고", 그 반은 "한 아이도 빠짐없이, 지진아까지 그걸 달달달 외우는 반으로 유명했다." 그 뜻을 충분히 새겼다는 걸 알아보는 대회에서 군내를 통틀어 그의 반은 일등을 하기도 한다. "교감이 되고 교장이 된 것은 전두환, 노태우 정권을 거치면서였는데 그의 교장실에는 정권이 바뀔 때마다 대통령 사진이 가장 높은 정면에 으리으리하게 걸렸다." 누구라도 상관없는 "갈등 없는 추종이" 문제라고 생각한 아내는 "그의 체제 순응은 강요된 것도 의도적인 것도 아닌 체질적인 거"라고 경멸하면 서, 그의 추종적이고 순응적인 삶의 방식을 거부하고 아이들을 핑계로 별거한다. 그러다가 마침내 자식들을 다 출가시키고 "표면적인 별거의 이유"가 소멸되는 날 만나서 생각지도 못한 남편의 정강이를 보게 된 것이다. 아내인 '그녀'의 삶을 억압하고 제한했던 권위의 실체이자 허 위적 규범의 실체라고 부정했던 남편의 '이면'을 보게된 것이다. 그리 고 권위적인 가부장의 이념을 순응하며 살아온 남편의 '자기상실성'을 본다. 남편도 자기와 마찬가지로 권위적이고 억압적인 허위적 규범에 의해 자기를 상실했던 것이다. 아내는 남편에게도 가부장제 이데올로 기가 부양자로서의 가장의 책무를 내면화하여 스스로를 억압하고 근검 절약의 정신으로 살아오게 했던 허구적 규범이라고 인식한다. 아내는 남편의 권위적인 가부장적 삶의 '이면'의 '자기상실성'을 발견함으로써 남편과의 진정한 만남에 이르는 것이다.

여기서 '가족' 관념의 허구성을 비판하기 위해 가족관계를 냉소적으 로 그려내던 박완서의 이전 소설들을 돌아볼 필요가 있다. 박완서의 소 설들은 초기작부터 줄기차게 결혼의 허구성과, 가족관계의 허위성을 비판한다. 대표작인 『도시의 흉년』, 『휘청거리는 오후』를 비롯하여 『살 아있는 날의 시작』, 『서있는 여자』, 『그대 아직도 꿈꾸고 있는가』에 이 르기까지 박완서 소설에서 결혼과 가족은 삶의 허위성을 진단하는 시 금석이다. 대부분의 가족관계는 가족들의 애정과 관심으로 엮여져있기 보다 관계를 지탱시키는 또 다른 힘(돈이나 권력)에 의해 지탱된다.

가족은 가장 밀착된 관계를 형성함으로써 가족 구성원들에게 친밀성 을 체험하게 하지만, 가장 밀착된 관계이기 때문에 역으로 가장 소원한 관계가 될 수도 있다. 박완서 소설의 가족 이야기는 이 이중성이 가족 이 처한 현실적 삶의 조건들과의 역학관계 속에서 어떻게 변질될 수 있는가를 적나라하게 보여준다. 가족 관계의 계기가 되는 남녀의 결합으로서의 사랑과 결혼도 이런 이중성을 중심으로 다루어진다. 사랑의 기쁨이나 낭만적 환상 '이면'을 드러내는 데 초점이 맞추어진다. 사랑하는 사람들의 속내를 헤집어내듯이 집요하게 심리를 묘사하는 방법으로 사랑이라는 말이 포장하고 있는 계산된 속물성을 드러낸다.[124]

이렇듯 결혼과 가족관계를 둘러싼 속물적 이기심과 삶의 물신성을 통렬하게 비판하던 박완서는 「너무도 쓸쓸한 당신」의 이 부부들을 통하여 친밀성을 체험할 수 있는 관계를 탐색한다. 이것은 노년이라는 삶의 주기가 가져다주는 회고취향과 과거에 대한 낭만적 회상, 모든 것을 포용하려는 모성의 넉넉함과 여유 등으로 얘기되기도 한다. 또 진정한 생명의 비의에 이른 것으로 평가되기도 한다.[125]

그러나 이것은 '못 본 척'한 것에 대한 죄의식에서 비롯된 것이다. 자기 상실의 계기라고 여겼던 남편에게서 자기와 같은 상실성을 발견하고 남편을 타자화했던 자기를 반성하는 것은, 죄의식을 계기로 '관계'를 새롭게 발견한 것이다. 타자로서 또 다른 타자를 받아들일 수 있게 하는 죄의식은 친밀성을 체험하게 하고, 이로써 관계에 대한 새로운 탐색을 가능케 한다. 죄의식을 계기로 마음을 나눌 수 있는 대화 상대자를 만나서 막힌 말들이 터져나오는 '수다'의 형식이 가능했듯이, '그녀' 역시 죄의식을 계기로 허위적이지 않은 자아를 드러낼 수 있는 '관계'를 모색할 수 있게 된다. 이는 기존의 가족관계의 허위성을 폭로하

---

124) 『휘청거리는 오후』의 말희나 『서있는 여자』의 연지는 '사랑'에 내재된 속물성과 이기심을 발견함으로써 '사랑'의 의미를 탐색하는 인물들이다. 이들 외에도 박완서 소설에서 사랑은 사랑이라는 이름 하에 이루어지는 인물의 계산된 이기심을 드러내는 계기에 불과하다.

125) 「너무도 쓸쓸한 당신」(창작과비평사, 1999)에 대한 평가들은 대부분 이런 시각을 보여준다. 이재현, 「90년대의 징후와 추억으로서의 글쓰기」, 문예중앙, 1994. 여름, 임규찬, 「'자아'를 넘어선 '자기의 우주'」, 창작과비평, 1999. 봄 참조.

고, 가족관계가 내포하고 있는 가장 밀착된 관계로서의 친밀성의 환상
을 반성함으로써 이루어진 것이기 때문에 감동을 준다.

　잇몸이 드러나게 웃을 때와는 달리 남편의 기분은 그다지 좋지 않아 보였
다. 퉁명스럽게 말했다. 파자마 바람에 틀니도 아직 안 낀 주제에 머리는 기
름 발라 곱게 넘기고 있었다. 정수리가 대머리 지고부터 그걸 가리기 위해
남편은 왼쪽 귀 위에 가리마를 탔다. 그러나 옆머리도 정수리를 넉넉하게
덮을 만큼 숱이 많은 건 아니어서 기름 발라 가까스로 덮은 정수리의 새까
만 광택에 나는 담즙처럼 쓰디쓴 혐오감을 느꼈다. 기름 바르지 않은 검은
머리가 무성하던 그의 젊은 날을 떠올리려 했으나 잘 되지 않았다. 나의 젊
은 날도 그의 기억 속에 그렇게 함몰돼버렸다면 우리의 산 자취는 무엇이란
말인가. 남편의 그 특이한 머리 빗기는 시간이 오래 걸렸고 내 경대를 쓰지
않고 꼭 화장실 거울을 이용했다. 걸어 잠근 화장실 안에서 염색한 옆머리
를 한 올 한 올 아껴가며 공들여서 정수리에다 기름으로 늘어붙이는 모습을
상상하는 것은 대머리를 보는 것보다 몇 배 고통스럽다는 걸 남편은 아마
모를 것이다. 서로 그런 것도 감지하지 못한다면 근 사십 년을 해로했다는
게 과연 무슨 뜻이 있단 말인가. 남들이 말하는 소위 복 많은 부부다운 사십
년 동안의 세월이 너무 하찮은 시각의 거슬림에도 쉽사리 그 무의미함을 드
러낸다는 건 어처구니없는 일이었다. 나는 허우적대듯이 말했다. (「저문 날
의 삽화 3」, 66-67쪽)

　"파자마 바람에 틀니도 안 낀 주제에 머리는 기름 발라 곱게 빗어 넘
긴" 남편의 모습은 아내인 '나'의 눈에 비치는 겉모양이다. 틀니를 끼
지 않아서 잇몸이 그대로 드러나는 모습, 파자마 바람에도 머리에 기름
을 발라넘긴 모습은 노추와 섞여 있어 같이 사는 아내나 허물없이 여길
만한 보기 흉한 모습이다. 서술자인 아내는 이 겉모양의 노추를 통해서
이면의 것까지도 보고 있으며, 그 모습에 혐오감을 느낀다. 화장실 문

을 걸어 잠그고 공들여 머리를 빗는 남편의 모습을 상상하는 것이 남편의 대머리를 보는 것보다 더 고통스럽다고까지 생각한다. 이면에까지 미치는 시선 때문에 갖게되는 혐오감과 고통은 남편에게도 자신의 모습이 그렇게 이해될 것이며 젊은 날은 잊혀져 있을 것이라는 생각에 이르면서 급전한다. 그것은 "하찮은 시각의 거슬림"에도 사십 년 세월의 무의미함을 드러낸다는 어처구니없음을 자각하기 때문이다.

하찮은 시각의 거슬림에도 그 세월의 무의미함이 드러날 수 있다고 생각할 수 있는 것은 어떻게 가능한가? 이것은 경험의 무의미함에 대한 자각이지만, 반대로 경험의 부피와 시간의 힘을 통하지 않고서는 알 수 없는 것이기도 하다. 따라서 이것은 경험한 자만이 할 수 있는 경험한 세월, 시간의 힘에 대한 반성인데, 그래서 그것이 중요하고 강력하다고 생각하는 것이 아니라 무의미하다고 생각하는 것이다. 같이 경험했다는 사실은 그 자체로 모든 것을 공감하게 하거나 관계를 받쳐주는 힘이 된다는 생각은 한낱 허위의식일 뿐이라는 생각을 하기까지, 오랜 세월을 견뎌야 한다는 생각이 깔려있다.

경험, 그 자체는 아무것도 아닐 수 있다. 같이 겪었기 때문에 더 하찮은 시각에도 거슬릴 수 있는 것이다. 게다가 밀착된 관계, 즉 부부(가족)관계일 때, 밀착된 관계는 곧 친밀한 관계라는 생각은, 서로의 삶을 구속하는 제한성이 될 수 있다. 관계로 인한 경험의 깊이는 그 자체만으로 서로에게 친화감을 주지 않으며, 오히려 혐오감을 불러일으킬 수 있기 때문이다. 인용문의 화자는 이런 관계가 서로를 제한하기 때문에 경험이 쌓여 갈수록 기쁨보다는 혐오감을 불러일으킬 수 있음을 자각한다. 이들 부부관계는 가부장제 이데올로기나 친밀성의 환상을 바탕으로 하고 있으며, 서술자는 이런 허위성을 보기 때문에 사십 년 세월의 무의함을 자각하는 것이다. "너무 하찮은 시각의 거슬림에도 쉽사리 그 무의미함을 드러"내는 "어처구니없음"을 생각해내는 서술자는,

이렇게 생각함으로써 '같이 한 경험'의 환상을 깨는 것이다.

그런데 숱한 세월을 같이 살았기 때문에 가장 가까운 사이일 거라고 인식되는 관계마저도 실제로는 아무 것도 아닐 수 있다는 발견은, 세월의 힘과 무의미함을 동시에 알고 있는 것이어서 이 관계를 새롭게 인식할 수 있는 가능성이 된다. 서로에게서 "하찮은 시각의 거슬림"을 끊임없이 의식하는 것은 서로가 그런 거슬림에서 자유롭게 만나게 될 수도 있기 때문이다.

세월이 무의미하다는 것을 경험한 사람들은 자신만 알 수 있는 삶의 '이면'을 서로에게 자기자신인 듯이 보여줄 수 있는 관계를 형성할 수 있다. 서로 앞면만을 보고 만나는 관계에서는 앞면이 아닌, 이면으로 인해서 전혀 알 수 없고 이해 받을 수 없는 세계를 간직하게 되고, 이는 앞면이 전부인 듯한 환상을 낳으면서 동시에 이면이 드러날까봐 전전긍긍하면서 억압된 자아를 이면으로 간직할 수밖에 없다. 박완서 소설에서 내면을 '억압된 자아'의 면모로서 해명해내는 과정은 바로 이런 '이면'에 대한 인식이 있기 때문이다. 서로가 관계 속에서 규범적 자아에 동일화되기 위해 서로의 앞면만을 내세우고서 정체성을 확인한다면, 이 자아나 이로 인한 관계는 서로의 '이면'으로 남겨진 부분을 억압한 허위적 자아가 될 수밖에 없는 것이다.

같이 한 세월의 무의미함을 깨닫는 화자는 이 이면을 '다른 면', 즉 '차이'[126]로서 받아들일 때 진정한 관계가 이루어질 수 있다고 생각하게

---

126) 이 '차이'를 이면으로서 인정할 때, 관계의 주체들을 억압하지 않는 관계가 가능할 수 있다는 생각은 관계에 대한 의미있는 탐색이라 할 수 있다. "나와 타자의 차이가 나의 삶의 사건을 풍요롭게 하고 그런 차이에 의해 사건은 생산적이 된다"(바흐찐, 「미적 활동을 하는 저자와 주인공」, 이득재, 『바흐찐과 타자』, 고려대학교 노어노문학과 박사학위 논문, 1996에서 재인용)고 할 때, "내가 볼 수 있는 것과 타자가 볼 수 없는 것의 차이"(권명아, 「'당신'의 관계론을 위하여」, 한국문학연구회, 『페미니즘은 휴머니즘이다』, 한길사, 2000, 259쪽 각주 참조)를 통해 관계를 인식하는 것은 관계 속에서 소외되지 않고 관계의 주체들을 생산적이게 할 수 있다. '차이'를 인정함으로써

된다. 「저문 날의 삽화 3」과 「저문 날의 삽화 4」는 바로 이 자각을 바탕으로 친밀성을 체험하는 노부부의 모습이 두드러져 있다.

이것은 "아이를 만들고, 낳고, 기르는, 그 짐승스러운 시간을 같이한 사이"[127]라는 표현을 통해서도 알 수 있다. "그 짐승스러운 시간을 같이한 사이"라는 것은 나와 너의 경계가 없이 치루어진 경험세계를 뜻한다. 경계가 없다는 것은 자의식이 없다는 말은 아니다. 내면이나 이면을 서로 인정하는 관계를 의미한다. 내면이나 이면이 서로에 의해 짐작될 것이 두려워 은폐하거나 억압할 필요가 없는 관계, '남의 이목'이라는 것에 전전긍긍하지 않는 관계다.[128] 이것은 이면이나 속내를 다 추측할 수 있어서 혐오감을 불러일으키기도 하지만, '차이'를 전제하는 관계이기 때문에 자기를 억압할 필요가 없는 관계다. 내면에서만 웅얼거리는 무수한 말들을 발설할 수 있는 대화 상대자를 만난 '수다'의 화자

관계를 탐색해내는 여성적 자아의 자기인식은 여성적 자기정체성과 관련해서 중요하게 평가될 수 있다.

127) 박완서, 「마른 꽃」, 『문학사상』, 1995. 1, 139쪽.

128) "아내는 자기가 부엌일을 할 때는 영감님한테 요것조것 잔시름을 잘도 시키면서 영감님 혼자서 부엌에서 꿈쩍 대는 건 질색이었다. 남 보기에 궁상스럽고 처량해 뵌다는 것이었다. 단둘이만 사는 집에서 남이 누가 본다는 건지. 남이 누가 본다고? 소리는 영감님만이 하는 건 아니었다. 아내도 곧잘 그 소리를 써먹었다. 외출했다 돌아와서 쉬지도 못하고 부랴부랴 저녁을 지어먹고 나면 아내는 으레 설거지는 영감님한테 맡기고 자기는 안경을 끼고 다리 꼬고 앉아 석간신문을 보면서 여보 나 커피 한잔, 하고 호기있게 외쳤다. 그는 오후엔 커피를 안 마셨지만 아내는 저녁 식사 후의 커피를 가장 즐겼다. 그는 설거지를 하다 말고라도 얼른 커피를 타다가 아내 앞에 대령하고는 특별히 맛있게 탔다고 생색을 낸 적도 있었지만 남이 보면 당신이 나를 벌어먹이는 줄 알겠소, 하고 슬쩍 핀잔을 주기도 했다. 그럴 때 아내의 대답도 역시 남이 누가 본다고?였다."(박완서 「저문날의 삽화 5」, 소설문학, 1988. 1, 108쪽) 이 부부에게 '남의 이목'은 이들을 가장 신경 쓰이게 하는 것이다. 그러나 이들은 서로를 남의 이목 속에서 의식하지 않는다. 비록 이들의 삶은 여전히 남의 이목 속에 놓여있지만, 이들 간의 관계는 그렇지 않다. "하찮은 시각의 거슬림"에도 사십 년 세월의 무의미함이 드러난다는 것을 인식함으로써 서로의 '차이'를 인정한 관계이기 때문이다. '차이'를 인정함으로써 친밀한 것이 동일한 하나를 의미하지 않는다는 것을 인식한 것이다.

처럼, 이들 부부 역시 자기 치부를 가리지 않고 속속들이 드러 낼 수 있
게 됨으로써 '남의 이목'이나 허위의식에 구애받지 않는 관계를 형성하
는 것이다. 따라서 이 관계는 박완서 소설에서 색다른 미적 체험을 가
능케 한다. 정서적 공감과 감동이다. '이면'을 인정하고, 숨기고 싶은
내면의 바닥까지 자신을 '까발리면서' 이면을 '차이'로 인식한 후에 맺
는 관계는 공감과 감동을 자아낸다.

「나의 가장 나종 지니인 것」의 화자가 자기 내면의 이기적인 모성을
발견함으로써 병든 자식에게서 유일한 자기를 체험하는 어머니를 이해
하듯이, 「저문 날의 삽화 4」의 화자가 남편의 치부를 발견함으로써 자
기 자신의 치부가 남편에게도 혐오감을 일으키지만 그런 자기를 받아
들이는 남편을 자신도 받아들일 수 있다고 생각하듯이, 「너무도 쓸쓸
한 당신」의 '그녀'가 남편의 자기상실성을 발견함으로써 그 안에 묶여
있는 자기를 발견하고 남편을 이해하게 되듯이, 가장 혐오스러운 자기
내면에서 길어올린 자기긍정의 인식이 관계를 모색하기 때문에 감동을
자아낸다. 이는 죄의식과 같은 극단적 자기부정을 거쳐 서로 공감함으
로써 가능한 것이다.

그러나 이 죄의식으로 인해 인물이 반성적 인식을 보여준다 하더라
도 이는 내색할 수 없는 것이다. 인물은 변화를 모색하고 있지만, 허위
성과 그로 인한 억압의 현실은 여전하기 때문이다.

'남의 이목'에서 벗어나 친밀한 관계를 체험하는 노부부들의 관계를
통해 허위적 삶에서 벗어날 수 있는 가능성을 보여주기도 하지만, 이들
은 부부관계를 벗어난 모든 관계(이웃들과의 관계, 자식들과의 관계)
속에서 소외를 느낌으로써 서로 소외를 공감할 뿐이다.

일단 제 차 맛을 한번 보면 마누라 없인 살아도 차 없이 못살게 되니까.
뭐라구요? 당신 시방 뭐라구 그랬어요. 아냐 왜 이래 내가 뭐랬게? 차는 곧

자유라고 그랬을 뿐이야. 자유 그 자체라고.

　누가 형뻘이고 누가 아우뻘인지 분간이 안되는 한창 나이의 조카들이 술도 없이 꼬약꼬약 밥과 고기와 야채만 먹으면서 주고받는 수작을 무심히 흘려듣다 말고 나중 말에 나는 퍼뜩 정신이 들었다. 차가 자유라고 한 건 관민이였던가? 맞아 관민이였을 거야. 아직도 관민이 댁이 관민이한테 눈을 보오얗게 흘기고 있었다. 느닷없이 튀어나온 자유란 말이 빈 속에 마신 맥주의 첫잔처럼 속에 짜릿하고 상쾌하게 꽂혔다. 나의 자유에 대한 관념은 맨 존엄하고 비통하고 난해한 것들뿐이었다. 당장 떠오르는 말만해도 진리가 그대를 자유케 하리니. 자유 그것이 아니면 죽음을 달라. 자유에서는 왜 피의 냄새가 나는가 등등. 하여 자유에 대한 불가해한 안타까움이 거의 체질화돼 있었다. 그런데 차가 자유라니? 자유가 그런 손쉬운 지름길을 거느리고 있다는 건 미처 몰랐다. 자유의 여신상으로 상징되는 나라에 유학까지 갔다온 관민이다운 발상에 나는 너무 감탄을 하고 있었다.

　남편이 거의 손대지 않은 은박지접시를 밀어 넣으면서 일어섰다. 나도 입 안의 김밥덩이를 급히 삼키고 나서 주섬주섬 거추장스러운 치맛자락을 수습하면서 일어섰다. (「저문날의 삽화 4」, 『創批 1987』, 창작과비평사, 1987, 132쪽)

　서술자인 노년의 아내는 무릎의 통증을 느끼며 남편과 함께 힘겹게 성묘길에 오른다. 조상에 대한 예의도 없이 차를 묘지 꼭대기까지 몰고 온 조카들을 보며 마음이 상하면서도 내색하지 못한다. 게다가 이 조카들은 너나없이 외국 유학까지 다녀온 고급인력인데, "차가 자유"라는 말을 스스럼없이 한다. 이 말을 들으며 노부부는 심한 소외감을 느낀다.

　이 노부부 역시 "하찮은 시각의 거슬림"에도 사십 년 세월의 무의미함이 드러난다는 것을 알고 있는 부부이다. 정년 퇴직을 하고 소일거리 없이 지내는 남편은 뒤늦게 한의사가 되어 정년없이 살아가는 친구를 부러워하며 친구에게서 지어온 환약을 정성스럽게 먹는다. 아내는 이 남편을 보며 "어쩌다 접어든 길을 다만 처음 접어든 길이라는 이유 하나로 끝까지 완주하고 난 후 꼭 속임수에 당한 것처럼 갑작스럽게 엄습한 허망감에다 저렇게 허둥지둥 환약을 털어넣고 있"[129]다고 짐작함으로써 그의 비소(卑小)를 발견한다. 남편의 겉모습만으로는 알 수 없는 마음 속 생각까지도 추측할 수 있는 아내는 '이면'을 보게되면서 비로소 남편을 이해하기도 하는 것이다.

그런데 자유를 "존엄하고 비통하고 난해한 것들"로만 생각하는 이 노부부는 차가 자유라고 생각하는 조카들에게 어울리지 못하고 김밥을 먹다말고 일어서서 내려온다. 자신들의 자유와 조카들의 자유 사이의 현격한 차이 때문에 아무런 말도 못하고 소외감만을 갖고 산길을 내려오는 것이다. 이들 부부는 서로의 '차이'를 발견함으로써 타자의 타자성에 대한 죄의식을 갖게 되고 서로의 '차이'를 인정함으로써 억압이 없는 관계를 탐색하기도 하지만, 둘 간의 관계를 벗어나면 금방 소외되는 현실 속에서 '죄의식'조차 드러내지 못하는 것이다. 이 노부부는 '억압된 자아', '못 본 척'한 자아를 발견하고 죄의식을 갖지만, 여전히 죄의식마저 억압되는 현실임을 자각하고 내적으로 동요할 뿐이다. 인물의 반성적 인식은 자기연민조차 없이 진지한 자기대면을 거쳐 '타자'에 대한 긍정에 이르기 때문에 감동을 자아내지만, 억압적 현실은 지속되고 있어서 '내면적 자아의 서사'는 여전히 지속된다. 인물들 간의 공감을 형상화하면서도 그 공감이 소외되는 현실을 보여줌으로써 억압의 요인들이 여전하다는 것을 강조하는 것이다.

'죄의식'과 같은 반성적 자의식은 관계적 사유를 매개하고, 이는 '차

---

129) 박완서, 「저문 날의 삽화 4」, 127쪽.

이'를 '차이'로 받아들일 수 있는 진정한 관계를 매개한다. 노부부의 관계라는 극히 개인적인 관계에 국한되어 관계가 탐색되고 있어서 서로 공감하는 것이 결국은 소외감이지만, 소외감을 공감한다는 것 역시 박완서 소설의 현실비판의식과 연결된다. '죄의식'을 매개로 규범이나 지배이데올로기의 허위성을 비판할 수 있게 되었지만, 그런 비판의식이 별달리 가치있게 받아들여지지 않는 '현실'을 되비춰준다는 점에서 또다른 현실비판의 지점으로 나아가기 때문이다. 박완서 소설의 '현실성'은 바로 이런 긴장감 속에서 나온다.

결 론

　박완서는 전쟁체험을 비롯하여 분단 이데올로기나 가부장제 이데올로기가 지배적인 이데올로기로 역할했던 근현대사를 폭넓게 펼쳐 보이는 작가이다. 식민지 경험에 해당하는 '친일'적인 것조차 해결하지 못한 채 지속된 한국 근현대사에서 실제로 있었던 많은 '사실'들은 그대로 드러나지 못하고 은폐되고 억압되었다. 분단된 나라에서 살아온 개별적 경험을 다루는 박완서 소설은 역사적 계기 속에서 은폐되거나 억압된 '기억'들을 복원하려는 안간힘이다. 게다가 이 안간힘은 '사실'들이 은폐되는 현실의 이해관계 때문에 복원되지 못하는 '당대적 상황'까지도 포괄하기 때문에 '정치적' 행위가 된다. 박완서 소설은 창작동기의 정치적 의미를 포괄하는 기억과 복원의 방법론 속에서 해명될 수 있는 것이다.

　억압된 '기억'을 통해 '사실'들을 복원하려는 박완서 소설은 은폐된 역사적 경험이 고스란히 남아있는 유일한 흔적으로서 '내면'을 주목한다. '내면'은 인물이 지배적인 이데올로기나 사회적 규범으로 인해 외면화하지 못하고 '내면'에만 담고있는 자아의 한 면모인 '이면'으로 인식된다. 인물의 개성적 면모가 집약된 '내면'을 삶의 '이면'으로 인식함으로써 '복원'을 시도하는 것이다. 인물의 '내면'을 중심으로 한 인물 성격화방식은 삶의 '이면'을 통해 인물의 전모를 파악해내려는 인식의 미적 반영인 셈이다.

박완서 소설의 서술특성을 분석하는 개념들인 서술의 〈양가성〉, 〈역설성〉, 〈매개성〉은 '내면'을 '이면'으로 인식한 인물 성격화방식이다.

〈양가성〉은 서로 상반되는 이중적 서술이 같은 인물을 각기 다르게 보여줌으로써 인물을 분열적으로 성격화한다. 분열적 성격화는 인물의 성격에 국한되지 않고 인물을 바라보는 독자가 인물을 다르게 바라보게 만듦으로써 인물이 처한 삶을 비판하기만 할 것이 아니라, 동정할 수밖에 없다는 것까지 유도한다. '풍자와 연민의 이중서술'이나 '감각적 체험의 자아와 지적 서술자아'의 이중서술은 서술의 〈양가성〉에 해당하는 인물 성격화방식이다.

〈역설성〉은 인물이 잘 모르고 있던 자기 삶의 진상(眞相)을 알게되면서 자기를 발견하지만, 이 사실은 자기 삶의 근거가 되는 것들이어서 이 자기의 진상을 은폐하게 되고, 그럼으로써 내면갈등을 겪게되는 인물의 삶을 출발점으로 한다. 즉 인물은 자기를 발견하고서 곧바로 은폐해야 하는 역설적인 상황 때문에 내면갈등을 겪지만, 내면갈등이 극심해질수록 겉으로 드러난 외면과 달리 내면갈등을 통해 인물의 진정성이 확인되는 역설 속에서 성격화된다. 전쟁과 같은 극적 상황에서 극적인 요소를 계기로 하여 자기를 발견하고서 은폐할 수밖에 없는 인물의 상황을 만들어내기도 하고, '뭉뚱그리기 구성'과 같은 일상사를 나열하는 방법으로 허위적 일상 속에서 극심한 내면갈등을 억압하고서 살아가는 사회적 약자들의 성격화방식이 되기도 한다.

〈매개성〉은 '보살핌'의 삶을 실천하는 사람들을 매개로 그 삶의 관찰자들이 자기를 반성한다. 또 무의지적으로 회상되는 과거의 기억이 자기반성을 매개하거나 혼잣말의 대화성으로 인해 문면에 드러나 있지만 형상은 없는 대화상대자의 반성을 매개하는 서술방식이다. 박완서 소설은 주로 인물의 허위적인 면모를 부각시킴으로써, 인물은 반성적 자의식을 갖지 못하더라도 독자의 비판의식이나 자기반성을 유도한다. 반면, 인물 스스로 자기를 반성하는 경우는 흔하지 않다. 자기반성을 하는 인물 역시 스스로 반성하는 경우는 많지 않은 것이다. 〈매개성〉의 서술은 '보살핌'이라는 삶에 의미를 부여하는 과정에서 우연히 자기를 반성하거나 기억하지 않으려고 억압한 기억들을 우연적인 연상에 의해 떠올림으로써 자기를 반성하게 되는 매개적인 방법을 사용하는 것이다. 여러 매개를 거쳐 인물의 자기반성을 유도해내는 인물 성격화방식이 서술의 〈매개성〉이다.

서술의 〈양가성〉이나 〈역설성〉을 통해 알 수 있듯이, 박완서 소설은 세계를 인식하는 방법 자체를 문제삼으면서 '이면'을 드러내는 인물 성격화방식으로 인물의 '내면'을 보여준다. 이런 듯 하면 곧바로 그것을 뒤집는 상황을 설정함으로써 의미를 전도시켜버린다든가, 드러난 면으로 이해하려는 순간 잘 드러나지 않는 면을 자세히 설명함으로써 드러난 면이 전부가 아님을 역설하는 방식을 취한다. 이는 수다스러운 문체나 산만한 이야기 구성, 또는 반전을 거듭하는 역설과 아이러니를 통해 강화된다. 박완서 소설은 삶의 이면이 은폐되거나 억압됨으로써 삶이 오해되고 의미가 전도되는 상황을 전제하고서 구성된 서사인 것이다. 이는 지배이데올로기나 허구적 사회규범이 강력하게 내면화되어 있어 '억압된 자아'로서 인물의 '이면'이 있다는 서술자의 인식의 반영이다.

이런 서술자의 인식은 인물이 사회비판의식이나 계몽적 태도를 갖고 있지 않음에도 박완서 소설이 허위적 삶과 억압의 역사적 계기들을 비판할 수 있게 한다. 그렇지만 이 비판은 작품의 미적 효과이지 인물의 비판의식이나 각성은 아니다. 그런 점에서 끊임없이 하나의 의미로 고양되거나 동화되는 것을 방해하는 서술의 〈양가성〉이나 〈역설성〉은 인물 스스로 어떤 깨달음에 이르게 하지는 않는다. 인물은 내면갈등이나 동요로 성격화되며, 작품은 독자가 인물의 정서에 공감하거나 인물의 깨달음을 쫓아가게 하는 구성을 취하지 않는다. 내면갈등이나 분열적인 내면의 동요는 인물이 스스로 고립된 자로서 느끼는 공포와 소외감을 극대화할 뿐이다. 따라서 이들의 자의식은 스스로를 소외된 자로 인식하는 '고아의식'이 된다.

그런데 〈매개성〉의 성격화방식은 어떤 것에 매개되어 자기를 반성하는 인물 성격화를 보여준다. 인물은 반성적 계기를 통해 자기 자신의 치부를 들추어내고 과거의 기억을 억압하고자 하는 현재의 자기모습을 헤집어 파악해낸다. 자기 자신의 억압된, 혹은 숨겨진 내면(이면)과 대면하면서 심한 자괴감과 모멸감을 갖게 되는데, 이것은 '타자'들에 대한 의식인 죄의식으로 이어진다. 즉 자기가 권력의 편에서 배제되고 거부될 수밖에 없는 '사회적 약자'임을 알고서(고아의식) 그렇게 소외되지 않으려고 '권력'에 의해 배제된 사람들을 '못 본 척' 한 것에 대한 죄의식이다. 그럼으로써 권력의 편에 들고자했던 것에 대한 죄의식이다. 고아의식을 갖고서 '고아'(소외된 자)의 현실을 벗어나기 위해 안간힘을 쓴 것의 결과가 죄의식으로 기억된 것이다. 즉 죄의식은 고아의식을 은폐하기 위한 다음 단계의 심리를 반성하는 자기인식이다.

그런데 이 죄의식은 자기 자신을 동정하거나 미화하는 태도가 전혀 없는, 완전한 자기분석의 태도가 아니면 가능하지 않은 것이어서, 독자가 그렇게 포착된 '너덜너덜한' 내면을 봄으로써 '불편'하게 하지만 감동을 주기도 한다. 박완서 소설의 '죄의식'은 감동이라는 색다른 정서를 자아내는 것이다. 1980년대 후반 이후 이런 경향은 집중적으로 늘어나는데, 이후 박완서 문학세계를 평가할 때는 통시적인 문제로서 탐구될 필요가 있을 것이다.

게다가 이 죄의식은 공감된다는 점에서 또 다른 감동의 원천이 된다. 1980년대 후반 이후 등장하는 노부부는 소외된 일상 속에서 소외감을 공감하는 '내면'을 통해 성격화된다. 숨기고 싶은 자기 자신의 내면을 보는 노인들은 그런 인식을 근거로 배우자의 내면 역시 짐작한다. 그런 짐작 속에서 소외를 공감하는 것이다. 이 공감을 근거로 노부부는 소외감을 극복한다. 그러나 소외감을 극복하는 것은 둘일 때 만이다. 결국 노부부는 둘이 공감하지만, 서로 같이 소외되었다는 것을 공감할 뿐이기 때문이다.

박완서 소설은 공감을 통해 감동을 자아내고 소외감을 극복할 가능성을 제시하는 듯 보이지만, 여전히 '권력'의 자리에서는 '죄의식'을 자각하지 못한다는 '현실'을 문제시한다. 즉 죄의식을 자각하는 것은 자기를 반성하고 현실을 변화시킬 수 있는 중요한 '사회의식'일 텐데, 이 의식은 권력 편에 있는 사람들이 쉽사리 가질 수 없다고 판단하기 때문이다. 따라서 죄의식은 현실적 힘을 발휘할 수 없을 뿐만 아니라 오히려 권력에서 소외되는 계기를 제공한다. 죄의식은 죄의식을 느낀 사람들이 소외되는 '현실'을 문제시하고, 이로써 사회적 약자들이 소외되는 현실을 비판한다. 이는 역으로 '권력'의 편에 들기 위해 '억압'과 '은폐'가 여전히 지속되는 현실을 구체적으로 보여주는 게 된다.

한국전쟁을 겪고 급속하게 이루어지는 한국의 '근대화'는 사회적 규범을 통해 일상생활과 일상인들을 통제했다. 규범으로 제시되었던 획일적인 정체성은 그에 동화되지 못하는 많은 사람들을 배제한다. 박완서 소설의 인물들은 이 획일적 정체성을 내면화하고서 살아가는 대다수의 평범한 사람들이다. 그런데 저마다 규범적 자아에 동화되지 못하는 자아를 자기의 '이면'으로서 억압하고서 살아간다. 그리고 이 내면의 억압된 자아로 인해 획일적인 정체성을 부정하는 인물로 성격화된다. 내면화된 규범적 자아를 의심하고 부정함으로써 갈등과 동요를 멈추지 않는 인물의 내면은 그 자체로서 획일화되고 익명화된 자아를 부정하는 것이다. 이로 인해 인물은 획일화되지 않은 개성적인 자아로 입

증된다. 이 '내면'은 억압된 '이면'으로서 박완서 소설의 주제가 집약
된 지점이며, 인물의 진정성이 보장되는 지점이다.

　이렇듯 억압된 자아를 통해 자기상실을 발견함으로써 비로소 자기를
구성해 가는 서사는 자아가 고립되는 과정을 의미하지만 이 고립의 과
정을 통해 주체를 구성하기도 한다. 획일화된 정체성을 내면화하느라
고 억압한 '이면'을 통해 인물의 진상을 복원하는 것은 획일화된 주체
가 억압한 무수한 개성적 주체를 복원하는 것이 된다. 이것은 비록 드
러낼 수 없는 '내면적 사건'이지만 역사적인 계기 속에서 억압된 자아
를 복원하는 주체성의 서사로서 평가될 만하다. 이것이 '내면'을 삶의
'이면'으로 파악하는 인물 성격화방식의 소설사적 의미이다.

2 부

문밖 사람들의 또 다른 이야기

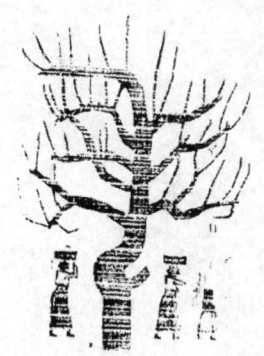

세계화와 탈냉전에 대응하는 소설의 형식
: 기억으로 발언하기

- 1990년대 박완서 자전소설의 의미 연구

1. 서론: 자전소설의 등장과 그 배경으로서 1990년대

박완서는 1990년대에 본격적인 자전소설을 발표한다. 1992년, 어린 시절부터 스무 살 전쟁발발까지를 다룬『그 많던 싱아는 누가 다 먹었을까』(이하『싱아』)를 발표하고, 3년 뒤인 1995년, 전쟁기간 3년과 휴전이 되면서 결혼하기까지에 해당하는『그 산이 정말 거기 있었을까』(이하『그산』)를 연이어 발표한다. 이 작품들은 연작형식으로, 작가가 실명을 사용하면서 어린 시절부터 결혼하기까지의 체험을 이야기하듯이 쓴 소설이다.

박완서는 전쟁기의 체험이나 어릴 적 가난한 서울생활의 경험을 이미 소설이나 수필에서 여러 번 언급한 바 있다. 이 작품들은 박완서의 대표작으로 인식되어 체험하지 못한 것은 쓰지 못하는 작가로 평가받게도 한다. 그런 중에 1990년대에 들어서자마자 진짜 '날 것 그대로' 임을 강조하면서 자전소설을 발표한 것이다. 이를 통해 박완서는 체험의 작가로 굳혀진 듯하다.

그러나 박완서는 자신이 경험한 것만을 쓰는 작가는 아니다. 작가의
등단작인 『나목』이 자신의 전쟁경험을 바탕으로 쓰여졌으며, 초기작인
「부처님 근처」나 「카메라와 워커」, 또 전쟁기를 다룬 『목마른 계절』 등
에 작가의 체험이 직접적으로 드러나 있고, 박완서의 대표작이 된 「엄
마의 말뚝」 연작이 실제체험에 기반해 있기 때문에 그런 인상이 강한
것은 사실이다. 하지만 박완서의 수많은 단편소설을 비롯하여 『나목』
과 『목마른 계절』을 제외한 많은 장편소설들은 실제체험과는 상관없는
이야기들이다. "체험하지 않은 것은 이야기로 쓸 수가 없다"[1]는 작가의
말도 이 작가가 체험한 것만을 소설로 쓰는 작가라는 인상을 강화시킨
것일 텐데, 이 말 역시 자기 시대의 일이 아닌 다음에는 쓸 자신이 없다
는 작가의 솔직한 고백일 뿐이다.

2000년, '자본주의'를 비판할 목적으로 쓰여진 장편소설 『아주 오래
된 농담』을 세상에 내놓음으로써 이런 사실은 당당히 증명된다. 이 작
품은 가족의 이야기이면서 여성들의 이야기인 박완서 소설의 오래된
주제의식의 연장선에 있다. 1970년대의 대표작인 『휘청거리는 오후』
(1976)[2]를 비롯하여 『도시의 흉년』(1976~1979), 『살아있는 날의 시
작』(1979), 『그해 겨울은 따뜻했네』(1982), 『서있는 여자』(1982) 등과
더불어 자본주의적 삶의 방식이 평범한 인간에게 가한 억압과 폭력을
다룬 소설에 포함된다. 이 작품을 계기로 박완서의 자전소설 이후 이어
지는 『너무도 쓸쓸한 당신』을 비롯한 소설들의 경향을 작가의 노년정
서와 연관시키는 견해는 다소 비약일 수도 있게 되었다. 이 한 편의 소

---

1) 최재봉 작가인터뷰, 「〈이야기의 힘〉을 믿는다」, 권명아·이경호, 『박완서 문학 길
   찾기』, 세계사, 2000, 38쪽.
2) 작품의 발표 년도는 연재당시의 년도를 쓴다. 단행본으로 출간된 것보다는 작가가
   작품을 쓴 시기를 강조하기 위한 것이다.

설은 박완서가 아직도 여전히 젊은 작가임을 과시함과 동시에, 1990년
대의 소설들이 "낭만적 회상이나 따뜻한 인간주의"[3]로 바뀌어 가는 하
나의 징후로 읽힐 가능성을 부정하게 한다.

그렇다면 "소설이나 수필 속에서 한두 번씩 울거먹지 않은 경험이
거의 없"[4]는 자기 이야기를 작가는 왜 또 장황하게 쓰는 것일까? 이 논
문은 이 질문에서 시작된다. 박완서의 작품세계가 1990년대에 들어 작
가의 노년의식과 더불어 변하는 것은 아니라는 입장을 견지하면서, 그
렇다면 이 노작가가 굳이 여러 번 울거먹은 사실들을 왜 이야기하는가
를 문제시하는 것이다.[5]

결론부터 말하자면, 이 자전소설은 여러 번 했던 이야기를 '날 것 그

---

3) 사실, 박완서 소설은 낭만적 화해나 휴머니즘의 정서보다는 낭만적 감상으로 포장
된 속물성이나 이기적인 속내를 폭로하고 비판하는 경향이 강하다. 그래서 1980년대
후반 이후 나타나는 노인들의 회환과 연민의 정서를 노년의 사색이나 회고적 취향,
또는 인간주의로 변화한 것이라 평가하기도 한다. 그러나 노년의 심리를 통해 무엇을
얘기하는가를 생각해 볼 때, 노인의 등장을 회고적인 것으로 평가하거나 낭만적 회상
으로 보기는 어렵다. 박완서 소설에서 노인들은 사회적인 주류에서 벗어나지 않으려
고 다른 사람들을 배제시키고 소외시켰던 젊은 날의 이기적인 속내를 회상한다. 그리
고 이들은 쓸쓸함이나 덧없음을 느낀다. 그러나 늙었기 때문에, 또는 낭만적으로 과
거를 추억하기 때문에 쓸쓸함이나 덧없음을 느끼는 것은 아니다. 자기만은 소외되지
않으려고 안간힘쓰며 억척스럽게 살았으면서도 여전히 사회적으로 소외된 상태로 살
아갈 수밖에 없다는 것을 이제는 알았기 때문에 지난날을 죄스러워 하면서 느끼는 정
서이다. 권력이 내세운 삶의 규범에 맞춰 살지 않으면 사회적으로 배제될 수밖에 없
는 '근대화'의 대열에서 살아남기 위해 나만을 생각했던 젊은 날의 이기적인 억척스
러움이 결국 스스로 빠져든 함정과 같은 것임을 알아차린 자의 비극적 자의식이라 할
수 있다. 이는 과거를 낭만적으로 이상화하고 추억하는 낭만적 회상과는 다른 것이
다. 낭만적 회상으로 보는 견해는 「90년대의 징후와 추억으로서의 글쓰기」, 『문예중
앙』, 1994. 여름, 임규찬, 「'자아'를 넘어선 '자기의 우주'」, 『창작과비평』, 1999. 봄
참조.
4) 박완서, 작가의 말, 『싱아』, 1992. 참조.
5) 그런데, 이 시기에 단지 '체험작가'로 불려지는 박완서만이 분단과 전쟁의 경험을
기억한 자전소설을 쓴 것은 아니다. 최인훈과 이호철 역시 각각 『화두』(1994)와 『남
녘사람 북녘사람』(1996)을 발표한다. 대표적인 '분단문학' 작가들인 이들의 자전적
작품들과 이 작품들의 사회적 연관성은 자리를 달리하여 논의될 필요가 있을 것이다.

대로' 담아냄으로써 작가의 1990년대를 향한 정치적 발언을 소설의 형
식으로 대신하고 있다.

1990년대는 1987년의 민주화운동이 군부정권을 종식시킨 이후의
변화를 이어받고 있다. 그런가 하면, 1988년 베를린 장벽이 무너지고
동구권 사회주의 국가들이 시장 자본주의를 받아들이면서 사회주의라
는 자본주의의 대칭항이 사라져버린 시대이기도 하다. 국내적으로는 군
사정권이 종식되면서 분단 이후 최초로 월북작가에 대한 해금조치가 생
겨나 이데올로기적 금기가 조금씩 풀려나가는 때이며, 이런 변화는 어
찌되었건 억압받았던 사람들의 주체성의 발현이었다는 점에서 흥분을
일으켰던 시대이다. 반면, 국외적으로는 그야말로 사회주의가 없어져
시장자본주의가 전세계를 장악하는 초국적 자본의 '세계화' 시대이다.

따라서 1987년을 기점으로 이루어지는 국내외의 변화들은 1990년
대에 들어서면서 급작스럽게 삶을 바꿔놓는다. 한국사회의 입장에서
보면, 안간힘을 써서 민주화의 출발점에 서게 되었는데, 전지구적 상황
은 이미 모든 것이 자본의 이해관계를 중심으로 돌아가는 '신자유주
의'의 경제질서를 받아들이고 있었기 때문에 그간의 안간힘이 무색해
져버리게 된 셈이다. '탈냉전'은 새로운 돌파구인 듯 보이지만, 그 이
전의 문제들이 증폭되어 질적으로 변화하게 되는 계기가 될 뿐이다.

또한 반공이데올로기가 일상생활에 강력히 영향력을 끼치고 있는 사
회, 그에 따른 반대급부로 사회주의의 '신화'가 존재했던 사회에서 이
데올로기적 금기가 약화되고 사회주의권과 왕래가 빈번해진다는 사실
이 긍정적인 역할을 하는 것은 아니다. 이런 왕래로 인해 확인된 사회
주의의 실체는 이상화된 이념과는 거리가 먼 붕괴 직전의 사회주의였
기에 사회주의에 대한 환멸을 낳게 되는데, 시장 자본주의에 의해 속물
화되고 뒤틀린 사회주의는 반공 이데올로기를 강화하면서 탈냉전적 분

위기를 역류시키기도 한다. 또는 정치적 무관심이나 냉소주의를 조장
하기도 한다. 이것은 유일한 분단국인 한국이 지닌 또 다른 문제이다.
1990년대 한국사회의 '세계화'와 '탈냉전'의 사회상황은 여러 이질적
인 것들이 충돌하는 복잡한 상황인 것이다.

　분단현실의 산물인 소시민 의식이나 그들의 일상생활을 적나라하게
그려냈던 박완서는 분단상황 속에 가미된 이런 한반도의 변화를 본능
적으로 감지해낸다. 그리고 변화의 본질을 포착하는 이 '본능적 감각'
은 박완서 소설의 형식이나 주제를 변화시킨다. 1991년 이후 박완서
소설의 변화는 이런 세계질서의 변화에 대응하는 현실인식과 관련하여
설명되어야 할 것이다. 그리고 자전소설의 형식적 특성이나 의미 역시
이와 연관지어 설명되어야 할 것이다.

2. '세계화'의 현실과 1991년 전후 박완서 소설

　자전소설의 내용만 보면 1990년대적 변화가 별달리 포착되지 않는
다. 그럼에도 불구하고 두 편의 자전소설은 1990년대적 삶의 문제와
직접적으로 연관된 소설 형식이라 할 수 있다. 이를 증명하기 위해서는
1990년대적 현실을 작가 박완서는 어떻게 보았는가, 이것부터 짚고 넘
어가는 것이 필요하다.

　자전소설을 쓰기 전 박완서는 1988년 남편과 아들의 죽음을 겪고 나
서 소설을 못 쓰다가 1989년 2월부터 소설을 다시 쓴다. 이 시기에 발
표된 「복원되지 못한 것들을 위하여」, 「家」, 「여덟 개의 모자로 남은 당
신」, 「엄마의 말뚝 3」을 비롯하여 1987년부터 쓴 「저문날의 삽화」 연
작을 1991년, 즉 『싱아』를 발표하기 직전에 소설집 『저문날의 삽화』로
엮어낸다.

이 작품들에는 전체적으로 1980년대 후반의 변화를 감지한 흔적들이 역력하다. 특히, 「저문날의 삽화」 연작 이후의 작품들은 시기상으로도 1987년 이후에 쓰여졌기 때문에 1987년 이후 당대에 대한 인식이 잘 드러나 있다.

앞에서도 언급했듯이, 1987년 이후 대통령 선거가 치루어지고 월북작가에 대한 해금조치가 단행된다. 이제 세상이 달라졌다고 생각하게 된다. 그러나 대통령 선거를 이끌어낸 '민주화'의 기운이 변화의 원인이며 동력이 되기는 어려웠다. 유신시절부터 부정선거의 주역이었으며 권력의 자리에서는 개인의 치부를 위해 자리를 이용하던 수많은 정치인들의 정치활동은 시대만 바뀌었지 여전하다. 또 월북작가는 해금되었지만, 이미 그들이 왜 북으로 갔는지, 또는 그들은 분단과 전쟁을 어떻게 겪고 인식했는지 등은 알 수도 없고 알고 싶어하지도 않는 것이 되었다. 월북작가들은 남아있는 가족들의 고통의 원인이었기에 없던 걸로 망각되기를 강요받았으며, 이제 말할 수 있는 정치적 여건이 마련되자 남아있는 가족들의 명예를 위해 사실과 다른 것으로 둔갑하기에 이른다.(「복원되지 못한 것들을 위하여」)

1980년대 후반의 시점에서 남북한이 서로를 적으로 규정하여 살아온 분단의 세월은 40년에 육박한다. 이 40년 세월은 각기 나름대로 역사를 재구성하게 한다. 북이 불멸의 역사 총서를 통해 김일성 신화로 역사를 대신하듯이, 남 역시 전쟁을 통해 북의 가학성과 남의 순결성을 강조하는 전쟁이야기를 만들어낸다.[6] 한반도의 양 체제인 남과 북의 정치권력이 일인독재의 전체주의적 지배형태였던 것에서 드러나듯이, '분단'이라는 조건은 남북 양쪽의 현재를 규정하는 절대적 요인이다.

6) 6 · 25라는 말에도 이미 이런 피해자의식이 내재되어 있다. 전쟁의 발발을 중심으로 전쟁을 인식하는 것에 전쟁의 책임을 북한에게로만 전가하는 전쟁인식이 깔려있는 것이다.

분단이라는 조건은 이미 그 시간과 더불어 하나의 자기재생산 구조를 배태해버린 것이다.[7]

1989년에 발표된 「복원되지 못한 것들을 위하여」의 수기의 주인공과 월북작가인 화자의 선생님에 대한 이야기는 '탈냉전' 시대인 1980년대 후반의 '분단'의 성격을 적나라하게 보여주는 일화이다. 이 작품에서 '망각'은 더 이상 정치권력의 지배전략에 불과한 것이 아니다. 망각은 정치적 요구일 뿐만 아니라, 그 정치를 견뎌나가는 많은 사람들의 정체성이 되었다. 수기의 주인공은 수기를 써놓고도, 자기가 고발한 주역들이 또 다시 대통령 선거에 나서는 것을 보고는 자신이 고발한 과거를 없애려 한다. 이 노인과 달리, 전쟁기 형무소에서 죽은 서술자의 국어선생님인 송사묵 선생님의 자식들은 자기들에게 필요한 방식으로 아버지의 삶을 조작한다. 또 송사묵 선생의 죽음을 목격한 사람들 역시 자기 삶에 필요한 정도로 '사실'들을 미화해버린다.

이렇듯 전쟁은 많은 것들을 파괴하고 상처를 남겼지만, 정전과 함께 분단이 지속되었기 때문에 그 파괴와 상처는 원인 규명없이 50년 이상 봉합되어야 했다. 그리고 오랜 세월 분단이 지속되면서 깨어진 조각들은 깨어진 그대로 깨어진 사실들을 보여줄 수 없게 미화되고 왜곡되어 봉합된다. 이미 깨어진 사실들은 다른 식으로 그 균열이 메워진 것이다. '분단'이라는 삶의 조건이 문제적인 것은 삶을 파괴한 것보다도 파괴와 균열을 이물질로 메꿀 수밖에 없도록 한 그 구조적 속성 때문이다.

이 구조적 속성은 1987년 이후 이데올로기적 금기가 약화되면서 이 '깨어짐'을 찾아내려고 할 때 더욱 강력한 실체로서 부각된다. 1987년 이후의 민주화 기운과 '탈냉전'이라는 삶의 변화를 소재로 한 박완서의

---

7) '분단체제론'을 둘러싼 논쟁은 이 '구조적 속성'을 개념화하기 위한 논의에 해당한다. 백낙청, 『흔들리는 분단체제』, 창작과비평사, 1998 참조.

소설들은 '사실'들을 잊거나 미화하는 것이 자발적으로 취한 정치적 태도임을 새삼 강조한다. 그리고 '탈냉전'이라는 세계적 상황의 변화가 한반도의 '분단'조건에 따른 문제를 풀게 할 수 없다는 분단의 '구조적 성격'을 강조한다.

분단의 구조적 성격을 포착하는 박완서의 본능적 감각은 바로 '탈냉전'으로 인해 전면화되는 이 국면을 일상의 사소한 부분들을 통해 형상화낸다는 것을 뜻한다. 이것은 또 한편에서 진행된 사회주의 인식과 관련된 삶의 문제를 포착할 수 있게 한다.

갑작스러운 탈냉전의 분위기와 동구 사회주의권의 자본주의로의 체제전환은 선거를 통해 이루어진 새 정부의 북방외교를 추동하기도 한다. 한국은 동구권의 국가들과 속속 수교를 한다. 게다가 유일한 사회주의 강대국인 중국의 교포들이 한국의 이주노동자의 문제로 떠오를 정도로 큰 비중을 차지하기에 이른다. 내밀한 일상을 포착하는 박완서의 시선은 이런 세계적인 변화들 속에서 우리의 사회주의 인식이 변화되면서 그에 따라 그 인식 속에 내재된 역사적 의미, 역사의 주체가 되려는 열정과 정치적 폭력에 희생된 억울한 죽음들까지도 부정되고 속화되는 것을 발견한다.

운동권 아들을 둔 어머니는 함량미달로 판명된 우황청심환을 경복궁 지하도에서 팔기 위해 애쓰던 중국동포들을 보고서 "사회주의가 물욕에 눈뜬 건 더 못 봐주겠다"고 현실 사회주의의 시장도입을 비웃는다. 그러나 사회주의 이상을 위해 집을 나가 운동권이 된 아들을 원망하며 한국사회의 사회주의 담론에 배어있는 '열정'까지도 비하되어 자기 아들의 존재가 부정될까봐 내심 불안해하며 잠 못 이룬다.(「우황청심환」) 한국전쟁 시절 국군과 인민군 사이에서 방황하다가 어이없게 총상을 입고 죽어간 아들의 한을 곱씹으며 한평생을 살아온 어머니를 장사지

내는 딸은 어머니가 감당했던 평생의 한을 죽음의 의식으로 풀어주려
한다. 그러나 이데올로기적 대립 속에 죽어간 희생과 한풀이는 이제 한
낱 시대착오적인 "쑈"에 불과한 것이 되어버렸다.(「엄마의 말뚝 3」) 또
"노동자가 주인 되는 세상을 만드는 일"을 한다는 말에 감동해서 대학
생 위장취업자와 결혼한 여공은 사회주의권이 몰락하고 집으로 돌아간
남편의 변화 앞에서 그 말의 위선에 절망하기도 한다.(「티타임의 모
녀」) 박완서의 소설들은 '사회주의'와 연관된 사람들의 상처가 '탈냉
전'의 변화 속에서 또 다른 방식으로 덧나고 있음을 보여준다.

　사실, 한국사회의 사회주의와 관련된 역사는 그리 만만한 것이 아니
다. 식민지 지식인들의 사상편력에서부터 1980년대 후반 민주화운동
의 이념에 이르기까지 그 폭과 깊이는 삶과 죽음의 경계선 너머에 있는
것이기도 하다. 1980년대에 등장한 빨치산 소설들이 일으킨 반향만으
로도 이것의 역사적 무게를 짐작할 수 있다.[8] 따라서 갑작스러운 '탈냉
전'의 변화와 돈을 벌기 위해 한국으로 밀려드는 사회주의에서 온 사람
들의 모습은 오랜 신화에서 벗어나 참담한 몰골 앞에 무방비한 상태로
내몰린 것과 다를 바가 없을 것이다. 1980년대 후반 이후 박완서 소설
의 사회주의 인식은 바로 이 '신화'와 비루한 현실의 모습 사이에서 느
끼는 혼란을 감상적으로 과장할 수밖에 없는 사회주의 인식의 내밀한
부분을 보여준 예라 할 것이다. 1990년대 초반 발표된 두 편의 자전소
설은 이런 당대적 인식의 연장선에서 해명되어야 할 것이다.

---

8) 이병주의 장편 대하소설 『지리산』을 비롯하여 이태의 『남부군』 등 빨치산 소설들은
　이데올로기적 금기의 영역을 다룬다는 점 때문에 오히려 대중적 인기를 끌었다. 이와
　더불어 조정래의 『태백산맥』은 이런 이데올로기적 금기를 해체하는 데 중요한 역할을
　한다. 이 작품들은 한국의 평범한 사람들이 사회주의 인식을 교정하는 데 큰 역할을
　했다고 할 것이다.

3. 자전소설의 형식과 당대를 환기하는 미학적 효과

1990년대 박완서는 두 편의 자전소설을 내놓으면서 스스로 이 소설들이 자기의 실제 이야기임을 강조한다. 박완서는 자전적인 소설을 많이 썼지만, 실제 이야기로 읽어달라고 주문한 적은 없다. 그러나 이 소설들은 작가 스스로 "자화상을 그리듯이 쓴 글"이라고 명명함으로써 실제 체험임을 강조한다. 일본의 식민지 상태에서 근대적인 문물이나 제도를 처음으로 경험했던 작가의 어린 시절이나 해방과 분단, 전쟁 등은 작가(서술자)의 개인적인 체험이면서도 한국 근현대사에서 결정적 요인이 되는 역사적 사건들이기도 하다. 작가는 이런 사실들을 개인적 체험이라는 주관성의 형식, 즉 '자전소설'의 형식 속에 담아냄으로써 허구의 형식이면서도 실제 사실로 받아들여지기를 요구한다.

그런데 이 소설들의 자전소설이라는 장르적 특성은 이야기하는 방식의 독특함 속에서 허구와 실제 사이의 묘한 긴장감을 형성하는데, 이 특성이 바로 당대 현실에 대한 정치적 견해가 된다.

1) 총괄하는 화자의 부재와 주관적 경험의 객관성

이 두 편의 자전소설은 이야기 구성의 면에서나, 이야기 내용의 면에서 개성이 뚜렷하지 않다. 그저 작가가 살아온 세월을 독자에게 들려주듯이, 또는 수다떨듯이 전해주는 이야기이다. 작가가 생각나는 대로 자기 얘기를 마구잡이로 하고 있다는 인상을 준다. 또한 무슨 이야기를 전달하려는 건지 종잡을 수 없게 일관성도 없고 주제의식도 없는 듯 보이기도 한다.[9] 이야기는 산만하고, 서술자는 시도 때도 없이 개입하여

---

9) 박완서 소설에서 '구성의 산만함'은 여러 평자들에 의해 단점으로 지적된 바 있다. 여러 단편소설들이 구성이 산만하다는 이유로 미숙한 작품으로 평가되어 묻혀버린 경

이야기의 흐름을 방해하고 있으며, 내용도 전쟁 이야기치고는 이렇다할 극적 긴장감을 주지 않는다. 이는 이전 소설들과 비교되는 점이다.

박완서가 1990년대 이전에 전쟁기 체험을 중심으로 쓴 장편소설은 두 편이 있다. 하나는 등단작인 『나목』이고, 또 한 편은 『목마른 계절』이다. 이 두 작품은 모두 당돌하고 개성이 강한 스무 살 여성의 시각으로 전쟁이 그려진다. 이 스무 살 여성은 전쟁으로 인해 젊음의 꿈이 전면적으로 부정되는 경험을 한다. 자기 삶의 준거였던 오빠는 비겁한 변절자로 철저히 무너져가고, 지독스럽게 가족을 품고 사는 어머니는 무너진 채로 죽어 가는 오빠를 보면서 딸을 버려진 자식 취급하는 이기적인 가부장 의식을 보여준다. 이 두 편의 전쟁체험 소설은 이런 자기상실의 체험 속에서 극도로 예민한 자의식을 보여주는 주인공으로 인해 전쟁의 참상보다는 전쟁을 견디는 사람들이 지닌 저마다의 내면이 생생하게 드러난다. 극적 긴장감은 물론, 생동하는 주인공의 내면으로 인해 작품은 강렬한 인상을 남긴다.

어린 시절의 이야기도 마찬가지다. 「엄마의 말뚝 1」은 작가 스스로의 어린 시절 도시경험이나 학교의 경험을 통해 한국사회의 식민지적 근대화의 한 모습을 보여준다. 이 작품에서도 새로운 세상을 경험하는 어린 아이의 시선은 시종일관 여러 가지 일화를 조율하는 역할을 함으로써 강렬한 하나의 이미지로 작품의 의미를 모아낸다.

───────────────

우도 많다. 그러나 이 구성의 산만함은 박완서 소설의 서술전략 중 하나라 할 만큼 주제와의 연관성이 깊다. 예컨대, 「엄마의 말뚝 2」는 앞 부분의 아이들 키우느라 일상에 지친 서술자의 하루동안의 일탈과 그 서술자의 엄마가 병중에 겪는 고통은 서로 다른 이야기처럼 병치되어 있다. 그러나 이 이야기들은 병치된 상태로 어우러지고 부딪혀 작품의 주제를 한 단계 고양시킨다. 박완서 소설 중 많은 단편소설들은 이렇게 병치된 일화들이 서로 어색한 듯 섞여져서 주제를 형성한다. 이런 특성은 연관성 없는 이야기들이 뭉뚱그려져 한 단계 고양된 주제를 형성하게 된다는 의미에서 '뭉뚱그리기'의 구성효과로 볼 수 있다. 이선미, 「박완서 소설의 서술성 연구」, 연세대 박사논문, 2000 참조.

그에 비해, 이 자전소설은 그런 극적 구성의 형식을 취하지 않는다. 이야기들을 하나로 꿰뚫는 고리가 없고 마냥 풀어져 있다. 엄마만 해도 할아버지의 장서를 뜯어 그릇을 만들면서 걸죽한 농담을 하여 동서들을 웃기는 모습이다가 자식을 기어이 서울에서 키우겠다고 야멸차게 딸의 머리를 잘라내는 모습으로 그려진다. 그저 있었던 모습 그대로를 재현하려고 애쓰고 있지, 어떤 성격으로 만들어가려는 의도는 별로 없다. 또 딱히 주인공이 있지도 않다. 실제 작가의 이름이 등장할 정도로 사실적이지만, 이야기들이 인물을 중심으로 한 일화들로서 배치되어 있기 때문에 한 사람에게 집중된 형식은 아니다.

이런 특성들은 이 작품의 의미를 형성하는 결정적 요소가 된다. 총괄적인 화자[10]가 없이 여러 측면의 입장이나 관점으로 기술되는 방식은 산만한 구성과 어우러져 작품의 의미를 형성한다.

이는 각각의 이야기를 구성하는 경험은 모두 하나의 관점으로 의미 부여될 수 없는 주관적인 것임을 환기하는 서술로 볼 수 있을텐데, 식민지의 경험이나 전쟁의 경험이 공식적으로 하나의 관점으로만 얘기되었던 '역사인식'[11]을 의식한 서술방식으로 볼 수 있다.

전쟁의 경험, 근대화의 경험은 하나일 수 없다. 사람들은 우연적으로 혹은 억지로 전쟁과 얽혀 들어가고 억울하게 죽어간다. 전쟁은 당사자가 아니면서도 당사자일 수밖에 없도록 만드는 것이다. 전쟁에 휘말려든 대부분의 사람들은 각자의 방식, 혹은 관점으로 전쟁을 겪는다. 또는 다양한 순간들로 전쟁을 겪는다. 하나의 경험으로 얘기된다면, 전쟁은 '어떤' 사람이 겪은 하나의 관점 속에서 재구성된 것일 뿐이다. 그러나 한국 현대사는 분단이라는 조건 속에서 많은 역사적 사실들을 하나의 관점, 즉 국가적 이해관계에 부합하는 관점으로 해석하는 경향이

---

10) 즈네뜨, 권택영 옮김, 『서사담론』, 교보문고, 1995 참조.
11) 이것은 특정의 역사인식을 의미한다. 주로 공식적인 역사기술의 역사인식과 통한다.

강했다. 특히 1960~70년대의 역사해석방식은 정권의 이해관계와 긴밀했다.

이렇게 볼 때, 생각나는 대로 두서 없이 자기경험을 이야기하는 박완서 자전소설의 서술방식은 전쟁에 대한 한 견해라기보다 전쟁을 어떻게 인식할 것인가를 제안하는 하나의 관점이라 할 수 있다. 수많은 이름없는 피해자들을 낳은 전쟁은 먼저 이러저러한 다양한 경험양식을 통해 개인의 문제로서 밝혀져야 한다는 것을 강조하는 서술방식인 것이다.[12]

따뜻하고 합리적인 공산주의자도, 무자비한 공산주의자도, 비인간적인 경찰도, 반성할 줄 모르고 자기 안일만을 탐하는 관리도, 전쟁 중에도 공산주의 교육에 열을 올리는 공산주의자들도, 중공군의 친절과 예의도, 모두 다른 정치적 관점에서 해석될 것들이 그저 자신의 이야기를 두서 없이 해대는 서술자에 의해 경험된 '사실'로서 전달되고 있다. 그리고 전쟁이야기는 바로 이런 과정을 거쳐서 비로소 '사실'에 가깝게 실상으로서 밝혀질 수 있다. 서술자(작가)는 여러 이야기들을 산만하게 나열함으로써 전쟁담론을 형성해내고 인식의 다원화를 시도하는 것이다.

예컨대, 한국전쟁은 한강을 건넌 사람들과 건너지 못한 사람들의 갈등, 즉 도강파와 잔류파의 갈등을 겪으며 모두가 피난을 가야하는 전쟁으로 급전하게 된다.[13] 강을 건널 수 없었던 기간동안 서울에서 겪었던

---

12) 이것은 최근 일고있는 한국전쟁 연구에서도 지적된 바 있다. 한국전쟁은 분단이라는 상황 때문에 50년이 넘게 정권의 이해관계를 따르는 공식적인 해석만을 반복해왔다. '공식적인 해석'이라는 것이 따로이 강요되지 않을 때, 개인적 경험을 중심으로 한 전쟁의 '여러 사실'들이 '한국전쟁의 담론'을 형성할 수 있다. 개인의 전쟁경험을 자료로서 모으는 작업에서부터 전쟁과 관련된 사실을 구성하려는 최근의 사회학 연구들은 공식적인 전쟁인식에 맞서서 전쟁을 실체로서 복원하려는 시도라 할 수 있다. 체험을 이야기하는 박완서의 자전소설은 이런 복원작업과 동궤의 것일 수 있다. 김동춘, 『전쟁과 사회』, 돌베개, 2000, 참조.

일들은 서울이 수복된 후 가장 큰 죄로 '명명'되었기 때문이다. 그래서 이후로는 당사자들이 내면화한 이데올로기를 상관하기보다 서울에 남아서 살아냈다는 것만으로 '적'이 되는 상황으로 전쟁은 돌변해버린다. 이와 관련된 이야기에서는 터무니없는 기준이 모두에게 받아들여진다는 이 비합리성이 전쟁의 실상임을 고발하는 시각을 볼 수 있다. 일사후퇴 이후 벌레의 시간을 강조하는 것은 바로 전쟁이 진행되면서 형성되어간 한국전쟁의 성격을 빗댄 말인 것이다.[14]

이 중에는 국가의 공식적인[15] 전쟁인식으로 인해 발설될 수 없었던 사실들도 많다. 따라서 이런 사실들은 '개인'을 상관하지 않고 권력의 이해관계를 따랐던 한국전쟁의 성격을 폭로하기도 한다. 전쟁이 '개인'을 벌레의 시간으로 몰아간 것은 전쟁이 가하는 일반적인 재난으로서의 폭력성 때문이 아니다. 한국전쟁이 진행된 과정 속에서 권력의 혜택을 못 받은 많은 사람들은 벌레가 되어도 괜찮을 존재로 버려졌기 때

---

13) 박완서, 『싱아』, 270-275쪽 참조.

14) 작품 곳곳에서 이렇듯 평범한 사람들이 벌레로 취급되는 순간에 대한 혐오가 드러난다. 다양한 사람들의 전쟁경험과 일상묘사는 이 와중에 살아남은 사람들의 이야기로 읽히길 바라는 것이라 할 수 있다. 이 인용문은 이런 서술자의 심경이 잘 나타난 대목이다."유언비어를 더 믿어서가 아니라 중공군이라고 해서 더 무서울 것도 없었다. 말이 통하지 않으면 아무것도 우리에게 자백시키려 들지 못할 것이 아닌가. 자백을 강요당하는 것처럼 치욕스러운 공포가 또 있을까. 오죽해야 소통의 불가능을 꿈꾸려 들겠는가."(박완서, 『그산』, 17쪽)

15) 한국전쟁을 잊을 수 없는 '민족수난의 6·25'로 인식하는 것을 말한다. 6·25라는 말 자체는 6·25를 북한의 침략으로 인식하고, 공산당의 '침략야욕' 때문에 모든 사람들이 수난을 당한 민족수난으로 인식하는 전쟁인식을 내포한다.(강만길, 『역사는 이상의 현실화 과정이다』, 창작과비평사, 2002, 참조) 그러나 한국전쟁은 북의 도발에 책임이 있는 한편, 거짓말로 국민을 서울에 남게 하고 한강다리를 폭파하고서, 서울 수복 후에는 잔류파를 공산세력으로 몰아간 남한 정부의 대처방안에도 책임이 있는 것이다. 그러나 50년이 넘는 동안 한국전쟁은 '민족수난의 6·25'라는 공식적인 전쟁인식에 의해 나머지 전쟁경험은 없었던 것으로 거부된 측면이 있다. 미군에 의한 집단학살인 '노근리 사건'이 2000년대에 와서야 비로소 공론화 될 수 있다는 사실은 한 예이다.

문이다. 사실, 별로 개인과 상관없을 수도 있는 전쟁이었지만,[16] 전쟁이
권력의 편에 서서 진행됨으로써 권력의 편에 서지 못한 많은 사람들은
저절로 전쟁의 '피해자'가 된다. 문제는 전쟁 자체가 아니라 권력의 이
해관계에 따라서 진행된 전쟁이었던 것이다.

주관적인 전쟁경험을 이러저러하게 늘어놓는 박완서의 자전소설은
이처럼 '친공'이냐 '반공'이냐라는 이분법으로 적과 아를 구별짓는 반
공을 국시로 삼는 공적인 전쟁인식과는 다른 다양한 전쟁경험을 말하
는 효과를 발휘한다. 공산주의자도 인간적인 모습을 지니고 있다는
'사실' 뿐만 아니라, 수많은 일반시민들을 벌레의 시간으로 몰아넣었던
잔혹한 전쟁이 된 원인을 곰곰이 따져볼 수 있게도 한다. 이승만 정권
의 무책임한 피난과 전시행정을 증오하면서 전국민이 모두 한꺼번에
사라질 수밖에 없었던 1·4후퇴 후 텅빈 서울에서 울부짖는 작가(서술
자)의 모습[17]은 바로 한국전쟁을 정확히 따져보라고 충동하는 듯하다.
이데올로기의 대립은 오히려 부차적인 것이 되고, 권력의 이해관계를
중심으로 전쟁이 진행됨으로써 남도 북도 모두 선량한 사람들이 피해
자만 되었음을 일관성 없는 서술자의 두서 없는 이야기 속에서 상상하
게 된다. 총괄하는 화자 없이 두서 없이 진행되는 산만한 구성은 하나
의 이야기로 공식화된 전쟁인식을 다원화함으로써 전쟁의 실상을 객관
적으로 파악할 수 있게 한다. 가장 주관적인 방식이 가장 객관적인 인
식으로 전환되는 것이다. 게다가 산만하게 전개되는 서술방식은 결국
허구적 이야기가 아니라 있었던 일을 이야기하는 것임을 환기함으로써
리얼리티를 배가한다.

---

16) 전쟁 중이거나 바로 전쟁 직후에 해당하는 1950년대에 쓰여진 전쟁에 관한 소설들
   은 전쟁이 절대적인 운명이기보다 그저 개별적으로 다양하게 체험될 수 있는 사건일
   뿐이라는 것을 보여준다. 염상섭의 『취우』(1953)나 곽학송의 『철로』(1955)가 이에 해
   당할텐데, 이후 소설사에서 이런 인물은 별로 찾아볼 수 없다.

17) 박완서, 『싱아』, 286-287쪽 참조.

이런 미적 효과는 전쟁을 하나의 관점으로만 공식화하는 기존의 전쟁담론이 있었기 때문에 가능한 것이기도 하다. 즉 그 인식을 부정하는 한 방식인 것이다. 또한 극적 효과와 강한 자의식을 지닌 인물의 해석으로 집약된 피해자[18]로서의 전쟁미학이 주류를 이루는 전쟁서사에 대한 '저항'이기도 하다. 밋밋하고 두서 없는 이야기들의 나열은 '기존의 것'을 의식했을 때 의미가 완성된다. 박완서의 자전소설은 기존의 식민지 근대체험과 전쟁체험을 다원화하려는 인식의 미학적 상관물인 셈이다.

2) '직접 말하기'의 서술방식과 텍스트의 개방성

총괄적 화자 없이 나열된 이야기들은 독자와 서술자가 만나는 방식도 규정한다. 대체로 많은 소설들에서 이야기가 진행되는 동안 독자는 서술시간과 경험시간을 넘나들게 된다. 그런데 박완서 자전소설의 서술자는 서술시간을 환기하면서 경험을 이야기한다. 경험시간 속에서 경험에 동화되지 못하게 하는 서술방식을 취한다. 독자는 항상 현재를 의식하면서 이야기를 따라가게 된다. 이로써 이 과거의 이야기는 항상 현재 속에서 재해석된다. 즉 과거의 이야기지만 과거를 현재의 시점으로 불러오는 형식인 것이다.

초기작인 「부처님 근처」에서부터 박완서 소설들은 '사실'을 '사실'대로 발설하지 못하는 현실을 그 자체로 드러냄으로써 지배이데올로기의 내면화 양상을 비판한다. 그저 뭔가 할말을 못하고 들끓는 인물들의 속앓이를 보여줌으로써 현실이 문제가 있다는 것을 미루어 짐작하게 하는 것이다.

---

18) 황순원을 비롯하여 선우휘 등 대부분의 전쟁소설은 이 '피해자(수난자)'의식으로 전쟁을 형상화한다.

그런데 이 자전소설들은 직접 그 못한 말을 미학적 장치를 빌지 않고 그냥 말해버리는 것으로 현실과 맞선다. 소설을 통해 조심스럽게, 그리고 조금씩, 또는 우회적으로 발설하던 것들을 아무런 위장을 하지 않고 그냥 말하는 것이다.

이런 변화를 혹자는 반공 이데올로기의 퇴조의 반영이라고 말하기도 한다.[19] 이런 면이 없다고 말할 수는 없다. 반공이데올로기가 위축됨으로써 '빨갱이'들의 억울한 죽음도 인정받을 수 있게 되었으며, 오빠의 죽음에서 좀더 자유로워질 수 있었기 때문이다. 그러나 이 작품의 '직접 말하기(기억하기)'는 작가가 진단하는 '탈냉전'의 시대에 대한 평가와 미학적 대응으로 보는 것이 더 타당할 것이다.

박완서는 탈냉전을 그저 반공 이데올로기의 퇴조와 정치적 자유로 받아들이지 않는다. 탈냉전은 민간정부가 가능할 수 있게 하며, 근거 없는 색깔공방이 무색하게도 하며, 미국의 잘못을 공공연하게 비판할 수 있게도 한다. 분명 탈냉전은 한반도를 쓸데없는 이데올로기적 억압 구조 속에 몰아넣지 않도록 역할한다. 그러나 앞서 말했듯이, 탈냉전은 곧 미국 자본의 세계화, 즉 시장 자본주의의 냉혹한 논리에 무방비 상태로 내몰리는 것이기도 하다. 박완서는 '탈냉전'이 동시에 초국적 자본(미국자본)에 의해 '세계화'된 현실임을 자각하고 '기억'의 의미를 반성한다.

박완서는 과거를 기억함으로써 복원하는 것을 통해 존재를 확인하다고 말하기도 한다. 이렇게 말할 때 작가에게 소설은 '망각'을 강요하는 정치[20]에 저항하는 유일한 수단이다. 「복원되지 못한 것들을 위하여」에

---

19) 반공주의의 퇴조를 박완서 소설에 다루어진 자전적 요소가 변화하는 직접적 원인으로 본 것으로는 강진호의 「반공주의와 자전소설의 형식」(국어국문학회, 『국어국문학』, 133호, 2003. 5)을 참조.

20) '기억과 망각'은 사상 유례없는 폭력성과 야만성을 보여주었던 독일이나 일본의 2차 세계대전의 경험과 그것을 해소하는 이후 정치적 과정을 논하는 데 중요한 개념으

서 수기를 쓴 노인이 분단의 삶을 살아내면서 익힌 생존전략이 '망각'이라는 위장술이라면, 이 망각의 내면을 '까발리는 것'이 '망각'의 정치에 맞서는 박완서 소설의 전략이었던 것이다. 이때, 소시민들이 취하는 처세로서의 '망각'은 겉으로 위장하는 태도일 뿐이다. 그런 점에서 「복원되지 못한 것들을 위하여」의 송사묵 선생의 죽음을 목격한 사실이 들통나서 자신의 좌익활동이 시댁식구들에게 알려질까봐 전전긍긍하는 서술자의 친구는 '망각'한 것처럼 위장하고 살아가는 이 구세대에 해당한다.

그러나 납치든, 형무소에서 죽은 것이든 그 사실이 뭐 그렇게 중요하냐며, "불행지는 것도 억울한데 홀로 특별하게 불행해지는 거라도 면해보자는" 자구책으로 아버지의 죽음을 납치로 날조했다고 아무 거리낌 없이 털어놓는 송사묵 선생의 장남은 이 '망각'을 자발적으로 받아들인 오늘 이 시대의 사람이다. 이 '망각의 시대'의 주인공을 접하면서, 또 어머니의 죽음을 통해 한풀이 의식을 되풀이하려는 것을 '쇼'로 생각하는 조카세대를 접하면서, 박완서 소설의 서술자들은 이제 과거를 복원할 수 없게 되었다고 절망한다. '망각'은 잊어버린 듯 꾸민 태도가 아니라 자발적인 태도가 되었기 때문이다. 많은 사람들이 '억압'의 경험을 기억하든 망각하든 상관하지 않게 된 것이다. 새로운 시대에 대한 작가의 본능적 감각이 포착해낸 1990년대의 성격은 바로 이것이다.

박완서는 '탈냉전'으로 인해 전쟁기의 경험을 겪은 대로 말할 수 있

로 사용된다. 전후사회를 통치하는 정치권력의 정당화를 위해 전쟁의 '기억'을 '망각'하게 하는 정치가 가능할 수도 있고, '기억'을 복원하여 과거를 공론화하고 객관화함으로써 전쟁의 상처를 인정하고 치유하는 정치도 가능하다. 이는 전후 정권의 집권과정이나 그로 인한 성격과 긴밀히 연관된다. 일본과 독일의 정치를 이런 두 개의 가능성으로 해석하기도 한다.(타나카 히로시, 이규수 옮김, 『기억과 망각』, 삼인, 2000, 우에노 치즈코, 이선이 옮김, 『내셔널리즘과 젠더』, 박종철출판사, 2000 참조) 한국전쟁 역시 당시 국제질서의 재편과정과 직접적으로 연관되어 있기 때문에, 이후 전쟁의 경험을 해소하고 해명하는 과정에서 이런 의미의 정치적 과정이 존재했다.

어서 사실 그대로 말하고 있지만, 그런 얘기를 그저 옛날 이야기로 치
부해버리는 '세계화' 시대를 '참담한 것'으로 경험하기도 한다. 꼭꼭
숨겼던 이야기를 한편으론 가슴 졸이며, 또 한편으론 가슴 벅차하며
풀어놓아 보니 이제 아무도 귀기울이지 않는다. 그저 옛날 이야기일
뿐이다.

> 거기 그 동산 말예요. 그 예쁜 동산을 꼭 그렇게 만들어야 했을까요? 운
> 동할 데가 그렇게 없나요, 라고. 그러나 아무도 호응을 안 한다. 거기가 동
> 산이었다는 것도 모르는 사람도 있다. 그 예쁜 동산을 어쩌면 그렇게 감쪽
> 같이 잊어버릴 수가 있을까? 아니면 일부러 시침을 떼는 걸까. 그 동산이
> 없어져서 잘 된 사람도 없지만 아쉬운 사람도 없는데 웬 걱정이냐는 투다./
> 불도저의 힘보다 망각의 힘이 더 무섭다. 그렇게 세상은 변해간다. 나도 요
> 샌 거기 정말 그런 동산이 있었을까, 내 기억을 믿을 수 없어질 때가 있다.
> 그 산이 사라진지 불과 반년밖에 안됐는데 말이다./ (중략)/ 그 부분은 개인
> 사인 동시에 동시대를 산 누구나가 공유할 수 있는 부분이고, 현재의 잘 사
> 는 세상의 기초가 묻힌 부분이기도 하여 부끄러움을 무릅쓰고 펼쳐 보인
> 다./ '우리가 그렇게 살았다우.' / 이 태평성세를 향하여 안타깝게 환기시키
> 려다가도 변화의 속도가 눈부시고 망각의 힘은 막강하여, 정말로 그런 모
> 진 세월이 있었을까, 문득문득 내 기억력이 의심스러워지면서, 이런 일의
> 부질없음에 마음이 저려 오곤 했던 것도 쓰는 동안에 힘들었던 일 중의 하
> 나이다. [21]

『그산』의 맨 앞에 있는 작가의 말에서 인용한 것이다. 작가는 '망각'
의 힘이 너무 막강하여 있었는지조차 알 수 없게 될까봐, 그게 두려워
기억하려 한다. 그러나 '신자유주의'를 근간으로 한 시장자본의 논리는

---

21) 박완서, 『그산』, 7쪽.

한갓 과거의 고통이 누구에게 이익도 손해도 끼칠게 없다하여 스스로 잊혀지도록 방치한다. 작가 박완서에게는 인생을 통째로 사로잡고 있었던 고통의 기억이면서도 발설하면 처벌받을까봐 두려워서 망각하려고만 했던 '그산'의 기억이 있다. 그런데 이제 말할 수 있게 되었다고 생각해보니 발설할 수 없어 전전긍긍했던 '사실'들은 아무도 상관하지 않는 그냥 '과거'일 뿐이었다. 인용문의 '두려움'은 바로 '망각'이 만연된 세계화 시대에 대한 두려움인 것이다.

1990년대 이전 박완서 소설의 인물들이 보여준 소시민성, 즉 '못 본 척'의 태도는 '망각'을 도모하는 억압의 정치에 길들여진 '겉꾸밈'이었다. 박완서 문학의 특성인 '소시민성 비판'은 이 '못 본 척'의 내면심리를 파헤쳐냄으로써 못 본 척하게 만드는 '망각'의 정치를 비판한다. '소시민성 비판'이라는 주제의식은 '망각'의 정치를 싫어하고 거부하고 싶어하는 본심을 드러내준다. 이를 드러내기 위해 박완서 소설의 서술성은 다층적이게 된다. 이 마음(본심)은 비열하면서도 여린 사회적 약자들의 마음이다. 박완서 소설은 마음 깊숙한 곳의 비루한 속내를 까발리면서도 그것을 아는 '자아'의 마음인 미안함과 죄의식도 보여주기 때문에 감동을 준다. 박완서 소설에서 '소시민성 비판'의 의미는 '못 본 척'이 지닌 죄의식의 힘으로 완결되는 것이다. 이로써 '망각'은 '못 본 척'한 태도일 뿐임이 드러난다.

그런데『그산』을 시작하는 머리말에서 작가는 '망각'이 이제 꾸며진 겉모양이 아니라, 자발적인 것이라는 점을 이야기한다. 세상이 변하고, 민심이 변한 것이다. '망각'은 정치를 통해 강요되는 것이 아니다. 사람들이 스스로 선택하는 삶의 방식이 되어버린 '망각의 시대'인 것이다. 그래서 박완서의 '기억'은 이 '망각의 시대'에 대한 정치적 견해의 표명이 된다.

사실, 증언은 그것이 증언으로 인식될 때 증언일 수 있다. 지난 고통과 상처를 그대로 말할 수 없어서 더 고통스럽고 더 소외되었던 까닭에 이제 좋아진 세상에서 증언하려고 한다. 그런데 이젠 아무도 증언을 필요로 하지 않는다. 따라서 아무리 지난 과거를 증언하려해도 증언이 되지 않는다. 이 무력감과 절망감 속에서 작가는 '망각'의 시대 전체에 대해 '기억'으로 발언하는 것이다.

이렇듯 이 자전소설들은 그 내용도 중요하지만, 내용 속에 드러나 있지 않은 창작의 동기를 해석하지 않고는 작품의 완전한 의미에 도달할 수 없다. 텍스트의 의미는 텍스트 외부와의 관련성 속에서 비로소 해명될 수 있는 것이다.

그렇다면, 이 '기억'은 텍스트 밖에서 의미를 채워주는 상호작용 속에 있는 것이고, 서술자와 독자가 1990년대라는 현실을 놓고 같이 대면하는 '공간', 즉 1990년대적 현실을 끊임없이 서로 환기하는 '독서 공간'이 없이는 의미가 채워지지 않는 개방된 상태의 텍스트이다. 이 자전소설은 '세계화' 시대의 변화된 현실을 문제삼고 있지만, 그런 의식이 텍스트 안에서는 거의 명시화되지 않기 때문이다. 따라서 이 자전소설은 서술자와 독자가 공유하는 독서공간[22]과의 관계나 박완서의 1990년대 다른 작품의 현실인식과의 관련성 속에서 의미를 채워나가야 하는 텍스트가 되는 것이다. 자전소설이라는 장르로 인해서 허구와 사

---

22) 필립 르죈이 '자서전의 공간'이라고 말한 것과 통한다. 이것은 작가의 자서전과 자전소설과 같은 허구적 이야기와의 구별을 위해 설정된 개념이다. 이 공간은 자서전 문학이 자서전을 쓰는 작가들에게 있어서 자기를 드러내는 가장 중요한 공간으로 역할한다는 점에서 르죈의 자서전 이론의 핵심 개념이라 할 것이다. 작가들은 자서전보다는 자전소설을 통해 자기의 이야기를 함으로써 사실과 허구의 관계를 빌어 자기의 진실된 자아를 더 잘 표현한다고 한다. 필자는 박완서 소설에서 이 공간은 독자가 항상 서술시간인 현재를 의식함으로써, 작가와 독자가 같이, 공유하고 사유하는 공간이라는 점을 들어 독서공간이라 하였다. 결국 '자서전의 공간'의 맥락에서 이해될 수 있다. 필립 르죈, 윤진 옮김, 『자서전의 규약』, 문학과지성사, 1998, 62-63쪽, 오정숙, 「마르그리뜨 유르나스와 자선전의 공간」, 불어불문학회, 『불어불문학』 47집, 2001. 가을 참조.

실의 경계에 있지만, 이 텍스트의 창작동기 때문에도 텍스트와 텍스트 바깥의 경계에 있기도 하다. '직접 말하기'의 서술방식은 텍스트가 그 텍스트의 바깥과 소통하게 하며, 그 역사에 대해 정치적으로 개입하게 하는 것이다. 이로써 박완서의 전쟁이야기는 '증언'에서 '현실비판'[23]으로, 현실비판에서 정치적 '발언'으로 비약하게 된다.

4. 단순한 구성과 심층적 의미공간 – '기억'의 정치성

1987년 이후 한국사회는 민주화운동으로 인한 군부독재의 종식과 세계화의 진전, 또는 탈냉전으로 인한 한반도의 긴장완화 등과 같은 국내외적 조건들 속에 있다. 이는 분단이라는 특수상황과 어우러져 그야말로 복잡다기하고 서로 어울릴 수 없는 것들이 한데 엉켜있는 난맥상 속에서 한국사회를 변화시킨다.

이 변화의 와중에 자전적 이야기들을 소설의 소재로 활용하기로 소문난 박완서가 굳이 실제 이야기임을 강조하면서 두 편의 자전소설을 쓴 것이다. 분단의 구조적 성격과 그 속에서 살아남기 위해 안간힘 쓰는 평범한 사람들의 속내를 탁월하게 그려내는 박완서의 현실감각은 이 자전소설들의 창작동기에서도 여지없이 발휘된다. 식민지 근대화의

---

23) '현실비판'이라 함은 박완서의 전쟁경험이 이야기되는 방식이 지닌 현실성 때문이다. 박완서 소설의 인물들은 전쟁으로 인한 상처 때문에만 고통스러워하지는 않는다. 전쟁의 고통과 기억을 발설할 수 없는 '현실' 때문에 더 고통스러워한다. 아들이 전쟁에서 죽은 기억을 갖고 있는 어머니는 아들이 죽었다는 사실보다도 그 사실을 숨겨야 하는 처지 때문에 더 고통스러워한다. 전쟁 통에 강강을 당한 여성은 간강당한 고통보다도 그 사실을 숨겨야 하는 '현실' 때문에 더 고통스러워한다. 박완서 소설의 전쟁 이야기가 현실비판이 된다는 것은 바로 전쟁의 일반적인 고통보다도 고통을 말할 수 없는 '현실'의 문제를 부각시키기 때문이다. 이것은 전쟁을 하나의 경험으로만 공론화해야 하는 전쟁 이후 분단의 역사적 성격과 직접적으로 연관된 작품의 특성이 된다.

체험과 전쟁기 체험이라는 과거의 이야기를 소재로 하면서도 이 두 편의 소설이 취하는 형식으로 인해 이야기들은 당대와 긴밀히 교호하는 것이다.

총괄하는 화자의 부재는 실제 전쟁이 어떻게 진행되었는가를 각 개인이 겪은 경험의 방식으로 재구성해볼 것을 요구하는 '역사인식'이 된다. 산만하게 나열되어 있는 이야기들은 실제의 삶과 같은 리얼리티를 제공하며, '전쟁인식'을 재구성한다.

또 직접 말하기의 서술방식은 서술자의 경험을 듣는 독자가 항상 서술시간에서 과거를 바라보고 평가하게 한다. 이것은 전쟁경험을 증언하는 것으로는 아무에게도 증언으로서의 효력을 발휘할 수 없게 된 1987년 이후 한국사회의 변화를 감지한 서술방식이다.

세계화의 진전으로 인해 탈냉전의 분위기는 고조되고, 이제 아무도 이데올로기로 인해 고통받은 기억을 숨기려하지도, 한풀이하려 하지도 않게 되었다. 분단과 전쟁 이후 이로 인한 고통의 기억이 잊혀지도록, 그래서 없었던 일처럼 만들어버리는 것이 '망각'을 강요하는 정치였다면, 박완서의 소시민 인물들은 망각하지 않은 기억을 내면에 숨겨둔 인물로 성격화됨으로써 정치적으로 저항한다. 그런데 이제 세상은 망각을 강요하지도 않지만 망각을 두려워하지도 않게 된 것이다. 편리한대로 망각하는 시대가 된 것이다. 박완서는 말하지 못했던 이야기를 하면서 '망각의 강요'도 '안간힘 쓴 기억'도 똑같이 의미없어지는 현실에서 참담함을 경험한다. 이것은 박완서의 '(세계화)시대경험'이다. 이로써 박완서의 두 편의 자전소설은 한풀이가 "쇼"밖에 안 되는 이 망각의 시대에 굳이 과거를 복원하는 것을 통해 이 망각의 시대를 일깨우는 정치적 '발언'이 된다.

좀 비약하면, 이 발언은 정치조차도 시장에 종속시키는 상황에 대한 우려이기도 하다. 1990년대의 세계환경의 변화와 국내환경의 변화는 탈정치화, 즉 정치적 냉소주의를 만연시키고 모든 것을 시장자본의 논리 속에 흡수시키는 요소로 작용했다. 민주주의적인 제도가 뿌리내린다는 것은 하나의 정권이 하나의 입장으로 사회를 통일하는 것이 아니라, 여러 정당들이 경쟁을 통해 정치적 대안을 만들어 가는 과정 속에서 이루어지는 것이다. 민간정부가 들어선다고 민주주의가 보장되는 것은 아니며, 현실 사회주의에 대한 이데올로기적 금기가 사라진다고 사회주의를 향하면서 꿈꾸었던 정치적 이상이 부정될 수 있는 것도 아니다. 박완서가 망각의 시대를 향해 발언하는 것은 정치마저 시장논리에 종속되어 탈정치화 하는 것을 경계하기 위해서이다. 정치적 불신 상태를 경계하기 위한 것이다.

> 느닷없이 튀어나온 자유란 말이 빈속에 마신 맥주의 첫 잔처럼 속에 짜릿하고 상쾌하게 꽂혔다. 나의 자유에 대한 관념은 맨 존엄하고 비통하고 난해한 것들뿐이었다. 당장 떠오르는 말만해도, 진리가 그대를 자유케 하리니, 자유 그것이 아니면 죽음을 달라, 자유에서는 왜 피의 냄새가 나는가 등등. 하여 자유에 대한 불가해한 안타까움이 거의 체질화돼 있었다. 그런데 차가 자유라니? 자유가 그런 손쉬운 지름길을 거느리고 있다는 건 미처 몰랐었다. 자유의 여신상으로 상징되는 나라에 유학까지 갔다온 관민이 다운 발상에 나는 너무 감탄을 하고 있었다.[24]

「저문날의 삽화4」(1987)의 한 대목이다. 자가운전자가 늘어나면서 젊은이들 사이에 "차가 자유"라는 인식이 농담처럼 오고간다. 이 말을 듣는 노부인은 자식 세대들의 이런 인식적 전환을 대면하고서 자신의 지난 날을 돌아본다. 그리고 어쩔 수 없이 자신이 생각하는 자유에는 피의 냄새가 배어있음을 자조적으로 읊조린다.

---

24) 박완서, 「저문 날의 삽화 4」, 『저문날의 삽화』, 문학과지성사, 1991, 138쪽.

포크레인이 작은 동산을 뒤엎어 체육공원을 만들어도 그 산이 있는
것조차 신경 쓰지 않을 사람들에 대고 산이 있었던 과거를 말하는 자전
소설 작가의 심정이 바로 이 노부인의 심정과 같을 것이다. 그러나 자
전소설의 서술자인 박완서는 작중 노부인과 달리 하고싶은 말을 참지
않고, '날 것 그대로' 말한다. 있었던 일들이 은폐되고, 논의도 되지 않
은 것들이 사회적으로 합의된 것인양 둔갑하도록 내버려두는 정치적
불감증은 동시대에 대한 책임방기라고 생각하기 때문이다.[25] 그래서 있
었던 사실을 말할 수 없어서 말못했던 시대가 있었고, 그 시대를 벗어
났어도 그 '사실'은 엄연히 고통스러운 경험이라는 것을 생생하게 들려
준다.

이렇듯, 박완서 자전소설 두 편은 이렇다할 소설적 장치없이 그저 자
기의 경험담을 들려주는 단순한 구성인데, 이 단순함이 전쟁을 포함한
이 작가의 경험과 현실이 맺고 있는 관계에 균열을 일으키고 개입해 들
어가는 효과를 냄으로써 이야기 내부의 심층적 의미공간을 만들어낸
다. 이 공간은 텍스트와 현실간의 관계, 또는 박완서의 다른 텍스트들
과의 관계에 놓여져 의미가 채워지는 공간이다. 이 '공간'으로 인해 텍
스트는 완결되지 않은 개방적 텍스트로 남는다. 또한 이 '개방성' 때문
에 현실에 대한 작가의 정치적 견해도 상상된다. 이 '공간' 속에서 박완
서 자전소설의 정치적 의미가 생겨나는 것이다.

박완서의 이 소설들은 1990년대 이후 박완서 문학의 한 정점인 듯이
주목받아왔다. 그러나 왜 굳이 이 시점에서 이 이야기를 실명을 거론하

---

25) '세계화'로 인한 변화는 정치적 불감증이나 냉소주의를 들 수 있는데, 한 정치학자
   는 지식인들 사이에 만연된 냉소주의가 "갈등을 은폐하거나 실제로는 사회적 합의가
   없는 것을 사회적 합의가 되어 있는 것처럼 만들 수가 있고, 또 기술 관료적인 결정을
   상당히 정당화하거나 긍정적으로 평가하는 부작용을 만들 수"(최장집 · 김우창 좌담,
   「우리는 어디에 있으며, 무엇을 할 것인가 — 변화하는 세계와 한국의 정치 · 시민사
   회」, 『비평』, 2002. 봄, 63쪽) 있다고 비판한다.

며 되풀이하는가에 대한 논의는 별로 없다. 이 글은 사실적인 전쟁경험의 묘사와 노작가의 깊이 있는 시선말고도 이 소설이 당대에 전하는 전언에 귀기울일 필요가 있다는 문제의식에서 "왜? 지금, 또다시, 이 이야기인가?"를 묻고자 했던 것이다. '기억하기'로 전쟁의 다양한 경험뿐만이 아니라, 하나의 경험만을 공식화하려는 정치적 억압까지 선명하게 보여주었던 작가에게 또다시 기억한다는 것이 심상치 않다고 판단했기 때문이다.

이 자전소설의 기억은 박완서 '기억하기'의 또 다른 단계를 열어 보여 준다. 기억을 억압하는 망각의 정치를 고발하는 것에 그치지 않는다. 기억하는 것을 무색하게 하는 '세계화' 시대의 물신성과 비정치성을 합리적인 것으로 포장하는 '허위'를 알리고자 하는 정치적 행위이다. 그러나 그것조차 별다른 반향을 일으키지 못하고 있기 때문에 '기억하기'는 참담함의 경험이기도 하다.

이제 박완서에게 '기억하기'는 살아있음의 증거와 같은 생명력을 경험하게 하지 않는다. 기억하면 할수록 참담해지게 만든다. 그럼에도 불구하고 기억하기를 그치지 않기 때문에 그의 '기억하기'에서 비극적 여운을 감지할 수 있다. 작가는 과거의 경험만을 말하고 있지만, 말하면서 줄곧 말하고 있는 시대에 어울리지 못하고 겉도는 이야기라는 것을 의식한다. 그러면서도 계속 이야기해야 한다고 생각하며 이야기하는 작가의 내면에서 비극적 자의식을 상상할 수 있는 것이다. "이야기해야 한다고 생각하며 이야기하기"가 바로, 이 자전소설의 문면에 드러나 있지 않지만 작가가 이 소설들을 쓰는 창작동기이며 작품의 서술방식에 배어있는 정치적 의미인 것이다. 이 글은 이 창작동기를 작품의 형식과 관련하여 밝혀본 것이다.

위기의 여자[1]와 성찰의 시선

1. 중년여성의 분열감과 박완서의 소설들

사람은 무엇으로 사는가? 살면서 중요한 것은 무엇인가? 무엇으로 인해 행복할 수 있는가? 누구나 던질 수 있는 질문이면서도 이런 질문에 쉽게 대답할 수 있는 사람은 아마 거의 없을 것이다. 또 살면서 잠깐씩 여유를 갖고 자신을 돌아보는 시간에 이런 질문들을 비켜갈 수 있는 사람도 거의 없을 것이다. 이런 질문들은 삶을 근본적으로 성찰하게 하지만, 사소하고 구체적인 갈등과 사건들로 이루어지는 우리의 일상에서 그리 쉽사리 우리의 삶 속으로 파고들지 못하는 것이 현실이다. 우리는 살기 바빠서 잊어 버리기도 하고, 살려니까 잊어야하기도 한다.

---

1) '위기의 여자'는 매스컴이나 광고에 많이 도용되고 있는 말이어서, 이미 그 말에는 사회적으로 통용되는 암묵적인 의미가 전제되어 있다. 그것은 때로 선정적이고 상업적인 목적을 위해 쓰이는 경우가 많기 때문에 그런 소통의 경로로 인해서 자꾸 본래적 의미를 잃고 상업적으로 부추겨지는 말이 되었다고도 할 수 있다. 이 글은 이런 위험부담을 안고서도 이 말을 그대로 사용하려 한다. 그것은 삶의 위기를 통해 자기 삶의 허위적인 면들을 알아가는 여성들의 문제를 드러낼 적당한 말을 찾기 어려운 이유도 있으며, 이미 갖고 있는 이 말의 의미를 살려보기 위한 것이기도 하다. 심리학에서는 나름의 의미가 공유되고 있는 듯하다. 대니얼 J. 레빈슨, 김애순 옮김, 『여자가 겪는 인생의 사계절』, 세종연구원, 1998 참조.

그러다 어느 길목에서 이런 질문들과 마주치면 당황하고 낯설어 부러 외면하며 고개 돌리기도 한다.

박완서의 많은 소설들은 구체적 일상에서 우연히 또는 갑작스럽게 이런 질문들과 만났을 때의 그 당황스러움과 낯섦을 출발점으로 한다고 해도 과언이 아닐 것이다. 초기작들에서 발견할 수 있는 갑작스런 통증(「세상에서 제일 무거운 틀니」), 행복한 것과의 위화감과 딸꾹질(「지렁이 울음소리」), 메스꺼움이나 혐오감(「닮은 방들」), 부끄러움(「부끄러움을 가르칩니다」), 이물감(「울음소리」) 등은 잘 닦인 길 위에서 예상치 못했던 돌출물을 만나 넘어졌을 때 느끼는 낭패감처럼 평온한 일상을 헤집어 놓는 뭔지 모를 거부반응이라 할 수 있다. 이런 느낌들은 구체적 일상을 통해 당혹스럽게 다가오는 것이어서, 그 느낌의 원인이나 정체를 금방 객관적으로 파악할 수 있는 이성적 통찰을 동반하지는 않는다. 따라서 이 느낌의 주체들은 그 느낌의 정체를 알기 위해 무심히 지나쳤던 삶의 작은 부분들에 촉각을 곤두세우게 되고, 마침내 평온한 일상의 껍질을 걷어내어 심상치 않은 삶의 문제들과 마주하게 된다.

그런데 박완서 소설에서 이 느낌의 주체들은 거의 대부분 중산층 여성, 즉 전업주부로 살아가고 있는 우리사회의 '엄마들'이어서 여성들의 삶과 의식을 생각하는데 주목할 만한 점들이 있다. 이들은 대부분 '중년여성'으로 분류된다. 중년이란 어떤 사람들을 지칭하는 것일까? 중년이란 인생을 하나의 주기로 설정했을 때의 한 단계로서 이미 자신의 삶에 있어 근본적으로 변화할 수 없는 관계들 속에 있는 상태를 말한다. 특히 중년이란 자신으로 인해 형성된 가족관계에 강하게 규정받는 사람들일 경우가 많다. 여성들에게 중년은 가족관계에 의해 규정된 역할들로 자신의 삶을 계획하기 시작하는 때를 의미할 것이다. 주로 아내, 어머니 등의 역할에 의해 자신의 삶이 고정된 방식으로 고착화되는 단계라 할 것이다. 따라서 중년여성들에게 가장 두드러진 특성은 아마도 이런 '관계'에서 규정된 역할규범에 대한 의식일 것이다.

이 글은 박완서 소설에 등장하는 이런 중년여성들의 삶을 중심으로 이들이 의식하는 삶의 문제에 관심을 기울이려 한다. 이들은 자기를 규정하고 제한하는 '관계'를 기꺼이 만든 장본인이며, 그 '관계'가 잘 형성되도록 관리하는데 자신의 거의 모든 것을 쏟아부으며 살아가는 사람들이다. 그런데 이 '관계' 속에서 자기를 의식해 가는 과정은 이들이 살아가는 과정과 그리 조화롭지 못하면서 삶의 문제가 발생한다. 그리고 이 '조화롭지 못함', 즉 불화감은 여러 가지 정서나 느낌들로 이들이 '자기'를 의식하게 하는 계기가 된다. 그리고 이런 의식화 과정을 통해 점점 자기 삶을 반성해간다. 그런 점에서 여성의식, 혹은 여성적 서사를 생각해 볼 수 있을 것이다.

게다가 이런 과정은 여성들의 삶으로 한정되지 않는다. 여성들의 삶의 문제와 경험들을 계기로 우리 삶의 문제를 반성하고 의식해 가는 진지한 탐색과정, 즉 찾아도 찾아도 쉽게 정체화되지 않는 허위의식의 망에 갇혀있는 우리 모두의 자기정체성을 추구해 가는 서사를 보여준다. 이런 점에서 박완서의 이 소설들은 여성들의 삶, 여성들의 경험에서 출발해서 허위의식으로 은폐된 삶을 의심하는 진지한 성찰의 계기를 만든다고 할 것이다.

여성들의 이 같은 자기 탐색과정은 '위기감'과 '위기'의 징후들을 통해 일상의 표면으로 부상한다. 이런 감정들을 통해 막연하게 혹은 구체적으로 자기 삶의 문제들을 성찰하고, 진정한 자기에 대해 생각하기 시작한다. 이 글에서는 이런 의식화가 이루어지는 과정을 '위기'로 규정하여 그 '위기'가 징후로서 느껴지고, 점차로 삶의 위기로 의식되는 과정과, 이를 통해 분열적이고 허위적인 자기를 의식해 가는 과정을 추적해보려 한다. 그리고 이 과정들을 통해 박완서 소설들이 제기하는 우리 삶의 문제들을 짚어보려 한다. 그러나 이것은 문제만 짚어보는 것은 아닐 것이다. 문제의 깊이는 바로 해결의 실마리로 연결될 수 있기 때문이다. 따라서 이 글이 전개되는 과정, 즉 이 여성들이 분열적인 자기를 느끼기만 하다가 점차로 의식해 가는 과정은 바로 문제의 해결을 위한 서사임을 밝혀볼 것이다.

2. 일상성과 허위의식

박완서 소설에 등장하는 중년여성들, 주부들은 어떤 존재들인가? 이들은 우리 삶의 '일상적' 영역에 주인처럼 놓여있는 존재들이다. 그러나 여성들에게만 일상이 문제라고 할 수는 없으며, 사실 모든 사람들에게 일상생활은 삶이 유지되는 바탕이며, 지루해서 벗어나고 싶은 영역이다. 따라서 사는 한 일상에 대한 반성은 끊임없이 사유의 중심 문제일 수 있을 것이다. 왜냐하면 일상은 매일매일 반복되는 것인 만큼 사람들은 그 일상을 벗어나 일상이 아닌 다른 것을 경험하고 싶어하기 때문이다. 황지우의 시 「심인」을 예로 들어 일상과 맺고 있는 우리들의 삶의 문제를 한 번 생각해보자.

김종수 80년 5월 이후 가출/ 소식 두절 11월 3일 입대 영장 나왔음/귀가요 아는 분은 연락 바람 누나/ 829-1551// 이광필 광필아 모든 것을 묻지 않겠다/ 돌아와서 이야기하자/ 어머니가 위독하시다// 조순혜 21세 아버지가/ 기다리니 집으로 속히 돌아오라/ 내가 잘못했다// **나는 쭈그리고 앉아/ 똥을 눈다**//[2]

---

2) 황지우, 심인, 『새들도 세상을 뜨는구나』, 문학과지성사, 1983.

날마다 반복해서 할 수밖에 없는, 그래서 하나의 리듬이 형성되는 것
이 일상생활이며, 일상성의 영역이라 할 수 있다.[3] 그럴 때 위 시의 "똥
을 눈다"는 살아있는 생물이라면 어떤 것에게나 필수적인 일상이다.
우리는 모두 매일매일 밥 먹고 똥을 눠야 살 수 있다. 이처럼 가장 일상
적인 일 속에서 시의 화자는 1980년 광주에서 일어났던 일을 만난다.
1980년 광주의 일은 그야말로 전쟁에 버금가는 비일상적 경험이며, 이
경험은 부조리한 권력의 힘 앞에서 무참히 밟힌 무력한 사람들의 고통
을 내포한 것이기에 삶을 반성하는 계기가 된다. 게다가 시의 화자는
그 일상적이지 않은 — 역사적인 — 경험이 똥을 누는 극히 일상적인
행위 속에서만 의식되는 역설 속에 삶을 문제화하려 한다.

80년 광주의 경험은 그 경험의 주체들에게는 삶의 부조리가 집약되
어 개인의 삶을 파괴해버린 가장 극적인 것이지만, 지금 시의 화자는
그저 똥을 누면서 일상의 한켠에서 아무관련 없는 남의 일인 듯이 경험
하고 있는 것이다. 사실 많은 사람들에게 바로 내 일일 수 있는 일이지
만, 나와는 아무상관 없는 남의 일인 듯 되어버린 광주의 경험을 놓고
시인은 자기자신도 역시 비켜나 있지 못한 '현실의 자기'를 비웃고 있
다. 시인은 광주에서 일어났던 엄청난 비일상의 경험을 직접 경험했다.
그러나 그런 시인에게조차 광주의 일은 똥을 누면서 신문의 작은 귀퉁
이 사람 찾는 광고에서나 만날 수 있는 한낱 일상의 한 자락일 뿐이다.

---

3) 일상성은 무엇보다도 사람들의 개별적 삶을 매일 매일의 테두리 속에서 조직하는
것이다. 그들의 삶의 기능의 반복 가능성이 매일 매일의 반복 가능성, 매일 매일의 시
간 배분 속에서 고정되는 것이다. 일상성이란, 개인의 삶을 지배하는 시간의 조직이
며 리듬이다. 일상성에는 그 고유의 경험과 지혜, 세련화, 예측이 있다. 일상성에는
반복이 있지만 특별한 경우도 있고, 또 판에 박힌 일뿐 아니라 축제도 있다. 따라서
일상성이란, 비일상적인 것, 축제적인 것, 비범(非凡)한 것에, 또는 '역사'에 대립되는
것을 의미하지는 않는다. 일상성을 비범한 것으로서의 역사에 대립되는 판에 박힌 일
로 고정시키는 것은 그 자체가 이미 어떤 신비화의 결과인 것이다.(코지크, 박정호 옮
김, 『구체성의 변증법』, 거름, 1984, 67쪽)

그 엄청난 비일상의 경험이 일상을 살아가는 시인에게서 이런 식으로밖에 경험되지 못하는 삶의 '어쩔 수 없음' 앞에서 시인은 똥을 누면서 그런 자기를 의식하고 자신의 현실, 즉 군부독재에 의해 무수하게 죽어간 사람들의 삶이 한낱 일상의 한 자락으로밖에 존재하지 못하는 삶의 문제와 그 삶의 문제를 의식할 뿐 거기서 비켜나지 못하는 '일상적 자기'를 야유하고 있는 것이다. 이는 부당하게 국가권력을 장악하려는 소수가 내세운 명분에 의해 파괴되어버린 많은 사람들의 삶이, 시인에게는 그저 날마다 있는 죽음처럼 아무 관련 없는 일상의 일로 받아들여지는 자기 현실에 대한 야유인 것이다. 게다가 그 역설적 상황을 알면서도 거기서 비켜설 수 없는 자기 삶의 인간적 한계에 대한 야유인 것이다. 많은 사람들의 삶에서 역사는 이런 식으로 아주 일상적인 방식으로 의식되는 것일 뿐이다.[4]

따라서 일상은 역사보다 낮은 것, 사소해서 무시해도 되는 것이 아니라, 우리 삶의 중요한 부분으로 이해되어야 한다. 그리고 문제는 일상을 반성하는 것이 아니라, 어떤 것을 계기로 일상에 대해 반성하게 되는가 하는 것이다. 즉 친숙한 것, 낯익은 것, 자신의 몸의 일부처럼 자동적이고, 자연스러운 것 – 이것은 모두 일상적인 것을 의미할 수 있는데, 이에는 이데올로기의 문제도 포함된다 – 을 반성하게 되는 계기는 무엇인가를 따져 묻는 것이다. 성을 중심으로 역할이 규범화되어 있는 자본주의 사회에서 일상생활을 책임지고 있는 여성들은 이런 일상의 문제에 무방비한 채로 노출되어 있으며, 박완서의 많은 소설들은 여성의 삶을 중심으로 이런 일상의 문제를 얘기하고 있다.

여성들과 일상의 관계는 어떠한가? 자본주의 사회에서 노동은 일상

---

4) 다시 한 번 말하지만, 여기서 일상과 역사의 관계 속에 일상을 그 자체로 문제시하려는 것이 아니다. 일상의 비인간성, 소외성을 문제시하는 것이다. 왜냐하면 일상은 우리 삶에서 본질적인 것이기 때문이다.

이다. 분업화된 산업사회에서 생산담당계층으로서의 노동자의 노동은 점점 똑같이 되풀이되는 일상적 삶 자체가 되었다. 이들의 노동이 생산노동이라면, 인간의 가장 기본적인 날마다의 일인 밥 먹고 똥누는 삶을 관리하는 가정에서의 노동은 재생산노동이라 할 수 있는데, 분업화를 기반으로 하는 자본주의 사회에서 이 일은 주로 여성들, 즉 한 집안의 주부인 여성들에게로 역할 분담되면서 여성들의 일로 이데올로기화 되어버렸다. 즉 남성 노동자들의 공적 노동을 지원하기 위한 사적 노동이 여성들의 가사노동으로 분업화되면서, 그것이 만고불변의 진리인 것처럼 이데올로기화 된 것이다. 이로써 공적 노동에 참여하건, 하지않건 상관없이 집안에서의 일상적인 일들은 여성들의 일로 분업화된 것이다. 따라서 전업주부로 살아가는 여성들은 이 일의 전담자인 것처럼 이를 통해 자신을 의식하게 된다.

어찌되었건 여성들은 일상성이 자기 삶의 본질일 정도로 일상적인 삶에서 살고 있고, 그런만큼 조금만 자기영역에서 비켜나도 일탈로 이해될 가능성이 크다. 따라서 그들에게 일상성은 그들의 삶의 속성을 드러내줄만큼 본질적이지만, 동시에 그만큼 불안정한 것이기도 하다. 즉 그들은 조금만 자기 삶에서 떨어져 나와도 스스로 비일상적 체험을 할 수 있는 가능성 속에 있는 것이다. 그리고 그 비일상적 경험은 곧바로 일탈로 이해될 사회적 맥락에 있기도 하다.

예컨대 가정주부들은 어느 한 순간 너무 쉽게 '미친년'[5]이 될 수 있다. 가정주부가 화투를 치면 '미친년'이 되고, 춤을 배우러 다녀도 '미친년'이 되고, 찻집에 혼자 앉아 차를 마시며 사색해도 '미친년'이 되

---

5) '미친년'에 대해서는 사회적으로 여성들에게 가해지는 여러 가지 중압감에 의한 스트레스로 발생하는 여성의 광기나 정신분석학의 '히스테리아'와 같은 맥락에서 얘기되고 있으며, 성의 사회학을 통해 담론화 되고 있다. 서동진, 「미친년, 미친년, 미친년」, 『리뷰』 2호, 1995. 봄 참조.

고, 저녁때가 되었는데 밥 안하고 밖으로 돌아다녀도 '미친년'이 된다. '가정'이라는 일상의 영역을 지켜야하는 주부들에게 이들 '미친년'은 일탈을 의미하고, 때문에 이 여자들은 작고 하찮은 행동으로도 언제든지 '미친년'이 되어 일탈할 수 있는 가능성 속에 살고 있는 것이다.[6]

그런데 이런 행동들은 가정을 지키는 자로서 여성을 생각할 때는 일탈일 수 있지만, 여성 자신의 삶의 맥락에서 볼 때는 역할규범으로 자신을 규정하는 것에서 벗어나 '자신만의 재미나 쾌감'의 내면적 동기를 따르는 보편적 행동유형일 수 있다. 따라서 이런 여성들의 '미친년'적 행동은 여성들의 정체성이라는 맥락과 연결시켜 볼 가치가 있다.[7]

누군가의 귀띔으로 나는 퍼뜩 정신이 났다. 그때도 나는 어쩌다 하루쯤 밖에서 친구들하고 어울리는 재미에 시간 가는 줄 몰랐다고 해서 그걸로 시어머니한테 주눅이 들만큼 순진하지 않았다. 그것보다는 온종일 한번도 집 걱정을 안했었다는데 생각이 미치면서 매우 기묘한 느낌을 맛보았다. 첫애

---

6) 이 '미친년'의 이미지는 문학사적으로도 이미 존재하는 것이다. 백신애의 「광인수기」나 「다락방의 미친여자」는 정도는 다르지만, 여성들의 문제를 본질적인 것으로 의식한 여성들의 분열의식을 '격리해야할 병'으로 인식하는 이데올로기적 맥락을 잘 보여주는 작품들이다. 조주현, 「미친년 넋두리」, 『또 하나의 문화– 여자로 말하기, 몸으로 말하기』 9호, 또하나의문화, 1992 참조.

7) 최근 쏟아지는 여성작가들의 소설들은 많은 부분이 '자아의 정체성 찾기'라는 주제의식을 드러내고 있다. 그러나 이런 소설들이 여성들의 상실감이나 위기의식을 잘 드러내는 경우는 드물다고 생각된다. 왜냐하면, 이 소설들에서 대부분 가정주부들인 여성인물들은 자기의 정체성을 찾기 위해 집을 뛰쳐나가 거리를 헤매며 자기를 찾는다. 가정이 아닌, 즉 자신이 현재 기반하고 있는 삶이 아닌, 다른 삶에서 자기정체성을 구하려고 애쓴다. 자신의 규범적 역할인 '아내' 혹은 '어머니'로서의 삶을 거부하고 그것이 아닌, 그저 일탈적 삶 그 자체에서 정체성을 찾고 있기 때문에 삶 자체를 거부하는 추상성에서 맴돌 뿐이다. 따라서 일탈을 꿈꾸지만, 그 사이에서 갈등하기만 하는 여성들의 갈등과 방황은 현실적이지 못한 것이다. 이런 점에서 일탈적 행동이 생활을 객관화시키는 '경계의 시선'으로 전이되는 것은 박완서 소설의 미덕으로 꼽을 수 있다. 최근 소설가로 윤영수의 「콩계팥계」(『착한 사람 문성현』, 창작과비평사, 1998)라는 작품도 이런 문제를 잘 드러낸 수작으로 꼽을 수 있다.

라 더했겠지만 자나깨나 한시반시 마음을 놓지 못하고 골몰했던 엄마노릇
에서 그렇게 완벽하게 놓여나게 한 게 다름 아닌 화투놀이의 매혹이었다는
게 문득 나를 어리둥절하게 했다. 뒤미처 매우 기분 나쁘게 섬뜩한 느낌으
로 내가 경험한 매혹 속에 악의(惡意)에 찬 속임수가 숨겨져 있었을지도 모
른다는 생각이 들었다. 놀음의 트릭 따위가 아닌 운명의 마수 같은.

　나는 곧 그런 생각의 터무니없음을 스스로 알아차렸지만 섬뜩한 느낌만
은 구체적인 물건의 촉감처럼 생생했다. 나는 그 기분 나쁜 것을 떨쳐버리
기 위해 애써 그 날의 수입을 계산하려 들었다. 반찬값은 번 것 같았다. 시
간 가는 줄 모르게 즐거웠는데다가 덤으로 수입까지 잡았으니 어디냐 싶은
치사한 계산으로 기분을 돌이키려 들었다.[8]

「엄마의 말뚝 2」의 한 대목이다. 화자인 '나'는 자신이 화투재미에
빠져서 집안 일을 잊고 있었다는 것을 느꼈을 때의 심정을 기분 나쁜
섬뜩한 느낌으로 말하고 있다. 그리고 그 기분 나쁜 느낌을 떨쳐버리기
위해 어떤 치사한 생각까지도 하게 되는가를 말하고 있다. 화투재미에
어린아이까지도 잊어 버리거나, 잠깐 집안 일에서 놓여났다고 운명의
마수 운운하는 것은 누가 봐도 '제정신이 아닌' 여자의 모습이다. 그렇
지만 이런 상황은 "집안 일에서 놓여나지 못하는 여편네"들에게는 쉽
게 일어날 수 있는 흔한 일이기도 한 것이다. 어찌보면 별일 아닌 일을
하면서 자신이 집안 일을 잊어 버렸다고 생각하는 순간, 운명의 마수같
은 "악의에 찬 속임수"를 느끼기도 하고, 그런 불길한 예감을 떨쳐버리
기 위해 애써 돈 계산을 하는 자기를 치사하다고 생각하기도 한다. 이
렇듯 이 여성화자는 아무것도 아닐 수 있는 일에 굳이 운명을 걸기도
하고 치사하게 돈 계산을 하며 즐거워하기도 한다. 극단과 극단의 감정
상태를 오가며 정말 '미친년'처럼 자신의 입장을 변명할 거리를 찾아

---

8) 박완서, 「엄마의 말뚝 2」, 『그 가을의 사흘동안』, 나남, 1985, 181쪽.

허둥댄다.

결국 그런 생각은 신비한 예감이기보다 자신의 "철저한 방심(放心)"과 관계 있는 것이라고 합리적으로 생각하면서 안정감 있게 자신의 자리로 돌아오지만, 이 주부에게 이런 방심은 일상을 벗어나 이기를 쫓아가는 일탈을 의미하고 이 비일상과 일상을 넘나드는 경계의 자리에서 자신의 일상이 소중하게 느껴지는 섬광을 본다. 그는 이 섬광을 통해 자신의 일상이 어떤 의미를 지니고 있는가를 생각하며, 자신의 정체를 생각하게 된다.[9]

그래서 화자는 자신의 이런 순간적인 일탈을 사랑한다. 일상에서 벗어나고자 하는 일탈의 욕망이 욕망이 아니라 현실화되었을 때, 그 일탈이후 일상에 돌아왔을 때의 섬뜩함은 자신이 비운 일상의 비일상적 체험이며, 이는 일상과 일탈의 경계에서 그 모두를 바라볼 수 있는 긴장력을 허락한다. 이 섬광과도 같은 빛으로 자기 삶의 위기를 느끼고 그세계의 진의를 비춰보게 되며, 그 빛을 따라 자신의 모습을 그려 넣기도 한다. 그리하여 섬광으로 비추기 전의 세계 — 일상, 즉 생활세계 — 와 불화하며 저항할 수 있는 긴장의 힘을 얻는다. 이는 자기의 일상을 더 이상 일상에 머무르지 않게 하는 힘이며, 자신의 '일상적 삶'을 반성할 수 있는 힘이기도 하다. 이 여성화자가 사랑하는 것은 이처럼 경계에서 가능한 시선이며, 이는 박완서 소설의 여성화자들이 서있는 자리이기도 하다.[10]

---

9) 이것을 중년여성들의 '위기감'과 연관시킬 수 있는 것은, 많은 평범한 주부들이 도박을 하거나 소위 '춤'이라는 것에 빠지게 되는 심리에 이런 일탈욕망과 자기에 대한 의식이 작용하기 때문이다. 단순히 부도덕으로만 몰아부치는 것도 이들의 삶의 문제를 무시하는 이데올로기적 맥락을 수용하는 게 것이다. 이런 점에서 볼 때, 박완서의 소설들은 여성들의 경험을 구체적이고 사실적으로 그려냄으로써 공감의 폭을 넓히고 있으며, 동시에 그 사실들의 은폐된 사회문화적 맥락을 들추어냄으로써 문제의 본질을 제기하고 있어 주목할 만하다.

그런데 앞서도 말했듯이 일상이 문제되는 것은 일상 그 자체 때문이 아니라, 일상이 '어떠하기' 때문인 것이다. 왜냐하면 일상은 모든 사람들에게 사는 한 본질적인 것이기 때문이다. 그렇다면 박완서의 소설에 등장하는 여성인물들이 이 일상적 세계를 낯설어하는 이유는 무엇일까?

박완서의 소설들은 일상 그 자체를 문제시하거나 거부하지 않는다. 일상이 허위의식으로 가득찬 세계이기 때문에 허위의식을 '폭로'하고 '까발리기' 위해서 일상을 거부한다. 따라서 자신의 정체성을 찾기 위해 무조건 집을 나서는 여성들과는 다르게, 화투재미에 빠져 자신의 이기와 쾌감을 추구하고 난 다음, 자신의 일상에 비추이는 섬광을 통해 자신의 일상을 객관화하고 그 일상에서 살고있는 자신의 정체를 발견하게 되는 것이다. 그것은 행복감일 수도 있고, 비애감일 수도 있다. 그러나 자신이 딛고있는 삶의 맥락을 추상적으로 거부하는 대책 없는 감상벽이 아니라, 현실적 문제들과 대면하고 극복하려는 치열성을 담고 있는 진지한 태도이다. 박완서의 여성인물들이 찾아 나서는 정체성과 그 과정에서 보여주는 일탈은 이런 점에서 현실성을 띤다 할 것이다.

그러나 이 여성들이 이런 '섬광'을 보기는 예삿일이 아니다. 이것은 경계에서나 가능한 일일텐데, 앞서 말했듯이 경계는 일탈이 있어야 가능한 것이다. 그리고 일탈은 행동을 의미한다. 혹은 겉으로 의식되지 않는 자기도 모르게 무의식 저편으로 은폐해버린 '이물감'[11]을 들추어

---

10) 이 자리는 박완서가 소설을 쓰게 된 계기로 드는 '문밖의식'의 의미와 통한다. '문밖의식'은 문안도 문밖도 아닌, 즉 문밖에 살면서 문안을 동경하기 때문에 문안과 문밖 어디도 아닌 그 모든 곳에서 소외된 경계의 자리로, 박완서는 이 자리에서 사물을 보는 정직한 시선을 가짐으로써 소설을 쓰게 되었다고 말한다. 이선미, 「어머니의 역사와 '늙은 엄마'의 진실」(한국문학연구학회, 『현역 중진작가 연구 1』, 국학자료원, 1998) 참고.

11) 이물감은 박완서 소설에 자주 등장하는 말로, '나' 속에 있는 또 다른 '나'의 속성, 즉 '나'에게 낯설게 느껴지는 또 다른 '나'의 모습을 지칭하는 말이라고 생각된다. 자기 정체성과 관련하여 이 말은 중요할 수 있는데, 자기에 대한 정체감은 고정된 것이라

내야 하는 것이기도 하다. 어떤 삶의 변화를 예상하기 힘든 주부들의
삶에서 이런 일탈은 그만큼 어려운 것이다. 게다가 일탈의 경험을 통해
'섬광'을 보게된다는 것은 더더욱 보장할 수 없는 일이다. 이 글에서 다
룰 박완서 소설에서 여성인물들은 그 같은 어려운 일들을 해내기 위해
안간힘을 쓴다. 무엇인지도 모르면서 이렇게 안간힘 쓰는 과정을 이 여
성들의 '위기'라 할 수 있을 것이며, 이 위기감은 주부들의 일상적 삶에
대한 의심으로 시작되지만, 일상이 삶의 전면인 여성들의 삶에서 일어
나는 것이기 때문에 자연스럽게 자신이 소외된 일상 속에 살아간다는
것을 인식하게 한다.

「지렁이 울음소리」와 「부끄러움을 가르칩니다」, 「닮은 방들」은 이런
위기의식이 고조되면서 '불안'의 정서와 함께 '위기'를 느끼고, 그 위
기감의 근원을 찾아가는 과정을 그리고 있다. 반면, 「초대」나 「꿈꾸는
인큐베이터」는 위기감의 정체를 파악하고 엄청난 혼란 속에서 자신의
삶을 반성하면서 자기를 성찰한다.

3. 여성의 위기의식과 '혼란'의 정체감

박완서는 1976년 첫 창작집 『부끄러움을 가르칩니다』를 낸다. 이 창
작집은 『나목』 이후에 발표한 작품들을 다 모아놓은 것으로, 세속적 이
기심과 물질만능주의에 길들여져 삶의 가치를 생각하는 '반성'적 사유
는 전혀 찾아볼 수 없는 '속물적 삶'을 비판하는 주제의식이 주를 이룬
다. 1970년대는 1960년대 경제개발계획으로 도시화, 산업화의 물결이
전 국토를 뒤덮으며 그 뒤켠에 소외된 다수의 사람들의 고통이 서서히

기보다 이런 '나' 속에 있는 낯선 '나'들을 통해 끊임없이 환기될 수 있기 때문이다.

노골화될 때여서 자본주의의 이기성과 비인간성이 여러 방면으로 고발되던 때이다.

박완서의 소설들은 단순히 이런 고발의 차원이 아닌, 구체적 삶의 양면성 즉 훼손되는 삶의 실상과 그것을 바라보는 주체의 고통스런 자의식 등을 실감 있게 그려내고 있어 주목할 만하다. 박완서 소설의 인물들은 초기작부터 최근에 이르기까지 기존 질서에 적응하지 못하고 길들여지지 않으려 애쓰면서 정서적으로 그런 삶에 대해 거부반응을 일으킨다. 앞서 말했듯이 이들은 주로 여성들로서 이 여성화자들이 일으키는 느닷없는 '메스꺼움'과 '께름칙함' 등의 정서적 반응은 일상적 삶에 도사리고 있는 삶의 문제들을 의식하고 그런 삶과 불화하면서 위기감을 느끼는 징후라 할 것이다.

「지렁이 울음소리」의 '나'는 "내가 혹시 불행한 거나 아닌가 하는 의혹을 가져볼 수조차 없"(94쪽)을 정도로 행복에 겨워 사는 결혼 이십 년이 된 주부이다. 제시간에 맞춰서 케이크 상자를 들고 들어오는 자상한 남편은 빌딩은 아니지만 길목 좋은 곳에 상속받은 이층 점포에서 매달 적지 않은 월세를 받으며, 은행의 지점장이라는 안정된 직업을 가지고 있다. 그러나 날마다 텔레비젼 앞에서 "채널 돌리는 데 독특한 기술"을 가진 남편은 단맛이 가득한 군것질거리를 곁에 두고 허구헌날 텔레비젼만 보면서 텔레비젼이 가르쳐주는 세계에 길들어가고, '나'는 자신이 누릴 수 있는 온갖 혜택의 편이 아닌 늘 그 해독의 편에서 현대란 얼마나 살기 힘든 끔찍한 세대인가 생각한다. 그럴 때 '나'는 스스로 너무 심심한 것은 아닌가 생각하기도 하지만 불행할 수 있으리라고는 생각지 않는다.

이처럼 「지렁이 울음소리」의 '나'는 '이건 아닐거야'라는 막연한 부정의식으로 현재 자신을 근거지우는 것들에 대해 의심하지만, 막연한 의심일 뿐 자신의 삶을 근본적으로 부정할 만한 정도는 못되는 '투정'

같은 정도로 의심을 품어본다. 때문에 지금 자기의 삶과 불화하는 징후로서의 '나'의 일탈적 행동은 그저 자신의 삶의 테두리 내에서 일어날 수 있는 것들에 한정될 뿐이며, 그런 행동들을 통해 불안한 마음을 위로 받고자 할 뿐이다.

그러던 어느 날 우연히 만난 여학교 시절의 욕쟁이 선생님은 '나'의 삶을 헤집고 들어와 '나'의 의심과 위기감의 정체를 일깨워줄 것 같은 "섬광"을 보여준다. 그것은 여전히 "올이 풀린 소맷부리"의 옷을 입고서 가난하게 사는 그의 모습에서, 또 삶의 부조리를 참지 못하고 신랄하게 퍼부어대던 욕을 참고있는 듯한 표정에서 발견할 수 있는 것이었다. 그래서 '나'는 그에게서 욕을 끌어내기 위해 그를 계속 만난다. 그러나 신산한 삶에 찌들어 돈의 논리에 매여 사는 초로의 늙은이일 뿐인 그 선생님에게서 쉽사리 전날의 욕을 끌어낼 수 없었고, 그저 "올이 풀린 소맷자락" 정도로만 예전의 그를 느낄 수 있을 뿐이었다. 그 세월동안 그는 욕을 잃어버린 만큼 현실에도 적응하지 못하고 자신의 정체를 잃어버렸으며, 그를 통해 자신의 위기감의 정체를 알고자 했던 나 또한 막연한 부정의식을 그저 막연한 채로 지니고 자기자리로 돌아온다.

결국 이 소설에서 주인공의 삶이나 행동이나 어디에도 처음과 끝이 달라진 흔적은 찾아볼 수 없다. '나'는 자기 삶을 헤집고 들어오는 원인을 알 수 없는 불안감을 통해 위기를 느끼지만, 그저 꽃향기를 맡으러 남대문 꽃시장에도 가고, 낯선 고장을 찾아가기도 하고, 도자기를 보러 가기도 하면서 작은 일탈을 시도해볼 뿐이다. 그러다 여학교 때 선생님을 만나기도 하지만 불안감은 자기 삶에 대한 위기감으로 극적인 전환의 계기가 되지 못하고 다시 일상에 파묻혀 버린다.

그러나 '나'는 크게 달라져 있기도 하다. 선생님의 닳아서 풀어진 옷소매를 떠올릴 수 있게된 것이다. 지금은 그 때의 욕을 들을 수는 없지만, 그 때 불의를 보면 참지 못하고 정직하게 욕할 수 있었던 그야말로

'나'가 놓치고 있는 중요한 삶의 방식이라는 사실을 깨달은 것이다. 그러나 끝내 '나'는 그에게서 예전의 욕을 들을 수도 없었고, 그의 존재는 '나'가 알고 있는 현실 어디에도 발붙일 수 없다는 것을 확인하고 그저 제자리로 돌아오고야 만다. 변했지만, 아무것도 변화시키지 못한 것이 '나'의 위기감의 끝이라 할 수 있다. 선생님으로 인한 섬광은 그저 잠깐의 긴장감만을 주고 갔을 뿐이다.

이런 불안감과 긴장감으로 삶을 의심하기 시작한 여성들은 점점 더 집요하게 자신의 삶의 문제 속으로 파고 들어간다. 「부끄러움을 가르칩니다」의 주인공은 부끄러움의 정서로 자신의 삶을 반성한다.

「지렁이 울음소리」의 주인공이 아무도 그녀의 행복을 의심할 수 없을 만큼 행복한 상태에서 조금씩 조금씩 남편과 자신의 삶의 허위성을 자각하기 시작했던 것처럼, 부끄러움으로 자신의 정체를 확인할 수 있는 이 인물도 예사 인물은 아니다. 이 인물은 굉장히 소심하고 평범한 인물이지만, 두 번씩이나 자신의 결혼생활에 대해 타협없이 이혼을 선택할 수 있을 만큼 결정적인 순간에 문제를 호도하거나 비켜가지 않는 정직한 인물이다. 사실 이 소설들에서처럼 아무런 변화도 없어 보이는 평온한 일상을 걷어내서 그 이면에 묻혀진 삶의 이기성과 속물성을 들춰내는 것은 평범치 않은 시선을 필요로 하는 일임에 분명하다. 「지렁이 울음소리」나 「부끄러움을 가르칩니다」의 이 여자들은 그것을 위해 어느 정도는 일탈적 행동을 보이며, 그 일탈적 행동을 통해 평온한 일상에 도사리고 있는 삶의 문제들을 볼 수 있게 되는 것이다. 그것은 텔레비젼 채널 돌리는 독특한 기술만을 가지고 사는 남편의 이기성과 속물성에 대한 경계이며, 부끄러움조차 모를 정도로 뻔뻔스러워 가는 허위적 태도에 대한 부정이다.

두 번이나 이혼하면서도 「부끄러움을 가르칩니다」의 주인공 '나'가 원하는 것은 평범한 결혼생활이다. 그런데 이 '평범한' 생활이 '나'에

게는 여간 어려운 것이 아니다. 그저 평범할 뿐인 그녀의 요구가 쉽게
달성되지 않는 삶이어서, 그녀는 그 평범함을 쫓기 위해 '사람들(그
들)'[12]이 보기에는 아주 특별하고 비범한 듯이 보이는 급진적 태도로 두
번의 이혼을 결정한다. 그러나 그녀에게는 그저 평범한 결혼생활을 위
한 자유로운 태도가 사람들에게는 비정상적이고 일탈적인 것으로 보인
다. 그리고 부끄러워해야 할 일로 강요받는다. 그렇지만 다른 사람을
의식하지 않는 '나'의 이런 태도는 삶의 허위적인 성격을 성찰하게 하
는 힘이며, 때문에 '나'는 이를 통해 부끄러움이 무엇인가를 반성하게
된다.

주인공 '나'에게 부끄러움은 특별한 정서이다. '나'는 결혼하기 전
양색시들이 살던 동네에서 가난하게 살았고, 전쟁 직후 너무 가난하던
시절이었기 때문에 '나'의 엄마는 양공주가 되어 돈을 벌어오지 않는
딸을 욕하며 스스로 화장을 하고 남자들을 찾으러 나섰던 적이 있다.
그런 어머니를 앞에 두고 '나'는 절대로 어머니를 부끄러워할 수 없다
고 생각했다. 이 때 '나'에게 부끄러움의 감정은 사치였고, 사람들이
부끄럽다고 생각하는 상황은 정해져 있는 것이 아니라, 그 상황의 주체

---

12) '그들'은 '그 사람들'이라는 3인칭 보통명사를 지칭하는 일상적 용어지만, 하이데거
의 '공공성', '일상성'이라는 개념들 속에서 설명되는 철학적 개념이기도 하다. 하이
데거는 모든 사람들이 일상적 현존재로서 자신을 의식할 때, 본래적 자기를 의식하지
못하고, '그들(사람들)'에 의해 일상적으로 친숙해져 있는 것을 자기로 의식한다고 한
다. 일상성이 '그들'의 의식으로 형성되는 것이며, '그들'은 아무것도 아닌 사람들이
기 때문에 일상적 현존재는 본래적 자기와 충돌할 수밖에 없다는 것이 하이데거의 생
각이다. 이를 통해 좀 거칠게 말하면, 그는 일상성을 비본래성으로 보는 듯하다. 이
글은 주3)에서 말했듯이 일상성이 삶을 구성하는 하나의 본질적 측면이라고 보기 때
문에 하이데거의 생각에 전적으로 동의하고 있는 것은 아니다. 그러나 박완서 소설의
'그들'이 형성하는 실체없는 허위의식은 하이데거의 '그들'과 같은 맥락에서 설명될
수 있다. 이처럼 우리 삶의 허위의식이 '그들'의 하이데거적 의미와 관련된다고 보면,
박완서 소설에 등장하는 구체적인 '그들'도 우리 일상을 장악하고 있는 허위의식으로
생각할 수 있을 것이다. 이기상, 구연상, 『존재와 시간』 용어해설집, 까치, 1998, 40-
44쪽 참고.

들이 갖고 있는 삶의 맥락에 따라 결정될 수밖에 없는 것이라 생각하게
된다. 그 이후로 생존이 유일한 목표인 절박한 현실 앞에서 '나'에게 부
끄러움은 챙길 수 없는 이질적인 정서가 되었다. 두 번의 이혼은 이런
'나'에게 생존의 선택이지, 부끄러움의 대상은 아니었던 것이다.

그러던 어느 날 우연히 만난 여고 동창생들 가운데서 두 번이나 이혼
한 경력이 있는 '나'는 모든 사람들의 관심의 초점이 되고, 그 사실을
부끄러워 할 것을 강요받는다. 부끄러워하지 않는 '나'를 뻔뻔스럽다고
여기며, 한 친구는 부끄러운 태도를 취한다. 그러나 부끄러워할 수 없
는, 부끄러움이 사치일 수 있는 상황을 알고 있는 '나'는 감히 그 친구
의 부끄러움에 대해 평가한다.

경희는 정숙한 여자가 못 들을 망측한 소리를 들었다는 듯이 얼굴을 곱게
붉히더니 "계집애두 하며 손을 입에 대고 웃었다. 덧니가 부끄러워 비롯된,
그녀의 손으로 입을 가리고 웃는 버릇은 이제 덧니의 매력까지를 계산하고
있어 세련된 포즈일 뿐이다. 뱅어처럼 가늘고 거의 골격을 느낄 수 없이 유
연한 손가락에 커트가 정교한 에메랄드의 침착하고 심오한 녹색이 그녀의
귀부인다운 품위를 한층 더해 주고 있다. 아름다운 포즈였다. 그러나 부끄
러움은 아니었다. 노련한 연기자처럼 미적효과를 미리 충분히 계산한 아름
다운 포즈일 뿐이었다. 부끄러움의 알맹이는 퇴화하고 겉껍질만이 포즈로
잔존하고 있을 뿐이었다. 나는 실망과 안도를 동시에 느꼈다.[13]

'나'는 경희의 태도에서 알맹이는 퇴화해서 없어지고 껍질만 남은
부끄러움의 실상을 본다. 부끄러움이 삶의 맥락없이 포즈로서만 남아
있는 현실을 보는 것이다. 평범한 결혼생활을 기대하며 두 번이나 이혼
한 경험이 있는 '나'는 포즈로만 남아있는 부끄러움이 사실은 부끄러움

---

13) 박완서, 「부끄러움을 가르칩니다」, 『부끄러움을 가르칩니다』, 한양출판, 1994, 241쪽.

이 아닐 수도 있다는 것을 알고 있다. 그래서 친구 경희의 부끄러움에 실망하지만, 동시에 안도하기도 하는 것이다. 그런 부끄러움이라면 '나'가 느끼지 못하는 것은 당연하기 때문이다. 이를 계기로 '나'는 '사람들'이 만들어놓은 부끄러움이라는 것이 허위의식이라는 것을 알게되고, 부끄러움을 가르친다는 깃발을 올리면서 전도된 현실과 맞설 준비를 한다.

그렇다면 '나'가 맞서고 있는 전도된 현실은 무엇인가? 그것은 바로 앞서 말한 우리의 일상이 만들어놓은 '공공의식'일 수 있다. '그들(사람들)'의 생각으로 사람들은 하나의 고정관념, 선입견들을 만들어놓고 그 일상적 삶에 묶여서 '그들'의 생각대로 살아야 안심하는 것이다. 그래서 이혼을 두 번이나 한 것은 그 이유와 상관없이 무조건 부끄러워해야 하는 일이며, 여자일 경우에는 더 부끄러운 일로 여겨진다. 부끄러움이 어떤 이유와 맥락 속에서만이 따져질 수 있다는 것을 경험한 '나'는 그런 '그들'의 생각을 개념치 않고 살아왔다. 힘들었던 첫 번째 결혼을 그녀가 견딘 것은 배고픔을 면할 수 있다는 자기 삶의 이유가 있었기 때문이며, 그 이유에서 벗어났을 때 또 다른 이유를 더 이상 찾을 수 없었던 '나'는 이혼한 것이다.

이렇듯 '나'는 자기 안에 두 번의 이혼에 대한 합당한 이유를 갖고있기 때문에 '부끄러움을 가르칠 수 있다'고 '당당하게' 말하는 것이며, 친구가 보여주는 '부끄러움'의 포즈가 형식적이고 허위적인 것일 뿐이라고 주장할 수 있는 것이다. 「지렁이 울음소리」의 '나'처럼 막연한 불안감으로 위기를 느끼던 것을 넘어, 「부끄러움을 가르칩니다」의 '나'는 허위의식이 진실을 은폐할 수 있는 삶의 이데올로기적 측면을 파악해가는 의식의 전환을 보여준다고 할 수 있다.

여성의 일상적 삶과 허위의식의 문제를 좀 더 심각하게 보여주는 작품으로 「닮은 방들」을 꼽을 수 있다. 결혼 칠 년째인 주인공 '나'는 집

장만할 돈을 모을 때까지 친정 집에 얹혀 살고 있다. 오빠네와 함께 똑같은 이유로 친정 집에 살고 있는 '나'는 아무런 불편 없이 살고 있지만, 언제부터인지 누가 시킨 것도 아닌데 다른 식구들과는 달리 들릴 듯 말 듯 작은 소리로 울리는 남편의 초인종 소리를 듣고 재빨리 문을 열어줘야 하는 일에 시달리게 되었다. 오빠네도 '나'처럼 집 장만하기 위해 아버지 집에 살건만 올케언니는 그런 것에 신경 쓰지 않으며, 식모아이도 오빠의 벨소리를 듣고 문 열어주는 것은 당연하게 여긴다. 이런 '당연함'에 기죽어 점점 작아지는 남편의 벨소리를 남편인양 문을 열어주면, 거기 서있는 남편은 기가 죽기는커녕 거만한 태도로 들어서며 밥상 앞에서 미안해하는 친정어머니에게도 당연한 대접을 받는다는 듯이 거만하게 군다. 이처럼 그저 집 장만할 돈을 벌기 위해 친정 집에 살기 시작한 칠 년 동안, 남편은 벨도 제대로 누르지 못하면서 친정어머니 앞에서는 거만하게 구는 위선적이며, 위악적인 사람이 돼버렸고, 나는 그런 남편의 벨소리와 거만한 태도에 신경 쓰는 일로 몸도 마음도 피폐해져버렸다.

그러면서 '나'는 이렇게 식모아이의 의식에 작용하는 이 '당연한 생각', 남편의 위선적이며, 위악적인 행동에 작용하는 '당연한 생각'은 도대체 무엇일까 생각하기 시작한다. 이 '생각'에서 식모아이도 친정어머니도 남편도 나도 벗어날 수 없을 뿐더러, '나'는 남편과 자신이 이 '당연한 생각' 때문에 회복할 수 없을 정도로 상처받았다고 생각한다. 그러나 '나'는 엄청난 힘을 발휘하는 이것의 실체는 한낱 "이웃집 수다쟁이 여편네들"이라는 것을 알고 혼란스러워한다.

나는 알고 있었다. 내 남편이 출퇴근할 때마다 이웃의 수다쟁이 여편네들이 왜 저렇게 신수가 멀쩡해 가지고 처가살이를 할까 하며 혀를 끌끌 차고 입을 비죽대는 것을, 또 그 여편네들이 올케를 세상에도 없는 무던한 여자

로, 나는 그와는 정반대의 얌체로 꼽고 있는 줄도 알고 있었다.[14]

점점 작아지는 남편의 벨소리와 그 벨소리를 듣기 위해 안간힘을 쓰며 신경질적이 된 변화의 원인이 "이웃의 수다쟁이 여편네"라 생각한 '나'는 그것을 피하기 위해 철저히 독립이 보장될 것 같은 아파트로 이사간다. 그러나 이 '당연한 생각'을 만드는 "이웃집 수다쟁이 여편네들"은 단독주택의 이웃에만 살고있는 특정인물이 아니었다. 이들은 바로 우리의 일상에 도사리고 있는 고정관념이나 선입견들을 만들어낸 실체가 없는 '그들(사람들)'이었다. 즉 이웃집 여편네들은 각자의 삶의 맥락에 대한 고려 없이 아들과 딸이 어떻게 살아야 하는지, 친정살이는 어떠한 것인지를 이미 정해놓고 그에 맞추어 불특정한 많은 사람들의 삶을 재단하고 개입한다. 이는 모두가 벗어나지 못하는 이데올로기이기도 하며, 일상의 곳곳에 스며들어 심지어 그것을 따져보려는 사람들의 의식 깊숙이 개입하여 삶을 간섭한다. 때문에 일상이 삶의 중요한 부분이 되는 여성들은 삶과 이 '시선'에 밀착되어 있을 수밖에 없다. 그리고 가부장적 이데올로기의 영향력 하에 있는 사회적 규범이 워낙 강력해서 여성들은 이 규범을 내면화해서 살아갈 수밖에 없다. 여성들의 일상은 자기의 욕망을 억누르고 규범화된 '소외'된 일상일 가능성이 큰 것이다.

따라서 아파트로 이사한 후에도 "이웃집 여편네"들의 생각은 바로 '옆집 철이엄마'로 자리바꿈하여 '나'의 삶을 직접적으로 간섭하게 된다. 친정살이를 하면서 분명해지는 않았지만 어렴풋이 의식되던 '이웃집 아줌마'들의 시선은 닮은 방들로 상징되는 아파트의 삶의 방식으로 '나'의 전 삶을 지배하게 되고, '나'는 이런 삶을 '의식'하고, 이런 삶을

---

14) 박완서, 「닮은 방들」, 『그 가을의 사흘동안』, 나남, 1985, 349쪽.

끔찍해하지만, '나' 역시 옆집 철이엄마와 똑같애져야 한다는 생각에
젖어들게 된다. 즉 아파트의 삶을 끔찍해하는 '나'도 이미 그 삶의 방식
에서만이, 즉 '그들' 속에서만이 편안해질 수 있게된 것이다.

드디어 '나'는 몸이 마르고 신경질적인 것만이 아니라, 점점 알 수
없는 불안에 시달린다. '나'는 남편에게 이런 불안을 알리고 위로 받고
싶어하지만, 이미 결혼 전의 부드러움을 잃어버린 남편은 나를 이해하
려 하지 않고 어떤 등식을 찾아내듯이 "노이로제군"이라는 한마디로
대답해버린다. 옆집 여자도 마찬가지로 '나'의 증상 같은 것은 물어보
지도 않고 누가 노이로제에 걸렸는가만 열심히 말할 뿐이다. 모든 사람
들의 삶이 닮아있고, 닮을 것을 향해 살고 있는 것 같은 아파트의 삶의
방식에서 노이로제도 역시 모두에게 공존하는 징후일 뿐이다.

닮은 방들은 단지 닮는 것으로 그치는 것이 아니라, 닮지 않으면 견
딜 수 없게 우리의 삶을 압박하는 의식을 조장한다. 이 삶의 허위성, 즉
그것이 자기 삶의 진실과 혹은 자기가 원하는 것과 배리된다는 것을 서
서히 알아차리면서 불안해지기 시작하던 '나'는 어느 날 느닷없는 메스
꺼움을 느끼며 닮은 것이 자랑스러웠던 쌍둥이 아들까지도 끔찍하게
생각하게 된다. 닮은 것이 자랑스러웠고, 엄마의 직관으로 아이들 구별
하는 것을 별로 어렵지 않게 해내던 '나'는 불안을 느끼기 시작한 후 언
젠가부터 쌍둥이 아들도 구별하지 못하게 된 것이다. 그러면서 불안은
정체성의 혼란을 가져온다.

그러던 내가 문득문득 내 아이들을 구별 못하는 일을 겪게 된 것이다. 이
렇게 엄마다운 직관이 흐려질 때, 나는 내 아이들까지 믿을 수 없어진다. 꼭
두 놈이 짜고서 아우는 형이라고 형은 아우라고 나를 속여먹는 것 같다. 이
런 의심은 불쾌하고 고통스럽다. 자꾸자꾸 속여먹다가 결국 제가 누군지 저
희들 스스로도 잊어 버리고 말 날이 올 것 같다. 꼭 그럴 것 같다. 나는 덜컥

겁이 나서, 불의에 내 아이들이 나를 속여먹을 틈을 주지 않기 위해 불의에, 내 아이들의 이름을 불러 가지고 찾어낸 형과 아우의 특징을 잊지 않으려고 요모조모 날카롭게 뜯어보고, 꼭 껴안고 만져보고, 냄새도 맡아 본다. 그러나 그들의 닮음은 어느 틈에 내 이런 모든 노력을 빠져나가 나를 포위하고 나를 놀린다. (「닮은 방들」, 216쪽)

아무리 쌍둥이 아이들이라도 엄마들은 거의 대부분 아이들을 쉽게 구별한다. 그리고 이 주인공도 그런 것을 의심할 상황에 있은 적이 없다. 그런데 아파트에 살면서 불안을 느끼기 시작한 후로는 아이들도 구별하지 못하게 된다. 아이들을 구별하지 못하는 것은 '나'에게 엄청난 고통을 의미할뿐더러 그럼 '나'는 정말 '나'인가라는 정체성의 혼란을 가져온다. 내가 아이들을 구별하지 못한다면 아이들에게 나는 누구이며, '그들'에게 의식되는 나는 누구인가를 질문하기 시작하는 것이다. 그리고 자기가 아이들을 구별하지 못했던 것처럼 자기도 자기를 구별하지 못한다고 생각한다.

사람들은 친숙한 것, 낯익은 것에서 편안함을 느낀다. 자신의 삶을 맡기고 있는 일상에서 편안해하는 것은 이 때문일 것이다. 그런데 그 편안하고 익숙한 것, 의심없이 자연스러운 것으로 받아들여지는 것이 "이웃의 수다쟁이 여편네"의 생각처럼 아무것도 아닌, 자기자신의 진실과는 거리가 먼 것이라면, 과연 자아는 무엇으로 정체화되는 것일까? 그리고 그 때 느끼는 혼란과 불안감은 얼마나 큰 것일까? 막연히 그런 불안감을 불편해하면서 친정살이하던 '나'는 아파트로 이사오면서 노이로제까지 닮아 가는, 그래서 노이로제가 아무것도 아닌 것이 되어버리는 삶에서 낯익은 것, 편안한 것을 본격적으로 의심하고 불안해하기 시작하는 것이다. 그리고 쌍둥이 아이들까지도 구별할 수 없는 '혼란'에 고통스러워한다. 사실 이것은 아무것도 아닌 것이 자기 삶을 통째로 움켜쥐고 움직이고 있다는 것을 의식하고 옴짝달싹 할 수 없을 때 느끼는 불안이다. 이 불안은 닮은 방들에서 살아가는 사람들의 문제를 집약시킨 것이다. 이 깊어지는 불안은 자기 정체에 대한 혼란으로 연결된다. '나'는 혼란의 극점에서 삶의 위기를 극명하게 느끼지만 문제를 정확히 해명하지 못함으로써 혼란의 소용돌이 한가운데서 작품은 끝난다. 마지막 장면은 이 혼란의 극점을 실감나게 드러낸다.

마지막 장면에서 위기의 주인공인 '나'는 자신의 삶이 '그들'의 시선에 의해 지배되고 있기 때문에 자신이 의식적으로 바꾼 옆집 남자와의 잠자리에서도 남편이 아니라는 것도 실감하지 못하고 옆집 남자가 남편일지도 모른다고 의심한다. '나'는 쌍둥이 아이들처럼 인간의 힘이 미치기 전부터 닮았기 때문에 구별하기 힘들어지는 것이 아니라, '그들'의 시선에 맞추어지는 삶의 방식에 이미 깊숙이 빠져있기 때문에 아주 다를 수밖에 없는 남편까지도 거의 구별하지 못하는 극단의 상황에 있는 것이다. '나'의 불안감은 막연함을 넘어 삶의 문제가 예각화되어 드러나는, 불화와 갈등이 최고조 된 상태의 '위기'로 드러나고 있다.

4. '헤매임'의 서사와 '당당함'의 의식

보통 사람들은 언제 불안해할까? 위에서 말한 「닮은 방들」에서 불안은 '정체모를 사람들'에 의해 자기 삶이 규정된다는 것을 알고 의심하기 시작할 때 엄습한다. 즉 '이웃집 여편네'나 '옆집 철이 엄마'와 자기를 떼어서 생각하게 될 때, '옆집 철이 엄마'의 노이로제에 대한 반응이 '나'의 증상에 대한 것보다는 누가 그런 증상이라는 것에만 관심이 있다는 것을 의식할 때, 그리하여 쌍둥이 아들들도 구별하지 못할 정도로 자기 자신의 정체를 알 수 없을 때, 자신의 정체를 의심하면서 느끼게 된다. 우리의 일상 속에 작용하는 '그들(사람들)'의 생각을 당연하게 여기고 익숙해져 있던 '나'에서 벗어나 그것이 자기를 오해하거나 잃어버리는 것임을 알았을 때 느끼는 감정인 것이다.[15] 이 불안은 대상이 분명하지 않고 모호하기 때문에[16] 감정의 주체에게 분명하게 의식되지 않고 강박증으로 드러난다.

이 장에서 다룰 「초대」와 「꿈꾸는 인큐베이터」는 불안감이 고조된 상태에서 강박적으로 위기감을 드러내는 여성화자들을 통해 이 불안의 정체를 밝혀내고 그들이 스스로 그 정체를 의식함으로써 불안의 원인과 맞서는 '당당함'의 의식을 보여준다. 이들은 불안이라는 막연하고 위축된 정서에서 출발하여 당당하게 그 원인들과 맞섬으로써 위기를 객관적으로 성찰하는 '자의식'을 보여준다는 점에서 의미 있게 평가할

---

15) 하이데거는 '불안'을 존재가 자기의 일상적 현존재를 부정하고 존재의 본질을 찾기 시작할 때 느끼게 되는 감정으로 설명하고 있어 이 글의 논의와 관련하여 시사적이다. "'처해있음'으로서의 '불안'은 현존재를 개별화되어 내던져진 '존재가능'으로서 열어 밝힌다. '불안' 속에서 우리는 선택의 상황에 놓이게 된다. 선택의 상황 속에서 우리는 늘 갈등한다. 그런데 불안에 의해서 제기된 선택상황은 아주 의외의 상황이다. 불안 속에서 우리는 '아무것도 아니고 어디에도 없는 것'을 선택해야 할 상황에 놓이게 된다. 우리는 이제껏 '일상'이라는 친숙하고 편안한 생활에 젖어 있다가 갑자기 그 모든 것에서부터 벗어나 '자기-자신'에로 되돌아가라는 소리 없는 요구를 듣게 된다. 그 요구가 어디로부터 오는지 그리고 왜 오는지도 모른 채 우리는 '불안'에 휩싸여 있다. 이러한 불안 속에서 우리는 섬뜩함을 경험한다. 우리는 갑자기 우리들 자신이 편안하게 거주해온 거주지로부터 스스로 쫓겨나 '자기-자신'에게로 되던져지고 말았다. 우리들 자신이 이제껏 친숙하게 머물러 왔던 곳은 이제 '불안' 속에서 아주 낯선 곳으로 여겨지게 된다. '섬뜩함'은 '낯섦' 또는 '친숙하지 않음' 또는 '편치 않음'을 뜻한다." 이기상, 구연상, 『『존재와 시간』 용어해설』, 까치, 1998, 98쪽.

16) "불안 angst은 기대와 분명한 관련을 지니고 있다. 즉, 그것은 어떤 일에 대한 불안이다. 불안에는 애매모호하고 대상이 없다는 특징이 있다. 그래서 우리는 정확한 서술이 필요할 경우, 불안이 대상을 찾아내면 '불안'이라는 말 대신 '두려움 Furcht'이라는 말을 사용한다. 더군다나 불안은 위험과 관련되어 있을 뿐 아니라, 우리가 오랫동안 밝히려고 노력해온 신경증과도 관련된다."(프로이트, 황보석 옮김, 「억압, 증후 그리고 불안」, 열린책들, 311쪽) 불안은 위험에 대한 기대를 드러내는 감정이기 때문에 강박적인 증상들을 동반한다고 말하는 것이다.

수 있다.

「초대」의 주인공 희주는 남편이 사업상 마련한 저녁식사에 입고 갈 옷을 고르다가 이런 강박증을 드러낸다. 남편이 무슨 사업을 하는지 왜 한달 생활비에 맞먹는 저녁식사를 밖에서 마련해야하는지도 모르고 그저 남편이 요구하는 호스테스의 역할을 위해 막힌 하수구를 뚫다 말고 입고 갈 옷을 고른다. 남편의 일에 대한 생각없이, 다만 '아내'의 역할을 수행하기 위해 그 자리에 나갈 정도로 애정없는 결혼생활을 하고 있는 희주는 남편에 대해서 아는 것도 별로 없다. 단지 막힌 하수구를 뚫기 위해 고무 벙거지를 사용하면서 머리카락일 거라고 말하는 남편의 잔뜩 힘줄이 선 얼굴에서 그녀에 대한 적의를 느낀다든지, 남편이 청혼하면서 보여준 그녀의 미모에 대한 칭송은 미모와 사교적인 쓸모를 동일시한 착각이었다고 생각하는 것으로 남편을 기억할 뿐이다. 이 정도로도 이 부부관계에는 애정이 결여되어 있다는 것은 저절로 드러나고, 애정이 동기가 되지 않는 그녀의 아내 역할은 당연히 그 역할 수행자에게는 아무런 의미도 없는 일이라는 것도 쉽게 짐작된다.

이렇듯 희주의 결혼생활은 아내와 남편이라는 주어진 역할로만 유지되고 있기 때문에 관계는 더욱 형식적이 되고, 규범적 자기와 자기가 원하는 자기를 구별하지 못하는 분열적인 모습을 드러낸다. 그러나 아직 이런 분열적 자기의 모습을 객관적으로 의식할 수 있는 계기를 만난 적이 없는 희주에게 이것은 강박적으로만 드러난다. 다음 인용문은 희주의 불안이 무의식적으로 드러나고 있는 장면이다.

무슨 옷을 입을까 망설이는 사이에 삼십 분이 가버리고, 그때부터 어릴 적 개꿈 같은 실수가 연속되고, 시간은 실수에 바람을 일으키며 미친 듯이 가속이 붙었다. 한창 키가 클 나이에도 그녀는 낭떠러지를 뛰어내리거나 하늘을 나는 꿈을 꾸어보지 못했다. 그녀의 단골 개꿈은 연쇄적인 착오의 끝

도 없는 되풀이에 칭칭 얽히고 설키는 꿈이었다. 학교 갈 시간이 임박했는
데 책가방이 없어서 동동거리며 천신만고 찾아 가지고 숨가쁘게 학교 길을
뛰다보면 교복을 안 입은 평상복이었고, 집에 가서 교복을 찾아 입고 뜀박
질하다 보면 흰 칼라가 안 달린 온통 까마귀처럼 새카만 교복이어서 다시
집으로 가 칼라를 아무렇게나 달고 뜀박질하다보니 언니의 샌들을 신고있
었다는 식이었다. 교복이 자율화되기 이전 교칙이 유난히 까다로운 공립 중
학교에서도 융통성이 없는 모범생이었던 그녀에게 그런 꿈은 유령이 나오
는 꿈보다 훨씬 더 고통스러운 박진감이 넘치는 악몽이었다. 꿈에서도 생생
하게 피가 마르는 것 같은 노심초사를 했다.

어릴 적 개꿈 속의 연쇄적인 착오가 결혼 후 때때로 현실에서 일어나고
있었다. 그녀는 시간가는 소리와 심장 뛰는 소리를 동시에 느끼며 헛된 착
오를 끝없이 되풀이하고 있었다. 꽃무늬가 잔잔한 원피스를 입고 나니 거기
맞는 핸드백이 만만치 않아 베지색 핸드백을 의식하고 커피색 투피스로 갈
아입으려니 그 점잖은 색에 어울리는 화사한 블라우스가 없었고, 회색의 갈
색 줄무늬가 있는 원피스가 그럴듯하다 싶어 입어보니 단추가 하나 떨어져
나갔는데 스페어 단추도 없다는 식이었다.[17]

어릴 때 모범생이었던 희주는 항상 자신에게 기대되는 자신의 모습
에 대한 강박증이 있었으며, 그것을 꿈으로 경험하곤 했다. 그런데 결
혼 후 그 꿈같은 일들을 현실에서 경험한다. 그것은 그녀에게 기대되는
그녀의 역할이 그녀의 내면적 동기나 욕망과 전혀 상관없다고 감지될
때 일어나는 일이다. 오늘의 저녁식사도 그녀에게 어떤 동기나 욕망도
없는 그저 형식적인 일일뿐이다. 게다가 그 형식적인 일은 결혼 생활을
유지하기 위해 가장 중요하게 기대되는 역할이어서 불안감은 더욱 크
다. 그녀가 원하는 것과 그녀에게 기대되고 부여된 삶에는 어떤 공통항

---

17) 박완서, 초대, 『저문날의 삽화』, 문학과지성사, 1991, 63쪽.

도 없으며, 그래서 그녀의 분열감은 더 크기만 하다.

그런데 이런 강박증은 희주에게서만 특별한 것이 아니다. 결혼이나 결혼에 즈음하는 나이에 삶의 관계를 형성하는 많은 여성들에게 가해지는 규범들은 자기가 원하는 것과 상관없이, 또는 그것이 고려되지 않고, 어떤 삶이 기대된다. 그런 기대들은 개인적인 것이 아니라, 사회적이고 문화적인 의식이나 제도로 이미 존재하고 있는 역할과 기대들이어서 스스로들에게도 의심되지 않고 자연스럽게 따르게 되는 것들이다.[18] 그래서 이들은 그런 기대를 맞추기 위해 자신의 내면욕구나 동기와 상관없이 '노력'한다.

그러나 자율적 의지로 삶을 선택하고 책임지도록 사회화된 개인들로서, 내면화된 동기없이 기대되는 역할규범을 수행하는 것은 얼마나 어려운 일인가? 순간순간 머리를 쳐드는 의심을 무시하고, 해야한다는 조바심을 견디며 기대되는 역할을 의무감만으로 수행할 때, 안정된 감정상태를 기대하기는 어려울 것이다. 그런 강박적 상태에서 자기 분열적인 모습을 드러내게 되고 불안은 이런 무의식적인 행동들과 더불어 오는 감정인 것이다. 「초대」의 주인공 희주는 이런 불안감을 계기로 소외된 자신의 삶을 위기로 의식하며, 이 위기를 계기로 삶을 전면적으로 성찰하게 된다. 희주의 불안은 '반성'의 계기가 되는 것이다.

「꿈꾸는 인큐베이터」의 주인공도 흔히들 '건망증'이라고 하는 증상에 시달린다. 그런데 주인공 '나'는 자신의 건망증 때문에 자괴감에 사

---

18) 이것은 주로 터부와 같은 심리작용에 있는 관습이나 이데올로기 같은 것들의 영향력이라 말할 수 있다. 터부는 욕망을 금지시키고 대상을 신성시하는 의식작용이어서 그것을 어겼을 때 스스로 '죄의식'을 갖게된다. 여성들에게 가해지는 규범은 이 같은 심리 메카니즘에 의해 그 역할을 다하지 못했을 때 죄의식을 동반한다. 강요에 의해서가 아니라 자라면서 자연스럽게 욕망을 억압하고 규범을 내면화하는 것처럼, 죄의식도 자기도 모르게 갖게되는 정서적 자질이다. 프로이트, 김종엽 옮김, 『토템과 타부』, 문예마당, 1995, 참고.

로잡히지만, 그로 인해 불안해하는 자기를 위로하며, 여유를 과시하는 남편에게 오히려 적의를 드러내고 있어 흥미롭다.

 그러나 지금도 그 증상이 올까봐 미리 두려워하는 마음 때문에 손끝을 가늘게 떨고 있었다. 비디오 카메라를 귀중품 취급해서가 아니었다. 외출하려는데 열쇠가 없다든가, 한참 바쁜 등교시간에 빨아서 챙겨놓은 중학생 딸의 덧신이 안 보일 때도 그런 증상이 왔다. 마치 이 세상이 끝장나버릴 것처럼 눈앞의 사물 뿐 아니라 머릿속의 생각까지 가물가물 무화(無化)돼 가는 느낌은 아주 고약했다. 이 세상 마지막 느낌이 고작 공포와 절망이라니. 이렇게 내가 뭘 못 찾아 우두망찰을 하고 있는 걸 남편한테 들키면 사정은 더 나빠졌다. 그는 매우 부드럽고 침착하게 굴었다.
 ┄┄ (중략) ┄┄
 ┄┄ 이렇게 남편의 도움으로 곤경에서 벗어날 수 있었음에도 불구하고 나는 남편이 사정을 더욱 악화시켰다고 생각하는 버릇이 있었다. 그럴 때의 남편은 꼭 즈이 어머니한테 하듯이 나에게 대했다. 그가 어머니를 대할 때 가면처럼 뒤집어쓰는, 과장되고 위선적인 친절과 공손을 나한테까지 써먹으려드는데 내가 어떻게 구역질이 안 나겠는가.[19]

 주인공 '나'는 딸 둘에 아들 하나를 둔 중년의 주부다. 그도 역시 항상 뭘 찾아 헤맨다든지, 희주의 꿈처럼 시간에 쫓겨, 해야한다는 규범에 쫓겨 그에 도달하지 못해 전전긍긍한다. 이 소설의 '나'는 그 쫓기는 듯한 불안한 심정을 이 세상이 끝날 것 같은 느낌으로 표현하고 있다. 그런데 남편은 이럴 때면 여유 있게 친절한 해결사로 등장하고, '나'는 그런 남편에게 뒤틀린 심사를 갖게된다. 그러나 이것은 질서정연한 삶의 태도를 보여주는 남편에 대한 단순한 반감은 아니다. 이럴 때 '나'가

---

19) 박완서, 「꿈꾸는 인큐베이터」, 『한 말씀만 하소서』, 솔, 1994, 191쪽.

보여주는 본능적인 적의는 결혼생활과 자신의 가족관계에서 소외된 근본적 정서에서 기인한 것이다.

'나'는 딸 둘을 낳고, 야구장에 같이 갈 아들을 원하는 남편 때문에 여아를 낙태하고 아들을 낳았다. 도저히 할 수 없을 것 같은 방법으로 아들을 낳았지만, 아들을 낳은 후로 나의 태도는 달라진다. 우선 아들은 딸 둘을 합쳐도 줄 수 없는 "충만함"을 나에게 경험하게 한다. 이 세상을 다가진 듯 한 "충만함" 때문에 나는 여아를 낙태한 '못할 짓'도 의식하지 않고 당당해졌다.[20]

비열한 방법으로 아들을 얻은 것은 상관없다는 듯이 도도한 태도로 시어머니에게 함부로 하는 며느리가 되었으며, 남편과는 서로의 죄를 서로 모르는 척 하듯이 소원한 관계가 되어버렸다. 그런데 그렇게 못할 짓하며 얻은 아들은 순간순간 멱살을 잡고 싶을 정도로 엄마에게 관심도 없는 아들이 되어간다. 결국 그 일이 있은 후로 세상을 다 얻은 것과 같은 심정은 한낱 허위의식일 뿐, '나'의 삶은 점점 모든 관계로부터 진실성을 상실해간다. 남편과는 이제 거짓된 화해의 포즈가 아니면 관계가 유지되지 않을 만큼 의사소통의 가능성이 하나도 남아있지 않게 되었으며, 자신이 힘들게 얻은 아들은 엄마의 삶에 아무런 흥미도 보여주지 않는 남보다 못한 관계에 있다.

즉 '나'는 '못할 짓'이라고 할 정도의 일을 해서 아들을 낳은 후로는,

---

20) '당당함'이란 주18)에서 말한 죄의식과 관련되는 중요한 정서이다. 여성들은 자신이 해야할 역할규범에서 벗어났을 때, '도리'를 다하지 못했다는 것으로 인해 죄의식에 시달린다. 여성들의 분열의식은 대부분 이런 죄의식이 이성적으로 의식되지 못할 때 일어나는 정신적 상처다. 반면, 당당함은 어떤 명분에 의해 '도리'에서 자유로와졌을 때 가질 수 있는 정서로, 죄의식과는 반대되는 상황에 있는 정서다. 이것은 역할 규범에 얽매이지 않고 자기의지대로 행동할 수 있는 힘이어서, 가부장적 이데올로기의 영향력 아래 있는 여성들은 좀처럼 갖기 힘든 정서적 자질이다. 따라서 이것 자체도 허위의식일 때가 많으며 아들을 낳아서 당당해진 '나'에게 허위의식은 전 삶을 장악하고 있는 형국이고, '나'의 위기감은 최고조된 상태라 할 수 있다.

그 '못할 짓'을 방관하는 것으로 아들을 원했던 남편이나, 낙태의 현장에서 위로의 말을 해주던 시어머니나 시누이를 위해서 모든 것을 다 했다고 생각하게 되고, 가족들에게서 어떤 것도 보상받지 못한다는 억울한 심정을 갖는다. 이런 억울한 심정은 모든 가족들에게 무의식적으로 갖게되는 '나'의 심정인 것이다. 이것은 '나'에게 의식되지 않고 무의식에 억압된 상태로 존재하다가 순간순간 강박적으로 드러난다. 희주의 경우처럼 '나'역시 결혼으로 형성된 가족관계에서 소외되어 있는 것이다. 게다가 남편만이 아니라, 자식과의 관계에서도 심한 상실감을 느끼는 '나'의 경우, 그 정도는 더 심각하다. 결혼으로 인해 새로운 가족관계를 형성하고 그 관계들이 규정하는 역할규범의 '제한성' 속에 살던 중년의 주부였던 '나'는 아들을 낳은 후 그 '제한성' 속에 은폐되어있던 자기 삶의 소외를 극명하게 의식하는 것이다.

이렇듯 자신의 삶의 전부라고 생각하는 가족관계에서 소외된 '나'는 더 이상 자신을 찾을 수 없는 상황에 처한다. 그리고 이 분열적인 의식과 불안은 일상에서 무엇을 찾아 헤매는 과정으로 드러난다. 그래서 찾지 못해 허둥대는 '나'를 친절하게 도와주면서 자신의 증세를 더욱 자각하게 하는 남편에게 '나'는 아무런 맥락 없이 구역질하는 것이다. 이것은 '나'에게도 미처 의식되지 못한 것이지만, 본능적으로 '나'의 무의식에 잠재되어 그의 친절이 '나'를 자신의 '인큐베이터' 정도로 사물화한다는 의식으로 감지된 것이다. 불안감은 무의식적으로 남편에 대한 적의로 드러나고, '나'의 구역질은 이런 맥락에서 '나' 자신을 반성하게 한다. 이렇게 본다면, 꿈처럼 경험했던 희주의 '헤매임'이나, 세상이 끝날 것만 같은 경험으로서의 '나'의 '헤매임'은 결혼이라는 새로운 관계에서 소외된 여성들의 분열적인 의식의 흔적이 된다.

여성들에게 결혼은 그로 인한 근본적인 관계변화가 기대되는 사건이다. 많은 여성들은 새로운 관계를 맺음으로서 자기를 중심으로 하는 것이 아닌, 가족들을 중심으로 하는 삶으로 변화해야 한다. 결혼이 아니더라도 여성들은 어느 정도 나이가 되면, 그들이 속해 있는 주거공동체의 구성원들을 돌보는 것을 중요한 역할로 받아들이게 된다. 이것은 강요나 선택으로 이루어지는 것이 아니라, 여성들이 어른으로 성장하는 과정에서 자신의 역할로 내면화하여, 자연스럽게 갖게되는 자질이다. 그래서 이런 관계에 처한 여성들은 자신의 삶이 공동체의 관리 또는 존속과 직결되기 때문에 그 사람들과의 '관계'를 중요하게 여기게 된다.

그러나 일상적으로 사람을 돌본다는 것은 그 사람과 정신적으로 의사소통 한다는 것을 의미하지는 않는다. 돌본다는 것은 그 사람이 살수 있도록 의식주를 보살펴주는 일이 될 때가 많으며, 아주 어린아이가 아닌 이상 정서적인 영역에서 전적으로 돌보는 사람에게 의존하는 경우는 거의 없다. 아니, 부모와의 관계는 오히려 점점 좁혀지는 것이 일반적이다. 따라서 주거공동체에서 보살피는 역할이 기대되는 사람과 보살핌을 받는 사람과의 관계는 일방적이기 쉽다. 왜냐하면 보살피는 사람은 그 공동체의 일이 자기 삶의 대부분을 차지하기 때문에 정서적으로도 그 관계에 의존하기 쉽지만, 그들이 보살피는 구성원들에게 그 관계는 일상적인 것이어서 그들은 대부분 일상적이지 않은, 또는 주거공동체가 아닌 다른 사회적 관계를 원하기 때문이다. 즉 일방통행적 관계가 되기 쉬운데, 이 일방통행적인 관계는 보살피는 역할이 기대되는 사람을 사물화하고 소외시키기 쉽다. 대부분 한 가족의 일상적 생활을 꾸리는 주부들이 그 관계에서 소외감을 느끼는 경우는 이런 관계성 때문이다.[21]

---

21) 이런 소외적 관계로 인해 자기 상실을 경험하고, 집을 나와 거리를 '헤매이며' '나'를 찾아가는 주제는 중년여성의 삶을 소재로 한 소설에서 자주 등장하는 주제이다. 오정희의 「바람의 넋」이 대표적인 작품이다. 다르다면, 이 소설에서 '헤매임'은 존재 자체의 성격으로 얘기될 수 있다는 점이며, 이 점은 박완서와 오정희 소설의 차이와도 관련될 것이다. 이런 부분들은 여성들의 삶을 주제화한 소설들 가운데 중요하게

앞서 얘기한 「지렁이 울음소리」나 「닮은 방들」의 주인공들이 느끼는 막연한 불안감이나, 「부끄러움을 가르칩니다」의 주인공이 자연스럽게 선택한 두 번의 이혼은 바로 이런 소외감과 상실감이 원인일 것이다. 또 남편과 애정없는 결혼생활을 하고 있는 희주나 자신이 한갓 '인큐 베이터'에 불과하다고 생각하는 '나'는 이런 소외감과 상실감을 절감하는 인물들이다. 이들의 불안감은 이런 소외감에서 비롯되며, 자기 삶의 위기를 느끼면서 삶을 문제시한다. 그러나 불안감이 막연한 정서인 만큼, 앞에서 말한 작품들에서 이 위기감은 징후로서만 경험될 뿐이다.

그런데 「초대」와 「꿈꾸는 인큐베이터」의 여성인물들은 막연한 불안 감을 넘어, 보다 명시적이고 의식적으로 그 불안의 원인을 알아낸다. 그것은 바로 '그들'이 만들어 놓은 허위의식이며, 보다 구체적으로는 여성들의 삶을 억압하는 가부장적 이데올로기였던 것이다. 그래서 남편과 남편이 편드는 사람들의 허위적인 삶을 파악한 희주는 불안을 걷고, 쫓기는 듯한 강박증을 극복하고 그들을 야유할 수 있는 여유를 갖게된다.

남편이 혼잣말로 중얼거렸다. 희주는 아니라고 항의할 기운도 남아 있지 않았다. 그것은 어차피 그녀와는 상관없는 일이었다. 남편은 지금 자신이 초대한 사람들의 의견에 동의하고 있을 뿐이었다. 그녀가 알 수 없는 사람들에 대한 남편의 무조건의 동의를 번복시킬 수는 도저히 없을 것 같은 절망감이 그녀를 무력하게 했다. 손끝 하나 까딱할 수 없는 아찔하고도 아늑한 무력감 속에서 그녀는 어두운 하수구에서 하얗게 세어가는 그녀의 머리칼 다발을 보고 있었다. 그것은 내일쯤이나 은빛으로, 아니 메밀국수 빛으로 둥실 떠오르리라. 그녀의 절망이 옮아붙은 머리칼이 밤새 세고 있는 동안은 하수구는 뚫리지 않을 테고, 하수구가 뚫리지 않는 동안은 구정물은

쟁점화 될 수 있는 것들이어서 달리 꼼꼼한 분석을 요하는 작업이라 생각된다.

조금씩 조금씩 아래층으로 떨어지리라. 아무리 늦어도 지금쯤은 그 화장이
짙고 목소리가 째지는 여자가 외출에서 돌아와 또 물이 새는 것을 발견하고
씨근대며 위층으로 달려왔을 테지만, 말짱 헛수고일테니 얼마나 고소한가.
그 여자가 팔짝팔짝 뛰고 있는 동안 자기는 얼마나 근사한 장소에서 얼마나
고상하고 우아한 인사들과 사교를 즐기고 있다는 것을 그 여자에게 보여줄
수 없는 것이 유감스러울 뿐이었다. 그 여자는 아마 용변을 보는 동안도, 세
수를 하는 동안도, 구정물을 피할 수 없으리라. 구정물에 오줌까지 더하고
나온 것은 얼마나 잘한 일인가. 꼼짝달싹할 수 없는 무력감 속에서 가학적
인 망상만이 작은 도깨비들처럼 나름대로 눈부시게 날뛰기 시작했다.[22]

그녀는 몇 시간씩 허둥대며 옷을 골라 입고 나갔지만, 그들과 어울리
지 못해 상관없이 있을 뿐이다. 옷은 지난번에 입었던 옷과 똑같은 옷
이어서 남편을 화나게 했으며, 화장기 없는 얼굴은 병색마저 돌 정도로
'그들'의 화사함과 어울리지 못한다. 그런 이질감을 알아차린 '그들'
중 한 여자는 재빠르게 그 이질감을 "좋은 소식"으로 눙쳐버리고, 그들
모두는, 심지어 남편까지 희주의 어울리지 못하는 이질감을 그녀가 임
신한 것으로 단정지어버린다.

그러나 그 날이 월경일이기 때문에 희주는 임신이 아닌 것을 너무 확
실히 알고 있지만, 희주와 남편을 비롯한 '그들'의 삶을 움켜쥐고 있는
그녀가 임신했을 거라는 생각은 "다들 그렇게 말하고 있는데 아니긴
뭘 아니냐"는 말로 인해 진짜가 되고, 희주는 그 말에 항의할 수 없기
때문에 심한 무력감을 느낀다. 자신의 진실이 무엇이고, 진짜 자기가
누구인지 몰라서 혼란스러워하고 불안해하던 막연함에서 자기와는 상
관없는 '그들'의 생각이 자신을 꼼짝할 수 없게 옭아매고 있다는 것을
알고는 무력감에 빠진다. 그리고 사람들에게 무조건 동의하고 있는 남

---

22) 박완서, 「초대」, 70쪽.

편을 결코 그녀의 힘으로는 설득할 수 없을 거라는 절망감이 그녀를 더욱 무력하게 한다.

이제 그녀는 자신을 혼란스럽게 하던 것의 정체를 알아냈다. 그것은 무조건 '그들'에게 우아하게 동의해야하는 삶인 것이다. 그리고 그 '그들'이란 허위의식에 불과할 뿐이라는 사실이다. 그러나 자신과는 아무 상관없는 그런 허상에게 우아한 동의를 보낼 수 없는 그녀는 더 이상 혼란스러워하지는 않지만 절망하며, 허상인 그들에게 자신의 진실을 알릴 수도, 그들의 허상을 어떤 식으로 일깨울 수도 없어서 무력감을 느낀다.

그러나 그녀의 불안감은 무력감으로 의식되지 만은 않는다. 인용문에서 드러나듯이 그들의 허위성이 희주에 의해 야유되기도 한다는 점에서 「초대」는 확실히 '혼란'을 넘어선다. '그들'과 섞이지 못하는 자신 때문에 불안해하지만, 그리고 그것의 정체를 알고 무력감에 절망하지만, 희주는 그들과 다른 자기의 진실을 놓고 그들을 야유한다. 도깨비 같은 가학적인 망상일 정도로 그들의 허위성과 근거 없음을 신랄하게 비웃는 것이다. 그리고 이런 야유는 중요한 의미를 지닌다. 이 야유는 우리의 일상을 움켜쥐고 있는 '그들'의 신화를 걷어내는 일이어서 일상적 인간인 우리들이 할 수 있는 최고의 것일 수도 있기 때문이다.

대개의 경우 평범한 일상을 살아가는 사람들은 이런 야유를 보내지 못한다. 더구나 희주의 남편처럼 야유의 대상이기 쉽지 야유할 수 있는 처지에 있기는 어렵다. 그만큼 삶은 만만치 않으며, 일상에 뿌리내린 '그들'의 신화는 강고한 것이어서 누구도 쉽게 그 영향력에서 벗어나기 어렵다. 그래서 희주의 야유는 의미 있는 것이다. 그리고 평범치 않은 것이다.

많은 사람들은 희주의 남편처럼 '그들'의 생각에 전적으로 동의하기 위해 전전긍긍하며, '그들'의 눈치를 보며 주눅든 채 살고 있다. 그러

나 어느날 자신이 주눅들어서 의심없이 따랐던 것들이 한낱 허위의식
이라고 생각하기 시작했을 때, 그 때 사람들은 '혼란'스러워 할 것이
다. 희주는 이 혼란에서 출발하고 있지만, 그래서 자신의 삶을 꽉 막혀
서 뚫리지 않는, 게다가 그 속에 뭉쳐서 썩지않는 한 다발의 흰 머리카
락으로 느끼면서 시작하지만, 이 '혼란'에 그냥 서있지 않는다. 희주는
'야유'함으로써 그 혼란을 밀어내고 자기 삶을 막히게 하는 허위의식을
구별해낸다. 그것은 「부끄러움을 가르칩니다」의 '나'가 단행한 두 번의
이혼처럼 그녀의 의지가 작용하는 선택이며, 그래서 희주의 '야유'를
여성적 주체성과 관련해서 의미 있게 만든다.

희주가 '혼란'을 넘어 그 실체를 야유함으로써 '그들'의 신화를 걷어
냈다면, 「꿈꾸는 인큐베이터」는 이 시대 여성의 혼란과 절망의 정체감
을 계기로 여성들이 처한 삶의 역사에 새로이 눈뜨는 또 다른 여성의
모습을 보여준다.

앞서 말했듯이 이 여자는 그저 아들을 데리고 야구장에 가고 싶어하
는 남편을 위해 여자로 판명난 태아를 낙태시키고 아들을 낳는다. 그
후 적어도 형식적이지 않게 친밀도를 유지하던 시댁이나 남편과 점점
형식적인 관계로 살고 있으며, 그렇게 소중하게 얻은 아들과도 형식적
인 관계 이상의 친밀감을 형성하지 못하고 소외되어 간다. 이것은 의식
되고 있지는 못하지만, 강박적으로 뭘 찾아 헤매는 불안감으로 드러나
며, 자기도 모르게 부부간의 증오만이 가득찬 영화에 빠져든다던가, 뭘
찾아 헤매는 자신을 도와주려는 남편의 친절에 오히려 구역질이 날 정
도의 적의를 느끼는 것으로 드러난다. '나'의 삶은 아내나 어머니라는
역할을 수행하는데 결정적 동기가 되는 '애정'이 없는 소외된 관계의
극단을 보여주고 있으며, 이는 위기라 할 수 있는 징후들이다. 그렇지
만 '나'는 막연한 불안감으로만 그것을 '느끼고' 있을 뿐이다.

그러던 중에 아들이 없어도 허전해 하지 않는 남자를 만나면서 막연

한 불안감으로 느끼던 위기감의 정체를 속속들이 발견하게 된다. 처음에 '나'는 아들이 없어도 허전해하지 않는 그를 보고 기분이 상해서 께름칙하다고 생각한다. 그러나 께름칙하다고 생각했던 것은 아들이 없으면 안 된다는 자기 삶의 명분이었다. 그것은 바로 낙태의 공범인, 아들과 야구장에 가야하는 것을 '당연한 것'으로 여기게 했던 남편이라는 존재였고, 아들을 낳기 위해 자신이 낙태하는 현장에서 손을 잡아주고 위로해주던 시어머니와 시누이였던 것이다. 이들의 의식에 작용하는 어떤 방법으로라도 아들을 낳는 것이 '당연하다'는 생각이 바로 자기와 자기 삶을 조화롭지 못하고 께름칙하게 느끼게 하는 이유였던 것이다. 이 께름칙함은 남편에 대한 적의라던가, 아들에 대한 울분 등으로 불쑥불쑥 '나'에게 감지되는 것이었지만, 그 남자를 만나면서 비로소 의식된다.

자신의 삶을 근거지울만큼 '당연한 것'이라고 여기던 아들에 대한 욕망이 단지 남아만을 생명으로 여길 수 있다는 남아선호의 이데올로기였다는 사실을 알게된 '나'는, 즉 자신의 삶을 근거지웠던 '당연한 생각'이 한낱 정체도 모를 '그들'이 만들어 놓은 이데올로기에 불과하다는 것을 알게된 '나'는 실체도 없는 허위의식에 얽매여 끔찍한 일도 서슴지 않았던 절망적인 자기 삶을 알게된다. 그러나 '나'는 여기서 멈추지 않는다. 용감하고 치열하게 자신의 혼란스러움을 끝까지 해명하려했던 것처럼, 그만큼 진지하게 남아선호 이데올로기에 묶인 자신의 삶이 자신만의 문제가 아닌, 한국사회 여성들이 앓고 있는 역사적인 문제라는 것을 알아내고 그들이 보여줬던 태도 속에서 극복의 방법을 생각한다.

여성지에서 본 매력적으로 걷는 법에 의하면 정수리와 양쪽 귀를 위에서 수직으로 땡기는 것처럼 머리를 곧바로 치켜들고 걸으라고 돼 있다. 지금

임을 인 여인의 자세가 바로 그렇지 않은가. 머리에서 무거운 게 찍어누름으로써 도리어 빳빳이 세울 수밖에 없는 여인의 모습을 나는 신기한 듯이 바라보았다. 머리끝에서 발끝까지 직선이 관통하고 있는 것처럼 당당하다 못해 존엄한 걸음걸이였다.

친정어머니 생각이 났다. 남편이란 머리에 인 임과 같은 것이라는 소리를 자주 했었다. 나는 내가 본 어머니 아버지의 부부 관계로 미루어 그 소리를 남편은 아내를 어떡하든 찍어누르고 머리 위에 군림하려는 존재라는 뜻으로만 받아들였었다. 그런 뜻도 있겠지만 거기 덧붙여 그 찍어누르는 존재에 의해서만 꿀리지 않고 당당하게 처신할 수 있는 여자 팔자를 빗댄 게 아닌가 하는 생각이 비로소 들었다.[23]

딸들 등록금을 탈 때나 딸들 시집 보낼 때 한없이 죄송스러워하는 어머니들은 이 이데올로기에 의해 짓눌려 살아온 여성들의 모습이다. 그러나 자신과 더불어 자신이 낳은 딸의 존재까지도 죄스러워 하지만, 생명 그 자체에 대해 '당당함'을 잃지 않으셨던 것이 바로 어머니들의 삶이었다. 세월이 흘러도, 1910년대 근대의식이 싹트기 시작하던 무렵부터 거의 한 세기가 지난 오늘날에 이르기까지 여성들에게 가해지는 이데올로기의 힘은 여성들의 삶을 온통 장악할 수 있을 정도의 무게로 여전히 존재하지만, 그런 현실을 현실로 인정하고 머리에 무거운 임을 인 여성의 몸은 무게에 눌려 찌그러지거나 주눅들지 않고, 그 무게를 견디기 위해 오히려 허리를 곧게 펴고 '당당하게' 설 수밖에 없는 것이다. 그 '당당함'은 남에게 예쁘게 보이기 위해 매력적으로 걷기 위한 것이 아니라, 머리에 인 임을 지탱하면서도 걸어갈 수 있는 생존의 방법에서 나온 '당당함'이어서 '나'에게 의미 있게 다가온다. 머리에 임을 지고 있다고 해서 임을 버리거나 임에 눌리지 않고 걸어갈 수 있는 최선의

---

23) 박완서, 「꿈꾸는 인큐베이터」, 240쪽.

방법을 생각한 자만이 취할 수 있는 '당당함'인 것이다.

'그들'의 이데올로기가 누르는 엄청난 힘에도 불구하고 여자로서 주눅들지 않고 걸어갈 수 있는 방법은 바로 '그들'의 편에 서서 '인큐베이터' 됨을 승낙하고 당연하게 여기며 살아가는 것이 아니라, 그 이데올로기라는 무거운 짐을 지고 당당함을 잃지 않고 '가는' 것이다. 이것은 바로 현실을 인정하고 그 현실과 정면으로 정직하게 대결하는 것을 의미한다고 할 수 있지 않을까? 인큐베이터가 되도록 강요하는 현실에서 무거운 짐을 머리에 인 여성화자는 짐을 내려놓기 위해서 짐을 버릴 것이 아니라, 짐을 이고도 갈 수 있는 당당함을 우리에게 말한다. 즉 딸로서 살아내기 어려워서 딸로서의 무게를 덜기 위해 딸을 버리고 아들을 얻을 것이 아니라, 딸을 부둥켜안고 당당하게 걸어갈 것을 말하고 있다.

일상이 가한 가부장적 이데올로기의 힘은 정체 모를 '그들'을 통해 여성들을 인큐베이터가 되도록 강요하지만, '그들'의 시선에서 여성들이 벗어날 수 없는 현실이라면, 그 현실을 버릴 수 없는 짐으로 끌어안고 그 무게와 맞서서 걸어가는 방법이 당당할 수 있는 유일한 방법일 수 있다. 박완서가 가부장적 이데올로기에 의해 사로잡힌 여성들의 일상을 통해 말하려는 것은 그 이데올로기의 허구성만이 아니라, 그 허위의식을 끌어안고 살수밖에 없는 여성들이 어떻게 당당하게 걸어갈 수 있는가 또한 말하고 있다고 생각된다. 그것은 '그들'의 생각대로 움직여지는 일상적 존재를 인정하면서도 그 의미를 '알고', 물러서지 않고 그것을 견디면서 그것과 치열하게 맞서는 '당당함'일 것이다. 이것은 자기에 대한 진지한 성찰과 의식화를 의미하는 것이기도 하다.

3부

부록

1. 작품 창작 연보

1

1970 『裸木』으로 〈여성동아〉 장편소설 공모에 응모하여 당선, 〈여성동아〉 11월호 부록으로 출간됨.

1971 「歲暮」를 〈여성동아〉 4월호에, 「어떤 나들이」를 〈월간문학〉 9월호에 발표. 작가의 자전적 소설에 해당하는 『早魃記』를 〈여성동아〉 7월부터 연재하여 다음해인 1972년 11월호까지 연재하고 중단됨. 단행본에 실린 "4월" 부분 중간까지만 실려있음.

1972 「세상에서 제일 무거운 틀니」를 〈현대문학〉 8월호에 발표.

1973 「부처님 근처」를 〈현대문학〉 3월호에, 「지렁이 울음소리」를 〈신동아〉 7월호에, 「週末農場」을 〈문학사상〉 10월호에 발표.

1974 「맏사위」를 〈서울평론〉 1월호에, 「戀人들」을 〈월간문학〉 3월호에, 「離別의 金浦空港」을 〈문학사상〉 4월호에, 「어느 시시한 사내 이야기」를 〈세대〉 5월호에, 「닮은 房들」을 〈월간중앙〉 6월호에, 「부끄러움을 가르칩니다」를 〈신동아〉 8월호에, 「재수굿」을 〈문학사상〉 12월호에 발표.

1975 「카메라와 워커」를 〈한국문학〉 2월호에, 「도둑맞은 가난」을 〈세대〉 4월호에, 「서글픈 巡訪」을 〈주간조선〉 6월호에, 「겨울나들이」를 〈문

학사상〉 9월호에, 「저렇게 많이!」를 〈소설문예〉 9월호에 발표. 『도시의 흉년』을 〈문학사상〉 12월호부터 연재 시작. 1979년 7월까지 거의 4년 동안 연재.

1976 2월에 첫 창작집 『부끄러움을 가르칩니다』를 一志社에서 출간. 그동안 발표한 소설 18편과 꽁트 1편을 모아 엮음. 「어떤 야만」을 〈뿌리깊은 나무〉 5월호에, 「泡말의 집」을 〈한국문학〉 10월호에, 「배반의 여름」을 〈세계의문학〉 가을호에, 「조그만 體驗記」를 〈창작과비평〉 가을호에 발표. 『휘청거리는 午後』를 〈동아일보〉에 1월 1일부터 12월 30일까지 연재.

1977 「黑寡婦」를 〈신동아〉 2월호에, 「돌아온 땅」을 〈세대〉 4월호에, 「賞」을 〈현대문학〉 4월호에, 「꼭두각시의 꿈」을 〈수정〉, 「꿈을 찍는 사진사」를 〈한국문학〉 6월호에, 「女人들」을 〈세계의문학〉 여름호에, 「그 살벌했던 날의 할미꽃」을 〈문예중앙〉 겨울호에 발표. 「돌아온 땅」은 소설집 『배반의 여름』에 실리면서 「더위먹은 버스」로 제목만 바꿈. 〈신예작가 신작소설집〉이라는 기획의 하나로 신작 「창밖은 봄」과 「꼭두각시의 꿈」, 「꿈을 찍는 사진사」를 묶어 『창밖은 봄』으로 열화당에서 출간. 〈동아일보〉에 연재했던 『휘청거리는 午後』를 창작과비평사에서 두 권의 단행본으로 출간. 4월에 첫 번째 수필집(작가 스스로 "토막글"이라 부르는 수필들은 에세이 또는 산문이라 불리고 있어 장르규정이 일정치 않다) 『꼴찌에게 보내는 갈채』를 평민사에서, 5월에 두 번째 수필집 『혼자부르는 合唱』을 眞文出版社에서 출간. 거의 동시에 출간한 이 수필집들에 대해 작가는 『꼴찌에게 보내는 갈채』의 서문을 통해, "나를 많이 드러낸" 것은 『혼자 부르는 合唱』에 실려있으며, 비교적 작가의 모습이 덜 담긴 글들을 『꼴찌에게 보내는 갈채』에 싣는다고 밝히고 있음.

1978 「樂土의 아이들」을 〈한국문학〉 1월호에, 「집보기는 이렇게 끝났다」를

〈세계의문학〉 가을호에, 「꿈과 같이」를 〈창작과비평〉 여름호에, 「空港에서 만난 사람」을 〈문학과지성〉 가을호에 발표. 『욕망의 응달』을 〈여성동아〉 8월호에 연재 시작. 1979년 11월까지 일년 반 동안 연재. 단편집 『배반의 여름』을 창작과비평사에서 출간. 전쟁기 소설인 『旱魃期』를 연재한지 6년 만에 修文書館에서 『목마른 季節』로 제목을 바꿔서 출간. 연재시에는 "5월" 부분이 없었으나, 단행본에는 "4월" 부분이 수정되고, "5월" 부분이 첨가됨. 수필집 『女子와 男子가 있는 風景』을 한길사에서 출간.

1979 「내가 놓친 화합」을 〈문예중앙〉 봄호에, 「황혼」을 〈뿌리깊은 나무〉 3월호에, 「우리들의 富者」를 〈신동아〉 8월호에, 「추적자」를 〈문학사상〉 10월호에 발표. 『살아있는 날의 시작』을 〈동아일보〉 10월 2일부터 1980년 5월 30일까지 연재. 1977년 냈던 『창밖은 봄』과 동일한 작품들을 묶어 『꿈을 찍는 사진사』로 열화당에서 다시 출간. 4년에 걸쳐 〈문학사상〉에 연재한 『도시의 흉년』을 문학사상사에서 단행본 2권으로 출간. 『욕망의 응달』이 수문서관에서 단행본으로 출간됨. 창작동화 만으로 엮은 『달걀은 달걀로 갚으로렴』을 샘터사에서 출간.

1980 「그 가을의 사흘동안」을 〈한국문학〉 6월호에, 「엄마의 말뚝 1」을 〈문학사상〉 9월호에, 「六福」을 〈소설문학〉 11월호에, 「침묵과 失語」를 〈세계의 문학〉 겨울호에 발표. 『오만과 몽상』을 〈한국문학〉에 12월부터 1982년 3월까지 연재. 〈동아일보〉에 5월까지 연재 한 『살아있는 날의 시작』을 전예원 출판사에서 단행본으로 출간.

1981 「천변풍경」을 〈문예중앙〉 봄호에, 「엄마의 말뚝 2」를 〈문학사상〉 8월호에, 「쥬디할머니」를 〈소설문학〉 10월호에, 「꽃지고 잎피고」를 피어리스 사보인 Ami에, 「로열복스」를 〈현대문학〉 12월호에 발표. 짧은소설 모음집인 『이민가는 맷돌』을 尋雪堂에서 출간. 등단작인 『裸木』을 포함한 6편의 단편소설들을 모은 소설집이 민음사에서 『도둑

맞은 가난』으로 출간됨.

1982 「무중」을 〈세계의문학〉 여름호에, 「유실」을 〈문학사상〉 5월호에 발표. 『그해 겨울은 따뜻했네』를 〈한국일보〉에 1982년 1월 5일부터 1983년 1월 15일까지 연재. 첫 창작집 이후 발표된 소설들을 묶은 『엄마의 말뚝』을 일월서각에서 출간. 〈한국문학〉에 연재됐던 『오만과 몽상』을 한국문학사에서 출간. 수필집 『살아있는 날의 소망』을 학원사에서 출간. 『떠도는 결혼』을 〈주부생활〉에 4월호부터 1983년 11월까지 연재.

1983 「그의 외롭고 쓸쓸한 밤」을 〈문학사상〉 3월호에, 「아저씨의 훈장」을 〈현대문학〉 5월호에, 「무서운 아이들」을 〈한국문학〉 7월호에, 「소묘」를 〈소설문학〉 8월호에 발표. 1982년 〈한국일보〉에 연재한 『그해 겨울은 따뜻했네』를 민음사에서 단행본으로 출간.

1984 「再離散」을 〈여성문학〉 1집에, 「울음소리」를 〈문학사상〉 2월호에, 「저녁의 邂逅」를 〈현대문학〉 3월호에, 「어느 이야기꾼의 수렁」을 〈문예중앙〉 여름호에, 「지알고 내알고 하늘이 알건만」을 창비 84 신작소설집으로 기획된 『지알고 내알고 하늘이 알건만』에, 「움딸」을 〈학원〉 9월호에 발표. 『서울 사람들』이라는 이름으로 8편의 짧은소설을 1984년 창간된 잡지 〈2000년〉에 5월부터 12월까지 총 8회에 걸쳐 연재. 글수레에서 『서울 사람들』로 단행본 출간.

1985 「解産바가지」를 〈세계의문학〉 여름호에, 「초대」를 〈문학사상〉 10월호에, 「애보기가 쉽다고?」를 〈동서문학〉 12월호에, 「사람의 日記」를 창비 신작소설집 『슬픈해후』에, 「저물녘의 恍惚」을 문학과지성 신작소설집 『숨은 손가락』에 발표. 대하장편소설 『미망』을 〈문학사상〉 3월호에 연재 시작. 88년에 연이은 남편의 죽음과 아들의 죽음으로 작품활동을 중단한 탓에 1988년 9월까지 연재하고 10월부터 연재가 중

단됨. 1989년 5월부터 다시 연재 시작하여 1990년 5월에 연재 마침. 자선 에세이 『지금은 행복한 시간인가』를 자유문학사에서 출간. 〈주부생활〉에 연재했던 『떠도는 결혼』을 『서있는 여자』로 이름을 바꾸어 학원사에서 단행본으로 출간. 단편선집 『그 가을의 사흘동안』을 나남에서 출간.

1986   「비애의 장」을 〈현대문학〉 2월호에, 「꽃을 찾아서」를 〈한국문학〉 8월호에 발표. 『엄마의 말뚝』 이후에 발표한 소설을 모아 소설집 『꽃을 찾아서』를 창작사에서 출간. 수필집 『서있는 女子의 갈등』을 나남에서 출간.

1987   「저문 날의 揷畵」를 여성동아 문집 『분노의 메아리』(전예원)에, 「저문 날의 삽화 2」를 〈또하나의 문화〉 4호인 『여성해방의 문학』에, 「저문 날의 삽화 3」을 〈현대문학〉 6월호에, 「저문 날의 삽화 4」를 『創批, 1987』에 발표. 단편선집 『그 살벌했던 날의 할미꽃』을 심지에서 출간. 이 단편선집에는 『엄마의 말뚝』과 『꽃을 찾아서』에 실리지 않은 단편들인 「유실」, 「쥬디 할머니」, 「움딸」, 「사람의 일기」와 이미 단편집에 실렸던 6편이 함께 실림.

1988   「저문날의 삽화 5」를 〈소설문학〉 1월호에 발표. 5월에 남편을, 8월에 아들을 연이어 잃음.

1989   『그대 아직도 꿈꾸고 있는가』를 〈여성신문〉 2월 17일(11호)부터 1989년 7월 28일(34호)까지 연재. 남편과 아들의 죽음으로 인한 슬픔을 딛고 활동을 재기하는 계기였다고 작가 스스로 말한 작품임. 이후로 88년 10월부터 연재를 중단했던 『미망』을 다시 연재하기 시작함. 「복원되지 못한 것들을 위하여」를 〈창작과비평〉 여름호에, 「家」를 〈현대문학〉 11월호에 발표. 여성신문에 연재했던 『그대 아직도 꿈꾸고 있는가』를 삼진기획에서 단행본으로 출간.

1990   어렵게 연재해오던 『미망』이 〈문학사상〉 5월호에서 완결됨. 『미망』
       을 문학사상사에서 단행본 3권으로 출간. 수필집 『나는 왜 작은 일에
       만 분개하는가』를 햇빛출판사에서 출간. 아들의 죽음을 겪으면서 기
       록한 일기를 생활성서 9월호부터 「한 말씀만 하소서」로 연재시작.

1991   「여덟 개의 모자로 남은 당신」을 여성동아문집인 『여덟 개의 모자로
       남은 당신』(정민)에, 「엄마의 말뚝 3」을 박완서 특집으로 기획된 〈작
       가세계〉 봄호에, 「우황청심환」을 〈창작과비평〉 여름호에 발표. 『나의
       아름다운 이웃』을 '짧은 이야기'라는 이름을 붙여 작가정신에서 출간
       (1981년에 심설당에서 냈던 『이민가는 맷돌』에 실린 작품들을 다시
       출간한 것임). 단편소설집 『저문날의 삽화』를 문학과지성사에서 출간
       (회갑 기념으로 여성동아 문우들이 출판에 나선 책). 유영란에 의해
       「엄마의 말뚝 1」이 영역 출간됨.(『번역이란 무엇인가』, 태학사)

1992   「오동의 숨은 소리여」를 〈현대소설〉 봄호에 발표. '소설가가 그린 자
       화상'이라는 표제를 달고 『그 많던 싱아는 누가 다 먹었을까』를 웅진
       출판에서 출간. 1979년 샘터사에서 냈던 동화들을 모아서 『산과 나무
       를 위한 사랑법』으로 다시 출간.

1993   「꿈꾸는 인큐베이터」를 〈현대문학〉 1월호에, 「티타임의 모녀」를 〈창
       작과비평〉 여름호에, 「나의 가장 나종 지니인 것」을 〈상상〉 가을(창
       간호)호에 발표. 세계사에서 전집발행시작. 『휘청거리는 오후』(전집
       1), 『도시의 흉년』(전집 2.3), 『욕망의 응달』(전집 5), 『살아있는 날의
       시작』(전집 4) 출간. Kang Gobae, Helene Lebrun이 불어로 번역
       한 『Le piquet de ma mere: recit』이 Le Mejang, Arles: Actes
       Sud에서 출간됨.

1994   「가는비, 이슬비」를 〈한국문학〉 3.4 합본호에 발표. 세계사에서 『목
       마른 계절』(전집 6), 『엄마의 말뚝』(전집 7), 『오만과 몽상』(전집 8)

『그해 겨울은 따뜻했네』(전집 9)를 출간. 일기와 『저문날의 삽화』 이후의 소설들을 묶어서 단편소설집 『한 말씀만 하소서』를 솔에서 출간. 장편동화 『부숭이의 땅힘』을 한양출판에서 출간. 도시적인 것이 갖고 있는 해악과 허위성에 대한 주제의식은 어린이들의 삶이나 정서를 통해서도 일관되게 추구됨. 첫 창작집 『부끄러움을 가르칩니다』을 20주년 기념으로 한양출판에서 다시 출간함. 첫 수필집인 『꼴찌에게 보내는 갈채』 역시 20주년 기념으로 한양출판에서 출간함. Helga Picht 가 독일어로 번역한 『Das Familienregister: Roman』이 Berlin: Volk & Welt에서 출간됨.

1995 「마른꽃」을 〈문학사상〉 1월호에, 「환각의 나비」를 〈문학동네〉 봄호에 발표. 세계사 전집 『서있는 여자』(전집 11), 『나목』(전집 10)을 출간. 자전소설 『그 많던 싱아는 누가 다 먹었을까』의 다음 이야기에 해당하는 『그 산이 정말 거기 있었을까』를 웅진출판에서 출간. Yu Young-nan이 번역한 『The naked tree』가 Cornel University에서 출간됨.

1996 단편선집 『울음소리』를 솔에서 출간. 세계사에서 『미망』(전집 12, 13)을 출간. 「참을 수 없는 비밀」을 〈창작과비평〉 겨울호에 발표.

1997 「길고 재미없는 영화가 끝나갈 때」를 〈라쁠륨〉 봄호에, 「그 여자네 집」을 여성동아 문집인 『13월의 사랑』에, 「너무도 쓸쓸한 당신」을 〈문학동네〉 겨울호에 발표. 민병일 시인과 소설가 이경자, 김영현과 함께 한 티베트 · 네팔 기행기 『모독』을 학고재에서 출간.

1998 「꽃잎 속의 가시」를 〈작가세계〉 봄호에, 「공놀이 하는 여자」를 〈당대비평〉 겨울호에, 「J-1비자」를 〈창작과비평〉 겨울호에 발표. 수필집 『어른노릇, 사람노릇』을 작가정신에서 출간. 그림동화 『이게 뭔지 알아맞춰 볼래?』를 미세기에서 출간. 『한 말씀만 하소서』 이후의 단편

소설들을 모아 창작과비평사에서 『너무도 쓸쓸한 당신』을 출간. 『저문 날의 삽화』 이후 노년의 삶에 대한 관심은 지속적인 것이나, 이 소설집을 계기로 주목을 받기 시작함.

1999 1996년부터 1998년 말까지 천주교 〈서울주보〉에 썼던 묵상의 글들을 모은 『님이여, 그 숲을 떠나지마오』를 여백에서 출간. 단편전집 5권 『겨울나들이』(단편전집 1), 『조그만 체험기』(단편전집 2), 『해산바가지』(단편전집 3), 『아저씨의 훈장』(단편전집 4), 『가는비, 이슬비』(단편전집 5)를 문학동네에서 출간. 『아주 오래된 농담』을 〈실천문학 겨울호부터 연재 시작. 에세이선집 『작은 마음이 아름다운 세상을 만든다』를 미래사에서 출간. Chun Kyung-ja가 영어로 번역한 『My very last possession and other stories』가 Armonk, N.Y.: M. E. Sharpe에서 출간됨.

2000 이미 발표한 단편동화를 모아 다시 엮은 『자전거 도둑』이 다림에서 출간됨. 에세이선집 『아름다운 것은 무엇을 남길까』를 세계사에서 출간. 〈실천문학〉 가을호로 『아주 오래된 농담』 연재 마침. 실천문학사에서 『아주 오래된 농담』으로 단행본 출간.

2001 「그리움을 위하여」를 『현대문학』 2월호에 발표. 장편동화 『부숭이의 땅 힘』을 손보아 계림북스쿨에서 『부숭이는 힘이 세다』로 재출간.

2002 산문집 『꼴찌에게 보내는 갈채』를 세계사에서 재출간. 단편소설집 『저문 날의 삽화』를 개정판으로 문학과지성사에서 재출간. 「그 남자네 집」을 『문학과 사회』 여름호에 발표. 동화와 어릴적 이야기를 모은 『손때 묻은 동화 – 옛날의 사금파리』를 열림원에서 출간.

2003 「후남아, 밥 먹어라」를 『창작과비평』 여름호에 발표.

2004 이미 발표한 단편동화를 모아 김점선의 그림과 함께 이가서에서 『보
     시니 참 좋았다』로 재출간.

2

1970	『나목』	여성동아
1971	세모	여성동아, 4
	어떤 나들이	월간문학, 9
	한발기(연재)	여성동아, 1971. 7~1972. 11.
1972	세상에서 제일 무거운 틀니	현대문학, 8
1973	부처님 근처	현대문학, 3
	지렁이 울음소리	신동아, 7
	주말농장	문학사상, 10
1974	맏사위	서울평론, 1
	연인들	월간문학, 3
	이별의 김포공항	문학사상, 4
	어느 시시한 사내 이야기	세대, 5
	닮은 방들	월간중앙, 6
	부끄러움을 가르칩니다	신동아, 8
	재수굿	문학사상, 12
1975	카메라와 워커	한국문학, 2
	도둑맞은 가난	세대, 4
	서글픈 순방	주간조선, 6
	겨울나들이	문학사상, 9
	저렇게 많이!	소설문예, 9
1976	『부끄러움을 가르칩니다』	일지사(2월)
	어떤 야만	뿌리깊은나무, 5
	포말의 집	한국문학, 10

	배반의 여름	세계의 문학, 가을
	조그만 체험기	창작과비평, 가을
	휘정거리는 오후(연재)	동아일보, 1976. 1. 1~1976. 12. 30.
	도시의 흉년(연재)	문학사상, 1975. 12~1979. 7.
1977	흑과부	신동아, 2
	돌아온 땅(더위 먹은 버스)	세대, 4
	상	현대문학, 4
	꼭두각시의 꿈	수정,
	꿈을 찍는 사진사	한국문학, 6
	女人들	세계의 문학, 여름
	그 살벌했던 날의 할미꽃	문예중앙, 겨울
	『휘청거리는 오후』	창작과비평사
	『창밖은 봄』	열화당
	『꼴찌에게 보내는 갈채』(수필)	평민사
	『혼자 부르는 合唱』(수필)	진문출판사
1978	낙토의 아이들	한국문학, 1
	집보기는 그렇게 끝났다	세계의문학, 가을
	꿈과 같이	창작과비평, 여름
	공항에서 만난 사람	문학과지성, 가을
	욕망의 응달(연재)	여성동아, 1978. 8~1979. 11.
	『배반의 여름』	창작과비평
	『목마른 계절(한발기)』	수문서관
	『女子와 男子가 있는 風景』(수필)	한길사
1979	내가 놓친 화합	문예중앙, 봄
	황혼	뿌리깊은나무, 3
	우리들의 부자	신동아, 8
	추적자	문학사상, 10
	살아있는 날의 시작(연재시작)	동아일보, 1979. 10. 2~1980. 5. 30.
	『꿈을 찍는 사진사』	열화당

	『도시의 흉년』	문학사상사
	『욕망의 응달(인간의 꽃)』	수문서관
	『달걀은 달걀로 갚으렴』(동화)	샘터사
1980	그 가을의 사흘동안	한국문학, 6
	엄마의 말뚝 1	문학사상, 9
	육복	소설문학, 11
	침묵과 실어	세계의문학, 겨울
	오만과 몽상(연재시작)	한국문학, 1979. 12~1982. 3.
	『살아있는 날의 시작』	전예원
1981	천변풍경	문예중앙, 봄
	엄마의 말뚝 2	문학사상, 8
	쥬디 할머니	소설문학, 10
	꽃지고 잎피고	Ami(피어리스 사외보)
	『이민가는 맷돌』(꽁트)	심설당
	『도둑 맞은 가난』(선집)	민음사
	로열복스	현대문학, 12
1982	무중	세계의문학, 여름
	유실	문학사상, 5
	그해 겨울은 따뜻했네(연재)	한국일보, 1982. 1. 5~1983. 1. 15.
	『엄마의 말뚝』	일월서각
	『오만과 몽상』	한국문학사
	『살아있는 날의 소망』(수필)	학원사
	떠도는 결혼(『서있는 여자』)(연재)	주부생활, 1982. 4~1983. 11.
1983	그의 외롭고 쓸쓸한 밤	문학사상, 3
	아저씨의 훈장	현대문학, 5
	무서운 아이들	한국문학, 7
	소묘	소설문학, 8
	『그해 겨울은 따뜻했네』	민음사
1984	再離散	여성문학, 1

	울음소리	문학사상, 2
	저녁의 邂逅	현대문학, 3
	어느 이야기꾼의 수렁	문예중앙, 여름
	지알고 내알고 하늘이 알건만	창비 84 신작소설집
	움딸	학원, 9
	서울 사람들	2000년(1984. 5~12, 8회에 걸쳐 연재)
1985	해산바가지	세계의문학, 여름
	미망(연재)	문학사상, 3 1990.(1988. 10~1989. 6. 중단)
	초대	문학사상, 10
	애보기가 쉽다고?	동서문학, 12
	사람의 일기	창비 85 신작소설집 『슬픈해후』
	저물녁의 恍惚	문학과지성 신작소설집 『숨은손가락』
	『서울사람들』(풍자소설집)	글수레
	『지금은 행복한 시간인가』(자선에세이)	자유문학사
	『서있는 여자(떠도는 결혼)』	학원사
	『그 가을의 사흘동안』(단편선집)	나남
1986	비애의 장	현대문학, 2
	꽃을 찾아서	한국문학, 8
	『꽃을 찾아서』	창작사
	『서 있는 女子의 갈등』(수필)	나남
1987	저문날의 삽화 1	『분노의 메아리』, 전예원
	저문날의 삽화 2	또하나의문화, 4호
	저문날의 삽화 3	현대문학, 6
	저문날의 삽화 4	『創批, 1987』
	『그 살벌했던 날의 할미꽃』	심지
1988	저문날의 삽화 5	소설문학, 1
1989	그대 아직도 꿈꾸고 있는가(연재)	여성신문, 1989. 2. 17~1989. 7. 28.
	복원되지 못한 것들을 위하여	창작과비평, 여름
	家	현대문학, 11

	『그대 아직도 꿈꾸고 있는가』	삼진기획
1990	『미망』	문학사상사
	『나는 왜 작은일에만 분개하는가』(수필)	햇빛출판사
	한말씀만하소서(연재)	생활성서, 9
1991	여덟 개의 모자로 남은 당신	『여성동아문집』(정민)
	엄마의 말뚝 3	작가세계, 봄
	우황청심환	창작과비평, 여름
	『나의 아름다운 이웃』(『이민가는 맷돌』과 중복)	작가정신
	『저문날의 삽화』	문학과지성사
1992	오동의 숨은 소리여	현대소설, 봄
	『그 많던 싱아는 누가 다 먹었을까』	웅진출판
	『산과 나무를 위한 사랑법(달걀은 달걀로 갚으렴)』(동화)	샘터사
1993	꿈꾸는 인큐베이터	현대문학, 1
	티타임의 모녀	창작과비평, 여름
	나의 가장 나종 지니인 것	상상, 가을
	『휘청거리는 오후』(전집 1)	세계사, 5
	『도시의 흉년』(전집 2.3)	세계사, 5
	『욕망의 응달』(전집 5)	세계사, 9
	『살아있는 날의 시작』(전집 4)	세계사, 10
	Le piquet de ma mere:recit (불역)	Le Mejan, Arles: Actes Sud
1994	가는비, 이슬비	한국문학, 3.4
	『목마른 계절』(전집 6)	세계사, 4
	『엄마의 말뚝』(전집 7)	세계사, 4
	『오만과 몽상』(전집 8)	세계사, 10
	『그해 겨울은 따뜻했네』(전집 9)	세계사, 10
	『한 말씀만 하소서』	솔
	『부끄러움을 가르칩니다』(기념출판)	한양출판
	Das Familienregister: Roman(독역)	Berlin: Volk & Welt
1995	마른꽃	문학사상, 1

	환각의 나비	문학동네, 봄
	『서있는 여자』(전집 11)	세계사, 4
	『나목』(전집 10)	세계사, 6
	『그 산이 정말 거기 있었을까』	웅진출판
	The naked tree(영역)	East Asia Program, Cornel University
1996	『울음소리』	솔
	『미망』(전집 12, 13)	세계사, 10
	참을 수 없는 비밀	창작과비평, 겨울
1997	길고 재미없는 영화가 끝나갈 때	라쁠륨, 봄
	그 여자네 집	『13월의 사랑』(예감)
	너무도 쓸쓸한 당신	문학동네. 겨울
1998	꽃잎 속의 가시	작가세계, 봄
	『어른노릇, 사람노릇』(수필)	작가정신
	『이게 뭔지 알아맞춰 볼래?』(그림동화)	미세기
	공놀이 하는 여자	당대비평, 겨울
	J-1비자	창작과비평, 겨울
	『너무도 쓸쓸한 당신』	창작과비평사
1999	『님이여, 그 숲을 떠나지마오』(묵상집)	여백
	『겨울 나들이』	문학동네
	『조그만 체험기』	문학동네
	『해산바가지』	문학동네
	『아저씨의 훈장』	문학동네
	『가는비, 이슬비』	문학동네
	아주 오래된 농담(연재)	실천문학, 겨울~2000. 가을
	My very last possession and other stories(영역) Armonk, N.Y: N. E. Sharpe	
2000	자전거 도둑(동화선집)	다림
	아름다운 것은 무엇을 남길까(에세이 선집)	세계사
	『아주 오래된 농담』	실천문학사
2001	그리움을 위하여	현대문학, 2

	『부숭이는 힘이 세다』(장편동화, 재출간)	계림스클북
2002	『꼴찌에게 보내는 갈채』(재출간)	세계사
	『저문 날의 삽화』(재출간)	문학과지성사
	그 남자네 집	문학과사회, 여름
	『손때 묻은 동화 – 옛날의 사금파리』	열림원
2003	「후남아, 밥 먹어라」	창작과비평, 여름
2004	『보시니 참 좋았다』(재출간)	이가서

(박완서의 창작연보는 지금도 진행 중)

2. 작품 목록

⟨장편소설⟩

『나목』, 여성동아(부록), 1970.
　나목, 열화당, 1976.
　도둑맞은 가난(나목), 민음사, 1981.
　나목, 작가정신, 1990.
　나목, 세계사, 1995.
　나목, 민음사, 1997.
한발기, 여성동아 1971. 7~1972. 11.
휘청거리는 오후, 동아일보 1976. 1. 1~1976. 12. 30.
도시의 흉년, 문학사상, 1975. 12~1979. 7.
『휘청거리는 오후』, 창작과비평사, 1977.
　휘청거리는 오후, 세계사, 1993.
욕망의 응달, 여성동아 1978. 8~1979. 11.
『목마른 계절』, 수문서관, 1978.
　목마른 계절, 우리문학사, 1989.
　목마른 계절, 세계사, 1994.
살아있는 날의 시작, 동아일보 1979. 10. 2~1980. 5. 31.
『도시의 흉년』, 문학사상사, 1979.
　도시의 흉년, 세계사, 1993.
『욕망의 응달(인간의 꽃)』, 수문서관, 1979.
　인간의 꽃, 수문서관, 1984.
　욕망의 응달, 세계사, 1993.

오만과 몽상, 한국문학 1979. 12~1982. 3.
『살아있는 날의 시작』전예원, 1980.
　살아있는 날의 시작, 세계사, 1993.
그해 겨울은 따뜻했네, 한국일보 1982. 1. 5~1983. 1. 15.
『오만과 몽상』, 한국문학사, 1982.
　오만과 몽상, 고려원, 1985.
　오만과 몽상, 세계사, 1994.
『그해 겨울은 따뜻했네』, 민음사, 1983.
　그해 겨울은 따뜻했네, 세계사, 1994.
떠도는 결혼, 주부생활 1982. 4~1983. 11.
『서있는 여자(떠도는 결혼)』, 학원사, 1985.
　서있는 여자, 세계사, 1995.
미망, 문학사상 1985. 3~1990.(1988. 10~1989. 6. 중단)
그대 아직도 꿈꾸고 있는가, 여성신문 1989. 2. 17(11호)~1989. 7. 28.(34호)
『그대 아직도 꿈꾸고 있는가』, 삼진기획, 1989.
　그대 아직도 꿈꾸고 있는가, 세계사.
『미망』, 문학사상사, 1990.
　미망, 세계사, 1996.
『그 많던 싱아는 누가 다 먹었을까』, 웅진출판, 1992.
『그 산이 정말 거기 있었을까』, 웅진출판, 1995.
아주 오래된 농담, 실천문학 1999. 겨울~2000. 가을.
『아주 오래된 농담』, 실천문학사, 2000.

〈단편집〉

『부끄러움을 가르칩니다』, 일지사, 1976.
『창밖은 봄』, 열화당, 1977.
『배반의 여름』, 창작과비평사, 1978.

『꿈을 찍는 사진사』(『창밖은 봄』과 동일), 열화당, 1979.

『도둑맞은 가난, 나목』, 민음사, 1981.

『엄마의 말뚝』, 일월서각, 1982.

『그 가을의 사흘동안』, 나남, 1985.

『꽃을 찾아서』, 창작과비평사, 1986.

『그 살벌했던 날의 할미꽃』, 심지, 1987.

『저문날의 삽화』, 문학과지성사, 1991.

『한 말씀만 하소서』, 솔, 1994.

『부끄러움을 가르칩니다』(기념출판), 한양출판, 1994.

『여덟개의 모자로 남은 당신』, 삼성, 1995.

『울음소리』, 솔, 1996.

『너무도 쓸쓸한 당신』, 창작과비평사, 1998.

『겨울 나들이』(단편전집 1), 문학동네, 1999.

『조그만 체험기』(단편전집 2), 문학동네, 1999.

『아저씨의 훈장』(단편전집 3), 문학동네, 1999.

『해산 바가지』(단편전집 4), 문학동네, 1999.

『가는비, 이슬비』(단편전집 5), 문학동네, 1999.

〈꽁트〉.

『이민가는 맷돌』, 심설당, 1981.

『서울사람들』(풍자소설집), 글수레, 1984.

『나의 아름다운 이웃』(『이민가는 맷돌』과 일부 중복), 작가정신, 1991.

〈에세이〉

『꼴지에게 보내는 갈채』, 평민사, 1977.

『혼자 부르는 합창』, 진문출판사, 1977.
『여자와 남자가 있는 풍경』, 한길사, 1978.
『살아있는 날의 소망』, 학원사, 1982.
『지금은 행복한 시간인가』(자선에세이), 자유문학사, 1985.
『서있는 女子의 갈등』, 나남, 1986.
『나는 왜 작은 일에만 분개하는가』, 햇빛출판사, 1990.
『한길 사람 속』, 작가정신, 1993.
『꼴찌에게 보내는 갈채』(기념출판), 1994.
『모독』(네팔기행기), 학고재, 1997.
『어른노릇, 사람노릇』, 작가정신, 1998.
『님이여, 그 숲을 떠나지마오』, 여백, 1999.
『아름다운 것은 무엇을 남길까』, 세계사, 2000.

⟨동화⟩

『달걀은 달걀로 갚으렴』, 샘터사, 1979.
『산과 나무를 위한 사랑법』, 샘터사, 1992.
『부숭이의 땅힘』, 한양출판, 1994.
　『부숭이는 힘이 세다』, 계림스쿨북, 2001.
『속삭임』, 샘터사, 1997.
『이게 뭔지 알아맞춰볼래?』, 미세기, 1998.
『자전거 도둑』, 샘터사, 2000.
『손때 묻은 동화 – 옛날의 사금파리』, 열림원, 2002.
『보시니 참 좋았다』, 이가서, 2004.

❖『　』표시는 첫 단행본.

〈번역〉

Le piquet de ma mere: recit(불역), by Kang Gobae, Helene Lebrun, Le Mejang, Arles: Actes Sud, 1993.

Das Familienregister: Roman(독역), by Helga Picht, Berlin: Volk & Welt, 1994

The naked tree(영역), by Yu Young—nan, East Asia Program, Cornel University, 1995.

My very last possession and other stories(영역), by Chun Kyung—ja, Armonk, N.Y.: M. E. Sharpe, 1999.

3. 연구목록 및 참고문헌

1. 박완서 연구논저

- 일반 논문 -

강금숙, 「박완서 소설의 공간에 나타난 여성의식」, 『이화어문논집』, 1989. 3.

강인숙, 「박완서 소설에 나타난 도시의 양상」, 『건국대인문과학논총』, 1984. 8.

_____, 「박완서론: 「울음소리」와 「닮은 방들」, 「泡沫의 집」의 비교연구」, 〈건국대인문과학논총〉, 1994.

_____, 『박완서 소설에 나타난 도시와 모성』, 둥지, 1997.

강진호, 「반공주의와 자전소설의 형식」, 『국어국문학』 133호, 2003. 5.

고명철, 「외로움 혹은 그리움의 풍경의 세 풍경」, 〈문학과 창작〉, 2001. 3.

권명아, 「박완서 문학연구」, 〈작가세계〉, 1994. 겨울.

_____, 「박완서 − 자기상실의 '근대사'와 여성들의 자기찾기」, 〈역사비평〉, 1998. 겨울.

_____, 「〈가족의 기원〉에 관한 역사소설적 탐구」, 『그해 겨울은 따뜻했네』(박완서 소설전집 9) 해설, 세계사, 2000.

권순긍, 「두 얼굴을 가진 광기 − 박완서 '그 가을의 사흘동안'」, 〈소설문학〉, 1981. 4.

권영민 외, 『박완서론』, 삼인행, 1991.

_____, 「소설 '미망' 뒤 구도」, 『미망』, 문학사상사, 1990.

권택영, 「짐승의 시간과 전이적 글쓰기」, 『박완서 문학 길찾기』, 세계사, 2000.

김경수, 「여성경험의 소설화와 삽화형식」, 〈현대문학〉, 1991. 겨울.

_____, 「삶의 무게가 실린 글의 가벼움」, 〈현대문학〉, 1998. 1.

_____, 「여성 삶의 복원에 대하여 - 「엄마의 말뚝」 1 · 2 · 3 연작론」, 『박완서 문학 길찾기』, 세계사, 2000.

김경연 · 전승희 · 김영혜 · 정영훈, 「여성해방의 시각에서 본 박완서의 작품세계」, 〈여성 2〉, 창작사, 1988. 1.

김경연, 「개성 1931 — 서울 1991(문학적 연대기)」, 〈작가세계〉, 1991. 봄.

_____, 「박완서 문학을 보는 시각(연구자료)」, 〈작가세계〉, 1991. 봄.

김교선, 「생리적 감각적 정서 형태의 소설」, 〈표현〉, 1989. 7.

_____, 「호소력의 문제」, 〈창작과비평〉, 1976. 여름.

김만수, 「가짜에 대한 혐오」, 〈현대소설〉, 1992. 봄.

_____, 「길 아닌 길을 걷는 호젓한 즐거움」, 〈서평문학〉, 2000. 봄.

김미현, 「다섯 개의 사랑으로 남은 당신」, 〈문학동네〉, 1999. 여름.

_____, 「영원한 농담에서 새로운 진담으로」, 『박완서 문학 길찾기』, 세계사, 2000.

김병희, 「일대기적 성장소설:『그 많던 싱아는 누가 다 먹었을까』」, 〈서울여대 태릉어문연구〉 9, 2001. 2.

김수진, 「정상성과 병리성의 경계에 선 모성」, 〈여/성이론〉, 1999(창간호).

김양선 · 오세은, 「안주와 탈출의 이중심리」, 〈오늘의문예비평〉, 1991. 가을.

_____, 「'복원'과 '복수'의 네버엔딩 스토리」, 『작가연구』, 2003. 상반기.

김연숙 · 이정희, 「여성의 자기발견의 서사, 자전적 글쓰기 - 박완서, 신경숙, 김형경, 권여선」, 〈여성과 사회〉, 창작과비평사, 1997.

김열규, 「집안 내림으로서 갖추고 있는 전혀 다른 여성 - 가문소설 『미망』과 『혼불』을 중심으로」, 〈문학사상〉, 1997.

김영무, 「박완서의 소설세계」, 〈세계의문학〉, 1977. 겨울.

김영민, 「상처의 인식과 그 치유」, 〈월간문학〉, 1991. 7.

_____, 「슬픔, 종교, 성숙의 글쓰기」, 〈오늘의 문예비평〉, 1995. 가을.

김영희, 「근대체험과 여성」, 〈창작과비평〉, 1995. 겨울.

김우종, 「나목의 아픔과 그 영광」, 『심한국문제작가선집 6』, 어문각, 1978.

_____, 「속물적 삶의 비판」, 『한국현대문학전집 42』, 삼성출판사, 1978.

_____, 「한국인의 유산과 그 미망」, 〈세계의문학〉, 1978. 봄.

김윤식, 「박완서론 — 망설임 없는 의식」, 『우리문학의 넓이와 깊이』, 서래헌, 1979.

_____, 「박완서와 박수근 — 나목에 이른 길」, 『낯선 신을 찾아서』, 일지사, 1988.

_____, 「박완서와 박수근」, 〈현대문학〉, 1983. 5.

_____, 「천의무봉과 대중성의 근거 — 박완서론」, 〈문학사상〉, 1988. 1.

_____, 「박완서론—기억과 묘사」.

김윤식, 「먼 몽고반점의 부름소리: 썰이 감당할 수 없는 영역」, 〈문학사상〉, 2001. 3.

김은하, 「완료된 전쟁과 끝나지 않은 이야기」, 〈실천문학〉, 2001. 여름.

김주연, 「순응과 탈출 — 박완서의 근작 2편」, 〈문학과지성〉, 1973년 가을.

_____, 「구원과 소설」, 『문학을 넘어서』, 1987.

_____, 「말이 학대받는 사회」, 『문학과 정신의 힘』, 문학과지성사, 1990.

김치수, 「함께 사는 꿈을 위하여」, 『우리시대 우리작가』, 동아출판사, 1987.

_____, 「젊음과 늙음의 아름다운 의식」, 『저문 날의 삽화』 해설, 문학과지성사, 2002.

김현숙, 「역사, 체험, 그리고 소설로의 승화 —『그 산이 정말 거기 있었을까』」, 〈서평문화〉 21, 1996.

김홍진, 「홀로서기와 거듭나기—자기발견의 서사」, 〈한남어문학〉, 1997.

류보선, 「개념에의 저항과 차이의 발견」, 『어떤 나들이(단편전집 1)』, 문학동네, 1999.

문혜원, 「진정한 남녀평등에 대한 질문」, 『박완서 문학 길찾기』, 세계사, 2000.

박혜경, 『박완서의 「엄마의 말뚝」을 읽는다』, 열림원, 2003.

박혜란, 「여자다움의 껍질벗기」, 〈작가세계〉, 1991. 봄

방민호, 「불결함에 맞서는 희생제의의 전통성」, 『박완서 문학 길찾기』, 세계사, 2000.

배경열, 「중간소설의 구조미학」, 〈문학과의식〉, 1995. 3.

백낙청, 「사회비평 이상의 것」, 〈창작과비평〉, 1979. 여름.

백지연, 「황혼의 삶을 향한 따뜻한 시선」 〈동서문학〉, 1999. 봄.

_____, 「폐허 속의 성장」, 『박완서 문학 길찾기』, 세계사, 2000.

서영채, 「사람다운 삶에 대한 갈망」, 『아저씨의 훈장(단편전집)』, 문학동네, 1999.

서준섭, 「개성상인 또는 근대적 시민을 찾아서」, 〈현대문학〉, 1997. 1.

성민엽, 「윤리적 결단과 소설적 진실」, 『지성과 실천』, 문학과지성사, 1985.

_____, 「박완서의 구원 추구」, 『고통의 언어 삶의 언어』, 한마당, 1986.

성현자, 「도시적 삶의 양식과 소설의 구조」, 『개신어문연구 7』, 1990. 5.

소영현, 「복수의 글쓰기, 혹은 〈쓰기〉를 통해 〈살기〉」, 『박완서 문학 길찾기』, 세계사, 2000.

손정수, 「체험, 미적 환영에서 새로운 역사성으로」, 〈소설과 사상〉, 1999. 봄.

송영희, 「중년 여성의 위기의식 – '살아있는 날의 시작'을 중심으로」, 〈표현〉, 1989. 1.

신규호, 「박완서론 2: 『휘청거리는 오후』와 『설국』에 구사된 '거울'의 미학 대비」, 〈비평문학〉, 2002. 7.

신덕룡, 「고립된 폐쇄주의, 그 비극적 결말」, 〈동서문학〉, 1991. 1.

신상성, 「중편적 미학 –「굶주린 혼」과「엄마의 말뚝」의 경우」, 〈현대문학〉, 1981. 11.

신수정, 「증언과 기록에의 소명」, 〈소설과사상〉, 1997. 봄.

_____, 「자아의 서사, 소설의 기원」, 『해산바가지(단편전집4)』, 문학동네, 1999.

신철하, 「기억 · 음화 · 미망」, 〈동서문학〉, 1998. 봄.

_____, 「이야기와 욕망」, 『박완서 문학 길찾기』, 세계사, 2000.

안남연, 「박완서 소설의 여성성」, 『1990년대 작가군과 여성문학』, 태학사, 2001.

안숙원, 「『엄마의 말뚝 1. 2. 3』연작소설과 모녀관계의 은유/환유 체계」, 서강여성문학연구회, 『한국문학과 여성성』, 태학사, 1999.

양진오, 「노인에 관한 명상: 박완서 · 최일남 · 김원일의 소설을 읽으며」, 〈오늘의 문예비평〉, 2002. 봄.

염무웅, 「사회적 허위에 대한 인생론적 고발」, 〈세계의 문학〉, 1977. 겨울.

오생근, 「한국 대중문학의 전개」, 『해방 40년의 문학』, 민음사, 1977.

오세은, 「박완서 소설 속의 '어머니와 딸' 모티브」, 『한국여성문학 비평론』, 개문사, 1995.

우찬제, 「〈미망(迷妄)〉〈미망(彌望)〉〈미망(未忘)〉, 그 상호텍스트성 – 박완서 『미망』 읽기」, 『박완서 문학 길찾기』, 세계사, 2000.

_____, 「농담 혹은 이야기의 즐거움」, 〈문학예술〉, 2001. 2.

원윤수, 「꿈과 좌절」, 〈문학과지성〉, 1976. 여름.

유남옥, 「풍자와 연민의 이중성: 박완서 소설에 나타난 노인」, 『숙명여대어문논집』, 1995. 12.

유임하, 「모성의 근대성과 그 소설적 계보」, 『기억의 심연 – 한국소설과 분단의 현상학』, 이회문화사, 2002.

유종호, 「고단한 세월 속의 젊음과 중년」, 〈창작과비평〉, 1977. 가을.

_____, 「불가능한 삶의 질서」, 『동시대의 시와 진실』, 민음사, 1982.

유철상, 「기억과 체험의 일상적 무게 – 박완서 『아주 오래된 농담』, 황석영 『오래된 정원』」, 〈문학사상〉, 2001. 3.

이경훈, 「작가의 전쟁체험 문학의 핵심적 구조」, 〈문학사상〉, 1996. 3.

이광훈, 「소시민적 삶과 일상의 덫」, 〈현대문학〉, 1980.

이남호, 「말뚝의 사회적 의미」, 『문학의 위족 2』, 민음사, 1990.

이동렬, 「삭막한 삶의 형상화」, 〈문학과지성〉, 1979. 여름.

이동재, 「근대를 거슬러, 분단을 넘어 – 박완서 미망론」, 〈문예연구〉, 1998. 겨울.

이동하, 「집없는 시대의 문학」, 〈세계의문학〉, 1982. 겨울.

_____, 「문제의 역사와 문학」, 〈세계의문학〉, 1987. 봄.

_____, 「예술의 저속성과 변증법」, 〈한길문학〉, 1990. 7.

_____, 「근대화의 문제와 소설적 진실」, 〈작가세계〉, 1991. 봄.

_____, 「한국문학의 도시 문제 인식에 대한 비판적 고찰」, 〈서울시립대 인문과학〉 7, 2002. 2.

이명원, 「두려운 낯섦: 소설이 일상성에 대응하는 방식」, 〈문예중앙〉, 1999. 여름.

이명재, 「변동사회에 대한 문학적 접근: 박완서의 〈도시의 흉년〉」, 〈문학사상〉,

1999. 3.

이상경, 「여성작가 소설에 나타난 여성성의 탐구」, 『한국문학연구 19집』, 동국
　　　대학교, 1997. 3.

이상옥, 「삶의 실체와 작가의 통찰력」, 〈세계의문학〉, 1983. 겨울.

이선미, 「어머니의 역사와 '늙은 엄마'의 진실」, 『현역중진작가연구』, 국학자
　　　료원, 1997.

_____, 「위기의 여자와 성찰의 시선」, 『페미니즘은 휴머니즘이다』, 한길사,
　　　2000.

_____, 「박완서 소설의 서술성 연구: 『나목』, 『그해 겨울은 따뜻했네』를 중심
　　　으로」, 〈여성문학연구〉, 2001. 9.

이선영, 「세파속의 생명주의와 비판의식」, 『그 가을의 사흘동안』, 나남, 1985.

이선옥, 「박완서 소설의 다시쓰기」, 〈실천문학〉, 2000. 가을.

_____, 「개와 늑대의 시간 - 순치되지 않는 생명력」, 『아주 오래된 농담』 해
　　　설, 실천문학사, 2000.

이정희, 「감시의 시선, 몸의 언어: 박완서의 세태소설을 중심으로」, 〈여성과
　　　사회〉 13호, 2001. 하반기.

_____, 「생활세계의 식민지화와 나르시시즘적 '신여성': 박완서의 세태소설
　　　을 중심으로」, 〈경희대 한국문화연구〉, 2001. 3.

이태동, 「서있는 여자의 갈등」, 〈문학사상〉, 1992. 3.

_____, 「여성작가 소설에 나타난 여성성 탐구」, 『한국문학연구 19집』, 동국대
　　　학교, 1997. 3.

_____, 「나목의 꿈」, 『나목 해설』, 작가정신, 1990.

이현식, 「우울한 시대에 소설을 읽는 재미」, 〈황해문화〉, 1999. 봄.

임규찬, 「'자아'를 넘어선 '자기의 우주'」, 〈창작과비평〉, 1999. 봄.

_____, 「박완서와 6·25 체험 - 『목마른 계절』을 중심으로」, 『박완서 문학
　　　길찾기』, 세계사, 2000.

임금복, 「일곱가지 인간 콤플렉스 - 박완서의 『너무도 쓸쓸한 당신』(1998)
　　　론」, 〈창조문학〉, 1999. 봄./ 『현대여성소설의 페미니즘 정신사』, 새
　　　미, 2000. 임순만, 「분단 극복을 향한 문학의 가능성」, 『박완서 문학

길찾기』, 세계사, 2000.

임옥희, 「망각에 저항하는 불꽃놀이」, 〈실천문학〉, 1996. 봄.

_____, 「이야기꾼 박완서의 삶의 지평 넓히기」, 『박완서 문학 길찾기』, 세계사, 2000.

임우기, 「모성의 겹그늘」, 『울음소리』, 솔, 1996.

장석주, 「박완서, 모계 문학의 수원지」, 『20세기 한국문학의 탐험』, 시공사, 2000.

장영우, 「한국여성의 문학적 초상」, 『한국문학연구 19집』, 동국대학교, 1997. 3.

전승희, 「소설가 박완서에게 보내는 비평적 질문」, 〈사상문예운동〉, 1991. 여름.

_____, 「여성문학과 진정한 비평의식」, 〈창작과비평〉, 1991. 여름.

정규웅, 「'목마른 계절'의 세계」, 『제삼세대한국문학 17』, 삼성출판사, 1983.

정미숙, 「시점과 젠더공간: 박경리 · 박완서 · 윤정모를 중심으로」, 〈한국문학논총〉, 2000. 12.

정순진, 「'천의무봉'과 작위적 상황설정」, 〈비평문학〉 8호, 1994.

정영자, 「한국여성소설의 특성과 그 문제점」, 〈여성과문학 1〉, 문학세계사, 1989.

정호웅, 「상처의 두가지 치유방식」, 〈작가세계〉, 1991. 봄.

_____, 「스스로 넓어지고 깊어지는 문학」, 『가는비, 이슬비』, 문학동네, 1999.

_____, 「욕망의 안쪽」, 『박완서 문학 길찾기』, 세계사, 2000.

정홍수, 「지난 연대를 향한 문학의 증언」, 〈창작과비평〉, 1996. 봄.

조 은, 『그 많던 싱아는 누가 다 먹었을까』가 우리에게 던진 숙제, 또하나의 문화(9), 또하나의 문화, 1992.

조선희, 「바스러지는 것들에 대한 연민(작가를 찾아서)」, 〈작가세계〉, 1991. 봄.

조혜정, 「한국의 페미니즘 문학 어디까지 왔나」, 〈또하나의문화 3〉, 평민사, 1987.

_____, 「박완서 문학에 있어 비평이란 무엇인가」, 〈작가세계〉, 1991. 봄.

차원현, 「바람피우기의 세 방식: 21세기에 바라본 최근 한국소설에 관한 성찰」, 〈세계의 문학〉, 2001. 겨울.

최경희, 「〈엄마의 말뚝 1〉과 여성의 근대성」, 〈민족문학사연구 9〉, 1996.

_____, 「어머니의 법과 이름으로」, 『박완서 문학 길찾기』, 세계사, 2000.

최성실, 「자, 이제 희망에 대해 말씀드리지요」, 〈문예중앙〉, 1999. 봄.

하응백, 「모성, 그 생명과 평화」, 『조그만 체험기(단편전집 2)』, 문학동네, 1999.

한만수, 「썩 물렀거라, 자전거」, 〈당대비평〉, 1999. 여름.

홍정선, 「한 여자작가의 자기사랑」, 〈샘이깊은물〉, 1985. 11.

_____, 「소설로 그린 자화상의 의미」, 『그 많던 싱아는 누가 다 먹었을까』 해설, 웅진출판, 1992.

홍혜미, 「박완서 문학에 투영된 6·25 전쟁」, 〈단산학지〉, 1999.

황광수, 「민족문제의 개인주의적 굴절」, 〈창작과비평〉, 1985. 겨울.

황도경, 「정체성 확인의 글쓰기」, 『이화어문논집』, 1994.

_____, 「생존의 말, 생명의 몸 – 박완서론」, 『우리시대의 여성작가』, 문학과 지성사, 1999.

_____, 「이야기는 힘이 세다」, 〈실천문학〉, 2000. 가을.

_____, 「이야기는 힘이 세다 – 박완서 소설의 문체적 전략을 중심으로」, 〈실천문학〉, 2000. 가을.

황혜진, 「기억 속의 명동 나누기」, 〈문학과 교육〉, 2001. 6.

(인터뷰)

고정희, 「다시 살아있는 날의 지평에 서있는 여자」, 〈한국문학〉, 1990. 1.

권명아, 「박완서 — 딸아, 괜찮다 괜찮아」, 〈실천문학〉, 1996. 가을

김경수·황도경, 「개성과 저문 날을 건너오는 소설의 징검다리」, 〈문학정신〉, 1991. 11.

이문재, 「나의 문학은 내가 발디딘 곳이다」, 〈문학동네〉, 1999. 여름

- 일반 논문 -

강민정, 「박완서 초기소설 연구」, 이화여대 대학원 석사학위논문, 2001.

권명아, 「한국 전쟁과 주체성의 서사연구」, 연세대 대학원 박사학위논문, 2001.

권향숙, 「박완서 소설의 성장소설적 양상」, 서강대 대학원 석사학위논문, 1999.

김기숙, 「박완서 소설 연구: 현실반영을 중심으로 한 작가의식 고발」, 연세대 교육대학원 석사학위논문, 1994.

김동선, 「박완서 소설 연구: 부권상실 하의 여성상을 중심으로」, 성신여대 교육대학원 석사학위논문, 1997.

김민아, 「박완서 소설의 문체적 특성 연구」, 동덕여대 여성개발대학원 석사학위논문, 1999.

김민옥, 「박완서의 전쟁 체험소설 연구」, 충북대 대학원 석사학위논문, 2001.

김보영, 「박완서 소설 연구: 주로 그의 현실 비판의식 소설을 중심으로」, 명지대 교육대학원 석사학위논문, 2000

김은정, 「박완서 소설 연구: 분단제재 소설을 중심으로」, 단국대 교육대학원 석사학위논문, 2000.

김정미, 「박완서 소설의 여성주의 연구: 80년대 장편소설을 중심으로」, 순천향대 교육대학원 석사학위논문, 2002.

김희진, 「박완서 소설 연구: 풍자성을 중심으로」, 중앙대 대학원 석사학위논문, 1995.

나소정, 「박완서 소설 연구: 도시문명과 산업화 사회에 대한 비판을 중심으로」, 명지대 대학원 석사학위논문, 2001.

남진아, 「박완서 소설 연구」, 인하대 교육대학원 석사학위논문, 1996.

박민숙, 「박완서 소설 『미망』 연구: 집의 의미를 중심으로」, 서강대학교 대학원 석사학위논문, 1998.

박영희, 「박완서 소설의 여성상 연구: 「엄마의 말뚝 1」과 「휘청거리는 오후」를 중심으로」, 동국대 문화예술대학원 석사학위논문, 2000.

박정미, 「박완서 소설의 여성문제 인식 연구」, 전주대 대학원 석사학위논문, 2001.

박희숙, 「박완서 소설에 나타난 '어머니' 상 연구」, 인하대 교육대학원 석사학위논문, 2001.

송병호, 「박완서 단편소설 연구」, 성균관대 교육대학원 석사학위논문, 2001.

안광진, 「박완서 장편소설 연구: 체험의 소설적 형상화를 중심으로」, 중앙대 대학원 석사학위논문, 1997.

엄혜자, 「박완서 소설 연구: 페미니즘을 중심으로」, 경원대 대학원 석사학위논문, 2001.

오세은, 「여성 가족사 소설 연구 - 『토지』, 『혼불』, 『미망』을 중심으로」, 서강대 대학원 박사학위논문, 2001.

윤송아, 「박완서 소설에 나타난 모녀관계 연구」, 경희대 대학원 석사학위논문, 1999.

윤철현, 「박완서 소설 연구」, 부산여대 대학원 석사학위논문, 1991.

이경미, 「박완서 초기소설 연구: 분단소설을 중심으로」, 성신여대 교육대학원 석사학위논문, 2001.

이경식, 「박완서 소설 연구」, 경희대 대학원 석사학위논문, 1987.

이선미, 「박완서 소설의 서술성 연구」, 연세대 대학원 박사학위논문, 2001.

이은하, 「박완서 소설 연구: 여성문체를 중심으로」, 명지대 대학원 석사학위논문, 2000.

이정희, 「오정희¥박완서 소설의 근대성과 젠더 의식 비교연구」, 경희대 대학원 박사학위논문, 2001.

이홍진, 「박완서 초기 장편소설 연구」, 계명대 대학원 석사학위논문, 1996.

정소영, 「박완서 소설 연구: 욕망 개념을 중심으로」, 서울시립대 대학원 석사학위논문, 2001.

조주희, 「박완서 소설에 나타난 남성상 연구」, 한양대 대학원 석사학위논문, 2002.

지지연, 「박완서 소설 연구」, 경희대 대학원 석사학위논문, 1997.

최두연, 「박완서 소설 연구 - 산업사회의 변동과 소설의 관련 양상을 중심으로」, 안양대 대학원 석사학위논문, 1999.

최유정, 「박완서의 세태소설 연구」, 동국대 대학원 석사학위논문, 2001.

편혜영, 「박완서 가족소설 연구」, 한양대 대학원 석사학위논문, 2001.

한상희, 「박완서 소설의 작중인물 연구」, 경희대 대학원 석사학위논문, 1999.

한정자, 「박완서 소설 연구: 글쓰기의 의미를 중심으로」, 한국교원대 대학원 석사학위논문, 2001.

한초영, 「박완서 소설 연구: '결혼'을 소재로 한 소설의 갈등양상 연구」, 한양대 교육대학원 석사학위논문, 2001.

함윤주, 「박완서 소설 연구」, 동덕여대 대학원 석사학위논문, 1996

홍지화, 「페미니즘 시각에서 본 박완서 소설 연구: 80년대 소설을 중심으로」, 중앙대 대학원 석사학위논문, 2002.

2. 기타 국내논저

강상희, 『한국 모더니즘 소설론』, 문예출판사, 1999.

강수택, 『일상생활의 패러다임』, 민음사, 1998.

강영안, 「향유와 거주: 레비나스의 존재 경제론」, 문학과 사회, 1995. 겨울.

강정구, 『현대 한국사회의 이해와 전망』, 한울아카데미, 2000.

공임순, 『우리 역사소설은 이론과 논쟁이 필요하다』, 책세상, 2000.

권명아, 『가족 이야기는 어떻게 만들어지는가』, 책세상, 2000.

_____, 「'당신'의 관계론을 위하여」, 『페미니즘은 휴머니즘이다』, 한길사, 2000.

김경수, 「여성경험의 소설화와 삽화형식」, 현대소설, 1991. 겨울.

김경일, 「한국 근현대사에서 근대성의 경험과 근대주의」, 현대사상, 1997. 여름.

김남천, 「세태 풍속묘사·기타」, 비판, 1938. 6. 28.

김만수, 「가짜에 대한 혐오」, 현대소설, 1992. 봄.

김병익, 「成長小說의 文化的 意味」, 세계의 문학, 1981. 여름.

김상봉, 『자기의식과 존재사유』, 한길사, 1998.

김상태, 「박태원 소설의 문체 연구」, 김상태 편, 『현대 소설의 언어와 현실』, 국학자료원, 1997.

김선아, 「여성주의자, 그 불순한 이름에 대하여」, 『여성이론』, 창간호, 1999.

김성례, 「여성의 자기진술의 양식과 문체의 발견을 위하여」, 또 하나의 문화 9, 1992.

김성수, 『이상 소설의 해석』, 태학사, 1999.

김신정, 「정지용 시 연구-'감각'의 의미를 중심으로」, 연세대 박사논문, 1998.

김우창, 「감각, 이성, 정신-현대문학의 변증법」, 『한국문학이란 무엇인가』, 민음사, 1995.

김유동, 『아도르노 思想』, 문예출판사, 1993.

김윤식, 『이광수와 그의 시대』, 한길사, 1986.

_____, 「회상의 형식-오정희론」, 『우리 소설과의 만남』, 민음사, 1986.

_____, 「이청준론-고백체와 소설형식」, 『우리소설을 위한 변명』, 고려원, 1990.

_____, 『작가와의 대화』, 문학동네, 1996.

_____, 『체험으로서의 한국 근대문학』, 아세아문화사, 1999.

김윤식·정호웅, 『한국소설사』, 문학동네, 2000.

김재영, 「이호철의 『남녘사람 북녘 사람』론」, 작가연구, 2000. 9.

김준오, 『한국 현대 장르 비평론』, 문학과지성사, 1990.

김진균 외 지음, 『근대주체와 식민지 규율권력』, 문화과학사, 1997.

김 철, 「김동리와 파시즘-「황토기」를 중심으로」, 한국문학연구회, 『현역 중진작가 연구 Ⅳ』, 국학자료원, 1999.

김치수, 「'小市民'의 意味」, 월간문학, 1970. 1.

김화영, 『발자크와 플로베르』, 고려대학교출판부, 2000.

김현주, 「70년대의 패배자들과 그들의 외로운 싸움」, 한국문학연구회, 『현역 중진작가 연구 Ⅲ』, 국학자료원, 1998.

문소정, 「한국 가족의 인간화를 위하여」, 역사비평, 1999. 겨울

박헌호, 『이태준과 한국 근대소설의 성격』, 소명출판, 1999.

박혜경, 「저문 날의 삽화, 혹은 소시민적 삶의 풍속도」, 『저문 날의 삽화』, 문학과지성사, 1991.

배봉기, 「채만식 문학 인물의 특성과 형상화에 대한 연구」, 연세대 박사논문, 1991.

백낙청, 「市民文學論」, 『민족문학과 세계문학 Ⅰ』, 창작과비평사, 1978.

_____, 『민족문학과 세계문학 Ⅱ』, 창작과비평사, 1985.

서동진, 「가족 담론의 역사적 사유를 위하여 2-파시즘 욕망의 거처, 가족」,

연대대학원신문, 2000. 3. 8.

서은주, 「최인훈 소설 연구」, 연세대 국어국문학과 박사논문, 2000.

손화숙, 「영화적 기법의 수용과 작가의식」, 『박태원 소설 연구』, 깊은샘, 1995.

송인화, 「이태준 소설 연구」, 연세대학교 국어국문학과 박사논문, 1999.

역사문제연구소 편, 『한국정치의 지배 이데올로기와 대항 이데올로기』, 역사
　　　비평사, 1994.

오양호, 『한국 현대소설과 인물형상』, 집문당, 1996.

유종호, 『동시대의 시와 진실』, 민음사, 1982.

유팔무, 「이데올로기 분석과 비판의 방법론」, 『한국사회와 지배 이데올로기』,
　　　녹두, 1991.

윤가현, 「성(性)과 성의식의 변화」, 역사비평, 1999. 겨울.

이득재, 「바흐찐과 타자」, 고려대학교 노어노문학과 박사논문, 1996.

이상섭, 『문학비평용어사전』, 민음사, 1976.

　　　, 『자세히 읽기로서의 비평』, 문학과지성사, 1988.

이상진, 『『토지』 연구』, 월인, 1999.

이선미, 「1930년대 후반 이태준 소설의 변화와 그 의미」, 상허문학회, 『1930
　　　년대 후반 문학의 근대성과 자기성찰』, 깊은샘, 1998.

이연경, 「여성의 시각에서 본 ‘모성론’」, 여성과 사회, 1995.

이재선, 『현대 한국 소설사』, 민음사, 1991.

이한곤, 「The Blithedale Romance에 나타난 인물의 가면적 이중성」, 경북
　　　대학교 교육대학원 영어교육 석사논문, 1992.

임진영, 「황순원 소설의 변모양상 연구」, 연세대 박사논문, 1998.

임옥희, 「가부장제 신화의 탈신비화를 위하여」, 포에티카, 1997, 창간호.

임우기, 『그늘에 대하여』, 강, 1999.

임 화, 「세태소설론」, 『문학의 논리』, 학예사, 1940.

　　　, 「본격소설론」, 『문학의 논리』, 학예사, 1940.

장수익, 「염상섭 초기 소설과 계몽주의」, 『한국문학과 계몽담론』, 문학사와 비
　　　평연구회, 새미, 1999.

전광식, 『고향』, 문학과지성사, 1999.

조미숙, 『현대소설의 인물묘사방법론』, 박이정출판사, 1996.

조혜정, 『한국의 여성과 남성』, 문학과지성사, 1986.

_____, 「가정과 사회는 여성의 힘으로 되살려질 것인가」, 『또 하나의 문화』, 6호, 1990.

_____, 『성찰적 근대성과 페미니즘』, 또하나의문화, 1998.

최유찬, 『한국문학의 관계론적 이해』, 실천문학사, 1998.

한국산업사회연구회 편, 『한국사회와 지배 이데올로기』, 녹두, 1991.

황도경, 「빛과 어둠의 이중문체-〈어둠의 집〉의 문체분석」, 문학사상, 1991. 1.

_____, 「〈유년의 뜰〉의 회상 형식 및 문체」, 이화어문논집 12, 1992.

_____, 「관조와 사유의 문체」, 강진호 외, 『박태원 소설연구』, 깊은샘, 1995.

황종연, 「내향적 인간의 진실」, 『21세기 문학이란 무엇인가』, 민음사, 1999.

3. 국외논저

안드류, 더들리(조희문 옮김), 『현대영화이론』, 한길사, 1988.

바렛, 미셸·맥킨토시, 매리(김혜경 옮김), 『가족은 반사회적인가』, 여성사, 1999.

베르그송(정연복 옮김), 『웃음-희극성의 의미에 관한 연구』, 세계사, 1992.

벡, 울리히(강수영, 권기돈, 배은경 옮김), 『사랑은 지독한 그러나 너무나 정상적인 혼란』, 새물결, 1999.

벤야민, 발터(반성완 옮김), 「이야꾼과 소설가」, 『발터 벤야민의 문예이론』, 민음사.

버거, 피터·버거, 브리짓드·켈너, 한스프리드(이종수 옮김), 『고향을 잃은 사람들-근대화의 의식구조』, 한벗, 1981.

브르뇌르, 롤랑·월레, 레알(김화영 편역), 『현대소설론』, 현대문학, 1996.

채트먼, S.(한용완 옮김), 『이야기와 담론』, 고려원, 1990.

칠더스, 조셉·헨치, 게리(황종연 옮김), 『현대문학·문화비평 용어사전』, 문학동네, 1999.

Dawson, S. W.(천승걸 옮김), 『劇과 劇的 要素』, 서울대출판부, 1981.

이글튼, 테리(여홍상 옮김), 『이데올로기 개론』, 한신문화사, 1993.

프로이트, 지그문트(황보석 옮김), 『억압, 증후, 그리고 불안』, 열린책들, 1997.

포르뚜나띠, 레오뽈디나(윤수종 옮김), 『재생산의 비밀』, 박종철출판사, 1997.

프리드먼, 랠프(신동욱 옮김), 『서정소설론』, 현대문학, 1989.

고진, 가라타니(박유하 옮김), 『일본 근대문학의 기원』, 민음사, 1997.

즈네뜨, 제라르(권택영 옮김), 『서사담론(Nartative Discourse)』, 교보문고, 1992.

기든스, 앤소니(배은경 · 황정미 옮김), 『성 · 사랑 · 에로티시즘－친밀성의 구조변동』, 새물결, 1996.

캐넌, 리몬(최상규 옮김), 『소설의 시학』, 문학과지성사, 1985.

이리가라이, 뤼스(박정오 옮김), 『나, 너, 우리』, 동문선, 1996.

로베르, 마르토(김치수 · 이윤옥 옮김), 『기원의 소설, 소설의 기원』, 문학과지성사, 1999.

르죈, 필립(윤진 옮김), 『자서전의 규약』, 문학과지성사, 1998.

루카치, 게오르그(반성완 옮김), 『소설의 이론』, 심설당, 1985.

_____(이영욱 옮김), 『역사소설론』, 거름, 1987.

맥도넬, 다이안(임상훈 옮김), 『담론이란 무엇인가』, 한울, 1992.

Pollard, Arthur(송낙헌 옮김), 『풍자』, 서울대학교출판부, 1978.

포스터, E. M.(이성호 옮김), 『소설의 이해』, 문예출판사, 1975.

프라이닥, 구스타프(임수택 · 김광요 옮김), 『드라마의 기법－고전비극의 이념과 구조』, 청록출판사, 1992.

레비나스, 엠마누엘(강영안 옮김), 『시간과 타자』, 문예출판사, 1996.

리쾨르, 폴(김종윤 옮김), 「서술의 정체성」, 주네트 외, 『현대 서술 이론의 흐름』, 솔, 1997.

슈람케, 위르겐(원당희 · 박병화옮김), 『현대소설의 이론』, 문예출판사, 1995.

슈탄젤, 프란츠(안삼환 옮김), 『소설형식의 기본유형』, 탐구당, 1982.

우에노 치즈코(이선이 옮김), 『내셔널리즘과 젠더』, 박종철출판사, 1998.

후지타 쇼조, 『전체주의의 시대경험』, 창작과비평사, 1998.

타나카 히로시(이규수 옮김), 『기억과 망각』, 삼인, 2000.

Bakhtin, M. M.(translated by Vern W. McGee), 「The Bildungsroman and Its Significance in the History of Realism」, 『Speech Genres and Other Late Essays』, University of Texas Press, Austin, 1986.

Lanser, Susan Snaider, The Narrative Act, Princeton University Press, 1981.(김형민 옮김, 「시점의 시학」, 좋은날, 1998)

Lukacs, Georg(translated by Anna Bostock), 『The Theory of the Novel』, MIT Press, 1971.

_____(translated by Kahn, Athur D.), 「The Intellectual Physiognomy in Characterization」, 『Writer and Critic and other essays』, Chairman, Department of Classics Brock University, Ontario, Canada.(정경임 옮김, 「등장인물들의 지적인 상」, 에른스트 피셔 외, 『예술의 새로운 시각』, 기린문화사, 1982, 47-80쪽. 일부 번역)

Weinsheimer, Joel, 「Theory of Chracter: Emma」, Poetics Today, 1979. 1-2.

박완서 소설 연구–분단의 시대경험과 소설의 형식

2004년 3월 20일 인쇄
2004년 3월 25일 발행

저　자　이　선　미
펴낸이　박　현　숙
찍은곳　신화인쇄공사

110-290 서울시 종로구 인사동 153-3 금좌B/D 305호
T. 723-9798, 722-3019　F. 722-9932

펴낸곳　도서출판 **깊 은 샘**

등록번호/제2-69. 등록년월일/1980년 2월 6일

ISBN 89-7416-126-5
※ 깊은샘은 E-mail : kpsm80@hanmail.net
에서 만나실 수 있습니다.
※ 잘못된 책은 교환해 드립니다.

값 **15,000원**